KB156625

扶摇皇后

부요황후 1

ⓒ천하귀원 2020

| 초판1쇄 인쇄 | 2020년 6월 26일 |
| 초판1쇄 발행 | 2020년 7월 14일 |

| 지은이 | 천하귀원 天下歸元 |
| 옮긴이 | 김지혜 |

펴낸이	박대일
편집	이문영 · 박지해 · 임유리 · 신지연 · 곽현주
마케팅	임유미 · 손태석
일러스트	리마
디자인	박현주

| 펴낸곳 | 파란미디어 |
| 출판등록 | 2004년 9월 14일 제313-2004-00214호 |

주소	03992 서울시 마포구 동교로23길 14 국제빌딩 6층
전화	02.3141.5589 영업부 070.4616.2012 편집부
팩스	02.3141.5590
전자우편	paranbook@gmail.com
카페	http://cafe.naver.com/paranmedia
페이스북	http://www.facebook.com/paranbook

| ISBN | 978-89-6371-771-5(04820) |
| | 978-89-6371-770-8(전13권) |

부요황후

천하귀원天下歸元 지음 | 김지혜 옮김

파란

차례

1부
태연太淵에 바람이 일다

서문

"삼십삼 천궁 중 가장 높기로는 이별하는 이한천離恨天[1]이요, 사백사십 가지 병 중 가장 고되기로는 상사병이라."

"상사병이라니 당치 않다."

"음? 하면, 그 표식은 누구를 위해서?"

"생에서 결코 놓쳐서는 안 될 사람."

"그러고도 상사병이 아니다?"

"틀렸다. 그리움은 길지만 인생은 짧고, 홍진세계는 끝이 없으나 삶과 죽음은 찰나에 불과하지. 나를 기다리는 것이 만남일지 엇갈림일지 알지 못할진대 그저 그리워만 하며 세월을 보

---

1 불교에서 말하는 삼십삼 천 중 하나. 원치 않는 이별을 한 연인의 처지를 형용할 때 쓰이기도 한다.

낼 수야 없다."

　"어쩔 작정이지?"

　"그녀가 속세에 있다면 속세로 갈 것이다."

　"그곳은 곧 혼란에 빠질 터인데."

　"세상에 혼란이 닥치면 막아 내고, 지옥이 열리면 걸어 들어
갈 것이요, 사해가 노하여도 헤쳐 나갈 것이며, 창생이 가로막
으면 내 뒤엎을 것이다."

　"왜 그렇게까지?"

　"그녀를 위해서라면 번잡한 세상 풍파, 그 어떠한 고난도 두
렵지 않기에."

불 꺼진 묘실

무덤 안, 캄캄한 곁방 안에서 먼지투성이 뚱보가 땀을 훔쳐 내고 있었다. 그가 엉거주춤 구부렸던 허리를 펴더니 널방 쪽에다 대고 소리쳤다.

"대장, 이 무덤 으스스하지 않아? 영 섬뜩하네. 택일력 확인하고 나온 거 맞아?"

"확인했지."

거대한 푸른색 석관의 흙먼지를 털어 내던 맹부요孟扶搖가 무릎을 꿇은 채 고개도 들지 않고 대답했다. 소형 랜턴을 입에물었는데도 발음이 또렷했다.

"오늘이 딱 황도길일이거든. 입관, 탈상, 운구에 안성맞춤인날이란 말이지. 운구가 뭐겠니, 관짝 옮긴다는 말 아니냐고. 신기하게 다 죽을 사死 자랑 통하지 않냐?"

"풰! 말을 해도 꼭 그렇게 재수 털리게 해야겠어?"

뚱보가 눈을 홉뜨다 말고 흠칫 움츠러들었다. 무심결에 고개를 들었다가 발견한 천장의 벽화 때문이었다.

사람 몸에 황소 머리. 조명에 비친 그림은 생동감이 넘치다 못해 당장이라도 벽을 타고 걸어 내려올 것 같았다.

한편 맹부요는 뚱보야 지껄이든 말든 자기 할 일에 몰두 중이었다. 흙먼지가 거의 다 쓸려 나가고 나자 머리가 셋에 몸통은 둘, 뿔은 하나만 삐죽 솟은 괴수 그림이 모습을 드러냈다. 날개 달린 괴수는 눈을 무섭게 부라리고 있었지만 맹부요는 무섭지 않았다. 그저 고대 문명의 그로테스크한 미학을 읽어 낼 뿐이었다.

황홀한 표정으로 그림을 쓰다듬던 그녀가 팔을 뻗으며 말했다.

"줄자!"

금세 줄자가 그녀의 손에 전달됐다.

"뚱땡이 너, 이리 와라. 황제 폐하의 관이랑 사이좋게 사진 한 장 남겨야지."

맹부요가 뚱보를 확 끌어당겼다.

"너 저쪽, 나 이쪽. 숫자 불러!"

"아, 대장! 왜 맨날 나만 갖고 그래!"

뚱보 원흉 군은 죽기 살기로 저항했다.

"생초짜니까."

맹부요가 이를 드러내며 씩 웃었다.

"초짜는 선배님들이 밟으라고 있는 거거든. 꾸물대지 말고 움직여! 여기 작업을 빨리 끝내야 올해 교수직 심사 논문거리가 빵빵하게 나온다고."

"미친 일 중독자! 고작 스물둘에 벌써 부교수 심사라니, 대장은 고고학계 엘리트 전원한테 치욕을 안겼어."

뚱보는 투덜대면서도 랜턴 불빛에 의지해 수치를 읊었다.

"훼손 없음, 길이 2.18미터, 너비 0.94미터, 높이 0.66미터."

"오케이!"

맹부요가 관 앞에 서 있는 동물 석상을 탁 때리자 흙먼지가 자욱하게 일었다. 관을 바라보는 그녀의 눈빛에는 흡족함이 차 있었다. 심사를 통과하면 월급이 오를 테고, 그러면 병원에 있는 엄마의 투석 비용도 어렵지 않게 해결되리라는 생각에 절로 흥이 났다.

맹부요는 병원비 문제에 정신이 팔려 미처 깨닫지 못했으나 조금 전 그녀가 석상을 탁 때리는 순간, 관 밑바닥에서 묵직한 소리가 울렸다. 널방에서 시작된 그 소리는 길게 뻗은 널길을 거쳐 저 멀리 무덤 입구까지 도달했다가 튕겨 되돌아왔다. 흡사 태곳적 거인이 땅속에서 힘겹게 걸어 올라오는 발소리처럼, 길고도 음산한 울림이었다.

분명 밀폐된 지하 공간 안이었는데도 어디선가 찬 바람이 '휭' 하고 불어와 모두를 몸서리치게 했다. 어스름한 조명 탓에 대원들의 낯빛은 너 나 할 것 없이 귀신 뺨치게 창백했다.

강소 고고학 연구소에서 파견한 탐사대가 서남 국경 지대까지 온 이유는 조조의 묘보다도 백 년은 앞선다는 이름 없는 무덤을 발굴하기 위해서였다.

이번 발굴은 첫날부터 다사다난했으니, 시작은 산나물을 잘못 먹고 얻은 설사병이었다. 대원들은 풍요로운 도시에서 가져온 귀한 비료를 이곳 운귀고원雲貴高原의 척박한 토양에 앞다퉈 무상 제공했다.

그다음은 이李씨 대원이 아침에 텐트에서 나오자마자 대체 왜 거길 지키고 있었는지 모를 독사한테 물린 사건이었다.

더 끔찍한 사고는 오늘 아침 무덤 입구를 열 때 일어났다. 안에 들어오려던 것도 아니고, 그저 장비만 가져다주러 왔던 팀 닥터 왕王 선생이 무덤 입구 상단부에서 갑자기 떨어져 나온 돌덩이에 머리를 맞아 장렬히 쓰러진 것이다.

이쯤 되면 분위기가 가히 심상치 않으니 그만 손 털고 뜨는 게 전문 도굴꾼들의 논리.

사실상 고고학 탐사대의 논리도 크게 다르진 않았다. 하나는 개인 사업이고 하나는 공무다 뿐이지 조상 묘 뒤집어 파서 먹고사는 처지인 건 마찬가지이니 금기도 자연히 똑같을 수밖에.

대원들은 후딱 입구를 틀어막고 집에나 가자, 나머지 일은 거룩한 정부의 손에 맡기자 등 입을 모았다.

그러나 애석하게도, 이번 탐사대 대장은 연구소에서 '빨강 머리 마녀'로 통하는 맹부요 양이었다. 지, 덕, 체, 미에 근면함까지 완벽하게 갖춘 이 모범적 인물에게 유일한 흠이 있다면 바로 머리가 그다지 정상은 아니라는 점이었다.

물론 여기서 정상이 아니라 함은 그녀가 발굴 작업 시 보여주는 광기에 가까운 무한 열정과 돌발 상황을 만났을 때의 범상치 않은 대응 방식을 두고 하는 말이었다.

결론적으로 맹부요 양은 설사병, 독사, 낙석 등 순전히 확률적인 문제 따위로 애정해 마지않는 무덤 파기를 포기할 인물이 아니란 말이었다. 보존 상태 최상급인 미라를 발굴해 냈을 때는 좋다고 그걸 끌어안고 하룻밤 자기까지 했던 괴물에게 이 정도 일은 아무 것도 아니었다.

"삽, 장도리, 곡괭이!"

어두컴컴한 공간을 배경으로 붉은 머릿결이 화려하게 움직였다. 맹부요가 손바닥을 쓱싹쓱싹 마주 비볐다. 창공을 수놓은 불멸의 별빛처럼, 눈동자가 반짝반짝 빛나고 있었다.

그런데 장비가 재깍 손에 전달되지를 않았다. 인상을 쓰며 뒤를 돌아본 그녀는 파리하게 질려 움츠러든 대원들을 발견했다.

"왜, 겁나? 국가의 신성한 명을 받고 온 고고학 탐사대께서 설마 귀신 따위를 믿는 건 아니겠지? 너, 너, 그리고 너……."

맹부요가 대원들을 한 명 한 명 가리켰다.

"당원에, 알아주는 엘리트에, 교육을 잘 받아 훌륭하게 큰 모범생이라고 표창씩이나 받은 것들이 설사 몇 번 하는 사이에 머릿속에 있던 과학 상식까지 다 내다 버렸냐?"

맹부요는 쿵쿵거리며 걸어가 배낭을 마구잡이로 뒤져 양초 몇 개를 꺼냈다. 그리고는 짜증스럽게 눈을 흘겨 가며 양초를 사각형 널방 모퉁이마다 하나씩 세웠다.

곧이어 어스레한 촛불이 사면에서 너울대기 시작했다. 그런데 불꽃에 어째 녹색이 감돌았다.

"대장……, 뭐 하는 거야……."

"《귀취등鬼吹燈》² 못 봤어?"

맹부요가 '딱' 하고 손가락을 튕기고는 싱글거렸다.

"다들 무섭다니까 내가 의견을 수렴하지. 자, 만약 초가 꺼지면 철수하는 거야. 어때?"

"진짜?"

뚱보의 눈이 슬그머니 촛불로 향했다. 이따가 저것만 '후' 불어 끄면…….

하지만 그 근처도 가 보기 전에 마녀가 각자에게 역할을 할당하기 시작했다. 대원들은 관곽棺槨을 둘러싸고 이리 뛰고 저리 뛰느라 촛불 따위에는 아예 신경을 쓰지 못했다.

그래서 갑자기 바닥을 쓸고 올라온 회오리바람에 동남쪽 모퉁이 촛불이 파르르 흔들리다가 휙 꺼졌는데도 눈치챈 사람이 아무도 없었다.

관곽 뚜껑은 무지막지하게 무거웠다. 오랜 세월 돌 틈에서 이루어진 분자 활동으로 일부 부위가 서로 들러붙어 대원들이 달려들어 힘을 썼지만 겨우 가느다란 균열 하나를 만들었을 뿐이었다.

---

2 중국의 유명한 도굴 소설. 글자 그대로 풀면 귀신이 촛불을 불어 끈다는 뜻. 도굴꾼들 사이에는 무덤에 켜둔 촛불이 꺼지면 아무것도 손대지 말고 그곳에서 빠져나와야 한다는 속설이 있다고 한다.

손으로 무릎을 짚고 묘석[3] 위에 선 맹부요가 아래를 내려다
보며 우렁차게 구호를 붙였다.

"하나, 둘, 셋!"

'우르릉' 소리에 이어 '쾅' 하고 굉음이 울렸다. 뚜껑이 엎어
지면서 안에 든 내관內棺이 모습을 드러낸 것이다.

"다들 잘했어!"

손뼉을 치던 맹부요가 석관 가장자리에 성큼 발을 올리고 랜
턴으로 내관을 비췄다. 본인이 작사, 작곡한 노래까지 의기양
양하게 흥얼거리며.

"2천 년 뒤에 우리 다시 만나, 박물관 유리 케이스 안에 너 한
칸 나 한 칸 사이좋게, 호시탐탐 노리는 도굴꾼도 없이……."

한창 막노동 중인 대원들은 단체로 눈을 치떴다. 음정, 박자
하나도 안 맞는 저주받은 노래를 고스란히 듣고 있어야 한다니.
일하느라 귓구멍을 틀어막을 손이 없는 게 한일 따름이었다.

한편 관곽 뚜껑 위에 쭈그리고 앉아 있던 뚱보는 뚜껑 뒷면
에 어렴풋이 보이는 글자를 발견하고 솔로 먼지를 털어 낸 참
이었다. 뚜껑에 새겨진 글자는 붉은색 주사로 홈이 채워져 긴
세월이 지난 지금도 여전히 선명했다.

그나저나 주사에 뭔가를 더 섞었는지 비릿하면서도 달큰한
냄새가 풍겼다. 뚱보는 그 냄새가 영 불안했다.

"하늘은 아득하고 땅은 망망하니 죽은 자는 음으로 돌아가고

---

3 무덤 앞에 세워 두는 석제 장식물.

산 자는 양에 기거함이라. 산 자에게 고향이 있듯 죽은 자에게도 요람이 있으니 그 경계를 침범치 말고 여기서…… 멈출지어다."

랜턴 불빛이 도깨비불처럼 이리저리 번뜩거렸다. 뚱보는 하얗게 질려 버리고 말았다.

옆쪽에서 내관과 씨름 중이던 맹부요가 시큰둥하게 말했다.

"어, 한나라 스타일 진묘문[4]인데 마지막 구절은 좀 다르네. 방금 뭐라고 그랬더라?"

대답하려고 입을 벙긋하려는 찰나, 불 꺼진 양초가 시야 가장자리에 걸리자 뚱보가 펄쩍 뛰며 비명을 질렀다.

"오메! 두목, 이번 건은 글렀어! 튀어!"

"야이씨, 우리가 무슨 산적이냐?"

피식 웃으며 쏘아붙인 맹부요가 막 허리를 세우려던 때였다.

콰르릉!

등 뒤에서 굉음이 울리더니 널방 전체가 덜컹거리기 시작했다. 균형을 잃고 엎어진 대원 일고여덟이 조롱박처럼 얽혀 한쪽으로 데굴데굴 굴렀다.

무시무시한 힘을 가진 거인이 땅을 무너뜨릴 기세로 발을 구르는 것처럼 널방 바닥이 급작스럽게 기울고 있었다. 관곽이 우르르 미끄러져 벽에 처박혔다. 서남쪽 모퉁이에서는 벽돌이 쏟아져 내리면서 바닥에 주먹만 한 구멍을 여럿 뚫었다.

---

4 鎭墓文. 망자의 복을 빌고 혼령이 산 자들에게 해를 끼치지 않길 바라며 무덤에 써넣는 문장이다.

다들 머리를 감싸고 우왕좌왕 구르는 가운데 몸이 둔한 뚱보는 벌써 벽돌에 몇 군데를 얻어맞고 비명을 질러 대고 있었다. 그 와중에도 밖에서 나는 굉음은 시시각각 기세를 더해 갔다.

아비규환 속에서 가까스로 고개를 든 맹부요가 옆으로 미끄러져 온 배낭을 낚아채 정수리를 가리며 외쳤다.

"산사태 같아, 요즘 폭우가 잦았잖아! 밖으로 나가! 당장!"

널길로부터 제일 가까운 지점에서 뒹굴던 대원이 고개를 쑥 빼고 밖을 내다보더니 금방 우는소리를 했다.

"진입로가 진흙이랑 자갈로 막혔어!"

"울긴 뭘 울어! 운다고 그게 뚫리냐?"

자잘한 돌멩이 천지인 바닥에서 한 바퀴를 구른 맹부요가 천장을 올려다보며 소리쳤다.

"도굴꾼이 뚫어 놓은 구멍이 있어! 여기로 나가자!"

"그거 파다가 만 구멍이야, 시체 토막이 중간을 막고 있다고!"

배낭을 목에 걸고 벌떡 일어났던 맹부요는 허리를 펴기도 전에 들이닥친 엄청난 진동에 곧장 다시 납작 엎어지고 말았다. 이렇게 되면 일어서는 건 깔끔히 포기였다.

이를 악문 그녀는 곡괭이 하나를 골라잡아 떼굴떼굴 도굴 구멍 아래까지 굴러간 뒤, 곡괭이를 세워 죽자 사자 구멍을 후벼 파기 시작했다.

우선은 너덜너덜한 다리 한 짝이 후두두 떨어져 내렸다. 맹부요는 자기 옆으로 떨어진 다리 토막을 거들떠보지도 않았다. 이어서 몸통이 떨어질 때는 슬쩍 움직여 충돌을 피했다. 몸통은 내리막을 따라 핏자국을 길게 남기며 널방 서남쪽으로 미끄러져 갔다.

몸통을 피한 직후, 이번에는 바싹 마른 머리통이 정확히 자신의 배 위로 떨어지자 맹부요가 팔을 휘둘렀다.

"걸리적대지 말고 꺼져!"

'퍽' 소리와 함께 황토색이 섞인 잿빛 역암 덩어리가 와르르 쏟아지더니 드디어 햇빛이 보였다. 맹부요는 흙먼지투성이가 되고도 득의양양하게 웃었다.

"안 죽은 놈들 다 이리 와! 길 뚫렸다!"

대원들이 허우적허우적 다가오자 맹부요가 그중 한 명의 옷깃을 잡아 위쪽 구멍으로 밀어 올리려던 때였다. 상대가 부랴부랴 그녀의 손을 붙들었다.

"네가 먼저야!"

"가라고!"

"여자부터지!"

"난 대장이야!"

굉음이 계속되는 사이 지면은 어느덧 직각에 가깝게 기울고 있었다. 널방 안에서 그나마 수평을 유지하고 있는 부분은 지금 그들이 서 있는 좁은 구역이 유일했다. 하지만 이것도 얼마나 버텨 줄지 미지수였다. 더구나 언제 어디서 돌멩이가 화살처럼 날아들지 모르는 상황이었다.

녀석은 그녀를 먼저 올려 보내야 한다며 구멍 입구에서 끈질기게 뻗댔다. 이 시점에 의리 타령하는 것이야말로 의리 밥 말아 먹은 짓. 본인의 머리카락 색과 별다를 바 없는 눈을 한 채로 빠득빠득 이를 갈던 맹부요가 별안간 상대의 뺨을 후려쳤다.

배려심 갸륵한 신사분께서 눈앞에 둥둥 떠다니는 별을 구경하느라 정신 못 차리는 사이, 맹부요가 그를 구멍으로 밀어 올렸다. 엉덩이를 한 대 걷어차 준 건 덤이었다.

"한 번만 더 잡소리 하면 내 손에 죽는다!"

싸대기의 약발이 훌륭했던 덕에 나머지 대원들은 아주 고분고분히 기어 올라갔다. 그런데 마지막으로 뚱보를 끌어오기 위해 뻗었던 맹부요의 손이 허공을 짚었다.

고개를 돌린 맹부요는 바닥이 무너져 내린 부분까지 굴러가 있는 뚱보를 발견했다. 뚱보는 주변에 보이는 물건 중 뭐라도 붙잡고 버텨 보려 무진 애를 쓰고 있었다. 하지만 주변 사물들도 경사면을 따라 미끄러지고 있기는 마찬가지였다.

뒤에서는 바닥재가 무너지며 생긴 구멍이 톱니바퀴 모양의 이빨을 드러내며 그를 덮쳐 오고 있었다. 멀쩡한 문장을 뱉을 여력이 없는 뚱보는 알아들을 수 없는 괴성만 질러 댔다.

뒤쪽을 보며 눈을 굴리던 맹부요가 석벽 하단부에 툭 튀어나온 청동 등잔을 발견했다. 그 등잔에 발등을 걸고 엎드려 팔을 길게 뻗었다. 그녀의 손은 뚱보가 시커먼 구멍으로 떨어지기 직전, 그의 두툼한 팔뚝을 아슬아슬하게 잡아챘다.

뚱보가 질질 짜며 외쳤다.

"누나아⋯⋯. 흐엉, 그러게 내가 관 열지 말자고 했잖아, 흐어엉⋯⋯."

"닥쳐!"

맹부요는 녀석의 살찐 목덜미를 붙잡아 친히 닥치게 해 드렸다.

그런데 한창 위로 기어 올라가던 중에 똥보의 푸짐한 엉덩이가 그만 구멍에 끼어 버린 게 아닌가.

맹부요가 곡괭이를 찾으며 중얼거렸다.

"확 쑤셔 버려야지."

"똥침은 안 돼!"

절규와 함께 용을 '빡' 쓴 똥보는 단번에 난관을 극복해 냈다. 그 모습에 웃음을 터뜨렸던 맹부요가 뒤따라 올라가려다 말고 반짝 눈을 빛냈다.

저만치 손만 뻗으면 닿을 거리, 어딘가 갈라진 틈에서 굴러 나온 솥 모양의 청옥 예기禮器가 기우뚱기우뚱 비탈로 떨어지려 하고 있었다.

맹부요는 민첩한 동작으로 솥을 낚아챈 후 호탕하게 웃어 젖혔다.

"훌륭해! 근사한 물건이야!"

틀림없는 한나라 때 유물이었다. 당나라 이전의 유물 출토량이 현저히 적은 학계 상황에서 이 청옥 솥은 묘 주인의 생애와 지위, 당시 역사 및 풍속을 이해하는 데 큰 도움을 줄 터였다. 본전도 못 찾고 돌아가야 할 판이었는데, 이거라도 가져가면 체면치레는 하는 셈이었다.

이때 머리 위에서 똥보가 구멍에 얼굴을 들이밀고 소리쳤다.

"올라와, 올라와!"

청옥 솥은 황금 장식이 더해진 탓에 무게가 꽤 나갔다. 낑낑대며 솥을 머리 위로 들어 올리던 맹부요는 솥이 놓여 있던 자리에 불그스름한 빛이 번쩍 스치는 걸 보지 못했다.

발밑은 지금도 계속 무너지는 중이었다. 이제 발 디딜 공간이라고는 세숫대야 정도의 크기만 남았을 뿐이었다.

땀범벅인 얼굴을 구멍에 집어넣어 밑을 내려다본 뚱보가 생각도 못 한 청옥 솥을 발견하고는 핀잔을 줬다.

"그거 말고 누나를 달라고!"

"얼씨구! 네까짓 게 지금 날 탐내냐?"

농담조로 쏘아붙인 맹부요가 솥을 위쪽으로 밀어 올렸다.

"받아! 남는 장사야!"

뚱보가 별수 없이 팔을 뻗어 솥을 건네받으며 꿍얼거렸다.

"지독하게 연구밖에 모르는 여자 같으니……."

청옥 솥은 뚱보가 양손을 다 써야만 끌어 올릴 수 있는 무게였다. 그제야 한숨 돌린 맹부요가 위로 기어오르려던 찰나였다.

쿠르릉!

강렬한 붉은 광채가 흡사 핏빛 비단처럼 펼쳐져 맹부요의 몸을 에워쌌다.

발밑이 허전해지는 동시에 돌멩이들이 사방을 미친 듯이 날아다니기 시작했다. 마지막 남은 발판마저 허물어져 내린 것이다.

"으아악!"

이제 막 솥을 올려놓고 맹부요의 팔을 붙잡으려던 뚱보는 헛

손질을 하고 말았다.

"대장!"

뚱보가 목이 터져라 일갈했을 때였다. 뭔지 모를 기괴한 소리가 무덤 안에 울려 퍼졌다. 옛 악기가 내는 음 같기도, 거대한 전설 속 짐승의 울부짖음 같기도 했다.

그 괴성에 섞여 맹부요가 기를 쓰고 외치는 소리가 들렸다.

"동생! 나 유공자로 인정해 달라고 서류 꼭 올려……."

17년 후

"세 개째!"

맹부요는 쓰러진 상대의 가슴팍에 한 발을 턱 올려놓았다. 그러고는 무릎 위에 팔을 걸치고 뭔가를 요리조리 살펴보았다.

빽빽한 녹음을 뚫고 들어온 햇빛이 손에 들린 물건을 비췄다. 납작한 육각형의 검은색 물건. 단단하고 매끈한 재질에 고풍스러운 무늬가 새겨져 있었다. 여섯 모서리 중 오른쪽 아랫부분 한 개가 유달리 길고 날카롭게 튀어나와 선뜩한 빛을 반사했다. 검푸른 송곳니를 연상시키는 모양새였다.

맹부요는 뾰족 튀어나온 그 모서리를 가만가만 손가락으로 쓸며 묘한 미소를 지었다. 물건을 손바닥에 놓고 던졌다 받았다 하는 동안 입술 사이로는 저절로 휘파람이 흘러나왔다.

금가루처럼 쏟아져 내리는 햇살을 배경으로 맹부요의 치켜든 턱이 아름다운 각을 그렸다. 턱 선을 따라 이어지는 이목구비의 윤곽은 빚어 놓은 듯 섬세했다. 새하얀 이마를 도화지로 시원스럽게 뻗은 눈썹 덕에 그 아래 까맣게 반짝이는 눈빛의 날카로움이 더욱 도드라져 보였다. 칼집 밖으로 나오길 기다리는 명검의 날처럼, 그녀의 눈 안에는 숨길 수 없는 날카로움이 있었다.

"하, 천살국天煞國 통행부네! 운수 대통이다!"

손을 툭툭 털어 낸 맹부요가 통행부를 앞섶에 아무렇게나 집어넣었다. 옷 속에서 딱딱한 물건들이 서로 부딪치며 맑은 소리를 냈다. 그 안에는 나라별로 생김새만 조금씩 다른 통행부가 벌써 두 개나 들어 있었다.

맹부요는 그 경쾌한 소리를 들으며 씩 웃음 지었다. 일곱 나라의 통행부를 전부 모으기만 하면…….

"부요!"

등 뒤에서 부스럭부스럭 발소리가 들렸다. 맹부요의 눈이 가늘어졌다. 그녀는 바닥에 뻗어 있던 자의 혈도를 재빠르게 짚고는 그 사내를 앞쪽 수풀에 걷어차 넣어 버렸다.

맹부요는 활짝 웃는 얼굴로 뒤를 돌아봤다. 반짝반짝 빛나는 눈망울에 따사로운 반가움이 묻어났다.

"경진!"

저만치서 검은 옷을 입은 귀공자가 걸어오고 있었다. 훤칠한 키에 준수한 용모, 거기에 희고 결이 고운 피부. 입은 옷이며 풍기는 분위기만 봐도 보통 집안 자제는 아니었다. 귀공자의 입매에는 흡사 살랑이는 봄바람처럼 온화한 미소가 걸려 있었다.

연경진燕驚塵. 현원검파玄元劍派 제자 중 최고의 실력자, 연경燕京 문벌가 출신의 귀공자, 현원검파 여제자들의 흠모를 한 몸에 받는 청년.

"또 뒷산에서 노느라 시간 가는 줄 몰랐구나."

맹부요와 석 자 거리를 두고 멈춰 선 연경진은 온유하게 미소 짓는 얼굴이었지만, 그 미소 안에는 은근한 나무람이 담겨 있었다.

"수련에 힘써야지. 내일 비무에서 또 맨 밑바닥이려고. 혼나는 거 속상하지도 않아?"

맹부요는 대수롭지 않다는 듯 웃으며 귀밑머리를 매만졌다.

"괜찮아, 지는 거야 하루 이틀 일도 아니고."

둘 사이에 수도 없이 오갔던 문답의 반복이었다. 때문에 맹부요는 오늘 연경진의 눈빛에 담긴 갈등과 망설임을 미처 알아차리지 못했다. 당연히 대답을 들은 연경진의 낯빛이 어두워진 것도 몰랐다.

"부요."

잠시 그녀를 응시하던 연경진이 한 걸음을 떼며 나지막이 말했다.

"수련에 조금 더 공을 들일 수는 없겠어? 오주대륙五洲大陸은 힘의 논리가 지배하는 땅이야. 무공이 형편없으면 훗날 천하 어디를 가든 업신여김만 받을 텐데, 너는…… 이 상황을 극복

해야겠다는 생각이 없어?"

짧은 간격을 두고 연경진이 한마디를 덧붙였다.

"나를 위해서라도."

나를 위해서라도.

흠칫한 맹부요가 고개를 들어 연경진의 눈을 바라봤다. 그 속에 담긴 망설임, 불안, 아스라한 고통이 읽히자 그녀의 가슴도 아프게 죄어들었다. 그러고 보니 그는 요즘 들어 실망감을 내비치는 일이 잦았다.

맹부요는 입술을 달싹였다. 속내 깊이 묻어 둔 비밀을 모조리 털어놔 버릴까 싶었다.

실은 무공에 소질이 없어서가 아니라고. 현원검파 내공을 익히지 않는 건 자신이 쓰는 무공인 파구소破九霄와 기운이 상충되기 때문이라고.

지금은 자신 때문에 당하는 치욕과 비웃음이 곤혹스럽고 자존심 상하겠지만, 조금만 더 시간을 주면 그의 자랑이 되어 보이겠노라고.

그러나 떠나오기 전 사부가 했던 신신당부가 귓가에 쟁쟁했다.

'어느 문파에 들어가든 네가 원래 익힌 무공을 드러내서는 안 된다.'

그때 올린 굳은 맹세를 어길 수가 없었다.

무공 수련에 심취한 경진은 문파에 몹시도 헌신적이었다. 그에게 진실을 털어놓는다면 문주의 귀에까지 전달되는 건 시간

문제였다.

맹부요는 숨을 깊이 들이마시며 길고 농밀한 속눈썹을 들어 올렸다. 말간 눈동자에 연경진이 담겼다. 그는 긴 기다림에 못내 마음이 상한 기색이었다.

"경진, 나는, 진짜 최선을 다했어…….."

그녀를 바라보며 한참을 서 있었던 연경진이 탄식을 흘렸다. 눈빛에 담겼던 긴장과 실망은 맹부요의 대답과 함께 사라져 버렸다. 그는 이제 체념한 모양새였다.

연경진이 화제를 돌렸다.

"한 해 뒤에 천살국 도성 반도磐都에서 진무대회眞武大會가 열려. 일곱 나라 귀족 출신 무인들이 한자리에 모여 무예, 병법, 책략을 겨루고 일곱 명의 우승자는 각기 나라의 병권을 손에 쥐게 되지. 우리 현원검파에서는 내가 배원裴瑗 사매와 함께 출전을 명받았는지라 내일이면 채비를 위해 본가에 돌아가야 해."

담담한 어조였다.

저 멀리 산등성이 너머에서 비쳐 든 석양이 우거진 나뭇잎에 체 쳐져 얼룩덜룩한 금색 빛살을 그리고 있었다. 그 빛살이 해를 등지고 선 연경진에게로 쏟아져 그를 아롱아롱 아득해 보이게 했다. 그의 표정이 또렷이 눈에 들어오지 않았다.

맹부요는 덜컥 내려앉는 가슴을 웃음으로 애써 감췄다.

"현원파에서 가장 걸출한 제자 둘이니까. 오죽하면 태연국太淵國에서 '주벽쌍검珠璧雙劍'이라는 칭호까지 하사했을까. 그런 둘이 안 나가면 누가 나가겠어?"

연경진은 맹부요의 말투가 어딘지 자연스럽지 않다고 생각하며 그녀를 빤히 응시했다.

"부요, 난 '주벽쌍검'이 우리 둘을 묶어서 부르는 말이기를 바랐어."

맹부요는 입꼬리를 당겨 올리려 안간힘을 써야 했다.

그녀라고 왜 같은 바람을 품지 않았을까? 아무리 배포가 크다 한들 자신이 마음에 둔 남자가 다른 여자와 한데 묶여 완벽한 한 쌍으로 불리는 걸 좋아할 여인은 세상에 없었다.

석양은 참 급하게도 졌다. 자색과 홍색이 섞여 곱게 흐드러졌던 저녁노을이 어느덧 얇디얇은 한 겹 선홍빛을 띠고 있었다. 비취색 나뭇잎 사이로 사붓 내려앉은 빛살에 줄곧 다가오지 않고 있던 연경진의 그림자가 어슴푸레해졌다.

맹부요는 어째서인지 황망해졌다. 맥박이 불규칙하게 뛰고 있었다. 지금 당장 말하지 않으면 이 이야기는 영영 전할 기회가 없으리라. 짙은 불안감이 밀려들었다.

"경진, 할 말이……."

"부요, 할 말이 있어."

연경진이 그녀의 이야기를 잘랐다. 지금 이 순간이 아니면 다시는 입을 못 열 사람처럼, 말을 뱉는 속도가 다급했다.

"가문에서 서신이 왔어. 배씨 집안에 혼담을 넣었다고. 이미 예물도 보냈다니 진무대회를 마치면 나는…… 배원과 혼인해."

귀하신 경공

맹부요가 하려던 말은 목구멍에 턱 걸려 버렸다. 그녀가 눈을 들어 연경진을 뚫어져라 쳐다봤지만, 상대는 그녀가 아니라 반쯤 시든 꽃송이를 바라보고 있었다.

그가 서둘러 말했다.

"부요, 네 상황이 그렇잖아. 우리 둘은…… 가문에서 인정 못 받아. 배씨 집안은 우리 쪽보다 급이 한 단계 높은 황족 혈통이야. 이번 혼담도 본래는 가망이 없었는데 배원이 직접 승낙했다고 들었어. 그쪽 집안에서 좋다고 했으면 번복의 여지는 없는 거야. 우리 가문이 감히 그쪽에 무례를 범하는 건 안 될 일이고……."

맹부요가 상대의 주절거림을 단번에 잘랐다.

"그놈의 가문, 가문, 하지 말고 네 이야기를 해!"

"나는……."

연경진이 멈칫했다. 침통한 얼굴을 하고 있던 그가 다시 입을 연 건 한참 후였다.

"부요, 내 부인은 오주대륙에서도 상당한 위치에 오르게 돼. 용모며 재주, 무공, 출신, 뭐 하나 빠져서는 안 돼. 본바탕이 너무 부족하면 우리 가문을 웃음거리로 만들고 말 터라……."

"네 이야기를 하라고!"

귀공자인 그의 긍지에 제대로 금을 내는 면박이었다. 연경진도 발끈해서 목소리를 높였다.

"그래, 나도 네 한심한 꼴 참을 만큼 참았어! 너 때문에 비웃음 받는 데도 질렸다고!"

맹부요는 눈을 커다랗게 뜬 채 한 발자국 뒤로 물러섰다. 체면이고 뭐고 집어던지고 고함을 내지르는 연경진의 얼굴은 험악하기까지 했다.

땅거미가 성큼성큼 넓어지고 있었다. 천지 구석구석에 어둠의 색채가 한 겹 더해졌다. 비취색으로 빛나던 나뭇잎은 이제 칙칙한 녹색이 되었다. 그 더러운 색을 보니 숨이 막힐 지경이었다.

한때는 그리도 온화하던 귀공자가 어둠을 배경으로 서 있었다. 그의 일그러진 얼굴이 참 낯설고도 애잔했다.

하늘과 땅 사이에 남은 소리라고는 바람결에 옷자락이 쓸리면서 나는 소리뿐이었다.

잠시 후, 맹부요는 웃어 버렸다. 적막한 어둠 속에 꽃 한 송이가 피어난 것 같은 웃음이었다. 언뜻 보기에는 처량하지만, 그 본질에는 결연하고도 찬란한 비장미를 품은 꽃.

"그래, 좋아!"

그녀가 연경진 쪽으로 소매를 휙 떨쳤다. 옷소매에 붙은 흙먼지를 털어 내는 김에 연경진까지 같이 털어 내는 듯한 동작이었다.

"알아들었어. 무공에 소질이라고는 손톱만큼도 없는 무지렁이를 부인이랍시고 나라님이 여시는 연회며 모임에 끼고 나가서 앞말 뒷말 골고루 듣는 건 못 견디겠다는 소리네. 급 안 맞는 부인 때문에 완전무결한 귀공자 생애에 오점이 생기는 건 더욱이 못 참고……. 연경진, 내가 보장하는데 네 신붓감으로는 배원이 완벽해. 귀부인이 잘 치장된 개 한 마리 끌고 다니듯 동네방네 데리고 다니면 얼마나 체면이 서겠어. 서로서로 돋보이고 좋겠네."

맹부요의 입은 웃고 있었지만 눈은 웃지 않았다. 그녀의 음성은 싸늘하게 억눌려 있었다. 검집을 나오기 직전의 날 선 검처럼.

"귀하신 견공 섭외한 거 축하해."

말을 마친 맹부요가 연경진에게는 눈길도 주지 않고 돌아섰다.

"부요!"

허둥지둥 달려와 그녀의 옷소매를 틀어쥔 연경진이 씁쓸함이 더해진 목소리로 말했다.

"부요……. 사실 내가 마음에 둔 사람은 너야……."

"그 마음은 잘 넣어 뒀다가 귀하신 견공께 알랑거릴 때나 써."

맹부요가 살벌하게 웃으며 들어 올린 손가락 사이에 서슬 퍼런 기운이 나타났다. 그 기운은 연경진에게 잡힌 소매로 번개처럼 뻗어 나갔다.

칼끝에서 뿜어져 나오는 한기가 어마어마했다. 하지만 연경진은 그녀가 자신을 해칠 거라고는 생각하지 않았기에 여전히 소매를 틀어쥐고 있었다.

그러나 맹부요는 일말의 망설임 없이 그의 손가락을 그어 버렸다.

연경진은 소스라치게 놀라 손을 뺐으나 이미 늦은 뒤였다. 연경진의 다섯 손가락에는 기다란 상처가 생겼다. 처음에는 하얗게 긁힌 정도로만 보였으나 얼마 지나지 않아 상처에서 선혈이 흐르기 시작했다. 칠흑 같은 지면 위로 새빨간 핏방울이 소리 없이 떨어졌다.

"너……."

"내가!"

맹부요는 뒤돌아보지 않았다. 그녀의 뒷모습이 점차 짙어지는 어둠 속에서 꼿꼿한 윤곽을 그려 냈다.

"내가 해 줄 말은 하나야. 어떤 실수는 지금 그 상처처럼 처음에는 아무렇지 않다가 뒤늦게야 아프고 피가 나기도 하는 법이거든."

연경진을 외면한 채로 그녀가 피식 웃음을 흘렸다. 갓 떠오른 반달만큼이나 싸늘하게.

"내가 장담하는데 연경진 너, 머지않아 쓰라리게 아플 날이
올 거야."

❀

달빛이 유난히도 서늘한 밤이었다.

맹부요는 가부좌를 틀고 앉아 파리한 달을 하염없이 올려다
보고 있었다. 그녀의 기억 속에 오늘만큼 달이 시렸던 적은 없
었다.

푸르스름한 빛무리를 바라보고 있자니 폐부까지 한기가 스
미는 듯했다. 그런가 하면 별빛은 유독 가물가물 번잡스러웠
다. 변덕맞은 누군가의 마음처럼.

그와 처음 만났던 그 날이 어렴풋이 떠올랐다. 비바람이 사
납던 날, 그녀는 진창에 머리를 박고 임현원林玄元에게 자신을
제자로 거둬 주십사 청했었다.

임현원을 따라 장대비가 억수같이 내리는 산문 앞에 나온 소
년은 거기 참하니 서서 따사롭게도 웃었다. 빗속에서 소년이 내
밀어 준 손가락은 참 길고도 하얬다. 그 봄날 같던 온기란…….

'부요, 사실 내가 마음에 둔 사람은 너야.'

'부요, 오주대륙에서는 힘이 없으면 일생 동안 무시당하며
살아야 해.'

'부요, 더 노력해. 이래서야…… 앞으로 어쩌려고 그래?'

'부요, 너는 다 좋은데 딱 하나……, 자질이 아쉬워.'

하……. 진작 깨달았어야 했건만, 손을 잡아 주던 소년의 따스함에 눈이 멀었던가. 그래, 어차피 나도 네놈의 개로 살 마음은 없었으니까.

피식 웃은 맹부요는 모기 쫓듯 소매를 내둘러 달갑지 않은 추억들을 흩어 버린 뒤 눈을 감고 운공에 돌입했다.

얼마 지나지 않아 그녀의 정수리 위로 연무가 피어오르기 시작하더니 앉은 자리 주변에 푸르스름한 광채가 비쳤다. 광채는 천천히 시간을 두고 맹부요의 가슴께 높이까지 일어 올랐다.

파구소는 그녀의 진짜 스승이라 할 수 있는 망할 도사 영감의 비기였다.

그녀는 남의 묫자리에 곡괭이질을 격하게 하다가 다른 세계로 오는 통로까지 뚫어 버렸다. 오주대륙에서 새 인생이 시작되었는데 다섯 살 이전의 기억은 잃어버렸고, 다섯 살 때부터 열다섯이 될 때까지는 망할 도사 영감한테 붙잡혀 학대에 가까운 무공 수련을 감내해야 했다. 그럼에도 10년 수련 동안 9성 경지가 최고인 파구소의 3성 절정 수준에 도달했을 뿐이었다.

그래도 3성 절정에서 푸른색으로 뭉치는 진기는 음유한 무공을 대적하기에 최적화된 무기였다.

운공은 긴긴밤을 지나 햇빛 눈부신 오전까지도 계속됐다. 맹부요가 눈을 뜬 건 오후가 다 되어서였다.

맹부요는 눈꺼풀을 들어 올리자마자 한숨과 함께 미간을 찌푸렸다. 3성 절정에 오른 지 어언 반년이나 되었는데도 4성 경지는 아직도 멀기만 했다. 이렇게 지지부진해서야 진무대회에는 무슨 수로 나가고, 연경진을 아프게 해 주겠다는 말은 또 어찌 실현할까.

그런 걸 다 집어치워도 가슴에 품은 소망을 이룰 날이 자꾸만 멀어지고 있었다. 그것이 가장 큰 근심이었다.

입술을 깨물던 맹부요가 자리를 털고 일어났다. 성큼성큼 산을 내려가며 계산하니 연경진은 이미 길을 나섰을 시간이었다.

갈 테면 가라지.

맹부요는 이제 한시도 더 여기 머물고 싶지 않았다. 내려가서 짐을 챙긴 뒤 곧장 문파를 뜰 작정이었다.

산 중턱 능선 사이에 숨겨진 평지를 가로지르면 산비탈을 뒤에 업고 고래등 같은 기와지붕이 웅장하게 이어져 있었으니, 이곳이 바로 현원 산장이었다.

꽤 거리를 두고서도 소란스러운 소리가 맹부요의 귀에까지 들려왔다. 웅성거리는 군중 사이에서 누군가 서슬 퍼렇게 일갈했다.

"태연국 삼대 검파에 꼽힌다더니, 현원검파에는 쓸 만한 제자가 하나도 없는 건가?"

사부의 난처한 듯한 헛기침 소리와 분개해 되받아치는 제자들의 말소리, 여기저기서 검이 스르릉 뽑혀 나오는 소리가 이어졌다. 어째 분위기가 심상치 않았다.

맹부요의 눈썹 사이에 주름이 잡혔다. 오주대륙 일곱 나라는 전부 무를 숭상하는 기풍이 농후한 집단이었고, 문파 간에 크고 작은 싸움이야 일상사였다. 십중팔구 어느 문파 놈인지가 와서 깽판을 놓은 상황이리라.

품 안을 뒤적여 역용[5]에 필요한 도구를 꺼낸 맹부요가 개울 물을 거울 삼아 순식간에 추레한 몰골로 변신했다. 사실 연경 진을 제외하고는 지금껏 누구에게도 진짜 얼굴을 보여 준 적이 없었다.

그녀의 방으로 가려면 연무장을 지나야 했다. 현원검파 연무 장은 규모가 크고 웅장하기로 태연국 전체에 명성이 자자했지 만, 평소에는 쓰지 않는 곳이어서 맹부요는 별생각 안 하고 가 로지르려 했다. 하지만 안으로 들어서자마자 당혹스러운 광경 을 보고 말았다.

저마다 다른 복색을 한 사람들이 백 명도 넘게 모여 각기 연 무장 한 구석씩을 차지하고 있었다. 문파 몇 개가 한꺼번에 몰 려온 모양이었다. 개중에는 풍기는 기도와 눈빛이 심상치 않은 자들도 몇몇 눈에 띄었다. 예사 인물들이 아닌 게 틀림없었다.

연경진을 제외한 현원검파 제자들은 심각한 얼굴로 동그랗 게 한데 모여 있었다. 상처를 입었는지 검에 의지해 가까스로 몸을 가누며 피를 토하는 사람들도 보였다.

짙은 불안감이 연무장을 떠돌고 있었다.

5　易容. 무협 세계관에 등장하는 외모 위장술.

검을 마주 겨누다

한쪽 관람석에 가부좌를 틀고 앉은 문주 임현원은 이미 비무를 한 번 치른 모양새였다. 만족스러운 결과를 얻은 것 같지는 않았다. 창백한 낯빛으로 운기조식 중인 임현원을 뒤로한 채 연무장 한복판에서는 현원검파 대사형과 검은 옷을 입은 인물의 대결이 벌어지고 있었다.

검은 옷을 입은 인물은 굉장히 빠른 쾌검을 썼다. 칼날과 칼날이 맞부딪치며 번쩍번쩍 불꽃이 튀는 가운데 흑의인의 검은 어느 순간 승천하는 용이 되었다가, 바로 다음 순간에는 파도가 되어 밀려왔다.

초식이 워낙 화려하고 변화무쌍해 보는 사람이 어지럼증을 느낄 정도였다.

맹부요는 사형들이 속닥거리는 소리를 들을 수 있었다.

"태연 십대 검객에 드는 무흔검無痕劍이야. 열 명 중에 개인사에 관해 알려진 게 제일 없고 성정이 괴팍하기로는 으뜸인데 백산파白山派 놈들이 대체 무슨 재주로 저자를 데려왔을까?"

"올해는 어째 태연 십대 검파의 비무회 날짜가 갑자기 당겨졌다 했더니, 백산파 늙은이가 믿는 구석이 있어서였군. 작심하고 우릴 밟으러 온 거야."

"그나저나 혼자서 우리 현원검파 전체에 도전장을 낸 패기라니!"

"그게 뭐? 다 그만한 능력이 되니까 하는 짓이지. 대사형도 겨우 버티는 게 고작인 거 안 보여?"

"하아……. 우리가 오늘 진짜 납작 밟히는 건가……."

맹부요는 그러거나 말거나 상관하지 않고 발걸음을 뗐다.

그런데 몇 걸음 채 내딛기도 전에 처참한 비명이 들려왔다. 곧이어 피비린내 섞인 바람이 세차게 불어닥치는가 싶더니 허공으로 붕 떴던 그림자 하나가 그녀를 향해 내리꽂혔다. 맹부요가 얼른 비켜서자마자 핏줄기를 뿌리며 날아온 거구가 그녀 앞에 처박혔다.

연무장 가장자리에 놓인 무기 보관대까지 피가 처참하게 방울져 튀었다. 새하얀 돌바닥도 피로 얼룩졌다. 붉은색과 흰색의 대비가 몸서리쳐질 만큼 선명했다.

누구도 말이 없었다. 현원검파 제자들 모두 경악한 표정으로 방금 나동그라진 남자에게서 눈을 떼지 못했다. 오른 손목을 부여잡고 뒹굴고 있는 남자는 다름 아닌 대사형, 그들 중 가장 출중한 무공을 자랑하는 실력자였다.

한참이 지나서야 정신을 차리고 대사형을 부축하러 갔던 제자가 돌연 비명을 내질렀다. 선혈이 낭자한 대사형의 오른손은 힘줄이 예리하게 잘린 상태였다.

실로 악랄한 검법.

현원검파 진영의 침묵 탓에 다른 문파 쪽에서 터져 나온 웃음소리가 한층 더 쩌렁쩌렁하게 들렸다.

정작 대사형을 쓰러뜨린 당사자는 무심히 연무장 한복판에 서서 검신에 얼룩진 핏자국을 닦아 내는 중이었다. 흑의인이 손에 든 헝겊이 어쩐지 눈에 익다 싶더라니, 가만 보니 대사형의 오른쪽 옷소매였다. 현원검파 제자들이 분노로 치를 떠는 가운데 맹부요만은 눈썹을 까딱 치켜세웠다.

기막힌 **빠르기**가 아닌가. 삽시간에 상대의 손목을 못 쓰게 만들고도 모자라 옷소매까지 저리 반듯하게 잘라 내다니. 그것도 반사 신경이 상상을 초월하는 일류 고수를 상대로!

백산파 장문인은 여태껏 미친 듯이 웃어 젖히고 있었다. 현원파 진영에서는 나지막한 탄식이 흘러나왔다. 아무래도 오늘은 태연국 현원검파의 체면이 바닥을 칠 날인 모양이었다.

오늘날 오주대륙에서는 각국 무림 세력 간의 힘겨루기가 한시도 그치지 않았다. 대결에서 얻은 전적이 곧 문파의 위상이 되는 현시점에 태연 삼대 검파로 손꼽히는 현원파가 비무회처럼 중요한 자리에서 적수 한 명을 못 당해 줄줄이 나가떨어지다니. 이 사실이 바깥세상에 알려지는 순간 현원검파의 지위는 낭떠러지 아래로 곤두박질칠 게 분명했다.

어느덧 연무장 안의 소란은 가라앉았으나 다들 바닥에 누운 대사형에게서 눈을 떼지 못하는 탓에 그 바로 곁에 서 있는 맹부요는 움직이기가 영 껄끄러웠다.

시험 삼아 발을 슬쩍 들어 올렸더니 검은 옷을 입은 소년의 얼음장 같은 눈빛이 곧장 날아들었다. 가면이라도 쓴 듯 표정이 없는 소년은 강철못처럼 날카롭게 갈린 그 눈빛을 맹부요의 눈동자에 자비 없이 때려 박았다.

소년의 눈은 바닥을 가늠할 수 없는 검은 심연 같았다. 그 깊디깊은 어둠 속에 정체 모를 불티가 한들거리고 있었다. 의혹에 찬 맹부요의 눈길에 두둥실, 빙글빙글, 펄떡거리던 불티가 어느 순간 맹렬히 폭발했다. 굉음이 그녀의 머릿속을 뒤흔들었다. 눈앞에 불꽃이 번쩍였다.

어지러움을 이기지 못하고 비틀거리던 맹부요의 등이 기둥에 부딪혔다. 기둥에서 올라오는 냉기에 정신이 번쩍 든 그녀는 소스라쳐서 상대방을 쳐다봤다.

미혼술 유동幽瞳이구나! 이 작자, 대체 정체가 뭐지?

증오로 가득 찬 눈빛을 한 상대는 결코 대련이 목적으로 보이지 않았다.

맹부요가 자리를 벗어나려던 찰나, 백산파 장문인이 입을 열었다.

"아직 연경진이 남지 않았소?"

흠칫하는가 싶던 임현원이 답했다.

"경진은 지난밤에 연경에 갔소."

"우리가 납신다는 기별을 듣고 내뺀 게 아니오?"

장문인 몇몇이 약속이나 한 듯 웃음을 터뜨렸다.

"그리고 저기!"

재운검파裁雲劍派 장문인이 껄껄 웃으며 지금 막 자리를 뜨려던 맹부요를 가리켰다.

"저건 뭐요? 내 기억으로는 아직 출전 전인 듯한데. 슬그머니 내빼려는 본새는 연경진을 보고 배운 겐가?"

안색이 변한 임현원이 아무 말도 못 하고 있자 맹부요의 옆에 있던 제자가 그녀를 홱 떠밀었다.

"멀뚱히 서서 뭐 해? 주제도 안 되는 게, 사부님 난처하시게 얼쩡대지 말고 썩 방으로 꺼져!"

맹부요의 쭉 뻗은 눈썹이 꿈틀 경련했다. 치밀어 오른 노여움이 눈동자를 물들이길 잠시, 그녀는 심호흡과 함께 주먹을 틀어쥐고는 이내 아무 말 없이 걸음을 옮겼다.

만만하면 일단 밟고 보려는 놈들. 저런 놈들을 일일이 상대해 봐야 본인도 같이 후져질 뿐이었다.

이 세계에 떨어져 온갖 험한 꼴을 봤고, 구른 세월이 길어지면서 껄렁껄렁 성질 급하던 '빨강 머리 마녀' 맹부요는 참아야 할 때 참을 줄 알게 되었다. 물론 제 버릇을 다 버렸다고야 못 하겠지만.

그런데 막 걸음을 뗐을 때였다. 등 뒤에서 은쟁반에 옥구슬 구르듯 나긋나긋한 음성이 들려왔다.

"한낱 부엌데기 계집애를 연 사형과 한데 논하시다니요. 연경 배씨 가문과 하원河源 연씨 가문을 동시에 모욕하는 처사가 아닙니까."

연경의 배씨 가문과 하원의 연씨 가문은 각각 태연 황실과 관료 사회를 뜻했다. 이 말에 실린 무게를 알아들은 장문인들은 모두 침묵했다.

뒤로 돌아선 맹부요가 붉은 옷을 입은 여인을 응시했다. 고작 한 살 차이일 뿐이거늘 아직 태가 풋풋한 맹부요와 달리 상대는 농익은 성숙미를 뽐냈다. 풍만해야 할 곳은 터질 듯 풍만하고 가늘어야 할 곳은 또 간드러지게 가는 데다가 몸에 착 붙는 붉은빛 치마를 즐겨 입어 그 자태가 요염하기 이를 데 없었다. 그런가 하면 봉황이 날아오르듯 살짝 올라간 눈꼬리는 기품 있는 그녀의 이목구비에 범접할 수 없는 화려함을 더해 줬다.

배원.

배원은 자길 돌아보는 맹부요에게 냉랭한 경멸 한 토막을 던진 후 무심하게 눈길을 다른 곳으로 옮겼다.

"괜찮으시다면 우리 현원검파에서 으뜸가는 제자의 풍모는 천살국 반도에서 열릴 진무대회를 통해 확인하시지요. 연 사형이 유감없이 보여 드릴 테니까요."

그녀는 맹부요를 힐끗 쳐다보고는 장문인들을 향해 미소 지었다.

"옆에 서 있는 것만으로도 더러움이 옮을 것 같은 이 계집애야 장문인들 입에 오르내릴 분수도 못 되고요."

이 말에 장문인들은 껄껄거렸고 임현원의 얼굴에마저 웃음기가 맴돌았다. 눈치도 있고 말솜씨도 기특한 여제자를 두었구나.

임현원은 수염을 쓰다듬으며 고개를 끄덕였다. 난처한 상황을 타개하는 동시에 검파의 체면까지 세워 주었으니.

맹부요는 그 웃음소리 속에 꼿꼿이 서 있었다. 지난 기억이 한 장면 한 장면 눈앞을 스쳤다. 비바람 속에서 내밀어 주던 손의 온기, 봄꽃 만개한 산중에서의 술래잡기, 달빛 아래에서 미소 짓던 눈동자, 눈밭에서 꽁꽁 얼어붙은 발을 담비 가죽으로 감싸 주던 손길…….

진흙 구덩이에서 올렸던 절, 무공을 숨긴 탓에 매번 제일 먼저 연무장에서 쫓겨나던 일, 문파 식구들 빨랫감을 모조리 짊어지고 얼어붙은 강가로 향하던 그 추운 겨울, 온갖 허드렛일을 간신히 마치고 한밤중 부뚜막 아래에 쭈그려 앉아 먹던 다 말라비틀어진 찐빵…….

지난날의, 웃음과 아픔이 교차하던 시간들…….

연무장 안에서 웃어 젖히고 있는 자들은 알지 못했다. 자신들의 방자한 웃음소리가 저기 뒤돌아 서 있는 여인의 가슴속 억눌렸던 분노에 불을 댕겼고, 그 불길이 벌써 천지를 집어삼킬 기세로 무섭게 휘몰아치기 시작했다는 걸.

한 번 더 숨을 깊게 들이마신 맹부요는 이내 한쪽 입꼬리를 비틀어 올렸다.

오냐! 야박한 세상사, 무정함이 내게 칼을 뽑으라 하니 내 기꺼이 한바탕 놀아 주마!

연무장을 등지고 섰던 그녀가 불현듯 빙글 돌아서고는 아까 대사형이 떨어뜨린 검을 집어 들었다. 그리고 성큼성큼, 검은 옷을 입은 소년 앞으로 걸어갔다.

연무장 안이 쥐 죽은 듯 조용해졌다.

발을 붙잡던 현원 산맥 깊은 숲을 뛰쳐나와 비로소 자유를 얻은 바람이 웅장한 대리석 광장을 휩쓸며 광기 어린 포효를 내질렀다. 모래 섞인 산바람의 공세는 비단 연무장에 세워진 열두 청동 기둥을 쩡쩡 울게 했을 뿐만 아니라, 장내에 모인 사람들의 시야 역시 흩뜨려 놨다.

불분명한 시야로 기둥 표면에 새겨진 괴수 부조를 올려다본 사람들은 부리부리한 눈을 한 그 네발짐승이 당장이라도 뛰어 내려 자신들을 씹어 삼킬지 모른다는 착각에 휩싸였다.

거대한 기둥 아래에 선 맹부요는 가냘팠으나 그녀의 등은 곧고도 굳건했다. 금방이라도 바람에 날아갈 듯한 모습이건만, 그럼에도 맹부요에게서는 천년만년 꿈쩍하지 않는 청동 기둥 같은 장중한 의기가 느껴졌다.

의미가 불분명한 눈빛들이 수도 없이 쏟아지는 가운데, 그 누구에게도 눈길을 주지 않은 채 입을 앙다물고 있던 맹부요가 한쪽 소맷단을 쫙 찢어 내 안대 모양으로 눈에 동여맸다. 미혼술 유동에 당하지 않기 위해서였다.

시린 강물처럼 서늘한 빛을 발하는 검이 오후의 햇볕을 받아 번뜩이는가 싶더니, 경악에 찬 좌중의 눈빛 속에서 천천히 흑의인을 겨눴다.

검술로 문파를 뒤흔들다

연무장은 정적에 휩싸여 있었다.

내내 눈을 감고 있던 검은 옷의 소년이 번쩍 고개를 들어 맹부요를 바라봤다. 그가 눈길을 미처 거두기도 전, 검푸른 그림자가 눈가를 휙 스치는가 싶더니 맹부요가 번개같이 쇄도해 왔다. 그 속도와 힘이 어찌나 무시무시했던지 공기 중에 희미한 파공음이 일었을 정도였다.

맹부요의 몸이 소년의 공격 범위에 당도하기도 전에, 새하얀 섬섬옥수가 쭉 뻗어 나오며 칼끝이 소년을 찌르고자 했다. 검푸른 검이 번쩍 빛났다. 서슬 퍼런 바람을 일으키며 덤벼드는 칼끝이 노리는 건 소년의 두 눈이었다!

빠르고 매서우며, 정확하고 예상치 못한 각도, 상상을 초월하는 무자비함이었다. 아직 아무 일도 일어나지 않았건만 현원검파 진영은 위아래 할 것 없이 넋이 빠진 얼굴로 '헉' 하고 숨을 들이켰다.

힘, 각도, 속도를 저토록 완벽하게 조절할 수 있는 이는 검파 전체를 통틀어 오로지 스승님뿐이시거늘……

그러나 소년은 차갑게 코웃음을 치고는 순식간에 세 걸음 뒤로 물 흐르듯 몸을 빼면서 청강장검을 뽑아 들었다. 뱀처럼 민첩한 칼날이 곧장 맹부요의 가슴을 겨냥해 뻗어 나갔다.

검과 검이 맞부딪치며 내는 소리에 좌중이 몸서리를 쳤다. 기세 좋던 산바람마저도 이 순간에는 숨을 죽이는 듯했다.

틀어 올렸던 맹부요의 머리가 검풍에 스쳐 풀리면서 긴 흑발이 안개처럼 흩날렸다. 그녀가 고개를 털어 내는 찰나, 한 가닥 머리카락이 붉은 입술과 희디흰 이 사이에 물려 가슴 떨리도록 선명한 아름다움을 그려 냈다.

이때 번쩍 눈을 빛낸 소년이 장검을 비스듬히 위쪽으로 휘두르자 검신이 진동하며 무수한 은빛 섬광이 일었다. 소년을 향해 달려들던 맹부요의 머리카락이 '파츳' 하고 튀는 섬광에 이끌려 일순간 빳빳하게 곧추섰다가 연기처럼 가벼이 아래로 내려앉았다.

그런데 공중에서 부드럽게 서서히 내려앉던 머리카락이 어느 순간 스르르 없어져 버리는 게 아닌가.

구경꾼 모두가 기함했으나 장문인들만은 놀란 와중에도 뭔가 깨달은 바가 있는 눈치였다. 머리카락이 아무 까닭 없이 사라진 게 아니라 소년이 날린 공격에도 아랑곳하지 않고 돌진하던 맹부요의 무시무시한 경기勁氣를 못 이기고 부스러져 내린 것이었다.

단단한 것을 부수는 일은 그리 어려운 문제가 아니지만 고정된 형체가 없는 유연한 것을 없애는 일은 어렵다. 그것은 만고의 진리. 저 여인은 대체 무슨 내공을 익혔기에 체외로 방출한 기운만으로도 머리카락을 흔적도 없이 날려 버린단 말인가?

이로써 백산파 장문인도 연무장 중앙의 가녀린 여인을 다시 보게 되었다. 하지만 그는 여전히 걱정하지 않았다. 저 소녀가 검법은 출중할지 몰라도 공력에는 아직 부족함이 엿보였기 때문이었다. 나이치고는 놀라운 성취를 이루었으나, 누차 기연을 얻어 막대한 내공을 쌓은 데다가 풍부한 실전 경험으로 한참 전부터 강호에 이름을 날려 온 무흔검과 비교하자면 모자란 수준이었다.

저 실력으로 무흔검을 이겨? 어림없는 소리!

백산파 장문인은 편안한 자세로 고쳐 앉고 웃는 얼굴로 수염을 쓸어내렸다.

한편, 연무장 한복판에는 조금 전에 미처 승부를 내지 못한 두 사람이 또다시 뒤엉켜 있었다. 둘 다 동작이 워낙 빠른지라 지켜보는 사람들은 휘몰아치는 광풍에 숨이 막힐 지경이었다.

두 사람은 꽃 사이를 헤치고 다니는 호랑나비처럼 어지러이 움직였다. 검은색과 짙은 청색이 엎치락뒤치락 춤추듯 빙빙 돌며 광활한 대리석 연무장을 현란한 빛으로 장식했다.

그들이 지난 자리, 반들반들하던 대리석에는 어김없이 가느다란 금이 남았는데, 수많은 금들이 얽히고설켜 이제 연무장 바닥은 한 폭의 기묘한 그림처럼 보였다.

맹부요가 자기네 무공보다 월등히 고매하고 위력적인 검법을 사용하는 모습에 여타 문파 진영에서도 놀란 기색이 짙어지고 있었다. 현원검파 제자들이야 말해 무엇하겠는가. 그들은 눈알이 튀어나온 지 한참이었다.

저게 그 비무 때마다 꼴찌였던 맹부요라고? 자질이 너무 떨어져서 현원 내공을 익히는 걸 아예 허락조차 못 받은 그 맹부요? 그랬던 맹부요가 우리 검법보다 훨씬 빠르고 훌륭한, 저토록 비범한 검법을 대체 어디서 배워 온 거지?

아까 맹부요를 밀쳤던 일곱째 사형이 '힉' 하고 숨을 들이켜고 중얼거렸다.

"무려 일백 초! 대사형은 저자를 상대로 고작 십 초도 못 버텼는데……."

옆에서 마른침을 꿀꺽 삼키던 여섯째 사형은 그 소리에 제가 깜짝 놀라 버렸다.

충격에 휩싸인 이들의 소란 속에서 배원도 몹시 복잡한 표정이었다. 발밑에 놓고 자근자근 밟아 준 게 바로 방금 전이었다. 그런데 이 계집애가 자신은 감히 넘보지도 못할 실력을 자랑하고 있는 것이다. 배원의 미간에 슬금슬금 먹구름이 드리웠다.

한편, 임현원은 남들과 달리 아주 차분한 모양새로 의자 손잡이를 톡톡 두드리며 뭔가 생각에 빠져 있었다.

비무가 막바지에 접어든 것 같았다. 맹부요의 움직임이 만들어 낸 검푸른 색의 장막을 불쑥 뚫고 들어온 청강장검이 그녀의 손목 가까이 접근했다가 다음 순간 물 흐르듯 미끄러져 가슴을 노렸다.

과녁이 명확한 검풍. 숨통을 아예 끊어 놓겠다는 의도였다.

그런데 이때 맹부요가 자신에게 바짝 접근한 검은 옷의 소년을 향해 싱긋 웃었다. 기다리던 순간이 온 것이다.

그녀가 새하얀 이로 붉디붉은 입술을 깨물자 산호처럼 고운 색 핏방울이 솟아났다. 기를 모아 입술 밖으로 힘껏 바람을 불자 매끈하게 궁굴려진 핏방울이 순간적으로 끌어올린 파구소 3성의 공력을 싣고 번개처럼 쏘아져 나갔다.

습해진 주변 공기가 순식간에 가라앉으며 희뿌연 연무를 만들어 냈다. 처음에는 미백색이었던 연무가 핏방울이 터지면서 엷은 적색으로 물들었고, 검은 옷 소년의 눈앞에 그물처럼 출렁출렁 펼쳐져 그의 시야를 가렸다.

이 틈에 맹부요의 다섯 손가락이 움직였다. 손안에서 검이 팽그르르 재빠르게 회전하면서 눈부신 빛을 뿜어냈다. 황홀한 광채의 장막이 '촥' 하고 부채꼴로 펼쳐졌다.

다음 순간, 눈이 시린 광채의 장막 안에서 맨눈으로는 보기 힘든 백색 빛줄기가 길고 가늘게 뻗어 나와 번뜩 냉기를 토하며 상대의 가슴팍을 향해 쇄도했다.

파구소 검법 제3식, '벽락유전碧落流電'!

창공을 가르는 번개처럼 뻗어 나가 삽시간에 사해팔황을 꿰뚫는 빛!

근접거리에서 극강의 힘을 실어 공격하기에 보통 사람은 백이면 백, 피하지 못하고 목숨을 잃는 기술!

사나운 바람 소리와 예리하게 벼려진 살기, 공기 중의 격렬한 마찰이 귀신이 울부짖는 것 같은 소리를 만들어 냈다.

구경꾼들 사이에서 경악의 소리가 터져 나왔다. 백산파 장문인을 비롯한 일동은 앉은 자리에서 벌떡 일어섰다. 의자에 기대 깊은 생각에 빠져 있던 임현원 역시 맹부요가 날린 살초의 기세에 움찔했다. 팔걸이를 두드리던 그의 손가락은 순간적으로 허공에 박제되고 말았다.

대결 중인 두 사람과 가까운 거리에 서 있던 제자가 비명을 꽥 지르더니 얼굴을 감싸고 뒷걸음질 쳤다. 곧이어 그의 손가락 사이로 가느다란 핏줄기가 새어 나왔다. 공격 범위 밖으로 새어 나온 진기에 얼굴을 베인 것이다.

서릿발 같은 매서움. 피한다는 것 자체가 아예 불가능한 필살기였다. 자리에서 일어나 연무장을 지켜보던 이들은 으슬으슬한 한기를 느끼며 서로 얼굴을 마주 봤다.

그러나 소년 역시 눈치로 보나 민첩성으로 보나 보통내기가 아니었다. 서늘한 백색 빛줄기가 아직 광채의 장막 안에 숨겨져 있던 시점에 그는 이미 거리를 벌리고 있었다.

검은색 잔영만을 남겨 둔 채 뒤로 공중제비를 넘으며 훌쩍 솟구쳐 오른 소년은 단숨에 석 장 밖까지 벗어났으나 그럼에도 한발 늦고 말았다.

정적 속에 '퍽' 하는 소리가 울렸다. 백색 빛줄기가 어깨뼈를 관통하며 내는 소리였다. 그리 건장하다고는 못 할 소년의 어깨에 커다란 핏빛 꽃송이가 찬연히 피어났다.

소년이 비틀거리며 땅에 내려섰을 때 맹부요는 소맷단을 정리하는 중이었다. 몰아치는 바람 속에 우뚝 버티고 선 그녀가 입꼬리를 당겨 미소 지었다.

맹부요, 승!

백산파 장문인의 안색이 확 바뀌었다. 비무회에서는 일대일 대결만 허용하는 게 원칙.

그는 현원검파에 검은 옷 소년의 적수가 될 만한 제자가 없을 걸 진즉 예견했다. 그랬기에 장문인들 중 가장 고강한 무공을 자랑하는 청성검파靑城劍派 장문인이 임현원에게 한 수 밀렸던 때도 느긋할 수 있었다.

한데 어디서 불쑥 튀어나온 못난이 계집애 하나가 일을 망칠 줄이야. 방정맞은 입이 원망스러울 따름이었다. 아까 가겠다는 계집을 그냥 뒀으면 이런 불상사가 없었을 것을!

고요한 연무장, 현원검파 제자들은 하나같이 얼빠진 표정으로 맹부요를 쳐다보고 있었다. 여인의 긴 머리카락과 검푸른 옷자락이 햇빛 아래 나부꼈다. 살짝 쳐든 턱이 그려 내는 각은 흠잡을 데 없이 날렵했다.

비로소 눈을 가린 천을 풀고 고개를 든 맹부요가 가소롭다는 듯 웃으며 주위를 둘러보았다. 짧은 순간 스치듯 드리워진 그 눈길은 햇빛보다도 강렬한 빛을 발하고 있었다.

한때 그녀를 비웃었던 자들은 그 눈빛을 마주한 찰나 자기도 모르게 뒷걸음질을 쳐야 했다.

맹부요가 냉소를 머금은 채 검을 내던졌다. '빠직' 소리와 함께 검신 세 치[6]가 바닥을 파고들면서 대리석에 기다랗게 균열이 생겼다. 한 척 길이나 되는 그 균열은 언뜻 그녀의 싸늘한 조소를 닮아 보였다.

검에 매달린 붉은색 술이 바람결에 제멋대로 춤을 췄다. 뒤숭숭한 눈빛으로 연무장을 쳐다보는 이들에게 그것은 눈자위를 쓰라리게 그슬리는 불꽃이었다.

반듯하게 다듬어진 대리석 바닥에 구멍을 냈는데도 누구 하나 맹부요를 나무라지 않았다.

아무 말 없이 연무장 출입구까지 걸어갔던 검은 옷의 소년이 돌연 돌아서서 그녀를 바라봤다.

시선과 시선이 얽혔다.

소년의 눈빛은 요동치고 있었다. 겹겹이 치닫던 파도가 기어코 소용돌이로 화하고야 만 바다처럼.

맹부요는 담담히 그의 눈빛을 받아 냈다. 그녀의 눈빛은 투명했다. 초저녁 바다 위에 뜬 달 만큼이나.

불현듯 소년이 이해할 수 없는 눈짓을 보냈다. 눈동자로 그녀의 등 뒤쪽을 가리키는 듯한 모양새였다.

소년은 이내 돌아서서 성큼성큼 자리를 떴고, 찜찜한 기분에 뒤를 쳐다본 맹부요는 어느새 등 뒤에 서 있는 임현원을 발견

---

6 길이 단위. 세 치면 약 10센티미터가 조금 안 된다.

했다.

화들짝 놀라 물러서던 순간, 까닭 모를 어지럼증이 덮치더니 이어서 비릿한 냄새를 풍기는 바람이 세차게 몰아쳤다.

퍽!

달 속에 임이 계시네

 남보라색 하늘에 파리한 달이 박혀 있었다. 서늘한 달빛에 비친 숲이 울창한 푸르름을 자랑했다. 바람이 나뭇가지 사이를 스치고 가노라면 잎새들이 파르르 떨며 탄식 같은 소리를 냈다.

 어느 까마득한 산봉우리에서 늑대 한 마리가 처절하게 울부짖었다. 숲 전체를 전율시키리만치 날카로운 그 울음은 드넓은 하늘을 가로질러, 아득한 산맥을 타고 넘어 동굴 안, 족쇄를 찬 이의 귀에까지 들어왔다.

 좁고 길게 뻗은 동굴은 천지 사방에 이끼가 낄 만큼이나 음습했다. 동굴 입구에서 바람이 소름 끼치는 귀곡성을 냈다. 저만치 안쪽에 희뿌옇게 빛나고 있는 무언가는 다른 게 아니라 조각조각 흩어진 백골이었다.

 축축한 바닥에 웅크리고 있는 맹부요는 옷은 옷대로 찢어지고 몸은 몸대로 상처투성이인 상태였다.

현원검파 비밀 감옥인 이 동굴에 갇힌 지도 어느덧 이레째. 그날 맹부요는 비무에서 기력을 소진한 직후 미혼약에 당하고 말았다. 문주 임현원이 체면 불고하고 감행한 짓이었다.

임현원은 정신이 혼미한 그녀에게 기습적으로 일 장을 날린 뒤 본문의 비기를 몰래 익혔다라며 좌중 앞에서 그녀를 꾸짖었고, 뒤늦게 상황이 파악된 제자들은 비기를 몰래 익힌 맹부요를 향해 온갖 상욕을 쏟아 냈다. 그다음은 곧장 이곳 동굴행이었다.

임현원은 이레 내내 하루도 거르지 않고 찾아와 그녀의 내력을 캐는 한편, 검은 옷의 소년과 싸울 때 썼던 검법을 전수하라고 협박했다. 힘이 곧 존엄인 오늘날의 오주대륙에서 문파의 흥성을 보장받기 위해서는 뛰어난 비기를 확보하는 일이 몹시 중요했다. 임현원은 자신을 깜찍하게 속여 넘긴 여제자의 검법이 보통이 아니라는 것을 한눈에 알아봤다.

맹부요는 공력이 부족한 탓에 연무장에서 온전한 위력을 발휘하지는 못했다. 그렇지만 임현원의 탁월한 안목은 그 검법의 가치를 놓치지 않았다. 그런 검법을 그냥 놓칠 수는 없었다.

맹부요는 이를 악물고 버텼다. 임현원은 고작 말 몇 마디로 파구소를 자신의 '독문 비기'로 만들어 버릴 만큼 교활한 작자였다. 덕분에 훗날 현원검파에 갑작스럽게 절세무공이 하나 늘어나도 이상하게 생각할 사람은 없을 터였다.

'영악한 무공 도둑'이야 검법을 전수하고 나면 입막음을 위해

죽임을 당하겠지만.

맹부요는 여기서 죽고 싶지 않았다. 아직 해야 할 일들이 많았다. 하지만 중상을 입은 몸으로 시도 때도 없이 가해지는 고문을 견뎌야 하는 상황. 게다가 먹고 마실 것이 전혀 없는데 대체 무슨 수로 목숨을 부지한단 말인가?

헐떡헐떡 숨을 몰아쉬던 맹부요는 탈출을 막기 위해 동굴 입구에 배열해 놓은 바위 진법 너머 저 멀리 떠 있는 달을 올려다봤다. 붉게 핏발 선 눈에 비친 달빛은 유난히도 요사스러웠다. 그 가물가물한 달은 그녀의 손이 닿기에는 너무 아득한 곳에 있었다.

어디에도 구속되지 않고 오주 구석구석을 비추는 달빛. 분명 임현원, 그 늙다리의 베갯머리에도 쏟아질 달빛이 이레 밤낮을 어둠 속에 갇혀 있는 그녀에게만은 허락되지 않았다.

입가에 희미한 쓴웃음이 맺혔다. 맹부요는 눈을 감고 체내의 감각에 집중했다. 갖고 있던 진기의 태반을 잃은 뒤였다. 파구소를 3성 절정까지 연마했던 그녀이건만, 이번 일로 공력이 크게 퇴보한 탓에 한 해 이상의 고되게 했던 수련이 물거품이 되고 말았다.

망할 도사 영감의 말대로라면 파구소는 세상을 발칵 뒤집어 놓을 만한 절정무공이었다. 경지가 높아질수록 수련은 점점 힘들어지지만 9성을 달성하고 나면 그야말로 천하를 발아래 둘 수 있다고 했다.

물론 맹부요는 코웃음을 쳤다. 십중팔구는 망할 도사 영감의 허풍이리라.

어쨌든 10년을 파고도 고작 3성 경지인 본인의 처지를 보면 쉽지 않은 무공인 건 사실이었다. 이 정도만으로도 도사 영감한테서 기재 소리를 들었었다.

그런데 이제는 꼼짝없이 2성 경지로 뒷걸음질 치게 생겼으니 분해서 잠이 오지 않을 지경이었다.

밤이 더 깊어지자 조용하던 동굴 안에 어렴풋하게나마 졸졸 물 흐르는 소리가 들렸다. 힘겹게 몸을 일으킨 맹부요가 한 뼘 한 뼘 바닥을 기어가기 시작했다. 강철 족쇄가 울퉁불퉁한 바닥과 부딪쳐 요란하게 철컹거렸다.

한참 만에야 동굴 벽면 근처까지 가서 털썩 몸을 기댔을 때 맹부요는 이미 기진맥진한 상태였다. 이 상황에 질퍽한 벽면이 깨끗하고 아니고는 중요치 않았다. 그녀는 물기가 배어나는 동굴 벽에 뺨을 바싹 붙이고서 자신을 구원해 줄 생명수가 한 방울 한 방울 흘러내리기를 기다렸다.

지난 이레를 버텨 낼 수 있었던 건 매일 밤 정해진 시간이 되면 벽을 타고 흘러내리는 물 덕분이었다.

목을 좀 축이고 한숨 돌린 맹부요는 문득 얼굴에 손을 댔다가 역용했던 모습이 물기에 모조리 씻겨 나갔음을 알아챘다. 그래, 뭐 어떠하랴. 어차피 볼 사람도 없는 것을.

물을 마시고 났더니 확연히 기운이 돌아오는 듯했다. 그런데 다음 순간, 벽에 기대앉아 별생각 없이 밖을 내다보던 그녀의 눈이 한 지점에 고정됐다.

맞은편 산등성이에는 흡사 천신이 내리쳐 부러뜨린 검 끝이 비스듬하게 산 밖으로 삐져나온 듯, 기다랗게 툭 튀어나온 절벽이 있었다. 그 뾰족한 끄트머리에 꼼짝 못 하고 낚인 은백색 달이 깎아지른 벼랑 위에 휘영청 둥글었다.

소슬한 월광이 그윽이 비추는 가운데, 달 속에서 누군가 검무를 추고 있었다. 너른 옷자락이 산봉우리를 떠도는 운무 사이로 사라질 듯 말 듯 표표히 나부끼는 자태가 마치 구중천 하늘 위에서 춤추는 이 같았다.

손짓 하나, 발짓 하나가 날아오를 듯 가볍고 날래건만 그 와중에 칼끝의 정교한 움직임은 우아하기가 이를 데 없었다. 초탈한 은사이시려나, 고결한 선인이시려나, 저 멀리 아득한 그림자에 불과함에도 거동에서 묻어나는 품격은 선연하기만 했다.

영롱한 구슬이 쏟아지는 선계의 풍경이든, 조각배 노니는 전설 속 봉래산 앞바다든, 그 어떠한 절경을 가져다 댄들 지금 달빛 속에 춤추는 이의 자태를 당해 낼 수 있을까. 그것은 민첩함과 우아함의 완벽한 조화요, 강함과 부드러움의 황홀한 공존이었다.

가없이 흐드러진 은하수와 산중 운무를 비추는 월광. 백옥 같은 달을 배경으로 재색 그림자가 펼치는 검무는 붓으로 그린 듯 선명하고, 검을 든 이의 멋들어진 풍치는 시들 줄을 몰랐다.

어느덧 그 광경에 넋을 잃고만 맹부요는 동굴 입구에 비스듬히 드리워진 그림자의 존재를 미처 눈치채지 못했다. 누군가 발소리를 죽인 채 그녀에게 접근하고 있었다.

애석하게도

배원이 동굴 입구에 서 있은 지도 벌써 한참이건만, 초췌한 몰골로 어둠 속에 앉은 맹부요는 아까부터 넋 놓고 먼 산만 보고 있었다. 꼼짝할 줄 모르는 그녀를 내려다보던 배원이 잠시 후 작게 기침 소리를 냈다.

그제야 화들짝 고개를 돌린 맹부요가 방문객을 발견하고는 멈칫했다.

배원? 배원이 한밤중에 여긴 왜?

심히 의문스럽기는 하나 지금은 벼랑 위 절경을 놓치지 않는 게 더 우선이었다. 맹부요의 눈이 잠깐 사이에 다시 벼랑 쪽으로 향했다.

그러나 검무를 추던 그림자는 그새 감쪽같이 사라지고 없었다. 맹부요는 밀려드는 실망감을 애써 억눌렀다. 아마도 선인이 잠시 내려와 노닐다 간 것이리라. 사람에게서 어찌 그런 자태가 나온단 말인가.

맹부요가 딴 데 정신이 팔린 걸 배원은 눈치채지 못했다. 눈치챘더라도 '죽을 때가 다 돼서 정신이 오락가락하는구나.' 하고 넘겼을 것이다.

화절자[7]에 불을 댕겨 맹부요를 비춰 보던 배원이 흠칫 표정을 굳혔다. 불빛 아래 드러난 맹부요의 얼굴은 놀라우리만치 아리따웠기 때문이다. 지금껏 제대로 한번 거들떠본 적도 없던 사매가 실상 자기보다 빼어난 미모의 소유자였다니.

배원은 동굴까지 찾아온 목적도 잊은 채 멍청히 맹부요의 얼굴만 쳐다보고 있었다.

희미한 달빛이 울창한 숲속에 들쭉날쭉 암녹색 그림자를 그려 넣는 가운데, 동굴 주변은 풀벌레 소리 하나 없는 적막 그 자체였다. 이따금 바람이 풀잎 끄트머리를 스치며 만들어 내는 바스락거림은 숲의 깊은 고요를 되레 두드러지게 할 뿐이었다.

소리도, 인적도 없는 산중.

배원은 한 장 거리에 있는 소녀를 응시하고 있었다. 맵시 있는 몸매에 달그림자가 내려앉아 그린 황홀한 곡선. 마치 신이 한 획 한 획 공들여 그려 낸 작품을 보는 듯했다. 그런가 하면 어둠 속 새하얀 얼굴의 그 섬세한 윤곽은 흡사 옥으로 빚어 놓

---

7 길쭉한 원통 모양의 휴대용 조명 도구로, 무협지에서 종종 화섭자라는 이름으로 등장한다.

은 것처럼 미끈했다.

배원은 강렬한 위기감을 느꼈다. 그녀가 연 사형에게 연정을
품은 건 이미 오래전 일이었다. 다른 사람들이야 그와 맹부요
의 관계를 까맣게 몰랐어도 그녀의 눈까지 속일 수는 없었다.
대체 연 사형이 쓸모없는 추녀 따위를 왜 좋아하는지는 몰라도
그녀는 크게 개의치 않았다.

미모면 미모, 재능이면 재능, 거기에 신분과 머리까지 다 가
진 그녀를 세상 누가 이길 수 있단 말인가?

그 영민한 연 사형이 설마하니 그녀를 아내로 맞이했을 때
얻을 이점을 계산 못 할까? 세상천지에 그녀 말고 연 사형과 격
이 맞는 여자가 어디 있어서?

배원의 예상대로 연씨 집안에서 혼담이 들어왔고, 역시나 예
상대로 연 사형은 그녀를 택했다.

사내라면 다 같을 터였다. 눈앞에 더 나은 선택지가 주어졌
는데 그걸 고르지 않을 이유가 있을까?

그런데 알고 보니 맹부요는 쓸모없지도 않았고 추녀도 아니
었다. 그녀는 맹부요의 존재가 일종의 위협임을 직감했다. 더
할 나위 없이 행복해야 할 그녀의 인생을 도중에 망칠 수 있는
위협. 그녀는 찬란해야 할 자신의 앞날이 잠재적인 불안 요소
때문에 휘청대는 걸 두고 볼 수 없었다.

단 한 톨의 가능성조차 남겨서는 안 됐다!

배원은 서슬 퍼런 눈빛 아래로 입꼬리를 말아 올렸다.

"맹부요, 떠나! 떠나서 다시는 돌아오지 마!"

맹부요가 무슨 말이냐며 고개를 들어 배원을 올려다보았다. 배원이 그녀를 거만하게 내려다보며 말했다.

"연 사형과 내가 혼약을 맺은 건 알고 있겠지. 예법에 발이 묶이지만 않았으면 사형이 연경으로 돌아가는 날에 나도 동행했을 거야. 맹부요, 내 짝이 될 사람 앞에 다시는 얼쩡거리지 마."

맹부요가 턱을 꼿꼿이 세우고 웃었다.

"바라는 바야."

그러자 입술을 비뚜름하게 올린 배원이 차갑게 내뱉었다.

"자존심 세우자고 한 빈말은 아니길 바라지. 너도 이제 사형의 얼굴을 보고 싶지 않다면 질척거리지 말고 멀리 사라져!"

무릎을 접고 앉아 쇠사슬을 풀던 배원이 바닥에 툭 튀어나온 돌 쪽으로 슬그머니 손을 뻗었다.

"사매!"

갑자기 등 뒤에서 들려온 목소리에 배원이 흠칫하고 손을 거둬들였다. 근처에서 맹부요를 감시하고 있던 넷째 사형이었다.

배원이 일어서려던 찰나, 손에 차고 있던 팔찌의 잠금 장치가 맹부요의 소맷단 끝자락에 걸렸는지 '찌익' 소리와 함께 소매가 찢겨 나갔다. 그러자 매끈한 팔뚝이 고스란히 드러났다.

"앗."

놀란 배원이 허둥지둥 말했다.

"사형, 오지 말아요. 보면 안 돼요, 망측해라!"

힐끔 동굴 안을 살피고는 얌전히 그 자리에 멈춰 선 넷째 사형이 미소 지었다.

"사매, 곧 귀한 손님이 도착하신다던데. 사부님께서 손님맞이하라고 찾으셔."

그 말을 들은 배원의 얼굴에 화색이 돌았다.

"무극국無極國 태부[8] 어르신께서 오신 거죠? 스승이신 그분을 뵈면 절세무쌍이라는 무극 태자 전하의 풍모를 조금은 상상해 볼 수 있겠어요."

뭔가를 곰곰이 생각하나 싶던 그녀가 다시 입을 열었다.

"부요 사매, 산바람이 거센데 의복이 그래서야 풍한이라도 들면 어쩌."

자세를 낮추고 앉은 배원이 어깨에 걸치고 있던 새빨간 바람막이를 벗었다.

펄럭, 공중을 화려하게 수놓은 붉은 장막이 맹부요의 헐벗은 팔뚝 위로 내려앉던 찰나였다. 바람막이 가장자리를 쥐고 있던 배원의 손이 불쑥 아래로 들어왔다. 그 손이 살갗에 닿는 순간 맹부요는 얼음장 같은 냉기를 느꼈다.

맹부요가 고개를 들었을 때 아까 배원의 얼굴에 화사하게 피어났던 미소는 이미 흔적도 없이 사라진 뒤였다. 배원이 살기등등한 눈을 번뜩이며 읊조렸다.

"감히 내 걸 탐내?"

움찔 몸을 떤 맹부요가 미처 응수하기도 전, 배원의 손끝이 팔뚝 위를 미끄러지듯 움직이며 맹부요의 혈도 여러 군데를 연

---

8 太傅. 태자의 교육을 담당하는 관직.

달아 짚었다. 맹부요는 순식간에 몸 반쪽이 마비되어 목소리조차 낼 수 없는 처지가 됐다.

곧이어 배원이 비명을 질렀다.

"꺄악! 부요 사매, 무슨 짓이야? 소매에 비수를 숨기고 있었어? 앗!"

혼신의 연기를 펼치던 배원이 천 아래에서 손가락을 튕기자 바람막이가 울쑥불쑥 요동쳤다. 마치 바람막이 밑에서 두 사람이 격하게 실랑이를 벌이는 듯한 모양새였다. 이상한 낌새를 챈 넷째 사형이 고개를 쭉 뺐으나 시야에 들어오는 건 아무것도 없었다.

한편, 이쯤이면 됐을 것이라 생각한 배원의 눈에 예리하게 벼려진 살기가 스쳤다. 그녀가 동굴 바닥에 솟은 돌을 건드리자 맹부요의 뒤쪽에 있던 바위가 '쿠르릉' 하고 옆으로 움직이면서 숨겨져 있던 낭떠러지가 모습을 드러냈다. 배원은 일말의 망설임 없이 맹부요를 밀어 버렸다.

무거운 물체가 공기를 가르는 소리가 났다. 맹부요는 외마디 비명조차 지르지 못하고 벼랑 아래로 추락했다. 한참이 지나서야 자잘한 돌멩이들이 비탈을 구르는 소리가 그쳤다.

어느덧 바람도 잦아든 절벽 위, 한 장 밖 거리에서 배원의 뒷모습을 쳐다보는 넷째 사형의 눈동자 안에는 복잡한 속내가 교차하고 있었다.

이때 배원이 붉은 바람막이를 빙그르르 노을처럼 흩날리며 우아하게 돌아섰다. 두 눈을 동그랗게 뜨고 입을 가린 그녀가 뒤늦게 놀란 듯 외쳤다. 비록 말투는 전혀 놀란 사람 같지 않았지만.

"어머나! 나도 참! 꽉 붙들었어야 했는데, 부요 사매가······ 밑으로 떨어졌어요."

그러고는 미간을 좁히며 한탄을 덧붙었다.

"아아! 좋은 마음으로 옷을 걸쳐 주려던 사람을 기습할 줄이야. 이렇게 되면······ 사부님께는 뭐라 설명하죠?"

"그랬군······."

넷째 사형이 그녀를 빤히 응시했다.

"자업자득인 걸 어쩌겠어."

짙은 암흑에 잠겨 아무것도 분간이 가지 않는 절벽 아래를 쓱 내려다본 그가 고개를 가로저으며 중얼거렸다.

"애석하게도! 이렇게 높은 데서······."

배원은 웃는 듯 마는 듯 한 표정으로 말이 없었다.

"그보다 배원 사매는 어디 안 다쳤지?"

"괜찮아요."

어둠 속에서 봄꽃 같은 미소를 피워 낸 배원이 새초롬히 벼랑 밑을 내려다봤다. 검푸른 밤의 바람결 사이로 노래하듯 경쾌한 목소리가 흩날렸다.

"애석하게도!"

못내 한기가 드오만

어둠이 짙었다. 영원히 끝나지 않을 것만 같은 기나긴 밤이었다.

조금 전 맹부요가 추락했던 낭떠러지는 여전히 쥐 죽은 듯 고요했다. 이따금 하나씩 벼랑을 굴러떨어지는 자갈이 바닥에 부딪히는 소리를 들으려면 한참을 귀 기울이고 기다려야 했으니, 절벽의 깊이가 어느 정도인지 짐작할 만했다.

이때 비탈에 제멋대로 자란 잡초가 바스락거리는가 싶더니 짙게 가라앉은 어둠 속에서 검푸른 그림자가 서서히 솟아올랐다. 보이지 않는 무언가가 끌어당기고 있기라도 한 듯 중력을 완전히 무시하고 공중에서 천천히 반원을 그린 그림자는, 이내 비탈 중간에 두 다리를 단단히 디뎠다.

가녀린 그림자가 고개를 들자 냉기가 일렁이는 눈동자 안으로 달빛이 쏟아져 내렸다.

맹부요.

건조한 미소를 입가에 건 그녀가 손목을 꺾자마자 육안으로는 잘 보이지도 않는 검은색 선이 '쏙' 하고 공기를 가르며 옷소매 안으로 빨려 들어왔다.

"누굴 만만하게 보고!"

맹부요가 손목에 감긴 검은색 채찍을 쓰다듬었다. 평소에는 허리띠 대용으로 쓰던 물건이었다.

아까 배원의 눈빛이 어째 심상치 않다 싶어서 그녀는 채찍을 손안에 말아 쥐고 있었다. 소맷자락을 일부러 찢은 행동도 뭔가 이상했다.

배원이 덮어씌웠던 붉은 바람막이는 배원의 손장난뿐만 아니라 맹부요가 동굴 안의 바위에 채찍을 감는 동작 역시 감춰줬다. 또한, 배원이 점혈하기 전부터 그녀는 남은 파구소 공력으로 검은 옷 소년과 맞붙었던 쪽의 혈도를 보호하는 중이었다.

배원은 바람막이 때문에 혈도를 정확히 짚지 못한 데다 내공이 딸려 손끝의 힘도 부족했다. 그 덕분에 맹부요는 추락하는 순간의 압력을 이용해 어렵지 않게 혈도를 풀 수 있었다.

바위에 감아 둔 채찍이 낙하하던 몸을 팽팽히 지탱해 주었다. 맹부요는 떨어진 것처럼 위장한 다음에 꼼짝 않고 두 남녀가 사라지기를 기다렸다. 그리고 이제서야 절벽을 타고 오르는 중이었다.

절벽 꼭대기에 오른 맹부요가 허리를 펴고 서서 눈앞에 펼쳐진 어둠을 바라봤다. 어둠 저편에 한때 그녀에게 지붕이 되어 줬던 산장의 웅장한 위용이 보이는 듯했다. 잠깐이나마 소중한 온기를 건넸던 소년의 얼굴 역시도.

바람이 세차건만, 창백한 소녀는 표정 없는 얼굴로 꼿꼿하게도 서 있었다. 소년을 떠올린 순간 저도 모르게 입가에 드리웠던 웃음기는 어느덧 깨끗하게 지워진 뒤였다.

연정에 사로잡혀 가슴 설렜던 나날은 주어진 여정을 벗어나 슬쩍 발 들여 본 샛길에 불과했다. 그 무성한 수풀 사이에서 발견한 따스함을 어렵게 찾아낸 낙원이라 여겼건만, 낙원은 그녀를 금세 걷어차 내쫓았다.

아무렴 어떠랴. 당한 게 많거든 그만큼 후하게 돌려주면 그만인 것을.

금실이 감긴 채찍을 튕기듯 팽팽하게 잡아당기자 맑은 쇳소리가 마치 호각의 진동음처럼 골짜기를 쩌렁쩌렁하게 울렸다. 씩 웃은 맹부요가 품 안에서 풀 몇 뿌리를 꺼내 들었다. 짙은 녹색을 띤 풀포기는 유독 끄트머리만 새벽녘 서리를 맞은 양 새하얬다.

맹부요가 흐뭇한 눈길로 풀뿌리를 훑었다.

운도 좋지, 죽으라고 떠밀린 절벽에서 무려 일지상─指霜을 만나다니.

일지상은 내상에든 외상에든 기가 막히게 잘 듣는 데다가 원기까지 보해 주는 약초였다. 이거야말로 '전화위복', 네 글자가 딱 들어맞는 상황 아닌가!

일지상 한 뿌리를 조심조심 집어서 막 입에 넣으려던 맹부요가 갑자기 움찔 굳어 눈을 커다랗게 떴다.

이상하다……. 조금 전에 세 봤을 때는 분명히 여섯 뿌리였는데 왜 하나가 비지?

약초는 줄곧 손아귀에 있었고 절벽 위에는 그녀 혼자뿐이었다. 멀쩡하던 풀포기가 난데없이 사라지다니?

순간 이동? 공간 왜곡? 귀신?

마지막 가능성에까지 생각이 미치자 온몸에 소름이 끼치면서 지난 생에 봤던 공포 영화 속 장면들이 자동으로 소환되어, 온갖 섬뜩한 장면이 으스스한 울부짖음과 함께 머릿속을 헤집어 댔다.

이쪽 세계로 건너오고 나서 별별 일을 다 겪으며 심지를 다진 그녀였지만, 지금 서 있는 곳은 바람 소리 말고는 고요하기 짝이 없는 절벽 꼭대기였다. 바람결에 흐느적대는 나무 그림자만으로도 음산한 참이었는데 멀쩡히 들고 있던 약초까지 사라지고 나니 부르르 몸서리가 절로 쳐졌다. '귀신이야!' 소리가 튀어나오기 직전이었다.

문득 그 영감이 했던 말이 떠올랐다. 세상에 떠도는 귀신이란 것들은 모조리 사람들이 만들어 낸 허상에 불과하다 했던가.

덕분에 담력이 좀 생긴 것 같았다. 채찍을 휘둘러 '철썩' 소리를 낸 맹부요가 외쳤다.

"웬 놈이냐!"

대답 대신 바람만 휘몰아쳤다.

한참이 지나도록 아무런 낌새가 없는 통에 맹부요는 결국 씩씩대며 채찍을 거둬들일 수밖에 없었다. 약초를 정리해 넣으려고 눈길을 돌린 찰나, 그녀는 다시 한번 부르르 몸을 떨고서 그대로 얼어붙고 말았다.

하나가 또 비잖아!

맹부요는 이제 네 뿌리로 줄어든 약초를 멍하니 내려다봤다. 이래서야 생각이 귀신 쪽으로 기울지 않을 도리가 없었다.

아니, 그런데 무슨 놈의 귀신이 해코지는커녕 코빼기도 안 비치고 약초만 쏙쏙 빼 가?

맹부요는 이를 악물었다.

에라, 모르겠다.

약초 네 뿌리를 한꺼번에 입에 욱여넣고 악을 썼다.

"어디 가져가 보시지! 또 가져가 보라니까!"

산바람이 나부끼는 사이로 큭큭 웃음소리가 들렸다. 막상 기척을 확인하고 나니 무섬증이 가셨다. 사람인지 귀신인지는 몰라도 악의는 없어 보였다. 땅바닥에 철퍼덕 주저앉아 운기조식 자세를 잡은 맹부요가 눈을 감고 손을 휘휘 내저었다.

"어이……. 보아하니 할 일도 없는 것 같은데 한가하면 거기서 보초나 서 줘!"

또 웃음소리. 서늘한 기품이 배어나는, 듣기 좋은 저음이었다. 한 음절에서 다음 음절로 넘어가는 사이에 독특한 여운이 느껴졌다. 그에 맹부요는 북방 적주狄洲의 끝도 없이 이어진 설산 위, 눈꽃이 얹어진 나뭇가지와 누각 사이를 스치는 바람의 청아한 울림을 떠올렸다.

주위가 고요에 잠겼다. 가을 풀과 나무들이 밤을 맞이해 짙은 향기를 뿜어내는 와중에 한 줄기 색다른 향내가 주변을 그윽이 떠돌고 있었다. 그 어떤 화초와도 다른, 보다 순도 높고 고귀한 향이었다.

그러나 맹부요는 아무것도 듣지도, 느끼지도 못하는 양 두 눈을 꾹 감고 호흡을 다스리는 데만 집중했다.

세 번째 웃음소리는 바로 귓가에서 들려왔다. 곧이어 뭔가 요란한 소리가 나더니 가부좌를 튼 자리 지척에서 주황색 화염이 화르르 일었다. 몰래 실눈을 뜨고 있던 맹부요의 시야가 온통 따스한 붉은빛으로 물들었다.

불꽃 너머로 소나무 가지에 비스듬히 몸을 누인 남자가 보였다. 색이 엷은 옷자락이 나무 아래로 늘어져 내려 있었다. 언뜻 무늬가 없는 옷감 같았으나, 남자가 몸을 뒤척이자 은실로 놓인 자수가 물결처럼 은은한 광택을 발했다.

금방 부러져도 이상하지 않을 만큼 가느다란 가지 위의 남자는 상당한 장신임에도 구름처럼 가벼워 보였고, 편안한 자세를 하고 있음에도 무슨 까닭에서인지 우뚝 솟은 산봉우리를 보듯 우러러보게 됐다.

나뭇가지가 유유히 흔들렸다. 남자가 잔가지를 꺾어 아래로 던지고 있는 탓이었다. 잔가지는 매번 정확히 모닥불 안으로 떨어져 앞서 던져 넣었던 가지 위에 안착했다. 점차 수가 늘어난 나뭇가지는 엎어 놓은 반달 모양으로 땔감 더미를 이뤘고,

모닥불은 시간이 갈수록 더 활활 타올랐다.

남자가 손을 움직이는 사이 오른쪽 손바닥에 피부보다 약간 어두운 색으로 새겨진 표식이 언뜻 눈에 띄었다. 다만 거리가 꽤 있는지라 뚜렷한 모양은 알아볼 수가 없었다.

요리조리 눈을 굴리던 끝에 실로 완벽하게 쌓아 올린 땔감 더미를 목격한 맹부요가 앉은 자리를 조금이라도 멀찌감치 옮길 작정으로 두 손을 땅에 짚었다.

저자가 바로 방금 그 '귀신'이라는 건 눈 감고도 알 만했다. 그나저나 저 무시무시한 경공을 보라. 심지어 한낱 나뭇가지 던지는 솜씨마저도 '억' 소리가 날 정도였다.

저런 인간이 만에 하나 못된 마음이라도 먹는다면?

그녀의 짧은 다리로는 내뺄 가망이 없었다.

그런데 맹부요가 미처 엉덩이를 바닥에서 떼기도 전, 맞은편에서 그자가 입을 열었다.

"소저, 내 밤이슬에 못내 한기가 드오만."

윗보 대인

맹부요는 하마터면 입 안에 남아 있던 약초를 뿜어낼 뻔했다.

한기가 들어⋯⋯?

남쪽 지방의 초가을, 아무리 밤중 산바람이 사납다 한들 살이 엘 정도는 아니었다. 하물며 모닥불까지 저렇게 큼지막이 피워 놓고는 한기라니, 개가 웃을 소리였다.

나뭇가지 위에서 느긋하게 턱을 괴고 있는 자가 아까부터 자꾸 이쪽을 힐끔거리는 게, 아무래도 '가장 원시적인 체온 유지책'을 노리는 기색이 농후해 보이는지라 맹부요는 얼른 모닥불 뒤로 몸을 물렸다.

겁탈 같은 파렴치한 짓을 하기에는 흘러넘치는 기품이 너무 고상하지만 이 험한 세상, 저 번드르르한 겉가죽 속에 어떤 실체가 들었을지 알 게 무언가? 대표적인 예로⋯⋯ 배원이 있겠다.

모닥불이 그녀의 까만 눈동자 안에서 광채로 화해 어른거렸다. 창백한 얼굴 위로는 숱 많은 속눈썹이 옅은 그림자를 드리우고 있었다. 경계심 가득한 눈빛으로 남자를 쏘아보는 그녀는 싸움을 앞두고 바짝 곤두선 작은 동물 같은 모습이었다.

흥미롭다는 듯 그녀를 내려다보던 남자가 다시금 입을 열었다.

"소저는 춥지 않소?"

오호라, 정해진 각본대로 착착 진행하신다 이거지.

이쯤 되자 맹부요도 오기가 생겼다. 슬금슬금 궁둥이를 뒤로 빼던 그녀가 반항적으로 대꾸했다.

"덥거든요!"

이내 만면에 몹시도 점잖은 미소를 머금은 남자가 아무렇지도 않게 말했다.

"그럼 벗어야지."

"……"

그새 한 장 밖까지 거리를 벌린 맹부요가 돌연 땅을 박차고 일어나 공중제비 자세로 몸을 날렸다. 일단 맞은편 나지막한 벼랑으로 건너갈 작정이었다.

그녀가 뛰어오르는 걸 본 남자는 빙긋이 웃으며 자기 옷섶을 가볍게 툭 건드렸다. 그러자 옷섶이 쓱 벌어지더니 새빨간 열매 하나가 굴러 나오는 게 아닌가.

공중제비를 돌고 있던 맹부요의 눈이 번뜩 빛났다.

저거, 저거, 저거, 저 강렬한 빛깔과 그윽한 향기. 저거 하나면 낫지 못할 상처가 없다는 영약, '기린홍麒麟紅' 아니야?

머리가 아래, 발이 위로 간 자세로 공중에 떠 있던 맹부요의 시야에 데굴데굴 굴러오는 열매의 자태가 똑똑히 들어왔다.

역시나 적주 설산에서만 난다는 그 영약이로구나!

설산 깊숙한 골짜기에서 자라는 탓에 웬만한 사람은 구경하기도 쉽지 않은 물건이었다.

'콰당' 소리와 함께 맹부요가 공중제비를 넘다 말고 밑으로 곤두박질쳤다. 땅에 떨어지자마자 벌떡 몸을 일으킨 그녀는 재빨리 발을 뻗어 열매를 찜했다. 슬쩍 맞은편을 확인한 결과 상대방도 딱히 불만은 없어 보이겠다, 옳다구나, 하고 손을 뻗었을 때였다.

슉!

새하얀 무언가가 번개처럼 시야를 스치는가 싶더니 한 줄기 바람이 일어 맹부요의 손을 후려쳤다.

"아앗!"

손가락에서 힘이 풀린 찰나, 공중에서 휘리릭 재주를 넘은 하얀 물체가 양쪽 다리를 멋들어지게 쫙 찢으면서 그녀의 콧날을 걷어찼다. 뒤이어 그 물체가 다시 한번 사뿐하게 굴러 네 다리를 하늘로 향하고 눕자 맹부요의 손에서 떨어진 기린홍이 '퐁' 하고 녀석의 품에 안겼다.

삽시간에 벌어진 일이었다. 맹부요의 입장에서는 어디서 바람이 휙, 갑자기 콧날이 퍽, 그윽한 향이 화앗, 하더니 영약이 어느새 엉뚱한 데 떨어진 상황이었다.

멍하니 콧잔등을 문지르던 맹부요의 손에 손가락 길이의 하얀 털이 한 가닥 잡혔다.

이게 대체 뭐지?

얼떨떨해져 아래를 내려다봤더니 새하얀 덩어리 한 놈이 빨간 열매를 두 손으로 고이 들어 남자에게 바치고 있었다. 까치발로 서서 한쪽 다리를 뒤로 쪽 뺀 자세가 영락없는 발레 무용수였다.

맹부요의 눈길이 그 손바닥만 한 흰 덩어리에 고정됐다.

토끼? 토끼치고는 작아. 다람쥐? 다람쥐보다 하얘. 기니피그? 기니피그라기에는 너무 오동통하잖아.

똘망똘망 머루알 같은 눈동자에 길고 탐스러운 털, 하도 실해서 머리, 가슴, 배가 구분이 안 가는 몸매. 완전히 햄토리 실사판이 아닌가. 전생에 있었다면 동물 좋아하는 사람들한테서 '꺅' 소리 좀 들었을 깜찍함이었다.

이런 녀석이 아까는 그렇게 극악무도하게 굴었다니.

맹부요의 눈빛을 느낀 기니피그가 그녀를 향해 앞니를 희번덕 드러내 보였다. 불빛을 받아 번뜩이는 이빨은 자그마한 칼 두 자루를 연상시켰다.

그 위협적인 눈빛을 마주한 맹부요는 울컥 부아가 치밀었다. 부쩍 재수가 옴 붙은 요즘이었다. 뒤통수 맞고, 고문당하고, 절벽에서 떠밀리고, 그것도 모자라 이제 요만한 쥐 새끼한테까지 괄시받는 신세라니, 이건 인간 존엄성의 문제다.

기분이 몹시 상한 맹부요가 똑같이 이를 드러내 맞불을 놨다.

체급상 내 앞니가 훨씬 클걸!

모닥불 앞, 서로 이를 드러낸 인간과 설치류 사이에 팽팽한 기 싸움이 오갔다.

웃음기 어린 표정으로 그 광경을 지켜보던 남자가 결국.

"풉!"

하고 터지고 말았다. 재미있다는 눈으로 맹부요를 훑은 그는 쪼끄만 녀석에게 손을 내밀었다.

"원보元寶."

그러나 통통한 생쥐 녀석은 엉덩이를 한 번 씰룩였을 뿐, 남자를 무시했다.

"원보 대인!"

그 즉시 제자리에서 폴짝 뛰어오른 원보 대인이 바지런히 달려가 안고 있던 열매를 두 앞발로 공손히 받쳐 들어 남자에게 내밀었다.

남자가 고개를 가로젓더니 손가락으로 맹부요 쪽을 가리켰다.

"찍찍!"

격한 항의 조의 울음이었다.

"음?"

꾸물꾸물 고개를 든 원보 대인은 끔찍하다는 표정으로 한참 시간을 끈 뒤에야 다시 꾸물꾸물 열매를 맹부요 쪽으로 내밀었다. 열매를 향한 원보 대인의 구슬픈 눈빛은 사랑하는 임과 생이별하는 처지에서나 나올 법한 것이었다.

그 비감한 눈빛은 맹부요에게 깊은 흐뭇함을 안겼다. 의기양양하게 손을 뻗어 열매를 가로챈 그녀가 내친김에 원보 대인의 엉덩이 털까지 한 가닥 잡아 뽑았다. 아까 콧잔등을 얻어맞은 데 대한 복수였다.

"찍찍!"

분개한 원보 대인이 펄쩍 뛰어오르며 360도 회전을 선보였다. '손 짚고 앞돌기에 이은 몸 펴 앞 공중 돌며 180도 틀기'를 재차 시전할 작정인 것 같았다.

그러나 맹부요가 어디 버르장머리 없는 생쥐 따위한테 당하고 있을 인사던가? 민첩하게 몸을 튼 그녀로 인해 생쥐의 공격은 맥없이 허공을 갈랐다.

상대의 콧대를 납작하게 밟아 주려던 계획이 실패로 끝나자, 원보 대인은 즉시 전술을 변경하여 열매를 향해 폴짝 뛰어오르더니.

"캬악, 퉤!"

하고 침을 뱉었다. 다음 순간, 오동통한 원보 대인은 적의 손에 붙잡혀 저만치 팽그르르 내던져지고 말았다.

맹부요의 손아귀에서 칼날이 번뜩였다. 침이 흥건하게 묻은 껍질이 아주 말끔하게도 열매에서 벗겨져 나와 공중을 날았다. 맹부요가 집어 던진 열매 껍질은 날아가던 도중 정확히 원보 대인의 정수리에 씌워졌고, 원보 대인은 껍질 모자의 관성에 따라 본의 아니게 주인님 가슴팍으로 몸을 던져야 했다.

인간 대 설치류의 3차전에서 승리를 거머쥔 쪽은 맹부요였다.

누군가의 찍찍거림으로 주위가 시끄러웠다. 하얀 그림자가 남자의 몸 위를 이리저리 바삐 뛰어다니다가 옷섶을 붙잡고 울어 대고 있었다. 얼추 분노의 규탄쯤 되는 상황이리라.

나뭇가지에 나른히 기댄 남자가 원보의 콧잔등을 비틀며 조곤조곤 말했다.

"그러게 왜 먼저 건드려서……."

"찍찍!"

"발차기 한 번 날렸으니 너도 손해는 아니……."

"찍찍!"

홱 돌아선 원보 대인이 비통한 기색으로 남자의 눈앞에 엉덩이를 들이밀었다.

"네 엉덩이에 털이 못해도 천 가닥은 될진대 어디가 비었는지 쉬이 표시가 나겠느냐?"

"찍찍!"

원보 대인은 필사적으로 엉덩이를 뒤적였다. 뒤적뒤적, 긁적긁적, 긁적긁적…….

보다 못한 남자가 두툼한 목덜미를 붙잡아 녀석을 바로 세웠다.

"바른대로 불어라. 어젯밤에 엉덩이를 안 닦았으렷다?"

"찍찍!"

"어허……, 고작 주전부리 아니더냐……. 오늘 양보한 몫은 내 다음에 채워 줄 테니……."

"찍찍!"

"버릇을 잘못 들여 놔서 가면 갈수록 못된 심술이 느는구나."

분명 인내심이 바닥을 드러낸 눈치이건만, 남자는 노기는커녕 미소 띤 얼굴로 짐짓 품 안을 더듬는 척했다.

"흠……, 이 많은 주전부리를 지고 다니기도 보통 고단한 일이 아니니 이참에 아예 다 내버릴까 싶은데 말이지."

"찍……, 찍……."

결국, 백기를 들고 만 원보 대인은 축 처진 어깨로 뒤돌아 쪼그리고 앉았다. 그런 원보 대인의 머리를 토닥여 준 후, 맹부요에게 말을 건네려던 남자가 그녀의 불룩한 뺨을 보고는 깜짝 놀랐다.

"기린홍을…… 통째로 먹어 치웠소?"

우물우물 공격적으로 열매를 씹어 꿀꺽 삼킨 맹부요가 단호하게 대꾸했다.

"그래요, 깡그리!"

잘못했다가는 생쥐 녀석이 입에 든 것도 끄집어내 갈 판인데, 둘이 실랑이 붙은 틈에 잽싸게 배 속에 집어넣어야지, 암.

웃음을 참으며 맹부요를 응시하던 남자가 문득 고개를 가로저었다.

"모르는 모양인데 기린홍을 일지상과 함께 복용할 때는 양을 반으로 줄여야 하오. 안 그러면 독이 되거든."

"에엑?!"

구중천을 나는 난새[9]

맹부요가 돌이 된 사이 유감스럽다는 듯 고개를 젓던 남자가 구름처럼 훌쩍 나뭇가지에서 날아내렸다. 무슨 재주를 부린 건지 눈 깜짝할 틈에 맹부요 앞에 당도한 그의 입가에 미소가 어렸다.

"파르르 떠는 모양새를 보아 하니 소저도 추위를 타는 듯한데, 우리…… 서로 의지하여 온기를 나눔이 어떠할지……."

파렴치한!

맹부요가 도끼눈을 떴다. 지금 떠는 건 추워서가 아니라 식겁해서였다.

이때 어두침침한 그림자를 벗어난 상대의 용모가 처음으로

---

9 봉황과 비슷한 전설의 새.

똑똑히 눈에 들어왔다. 푸르른 밤바다 수평선 아래에서 솟아오른 달이 드넓은 창공을 홀연히 밝히는 광경, 맹부요는 딱 그런 광경을 목도한 기분이었다.

순간적인 아찔함에서 벗어난 후, 그녀는 얼굴을 밝히는 자신을 속으로 수도 없이 꾸짖으며 슬금슬금 몸을 물리기 시작했다. 여전히 당황한 척하고 있었지만, 손가락은 은밀히 채찍을 향해 움직이는 중이었다.

그런데 채찍 끄트머리가 미처 만져지기도 전, 보이지 않는 힘이 날아들어 그녀의 손끝을 옆으로 탁 튕겨 냈다. 그녀와 마주 선 남자가 미소와 함께 손을 거둬들이며 고개를 가로저었다.

"소저, 그런 연기가 항상 통하는 건 아니라오."

서늘한 달빛 아래, 무심한 웃음을 머금은 남자가 제멋대로 흐트러져 보이는 걸음걸이로 한 걸음 한 걸음 그녀를 향해 다가섰다. 품 넓은 장포 옷자락이 밤바람에 구름처럼 나부끼는 모습이 구중천을 선회하는 난새를 연상시켰다.

고결한 용모도, 매혹적인 자태도, 둘 다 세상에 있는 표현이지만 고결과 매혹을 이음매 하나 없이 합쳐 이토록 특별한 분위기를 자아낼 수 있는 이는 절대 흔치 않았다. 그의 고귀함 속에 피어난 것은 나른한 방만이요, 그의 온유함 저변에 깔린 것은 은밀한 함정이었다.

귓가에는 모래흙의 사박거림이, 코끝에는 오묘한 향내가 떠돌기를 잠시, 그토록 고아한 자태의 소유자가 당황스럽게도 맹부요의 지척에 아무런 거리낌 없이 주저앉았다. 모닥불 불빛이 일렁이는 가운데 남자가 고개를 비스듬하게 틀었다. 맹부요는 순간 숨이 멎는 줄 알았다.

세속의 티끌 따위는 범접할 수 없으리만큼 시원스럽게 뻗어 올라간 눈썹에서는 춘삼월 샘가 버드나무의 고운 봄빛 담긴 잎새가 보였고, 인간보다는 초월적 존재라 해야 믿기리만치 완벽한 옆얼굴에서는 천지간의 광휘란 광휘는 모조리 모아 놓은 듯한 눈동자가 빛을 내고 있었다.

인간 세상의 것이 아닌 듯한 그 아름다움은 감히 언어로 형용할 수 있는 경지가 아니었다. 맹부요는 아예 말하는 법을 잊고 말았다.

정작 남자는 태연하게 웃으며 땅바닥에 쌓인 재를 쓸어 내는 중이었다. 쉽게 깨끗해질 기미가 안 보이자 이내 청소를 단념한 남자가 돌연 팔을 뻗어 맹부요의 어깨를 감싸더니, 그대로 함께 몸을 눕혔다.

잽싸게 굴러 피한다는 게 그만 진창으로 철퍽 굴러 들어가고만 맹부요가 쏘아붙였다.

"뭐……, 뭐 하는 거예요!"

자기 팔을 베고 누운 남자가 고개만 살짝 돌려 그녀를 바라봤다. 한 떨기 우담화 같은 미소가 그의 입가에 피어났다.

"무얼 하느냐고? 내 밤이슬에 한기가 든다지 않았소? 혼자서는 더 추울 터라 그대와 함께 잠들기로 하였소만."

맹부요가 얼굴을 붉혔다.

"그, 그렇다고 덥석 내 사심 채우는 건 도리가 아니라……."

"나는 사심 채우는 거 좋아하오."

긴 소매를 던져 맹부요의 허리를 휘감은 남자가 그녀를 단번에 자기 품으로 끌어당겼다.

"쉬잇, 옳지. 얌전히 굴어야지."

남자의 체향이 너울거리는 소맷자락에 실려 주위를 그윽이 채웠다. 마치 향만으로도 사람을 취하게 하는 술처럼, 그 향내는 불씨가 되어 맹부요의 이성을 화르르 불살라 버렸다. 도무지 어찌할 바를 몰라 맹부요는 안긴 자세 그대로 꼼짝 못 하고 굳어 있었다.

남자가 귓가에다 대고 나지막이 웃음을 흘렸다. 귓바퀴에 스치는 숨결이 어찌나 간질간질한지, 살갗이 아니라 가슴 저 밑을 새끼 고양이가 솜방망이 같은 앞발로 살살 긁고 있기라도 한 듯이 간질거렸다. 심장이 요란하게 쿵쿵대고 얼굴에는 홧홧한 열기가 올라 어질어질했다.

품에서 벗어나 보려 용을 쓰는데, 남자의 가슴팍을 밀어내고 있던 손바닥이 일순 후끈해지는가 싶더니 뭔가 따스한 기운이 밀려들었다. 무너진 둑에서 강물이 쏟아지듯, 서로 맞닿은 부위를 통해 왈칵 흘러든 기운이 다소 정체되어 있던 전신 구석구석의 기경팔맥奇經八脈을 휘돌았다. 그 기운은 봄날 햇볕인 양, 노곤한 몸을 풀어 주는 온천인 양 포근하면서도 기세가 웅장하여 막힘없이 흘러들었다.

마치 누군가의 따사로운 손이 몸 안에 들어와 신묘한 재주를 부리는 것 같았다. 부상으로 손상된 경맥이 하나하나 보수되고 치명적인 독소 역시 차츰차츰 제거됐다. 산산이 흩어졌던 진기 마저도 다시 단전으로 뭉쳐 들고 있었다.

맹부요는 이전에 미처 경험해 보지 못한 진기의 휘몰아침을 느꼈다. 창백하던 낯에 생기가 돌기 시작했다. 그녀가 커다래진 눈으로 남자의 미소 띤 입가와 설핏 감긴 눈꺼풀을 쳐다봤다.

처음부터 내상을 치료해 주려고 다가왔던 건가? 정체가 뭐지? 내 몸이 성치 못한 건 어떻게 알았으며 친절을 베푸는 이유는 대체?

그녀의 눈길이 남자를 위아래로 훑었다. 오주대륙 사내라면 신분을 나타내는 장신구 하나쯤은 차고 다닐 테니 그걸 보면 얼추 정보를 얻을 수 있으리라. 그런데 어찌 된 일일까, 행동거지만 봐도 보통 사람은 아닐 듯한 남자가 몸에 걸친 거라고는 옷감은 고급스러우나 화려하다고는 못 할 장포 한 벌이 다였다.

남자가 오른손을 쓱 뒤로 물리는 찰나, 맹부요의 눈길이 손바닥에 새겨진 표식에 닿았다. 아까보다 조금 더 또렷하게 보이는 표식은 꽃잎을 닮아 있었다.

눈빛을 느낀 남자가 눈을 감은 채로 조용히 말했다.

"내가 주입해 준 내공은 세 시진[10] 동안만 유효하니 쓸 곳이 있거든 서둘러야 할 거요."

남자의 말뜻을 파악하는 데는 시간이 좀 걸렸다. 퍼뜩 찾아든 깨달음에 눈이 휘둥그레진 맹부요가 더듬더듬 물었다.

---

10 고대 시간 단위. 한 시진은 두 시간으로 세 시진이면 여섯 시간에 해당한다.

"대체 뭐예요? 남의 속을 어떻게……, 어떻게 다 읽고……."

"일지상을 과량 복용하면 경맥이 상한다는 것쯤이야 알 텐데도 네 뿌리를 한꺼번에 먹었지. 그 직후에는 허겁지겁 운기조식까지. 복수가 급해서가 아니라면 달리 무슨 이유가 있겠소?"

몸을 일으켜 앉은 남자가 웃는 낯으로 눈썹을 까딱해 보였다.

"한 가지 일깨워 주자면 배원은 대단한 가문을 뒷배로 갖고 있소. 그래도 계속할 셈인가?"

"그래 봐야 등에 가문을 짊어지고 다니는 것도 아니고."

맹부요가 피식 웃었다. 살쾡이 같은 웃음에서 오기가 배어났다.

"당한 만큼 갚아 주는 건 순리 아니에요? 뒷일이야 뭐, 별일 없으면 좋고 혹시 덤벼들면 내빼는 거죠. 내빼다가 빈틈이 보인다 싶으면 돌아서서 다시 콱 물어뜯고. 저기, 그거 알아요?"

맹부요가 눈을 찡긋했다.

"나 같은 떠돌이야 내키는 대로 못 할 게 없지만, 가진 게 많아 몸이 무거운 집단은 그렇지가 않은 법이거든요."

그녀에게 힐끗 눈길을 던진 남자가 빙그레 웃으며 감탄을 뱉었다.

"하, 이리 장할 데가!"

이에 맹부요가 품위 있게 마주 웃어 줬지만.

"개망나니가 따로 없군."

"……."

옆 사람이야 얼굴이 흙빛이건 말건 남자가 말을 이었다.

"유감스럽지만 현원검파는 결코 작은 문파가 아니오. 게다가 배원 본인도 상당한 고수지. 앞서 맞붙었을 때도 제압하지 못했으면서 그 많은 제자들에게 들키지 않고 배원을 응징한다는 게 과연 쉽겠소?"

맹부요가 눈을 치켜떴다. 남자가 진즉 절벽 꼭대기에 자리를 잡고 있었던 걸 보면 동굴에서 일어난 일도 빤히 다 구경했을 게 분명했다. 여기까지 생각이 미치자 부아가 치미는지라 가시 돋친 말이 나갔다.

"그쪽이 무슨 상관인데요! 도와줄 거면 진작 도와줬어야지 왜 이제 와서 좋은 사람 흉내예요?"

"그때 내가 있던 곳은 여기 산봉우리가 아니었소. 두 사람을 멀리서 어렴풋이 봤을 뿐이오."

싫은 소리를 듣고도 남자는 노여운 기색이 아니었다.

"그래서, 원하기는 하고? 싫거든 도로 가져오겠소."

순간 멈칫했던 맹부요는 이내 남자가 자신에게 주입해 준 내공 이야기를 하고 있음을 깨달았다. 그녀가 우렁찬 소리로 내뱉은 대답에서는 여전히 불편한 심기가 묻어났다.

"원해요!"

대꾸가 나오자마자 남자가 '큭' 하고 웃는 게 들렸다. 짐짓 갸름하게 뜬 눈을 은하수처럼 반짝이며, 농을 치는 게 분명한 어조로 그가 물었다.

"흐음……, 원하신다?"

참으로 길고도 의미심장한 '흐음'이었다. 말을 맺는 동시에

실언을 했음을 알아차린 맹부요가 새빨개진 얼굴로 대응책을
궁리하는 사이, 어느덧 남자가 부드러운 미소와 함께 그녀의
손을 감아쥐었다.

"원하신다면야 고분고분 따르는 수밖에……."

은인에게는 보답을, 원수에게는 보복을

휘영청 밝은 달 아래 바람 또한 선선한데, 호젓한 산야에서 미남이 넝쿨째 굴러 들어오니, 이보다 흐뭇한 행복이 있으랴!

필시 행복에 겨운 모양으로, 시뻘건에서 빨간으로, 다시 불그죽죽에서 발그스름으로 급속한 변화를 보여 주던 맹부요의 낯빛이 비로소 정상 범주에 들어섰다.

낯짝 한번 대차게 두꺼운 눈앞의 미남자를 흘겨보던 그녀가 자세를 바로 고쳐 앉으며 숙연하게 말했다.

"정 그래야겠다면야, 내키지는 않아도 힘써 보죠!"

다음 순간, 맹부요의 손이 민첩하게 움직이는가 싶더니 손가락 사이사이에 뾰족하게 번뜩이는 철침이 등장했다.

어디 손끝만 대 봐, 그길로 황천행일 테니까!

남자가 스리슬쩍 손을 맞잡고 뺨도 맞대려는데, 살진 서생원이 홀연 끼어들어 훼방을 놓으니, 이보다 몰염치하게 흥을 깰 수가 있으랴!

남자를 자빠뜨려 철침을 꽂겠다는 계획을 실행에 옮기기 직전이었다. 어디선가 득달같이 튀어나온 원보 대인이 폴짝 뛰어오르면서 '뒤 공중 돌아 180도 다리 찢기'를 시전, 두 남녀의 얼굴 사이에 큰대자 모양으로 끼어서 네 발에 힘을 '빡' 줬다. 곧이어 맹부요가 휘두른 손바닥이 원보 대인을 덮쳤다.

맹부요가 세 장 밖으로 물러나는 사이, 남자의 손 위로 떨어졌다가 번개같이 몸을 일으킨 원보 대인은 주인님의 손가락을 부둥켜안고 찍찍 울음을 터뜨렸다.

맹부요는 별꼴을 다 본다는 식으로 눈을 부라렸다. 덕분에 위기를 모면한 건 고맙다마는, 집착도 저 정도면 징그럽지 않은가.

세상 아양은 혼자 다 떨고 있는 생쥐 녀석을 비켜나, 맹부요의 눈길이 남자에게로 옮겨 갔다. 그간 강호를 구르면서 사람 보는 안목 하나는 꽤 갈고 닦았다 자부하는 그녀였다. 입만 열었다 하면 야릇한 농담임에도 정작 남자의 눈매에서는 한 점의 욕정도 찾아볼 수 없었다. 은근한 풍류와 고아한 기품은 있을지언정 사악한 욕심은 없는 눈이었다.

그나저나 단지 배원에게 암살당할 뻔한 광경을 봤다는 이유로 이렇게까지 도와준다고?

태연국에서 현원검파가 누리는 지위는 상당했고, 그만큼 고관대작들과의 왕래도 잦았다.

이자도 현원검파와 모종의 관련이 있어서 여기 나타난 게 아닐까? 하지만 만약 현원검파의 우군이라면 어째서 사문과 대적하려는 그녀를 돕는단 말인가?

맹부요는 숨을 깊게 들이마셨다. 어차피 당장 답이 나올 문제도 아닌데 골머리는 앓아서 뭐 하나 싶었다. 상대는 결코 만만하게 볼 인물이 아니었다. 뭘 캐묻는다고 술술 불 리도 없거니와 그녀를 해칠 생각이었으면 손가락 한 번 까딱하는 것으로 충분했을 터, 이렇게까지 뜸을 들일 이유가 없었다.

그보다 지금은 먼저 끝장을 봐야 할 다른 일이 있었다. 맹부요는 해결 불가한 고민거리에는 미련이 없어도, 받아 내야 할 빚이 있는 원수가 잘 먹고 잘 사는 꼴에는 미련이 아주 많았다.

호흡을 고르고, 옷 소매 안쪽 주머니를 정리하고, 머리부터 발끝까지 야무지게 단속을 끝낸 그녀가 품 안에서 뭔가를 꺼내 평소 지니고 다니는 비수에 꼼꼼히 칠하기 시작했다. 이는 청주靑洲 부풍국扶風國에서 자라는 '불상화不傷花'의 즙으로 만든 물약으로, 독은 없으나 상처에 들어가면 살을 문드러지게 해 치유를 어렵게 만드는 물건이었다.

맹부요는 비수를 손바닥에 올려놓고 툭툭 던졌다 받았다 하며, 독약이 없어 아쉽다는 생각을 했다. 그래도 뭐, 희고 고운 얼굴에 대단한 자부심을 가진 배원에게는 이것도 나쁘지 않으리라.

사내들 사이에서 여왕벌 노릇을 하며 '옥으로 빚은 미녀' 소리를 듣던 얼굴에 썩은 내 풀풀 나는 상처가 남는다면, 그 악취에 나비며 꽃들이 모조리 달아난다면, 그래도 과연 지금처럼 우아한 척, 가식적으로 미소 지을 수 있을까?

피식 냉소를 흘린 맹부요는 비수에 물약을 한 겹, 또 한 겹 공들여 칠했다.

한편, 무릎을 끌어안고 앉아 그녀를 지켜보던 남자의 웃는 낯에는 설핏 찬탄의 빛이 스쳤다. 맹부요가 준비를 마치자 자리를 털고 일어난 남자가 현원 산장 방향을 가리키며 미소 지었다.

"아마 모르겠지만 현원검파에는 숨겨진 비밀 통로가 있소. 거기를 통하면 산장을 지키는 경비들의 눈을 피할 수 있을 거요. 그리고 하나 더."

남자의 표정이 묘하게 변했다.

"소저의 사부와 사문 동기들은 지금 무극국 태부 대인을 맞이하느라 다들 대청에 모였을 테니 그 틈에 배원의 처소에 잠입하는 게 좋겠지."

"그걸 어떻게 알아요?"

맹부요가 그를 비스듬히 흘겨봤다.

"대체 정체가 뭐죠?"

"소후라 부르시오, 원소후元昭詡."

웃음기 어린 원소후의 눈빛에는 한 줄기 봄바람이 깃들어 있었다. 저 눈길 한 번이면 아마 흘러가던 냇물도 아쉬워 돌아올 것이요, 겨우내 쌓인 눈쯤이야 찰나에 녹아내리리라.

"원소후?"

그의 이름 석 자를 입 안에서 굴려 보던 맹부요는 묘한 기시감에 휩싸였지만, 어디서 들어 봤는지 도통 생각이 나질 않았다. 그녀는 그저 고개만 한 번 끄덕하고는 원소후가 알려 준 방향으로 걸음을 옮겼다.

맹부요의 뒷모습이 구불구불한 산길 너머로 완전히 사라질 때까지 원소후는 그 자리에 뒷짐을 지고 서서 미소를 띠고 있었다. 흩날리는 옷자락 위에 은가루처럼 내려앉은 달빛이 눈부셨다.

잠시 후, 그의 등 뒤로 덩그러니 바위만 솟아 있던 자리에 불현듯 훤칠한 검은 그림자 하나가 나타났다. 원소후와 석 자 거리를 두고 선 그림자가 깍듯이 허리를 숙였다.

"태……."

원소후가 고개를 약간 돌려 눈길만 줬을 뿐이건만, 그림자는 움찔하며 재깍 입을 다물었다.

"재촉하지 않아도 갈 것이다."

상대의 입에서 나올 말을 이미 안다는 양 무심히 손을 내저은 그가 머릿속으로 뭔가를 짚어 보나 싶더니, 자기 어깨에 앉은 원보 대인을 향해 고개를 틀었다.

"어이, 네가 따라가 보겠느냐?"

원보 대인은 궁둥이를 보이며 팽 돌아섰다.

"다녀오면 밤참으로 기린홍 세 알을 주마."

원보 대인은 여전히 궁둥이를 쳐든 자세로 그와 눈도 맞추지 않았으나 바지런한 네 다리는 벌써 어깨를 타고 내려가는 중이었다.

"사사로이 분풀이를 했다가는 사흘 치 기린홍을 삭감할 줄 알고."

원소후의 당부에 대답으로 돌아온 건 짤막한 꼬리의 촐랑거림뿐이었으니, 알겠다는 건지 모르겠다는 건지 헤아릴 길이 없었다.

어둠 속으로 사라져 가는 하얀 그림자를 쳐다보며 검은 옷의 사내는 경악을 금치 못했다. 주인의 거동이 지나치게 상식 밖인 탓이었다.

원보는 그저 평범한 애완동물이 아니라 적주 궁창국穹蒼國에서도 가장 신성한 장소인 장청長靑 신전에서 난 '천기신서天機神鼠'였다.

백 년에 고작 한 마리가 태어나는 천기신서는 수명이 대단히 길고 그 총기가 사람 못지않을뿐더러 벽사와 기복의 신통력까지 지니고 있었다. 일생에 걸쳐 단 한 사람만을 주인으로 모시기 때문에 어지간한 이들은 구경조차 하기 힘든 존재. 그의 윗분이야 워낙에 신분이 남달라 천기신서를 거느릴 수 있었던 것이지 남들은 꿈도 못 꿀 일이었다.

그런 보물을 아무렇지도 않게 남한테 보내다니? 조금 전 그 소저, 설마……. 하지만 윗분께 예정된 운명은 분명…….

검은 옷의 사내는 복잡한 속내를 애써 갈무리해 넣었다. 그간 곁에서 모신 세월이 얼마던가. 그는 주인의 영명함을 누구보다 잘 알았다. 모든 것을 꿰뚫어 보는 그 혜안 앞에서는 눈썹

한 올만 잘못 까딱해도 마음을 읽히기 일쑤였다.

그토록 조심 또 조심했음에도 결국은 뭔가를 들키고야 말았는지, 비스듬히 몸을 튼 원소후가 엷은 웃음기가 어린 눈으로 그를 응시했다. 그 눈빛을 감당하기가 힘에 부친 검은 그림자는 곧 허리를 한층 더 깊숙이 숙이며 어둠 속으로 뒷걸음질 쳐 사라졌다.

다시 앞으로 돌아선 원소후는 눈을 가늘게 뜨고 저 멀리 암흑의 끝자락을 바라봤다. 연정 앞에서 뜨거운 만큼 미움 앞에서도 용감한, 모진 현실에도 의연할 줄 아는 여인의 아리따운 자태는 이제 완전히 밤의 장막 속으로 사라지고 없었다.

검을 품고 머리를 묶어 올린 여인은 군더더기 없이 갈린 살기를 챙겨 떠났다. 겉으로는 한껏 점잔을 빼나 실상 그 속은 이기심으로 문드러진 집단을 향하여. 자신에게 상처와 치욕을 안긴 자들을 향하여. 이제 곧 검이 솟구치고, 다시금 내리꽂히리라.

"겹겹이 굴레에 묶인 인생사, 지난한 세상살이에 은원 앞에서 진정 명쾌할 이 몇이나 되리……."

한참 후, 느릿느릿 에도는 밤바람 사이로 가벼운 한숨 한 자락이 흩어졌다.

"태부 대인께서는 어째 점점 더 정정해지시니 감탄스러울 따름입니다! 허허허……."

"일대 종사이신 문주께서야말로 그 풍모가 실로 남다르십니다! 하하하……."

쇠기름으로 만든 양초가 활활 타오르는 현원 산장 대청에서는 만면에 웃음을 띤 늙은이 둘이 고상하게 마주 앉아 아무 영양가 없는 인사치레를 주거니 받거니 하고 있었다.

오고 간 빈말만 해도 벌써 수백 마디째. 한밤중에 접어들어 짙어진 어둠이고 연신 하품을 해 대는 제자들이고, 두 사람 눈에는 전혀 들어오지 않는 모양이었다.

"자, 자……. 태부 대인, 현원산 특산품 벽춘차碧春茶 한 잔 더 맛보시지요!"

임현원은 차를 따르는 틈에 소매로 얼굴을 가리면서 슬쩍 하품을 깨물었다. 손님 접대가 너무 길어지고 있었다. 무극국 태부 대인은 나이답지 않게 어찌나 꼬장꼬장한지, 이 소리 저 소리를 청산유수로 몇 시진을 내리 떠들어 대고도 모자라 자정 무렵이 지나도록 잠자리에 들 기미가 없었다.

짜증스러운 눈빛을 소매로 숨긴 채 주위를 둘러보던 임현원이 측문을 통해 슬그머니 안으로 들어서는 넷째 제자를 발견하고는 움찔했다.

아니, 맹부요를 지키라고 보내 놓은 녀석이 여기는 왜 왔어? 저 황급한 기색은 또 뭐고?

한창 임현원이 생각에 빠져 있는 참에 불현듯 붉은 그림자가 측문 쪽을 스치는가 싶더니, 이번에는 배원이 모습을 드러냈다. 문설주에 기대 여유롭게 소맷단을 가다듬는 배원은 언제나 그렇듯 도도한 자태였지만, 늙은 여우 임현원은 여제자의 미간에 어렴풋이 서린 살기를 놓치지 않았다.

찻잔을 높이 들어 눈빛을 감춘 그는 속으로 구시렁거렸다.

대체 무슨 일이 있었기에 둘이나 낯빛이 저 모양인 게야?

하지만 지금은 그걸 캐고 있을 때가 아니었다. 어차피 배원은 사부인 자신도 함부로 나무랄 수 있는 위치가 아니었으니, 일단은 손님 접대에나 신경 쓰는 수밖에 없었다.

백발이 성성한 무극국 태부는 한 나라의 군주를 길러 내는 그 직책 자체만으로도 명망이 높았으나, 실제로 희대의 기재라 일컬어지는 태자를 가르쳐 냈기에 더욱 이름을 날리고 있는 인물이었다. 나이를 생각하면 지금쯤 기력이 떨어져야 정상이겠으나 태부 어르신은 눈 밑에 생긴 검은 그늘에도 굴하지 않고 맞은편에서 연신 하품 중인 임현원을 향해 설교를 이어 나갔다.

"청靑, 이夷, 형衡, 명明, 적狄, 이 다섯 개 주洲에 천살, 무극, 부풍, 궁창, 태연, 선기璇璣, 헌원軒轅, 일곱 개 나라가 자리하고 있으니. 천살은 호전적이고 무극은 인재를 중히 여기며, 태연은 무武를 숭상하고 선기는 지혜를 받듭니다. 또한, 덕을 최고의 가치로 여기는 부풍이 있는가 하면 헌원은 상고 시대의 기이한 술법에 능하고, 궁창은……."

이때 어디선가 불어온 바람이 마룻바닥에 드리운 촛불 그림자를 일렁이게 했다. 문득 말의 흐름이 끊긴 태부 대인이 허허 웃으며 차를 한 모금 홀짝이더니, 숫제 몰랐다는 투로 말했다.

"이런……, 담소에 흥이 올라 시간이 가는 것도 잊었습니다

그려."

임현원이 '때는 이때다!' 하고 자리에서 일어섰다.

"그러게나 말입니다! 태부 대인의 탁월한 식견에 흠뻑 빠져 그만 안으로 편히 모시는 것도 잊었으니 제 불찰입니다, 불찰이에요! 여봐라, 대인을 내원 거처로 안내해 드려라……."

"후우……."

드디어 해방이구나, 제자들 사이에서 안도의 한숨이 흘러나왔다.

태부 대인이 의젓한 걸음걸이로 자리를 뜨고 제자들도 기다렸다는 듯 흩어지던 무렵이었다. 복잡한 눈빛으로 뒷짐을 지고 서 있던 임현원이 돌연 외쳤다.

"넷째하고 원아!"

막 대청을 나서려던 두 사람이 흠칫 걸음을 멈췄다. 뒤로 돌아서며 의혹에 찬 임현원의 표정을 곁눈질한 배원은 천연스러운 웃음을 입가에 걸었다.

이때 창밖에서 번쩍 번개가 쳤다. 창백한 광선의 폭발이 만들어 낸 음영은 배원의 웃는 낯을 섬뜩하게 일그러뜨렸고, 임현원은 흡사 귀신이라도 본 양 소스라치고 말았다.

삽시간에 폭우가 퍼붓기 시작한 바깥으로 고개를 돌리며, 그가 다소 당혹한 투로 중얼거렸다.

"비가 오는구나……."

분노의 폭풍우

비가 내렸다.

한밤중에 갑작스레 폭우가 맹렬히 쏟아졌다. 하늘에 구멍이 뚫렸는지, 바다를 통째로 들이붓는 건지, 정신없이 쏟아지는 물줄기에 지면에는 작은 개울이 수도 없이 생겨났다.

기름 먹인 종이우산을 받쳐 든 배원은 대청에서 나와 자신의 거처인 난정거로 돌아오는 길이었다. 조심조심 물을 건너는 그녀를 여종 한 명이 시중을 드는 사이, 다른 한 명은 등롱으로 길을 비춰 주고 있었다. 등롱을 든 여종은 아까부터 제 비옷을 벌려 필사적으로 바람을 막고 있었으나, 폭풍우에 정처 없이 흔들리던 종이 등롱의 불은 한차례 불현듯 들이닥친 광풍에 결국 꺼지고 말았다.

여종이 미처 용서를 빌기도 전에 배원이 그녀의 뺨을 후려쳤다. 뾰족한 손톱이 남긴 상처에서 금세 피가 뚝뚝 떨어졌다. 계집아이는 울지도 못하고 그저 등롱을 끌어안은 채 비에 젖은 제 어깨만 잔뜩 옹송그렸다.

"멍청한 것! 등불 하나도 제대로 간수 못 해?"

배원은 고개를 들어 날뛰는 비바람과 시커멓게 가라앉은 하늘을 올려다봤다. 까닭 모를 뒤숭숭함이 덮쳐들자 미간을 좁힌 그녀는 바람막이의 앞자락을 여미며 서둘러 자신의 처소로 들어섰다.

"불결하니까 내 회랑에 발 들일 생각 마!"

이에 자그마한 소리로.

"네."

하고 대답한 여종들이 회랑에서 멀찍이 물러섰다.

남한테 방해받는 걸 질색하는 데다 결벽증까지 있는 배원의 성질은 현원검파 안에서 유명했다. 배원의 처소는 외진 곳에 있어 산장 내 어느 곳보다도 조용했다. 난정거를 거처로 삼은 것도 호젓하다는 이유가 제일 컸다.

이 시각 문밖에서는 천신의 채찍이 폭풍우로 화해 대지를 세차게 때리고 있었지만, 문 안쪽은 잔물결 하나 없는 적막한 암흑이었다.

배원의 손에 문짝이 끼익 열렸다. 다음 순간, 별생각 없이 눈길을 아래로 내린 그녀는 마룻바닥에서 물기를 발견했다. 수상한 낌새를 챈 배원은 그 즉시 뒤쪽으로 몸을 날렸다.

그러나 이미 한발 늦은 상황.

쉬익! 🐾

어둠 속에서 빛이 번뜩하는가 싶더니 검은 그림자가 칼을 겨눈 자세로 튀어나왔다. 번개처럼 빠르되 일말의 기척도 없는 칼날이 삽시간에 배원의 코앞까지 쇄도했다!

챳!

살갗이 찢기는 무시무시한 소리가 배원의 귓가에 울렸다. 이마 왼편에 선뜻한 통증이 느껴지더니 왼쪽 눈앞이 온통 핏빛으로 변했다.

선명한 붉은색이 눈앞을 가린 탓에 배원은 누가 자신을 노리는지 확인할 수 없었다. 확실한 건 살아남기 위해서는 스스로를 지켜 내야 한다는 사실뿐이었다.

이를 악물고 아픔을 참은 배원이 장검을 뽑아 들었다. 칼끝이 현란하게 움직이면서 강렬한 광채를 흩뿌렸다. 급박한 와중에 임현원이 비밀리에 전수한 비장의 검법, '장공지검長空之劍'을 시전한 것이다.

상대방 역시 이 검법의 무서움을 아는지 정면으로 받아치는 대신 몸을 틀어 미꾸라지처럼 배원의 곁을 비켜 갔다. 상대는 서로 스치며 지나치는 그 짧은 순간도 놓치지 않고 비수로 깊은 사선을 그었다.

배원은 오른쪽 이마에서 아까와 비슷한 욱신거림을 감지했다. 왈칵 뿜어져 나온 선혈이 안 그래도 좁아져 있던 시야를 완전히 가려 버렸다.

서슬 퍼런 칼날은 예고 없이 들이닥친 천둥만큼이나 날랬고,

분노 서린 기습은 하늘을 찢는 번개만큼이나 날카로웠다. 찰나의 시간, 상대는 빠르고, 무자비하고, 정확하게 배원의 얼굴에 횡십자를 새겨 넣었다.

쏟아지는 핏물 때문에 눈이 보이질 않으니 검초도 흔들리는 게 당연했다. 통증이 느껴졌다. 살가죽이 갈기갈기 찢어발겨진 것 같았다. 배원은 분하다 못해 억장이 무너졌다. 상처가 얼마나 깊은지는 몰라도 흘러내리는 피의 양으로 미루어 볼 때 흉터가 남을 건 자명했다. 상대방은 작정하고 악랄하게 칼을 놀리고 있었다. 흡사 불구대천의 원수를 처단하듯.

일생을 절세미인으로 살아온 여인에게 얼굴은 목숨보다도 중한 보물이었다. 배원은 가슴이 미어졌다.

결단코 상대의 목숨을 빼앗고야 말겠노라 결심한 그녀는 상처에 연연하는 대신 검신을 눕혀 피 묻은 손바닥으로 칼날을 훑었다. 검신에서 선혈처럼 붉은 광채가 일더니, 어둠을 배경으로 기묘하게 일렁이기 시작했다. 핏빛 광채 안에 갑각류의 눈처럼 생긴 거품이 무수하게 생겨나 다채로운 색상을 발했다. 독거미 떼가 우글우글 검신을 타고 오르는 모습 같은, 소름 끼치는 광경이었다.

만약 이 자리에 태연국 황족 핏줄이 있었다면 경악해 그 이름을 외치고야 말았을 것이다.

'제혈신공祭血神功.'

이는 황족에게만 지극히 비밀스럽게 허락된 무공이었다. 배원이 제혈신공을 펼쳤다는 건 곧 자신도 죽을 각오를 했다는 의미였다.

하지만 아무래도 죽을 각오는 배원 혼자만 한 모양이었다. 상대는 검에서 기묘한 적색 광채가 이는 것을 보자마자 두말하지 않고 신발 앞코로 문설주를 찍고 뛰어올라 획 몸을 날렸다. 폭우를 뚫고 한 마리의 매처럼 상대가 날아간 거리는 족히 석장. 이미 붉은색 광채가 닿는 범위 밖이었다.

담장처럼 촘촘한 비의 장막 사이로 사라지는 그림자, 그 뒤를 장검을 든 배원이 쫓았다. 신공을 시전할 만반의 준비를 마친 그녀는 번개처럼 민첩하게 움직였다. 손에 든 장검에서 뻗어 나온 빛의 길이는 한 장 하고도 두 자, 검은 그림자의 등쯤이야 간단히 꿰뚫을 수 있었다.

그런데 그녀가 미처 검을 든 팔을 쳐들기도 전이었다. 부들부들한 무언가가 작은 바람 소리와 함께 곁을 빠르게 스쳐 지나는가 싶더니 손가락이 따끔했다. 철컹, 검이 땅에 떨어졌다.

한 놈이 아니었나. 소스라친 배원은 시야를 확보하려 안간힘을 다해 눈을 부릅떴다. 핏빛 시야 한구석을 동글동글한 그림자가 획 가로질렀다.

다음 순간, 뭔가에 발이 걸려 배원이 휘청했다. 이와 동시에 상처가 가렵기 시작했다. 벌어진 살갗 속에서 무수한 벌레가 꿈틀대는 것 같았다.

이제 결사의 대결이 문제가 아니었다. 배원의 손가락이 허겁지겁 상처를 더듬었다. 손이 닿을수록 가려움이 점점 더 심해졌다. 보이는 건 온통 시뻘건 핏빛뿐.

배원은 필사적으로 소리쳤다.

"여봐라! 거기 누구든! 물을 떠 와! 태의를 불러, 태의를!"

그런데 아무런 기척이 없었다.

아까 그녀가 바닥을 더럽힌다며 빗속으로 쫓아냈던 여종들은 불 꺼진 등롱을 품에 안고 서서 그저 묵묵히, 차가운 눈길로 바라보고만 있었다. 평소 그리도 거만하던 주인아씨가 산발을 하고서 피투성이가 되어 있는 꼴을. 오동나무 기둥이 늘어선 회랑에서 허우적거리며 비명을 지르는 모습을.

그녀의 얼굴에 교차된 두 개의 칼자국은 참으로 흉측했다. 그 잔혹한 상처에서 핏물이 흘러 흘러, 평소 아랫것들은 발도 못 들이게 했던 반들반들한 회랑 바닥에 불결한 얼룩을 그려 냈다.

"여봐라……, 여봐라……."

움직이는 사람도, 입을 여는 사람도 없었다. 미천한 여종들은 조금 전 눈앞에서 피 튀기는 싸움이 벌어졌음에도 냉혹하리만치 미동 없이 빗속에 서 있기만 했다. 종일 쏟아진 모욕을 견디느라 증오의 빛으로 벼려진 눈은, 강풍에 너울너울 휩쓸린 빗줄기가 만들어 낸 겹겹의 수정 격벽에 막혀 그 무엇도 보지 못하였으므로.

"거기……, 누구……."

배원의 외침은 빗소리에 묻혀 점점 가늘어졌다. 아무리 미친 듯이 날뛰어 봐도 회랑 안의 이 기둥, 저 기둥에 부닥쳐 생채기만 늘 뿐이었다. 가려움은 시시각각 심해지건만, 기운은 속절

없이 빠져나갔다.

회랑에 드리운 진홍색 장막은 비를 먹어 이제 핏빛이 되었고, 그 안쪽에서는 선혈을 뒤집어쓴 배원의 붉은 옷자락이 어지러이 휘돌고 있었다. 비통하게 부르짖던 그녀는 이내 스르르 허물어졌다.

층계에 주저앉은 그녀의 새카만 머리채가 회랑 아래 빗물 괸 땅바닥까지 늘어져 굽이굽이, 뱀처럼 진창 위를 기었다. 앞을 향해 필사적으로 뻗은 손은 자신을 이 악몽에서 꺼내 줄 한 줄기 희망을 더듬어 찾고 있는 듯했다.

그러나, 그 손끝에 닿는 건 아무것도 없으리니.

남은 밤은 길었고 폭풍우는 분노를 더해 가고 있었다.

쩌렁쩌렁한 뇌성 사이로 이해할 수 없다는 듯, 말과 신음이 섞여 들었다.

"어째서…… 아무도…… 도와주지 않는 거야……."

뒷산에서 매복을 만나다

깊게 어둠이 내린 밤이었다.

암흑은 선혈을 모조리 빨아들였고 폭풍우는 신음을 남김없이 묻었다.

배원의 얼굴에 횡십자가 새겨지던 순간, 저 멀리 비가 내리는 처마 위에서 누군가가 한 점 물 얼룩조차 지지 않은 옷자락을 휘날리고 있었다. 뒷짐을 진 채 미소 띤 표정으로 아래를 살피는 그의 뒤쪽으로는 검은 옷을 입은 인물이 세 걸음쯤 떨어져서 공손히 시립하고 있었다.

"잠시 후에 내려가서 손을 좀 써 두도록 하여라."

그, 원소후가 흑의인을 향해 분부했다.

"연경 배씨 가문은 운雲 재상의 집안과 대대로 원수지간이자 정적 관계이니……, 어떻게 해야 할지 알겠지?"

말없이 고개를 숙인 흑의인은 다음 순간 이미 자리에서 사라지고 없었다.

피식 웃은 원소후의 눈길이 다시 아래쪽을 향했다. 마침내 그의 입에서 느릿느릿 나온 음성은 쏟아붓는 폭우 속에서도 쉬이 흐트러지지 않았다.

"그리 가차 없이 그어 버릴 줄이야, 그것참……."

❀

으슥한 담장 모퉁이에 숨어 몸에 묻은 핏자국을 정리한 맹부요가 어깨에 앉은 원보 대인을 툭툭 치고 씩 웃었다.

"고맙다."

그러나 원보 대인은 불쾌하다는 듯 재빨리 비켜섰다. 경멸이 가득 담긴 머루알 눈동자는 분명, 그 더러운 앞발로 감히 이 몸의 새하얀 털을 더럽혔느냐라는 말을 하고 있었다.

"건방진 비곗덩어리 같으니!"

혼잣말로 꿍얼거린 맹부요가 성큼성큼 담장 그늘 밖으로 나섰다.

그녀는 미처 알지 못했다. 자신이 자리를 뜬 직후, 흡사 구중천의 천신이 음울한 먹구름을 향해 내리친 도끼날 같은 번개가 오주 대지 깊숙이 꽂혔음을.

그 섬광이 배원이 쓰러져 있는 실내를 환하게 밝힌 찰나였다. 번갯불보다도 더 싸늘한 빛이 번뜩 스치는 동시에 짙은 선

홍빛이 사방으로 흩뿌려졌다.

❀

폭우가 쏟아지는 밤, 혼란은 애초부터 예고되어 있었다.

임현원은 잠자리에 든 지 얼마 되지도 않아 다급한 소리에 불려 나와야만 했다. 허겁지겁 달려가 배원의 상태를 확인한 그는 단순히 '안 좋다'라는 말로는 형용하지 못할 낯빛이었다.

의식을 잃은 배원의 얼굴에는 그새 뼈가 훤히 보일 만큼 녹아 문드러진 상처가 있었다. 밖으로 드러난 백골에 선혈이 뒤엉켜 처참하기 이를 데 없는 저 얼굴이 과거의 절세미색을 되찾기란 절대 불가능할 터였다.

임현원은 꼼짝 못 하고 그 자리에 굳어 있었다. 눈앞이 깜깜했다. 제자들이야 배원의 진짜 배경을 모른다지만, 그는 아니었다. 현원검파 문주인 그조차도 배원의 앞에서는 행동거지가 조심스러웠다.

그런데 이 사달이 나고야 말았으니 그녀의 뒤에 떡 버티고 있는 세력에게 대체 뭐라 설명을 한단 말인가?

난정거를 돌보는 하인들과 여종들을 모조리 심문했으나 다들 방 안에서 뛰쳐나오는 검은 그림자 말고는 본 게 없다고 딱 잡아뗐다.

갑작스러운 폭우가 흔적을 너무 많이 지워 버렸다.

임현원은 하룻밤 사이 눈에 띄게 주름이 깊어진 얼굴로 하늘을 올려다보며 내심 탄식을 흘렸다.

하늘이 우리 현원검파를 버리시려는가?

문득 불 꺼진 객방에 눈길이 닿자 드는 생각이 있었다.

무극국 태부를 이곳 산장에 들이자마자 이런 일이 생기다니, 설마……

그러나 의심은 빠르게 지워졌다. 바깥출입 자체가 거의 없다시피 했을뿐더러 그간 현원검파와 관계가 돈독했던 태부 대인이 이런 일을 벌였을 이유가 없었다.

더구나 의원이 살펴본 바에 따르면, 절반밖에 안 남은 배원의 오른손 새끼손가락은 아래에서 위쪽으로 비스듬히 잘려 나간 형태였다. 배씨 집안의 정적이자 철천지원수인 운씨 가문의 '경풍검법驚風劍法' 첫 초식이 딱 저런 상흔을 남기지 않던가. 아무래도 운씨 가문에서 배원을 노리고 자객을 보낸 모양이었다.

하나, 현원검파에 머무는 동안 배원의 신분은 철저히 비밀이었건만 대체 어찌 알고……

임현원의 미간에 주름이 잡혔다. 운씨 가문이 사달을 내도 너무 험하게 냈다. 현원검파는 배씨 가문에 내밀 확실한 해명을 준비해야 할 터였다.

"다들 잘 생각 말고 나가서 자객부터 찾아! 관문마다 설치된 기관진법을 모조리 작동시켰다. 폭우 때문에라도 아직 아래까지는 못 내려갔겠지. 절대 현원산 밖으로 나가게 돼서는 안 된다!"

제자들의 쩌렁쩌렁한 대답이 울려 퍼졌다. 그칠 줄 모르는 빗줄기를 바라보던 임현원이 싸늘하게 말했다.

"우리 현원검파의 존망이 달린 일임을 기억하라! 반드시 잡아들여야 한다! 생포가 어렵거든 시체라도 가져와!"

"예!"

❀

검은 그림자 하나가 활시위를 벗어난 화살처럼 쏘아져 나가 빗줄기 사이를 가로질렀다. 궤적을 따라 흐릿한 잔영이 남을 만큼 무시무시한 속도였다.

검은 그림자는 검파 뒷산으로 향하고 있었다. 현원 산장은 뒤편에 산을 끼고 지어졌기에 그나마 후방 경계가 가장 해이했다.

뒷산은 평소와 다름없이 평온했다. 검은 그림자, 맹부요는 잠시도 지체하지 않고 비탈진 산봉우리를 타고 오르기 시작했다. 뒷산 구석구석 가 보지 않은 곳이 없는 그녀였다. 이 봉우리를 넘으면 나오는 골짜기에 동굴이 하나 있는데, 동굴 맞은편 출구가 현원산 바깥으로 연결되어 있었다.

어마어마한 속도로 이동하는 동안 허리춤에 찬 칼집 위에 얹힌 손가락 아래로 아스라한 푸른색 검기가 새어 나왔다. 푸른색 검광은 그 어떠한 음유내공도 파할 수 있는 파구소 4성 경지의 상징이었다.

원소후가 주입해 준 내공은 그녀의 무공을 원래 수준으로 되돌려 놓는 데 그치지 않고, 줄곧 넘지 못하던 3성의 벽을 뛰어넘어 4성 경지에 이르게 해 줬다. 배원이 바짝 가시를 세운 상황에서도 그 이마에 아리따운 횡십자를 그려 넣을 수 있었던 건 움직임이 예전보다 두 배로 빨라진 덕이었다.

상대방이 발광을 하고 덤벼드는 바람에 기껏 손맛 좀 보자마자 빠져나와야 했던 점은 못내 아쉬웠지만, 배원과 사이좋게 저세상에 갈 마음은 눈곱만치도 없었으니 어쩌겠는가. 후환을 남기는 짓이란 걸 알았지만 그 순간에는 뒷일까지 계산할 도리가 없었다.

담흑색 산봉우리를 무성하게 뒤덮은 나무며 잡초들은 빗물에 휩쓸려 한쪽으로 넘어간 모습이었으나, 다행히 사람이 지난 흔적은 없었다. 안도의 한숨을 내쉰 맹부요가 배시시 웃으며 걸음을 옮기던 찰나였다.

툭.

발밑이 수상했다. 흡사 작은 돌멩이가 발에 챈 느낌이었지만, 맹부요는 결코 그게 진짜 돌이리라 생각하지 않았다.

그녀가 기민하게 뒤쪽으로 몸을 날리자마자 비스듬히 누워 있던 풀잎들이 돌연 뱀처럼 바짝 고개를 쳐들었다. 자세히 보니 관목림 너머에서 거대한 그물이 솟아오르며 풀뿌리가 진흙째 뽑혀 나오고 있었다. '쐐액' 소리가 귓가를 가르는 동시에 잡초와 나뭇가지로 숨겨져 있던 그물이 시퍼런 빛을 내뿜으며 그녀를 집어삼킬 듯 덮쳐 왔다.

"빌어먹을, 여기도 관문이 있었다니!"

맹부요는 약삭빠른 임현원, 그 늙은 여우를 저주하면서도 한편으로는 자신이 지금껏 왜 이곳에서 관문을 발견하지 못했는지 의구심이 일었다.

펄럭이며 날아드는 그물의 포위 범위는 족히 열 장은 되어 보였다. 원소후에게 빌린 내공이 흩어지기 시작한 지금 상태에서는 설사 대라금선[11]이라 해도 그물이 덮치기 전에 이곳을 벗어날 수 없을 터였다.

먹구름처럼 내려앉는 흑색 그물과 그 그물코마다 시퍼렇게 번뜩이는 갈고리의 섬광을 올려다보던 맹부요는 절망 속에 두 눈을 질끈 감았다.

---

11 大羅金仙. 신선의 등급 중 최고 단계.

파진, 그 경이로운

"어이, 잠들었소?"

기품 넘치는 저음이 웃음기를 안고 귓가에 감겨들었다. 맹부요는 반가운 마음에 눈을 번쩍 떴다.

앞쪽에 나타난 원소후는 어디 으리으리한 전각 문턱을 이제 막 넘은 사람처럼 말끔하고 고아하기 이를 데 없는 모습이었다. 쏟아지는 빗줄기 속에서 어떻게 옷자락 하나 안 젖었는지. 맹부요는 짙은 녹음을 배경 삼아 저만치 서 있는 그의 뒤편으로 언뜻 찬연하게 떠오른 밝은 달을 본 것 같았다.

멀찍이 떨어진 거리에도 원소후는 느긋한 기색이었다. 지금 당장 그가 달려들어도 그녀를 구해 주기에는 이미 늦었을 터. 맹부요는 이를 알면서도 어째서인지 긴장감이 스르르 풀리는 것이었다. 목숨이 경각에 달린 이 순간의 위기가 문득 하찮게 느껴지는지라 입꼬리가 절로 말려 올라갔다.

맹부요의 미소가 아직 피지 않은 봉오리로 머물러 있을 즈음, 저쪽에 조신하게 서 있던 원소후 역시 마주 웃는 게 보였다. 그리고 그 웃음기가 채 가시기도 전에, 원소후가 움직였다.

천둥처럼 맹렬한 움직임이었다. 설산이 허물어지고 만년설이 녹아내리는 광경을 눈앞에서 본다면 이러할까. 밤의 어둠이, 사나운 비바람이, 눈부시게 쇄도해 오는 그의 기세에 휩쓸려 장대한 소용돌이를 일으켰다. 그 와중에 지면을 덮고 있던 들풀이 세찬 경기의 흐름을 이기지 못하고 우르르 뽑혀 나와 한데 뭉치는가 싶더니, 짙푸른 벽이 되어 그물이 덮쳐드는 방향으로 날아갔다.

바닥에 몸을 붙이다시피 하고 순식간에 맹부요의 코앞에 당도한 원소후가 한 팔로 그녀를 가뿐하게 눕혀 품에 안았다. 계속해서 지면과 평행하게 날며 그가 비어 있는 쪽 팔을 크게 휘두르자 거센 바람이 일어 '들풀의 벽'을 산산이 깨부쉈다.

그의 진기가 깃든 풀잎과 나뭇가지는 표창이자 화살이었다. 예리하게 회전하며 돌진한 초목이 그물과 맞부딪치자 자잘한 충돌음이 수도 없이 울렸고, 거대한 그물은 칼로 난도질당한 양 조각조각 넝마로 화했다.

마지막 그물 한 토막이 어슴푸레한 빛을 내며 원소후의 신발 뒤꿈치에 걸리려던 찰나, 굵은 빗방울이 그물을 정통으로 때려 진흙 속에 처박았다.

어느덧 두 팔로 땅을 짚고 엎드린 원소후가 자기 아래 누운 여인을 보며 빙긋 미소 지었다.

"이리 보니 감상이 어떻소?"

감상이 어떻냐고?

눈을 껌뻑껌뻑하던 맹부요가 고개를 들었다. 아래를 내려다보는 원소후의 눈에 웃음기가 비쳤다. 그 검고도 깊은 눈동자 안에서 아른아른 반짝이는 잔물결이 맹부요를 취하게 했다. 성난 빗줄기도 씻어 내지 못한 그 특유의 향내가 주위를 그윽이 떠돌고 있었다.

눈과 눈이 마주쳤다. 어느 쪽도 말이 없었다. 원소후는 더 이상 농을 걸지 않았고, 맹부요 역시 받아치기를 잊었다. 이제 막 한고비를 넘겼을 뿐 비는 아직 그치지도 않았건만, 원소후의 향기에 잠긴 그녀는 말하는 법을 망각했다. 무엇을 어찌 입 밖으로 내야 할지 알 수 없었다.

참으로 멀게만 보이는 사람. 그러나 첫 만남의 그 순간부터 누구보다 가까웠던 사람.

고작 몇 시진 사이에 벌써 두 차례나 신세를 졌음에도 맹부요는 그가 왜 자신을 돕는지조차 알지 못했다.

그를 바라보고 있는 사이, 가슴속에서 뭉클 온기가 샘솟았다. 덕분에 밤새 비를 맞아 차갑게 식었던 몸에도 훈훈함이 도는 듯했다.

마음 깊은 곳에 가느다랗게 걸린 한 줄의 현. 그간 온갖 고초와 주변의 냉담함에 녹슬었던 현이, 어느 사내의 배반으로 덜컥 끊어지기 직전이었던 그 현이, 그와 눈빛이 서로 맞닿은 찰나 파르르 떨며 울었다.

비바람은 소란했으나 마주 안은 두 사람의 사이는 고요했고, 그 울림은 비록 가냘팠으나 그녀를 소스라치게 만들기에는 충분했다.

완벽한 정적의 한복판에서 돌연 천둥소리를 들은 듯, 맹부요는 전율했다.

그녀의 손가락이 별안간 비에 젖은 땅을 움켜쥐었다. 이름 모를 풀에 돋은 가시가 살갗을 파고들었다. 크고 둥근 핏방울이 뽀얀 손끝에 맺혔다가 빗물에 쓸려 금세 진흙 아래로 모습을 감췄다.

맹부요는 숨을 들이마셨다. 따끔한 통증이 그녀의 눈빛에 또렷함을 되돌려 났다. 무의식적으로 어깨를 움츠리자, 내내 눈을 맞추고 있던 원소후가 눈길을 거두고는 그녀를 안아 올리더니 몸을 틀어 다시금 날기 시작했다.

당황해 두리번대는 그녀를 보며 원소후가 웃음을 흘렸다.

"여기서 몸을 줄 작정이었소? 그러기에는 풍한이 근심인지라."

장난스러운 말투였다. 지금 맹부요가 안긴 각도에서는 그의 표정을 확인할 수가 없었지만, 어쨌든 지금까지와 별반 다르지 않은 태도인 걸 보니 마음이 놓였다. 마음이 놓이는데, 한편으로는 그 가벼운 말투가 살짝 서운한 건 왜인지.

에잇, 퉤! 맹부요는 속으로 경요[12]스러운 자신을 타박했다.

---

12 瓊瑤. 유명 소설가이자 드라마 작가, 수많은 로맨스 소설을 히트시켰다.

정신 연령으로 따지면 마흔이 다 됐으면서 이 무슨 갈대 같은 소녀 감성이란 말인가.

그녀가 품에서 벗어날 기회를 찾으며 두리번대던 때였다. 원소후가 그녀를 붙들고 있는 손에 갑자기 힘을 주는가 싶더니 나지막이 말했다.

"움직이지 마시오!"

말이 끝나기 무섭게 저 앞쪽으로 다섯 장쯤 떨어진 지점에 검은 복장의 무리가 나타났다. 빗속에 늘어선 무리는 시위에 화살을 메긴 채 만반의 전투태세를 갖춘 모습이었다. 선봉에 있던 자가 두 사람을 발견하고 즉시 빈 시위를 당기자, 그 순간 폭죽처럼 터진 번개를 배경으로 '우웅' 하는 진동음이 길게 꼬리를 끌며 하늘로 치솟았다.

거기에 반응한 듯 주변 초목이 한꺼번에 쓰러지며 기습적으로 널찍한 공터를 만들어 냈다. 공터 뒤편으로 보이는 나무 십여 그루의 위쪽 절반은 원래의 푸르름 그대로였으나, 아래쪽 절반은 껍질이 벗겨져 허연 속살이 드러나 있었다.

나무들이 늘어선 형태를 보자마자 맹부요는 망할 도사 영감이 알려 줬던 오행백목대진을 떠올렸다. 원소후에게 조심하라고 경고하려던 찰나, 한 발을 사뿐히 구르며 떠오른 그가 일말의 망설임도 없이 진의 중심을 향해 몸을 날렸다.

듣도 보도 못한 차원의 경공이었다. 한 사람을 품에 안고도 땅에 내려앉는 순간이 거의 없을 만큼 움직임이 가볍다니. 게다가 빠르기는 또 어찌나 빠른지, 맹부요가 미처 저지할 틈도 없이 두 사람은 벌써 진의 핵심부에 들어와 있었다.

맹부요는 가슴이 덜컥 내려앉아 눈을 감고 자신의 현재 위치를 가늠하는 데 집중했다. 배운 대로라면 왼쪽으로 세 걸음 떨어진 나무부터 부러뜨리는 게 시급했다.

오행백목대진은 천의 얼굴을 지닌 진법. 이 안에서는 살아나가는 생문生門이 순식간에 죽음을 선사하는 사문死門[13]이 될 수도 있었다.

그녀의 계산을 따르더라도 진 아래 숨겨진 암기라든지 갑자기 날아드는 거목을 맞닥뜨릴 가능성이 절반은 남았다. 그렇지만 원소후가 다짜고짜 제 못자리로 뛰어드는 꼴을 보는 것보다는 나을 터였다.

맹부요가 행동하려던 찰나, 진법 핵심부에 있던 거목이 원소후의 발차기에 맞아 부러져 나갔다. 육중한 나무 윗동이 바람을 가르며 마찰음을 냈고, 곧이어 용수철이 팅팅 튕겨 오르는 소리와 함께 '우웅' 하는 울림도 들렸다.

그리고 다음 순간, 땅 밑을 비집고 나온 벌 떼인지, 아니면 두껍게 쌓였던 낙엽이 회오리바람에 휘말린 것인지, 시커먼 무언가가 지면을 휩쓸며 솟구쳐 올랐다.

검은 뭉텅이의 정체는 지면 아래 묻혀 있던 비수였다. 새까만 칼날이 빗물과 진흙 찌꺼기를 흩뿌리며 나무 사이로 돌진했

---

13 생문이 진법에서 탈출할 수 있는 출구라면, 사문은 이름 그대로 잘못 발을 들였다가는 죽음에 이를 수 있는 지점이다.

고, 단단한 줄기에 부딪칠 때마다 방향을 바꿔 튕겨 나오며 사방을 휘젓고 다녔다. 눈언저리를 겨냥해 날아오던 비수가 삽시간에 가슴을 향해 돌아서고, 등 쪽으로 파고들던 날이 잠시 뒤에는 정수리 천령혈을 노렸다. 그 변화무쌍한 궤적은 피한다고 피할 수 있는 게 아니었다.

그러나 원소후는 눈 하나 깜짝하지 않고 몸을 움직였다. 먹장구름을 휘모는 맹풍처럼, 운무 속에 번쩍이는 번갯불처럼, 그의 옷자락이 어두운 하늘을 배경으로 활짝 펼쳐졌다가 거둬지기를 반복했다.

그가 지나는 곳마다 무형의 도검 같은 강풍이 일어 아름드리나무를 쓰러뜨렸다. 소맷자락이 펄럭일 때마다 굉음과 함께 나무줄기가 부러져 나갔다. 날아드는 비수와 촘촘한 거목 사이, 그 아슬아슬한 틈을 종횡무진 누비는 그의 움직임은 번개처럼 날래고 깃털처럼 가벼웠다.

무차별적으로 쏟아지는 광란의 공격을 상대하고 있음에도 그의 동작은 마치 사전에 치밀한 계산을 거친 양 정확하고 매끄럽기만 했다. 그것은 창해팔황이라는 비단을 앞에 둔 어느 신묘한 선인이 물길을 실 삼고 번개를 바늘 삼아 그 현란한 비단 위에 미로 같은 그림을 수놓는 광경이었다.

나무들이 연달아 눕는 모습은 언뜻 무질서해 보였으나 실상은 그렇지가 않았다. 지금 넘어진 나무는 직전에 넘어진 나무보다 밑동이 조금 더 길게 남은 식으로 절단된 높이가 모두 달랐고, 거기에 가해진 힘의 세기 역시 달랐다. 덕분에 부러진 나무줄기들은 땅에 그냥 나동그라지는 게 아니라 미리 기울어져 있던 다른 나무 위로 안착했다.

이처럼 한 그루도 빠짐없이 도미노처럼 차곡차곡 넘어간 거목들은 마지막에 이르러서는 굽이치는 산맥 형태를 완성했고, 미친 듯이 날뛰던 비수들은 제각각 다른 각도로 거꾸러진 나무줄기에 부닥쳤다가 모조리 진흙 속에 처박혔다.

맹부요는 질겁했다. 숨이 턱 막힐 지경이었다.

세상에나, 오행백목대진을 이런 식으로 파하는 자가 있을 줄이야. 진법 자체의 파괴력을 이용해 진을 무력화시키다니, 이 얼마나 무시무시한 치밀함이란 말인가.

그 많은 나무와 비수의 진행 방향, 거기에 비수가 장애물을 만나 튕겨 나올 각도까지 전부 한 치의 오차도 없이 헤아려야만 가능한 일이었다.

현대의 컴퓨터도 몇 초의 시간은 필요할 계산을 맹공이 쏟아지는 진법 한가운데서 순식간에 해치웠다고?

이게…… 사람이야?

비수가 잠잠해지고 나자 원소후는 소맷자락을 떨치며 맹부요와 함께 공중으로 날아올랐다. 그가 구름을 밟듯 허공을 디디며 향한 곳은 저만치 가장 높은 나뭇가지였다. 세차게 쏟아붓는 빗물도 그의 전신에 휘도는 진기를 뚫지 못하고 나가떨어졌으니, 너른 하늘을 가로지르는 그 자태는 선인의 것이라 해야 합당했다.

나무 꼭대기에 내려서는 순간에도 발밑의 푸른 잎사귀 한 장도 떨게 하지 않은 그가 이윽고 느긋하게 뒷짐을 지고서는 웃음기 어린 표정으로 아래를 내려다봤다.

궁수들은 시위에 화살을 메긴 자세 그대로 입을 헤벌린 채 굳어 있었다. 문주께서 심혈을 기울여 설치한 진법을, 수년간 누구도 깨지 못했던 백목대진을, 사람인지 신선인지 모를 저 사내는 별로 애먹는 기색도 없이 쑥대밭으로 만들어 버린 것이다.

그토록 여유롭게, 그토록 불가사의한 방식으로 진을 파하다니. 흉악하기 그지없는 진법 안을 빈집 드나들듯 태연하게 누비던 모습에, 나무 꼭대기를 딛고 선 저 고아하고도 호방한 자태에, 흡사 인간이 아닌 신을 올려다보는 듯한 경외감마저 들었다.

이런 상황에 무슨 정신이 있어 활을 당기겠는가?

원소후가 웃는 듯 마는 듯 한 표정으로 소매를 휘 크게 떨쳤다. 밑에 있던 자들은 대번에 우르르 몸을 피했으나 정작 날아온 건 아무것도 없었다.

곧이어 시원스러운 웃음소리가 허공에 울려 퍼지는가 싶더니 검은 복장의 사람 둘이 빗속에 뚜렷한 흑색 궤적을 남기며 튀어 나갔다. 그들이 지나는 길을 따라 나뭇잎이 거세게 쓸려 나가면서 숲이 바다 갈라지듯 양쪽으로 열렸다.

유연하고도 압도적인 진력眞力이 지면에 쌓인 흙더미를 휘말아 사방으로 내던지는 가운데, 우지끈 화살이 부러져 나가고 땅이 갈라졌으며, 물이 치솟고 불이 꺼졌다. 백목대진 뒤편에 있던 흑수黑水, 황토黃土, 열화烈火, 청금靑金대진이 일거에 허물어진 것이다.

진법 네 개의 함정이 한꺼번에 발동되면서 튀어나온 암기에 적지 않은 인원이 희생당하자, 현원검파 무리는 자지러지는 비명과 함께 금세 사분오열됐다.

이동 속도가 지나치게 빠른 탓에 귓전을 때리는 바람 소리가 사나웠다. 원소후의 품 안에서 고개를 쭉 내민 맹부요는 이미 너덜너덜해진 진법을 내려다보며 아쉬움에 입맛을 다셨다.

진법을 파하는 법은 그녀도 알고 있었다. 하지만 머리 위에 계신 분께서 워낙 펄펄 날아다니신지라 도무지 비집고 나설 틈이 없었다. 그녀는 원소후의 옷섶을 지분거리거나 한숨을 푹푹 내쉬며 따분함을 달래야만 했다.

머리 위쪽에서 원소후의 나직한 음성이 들려왔다.

"진법이 저리 궁상스러워서야. 이렇게 되면 탈주 방식을 바꾸는 게 어떨까 싶소만……."

그가 단어를 뱉을 때마다 흉곽에서 미세하게 울리는 진동이 품에 기댄 맹부요의 뺨에까지 전해졌다. 맞닿은 부분에서 느껴지는 열기가 서서히 온몸 구석구석으로 퍼져 가면서, 밤새 뛰어다니느라 녹초가 된 그녀에게 잠기운을 불어넣었다.

그래, 탈주 좋지. 당신도 같이 끌고.

스르르 눈을 감은 맹부요는 그대로 잠에 빠졌다.

내가 있을 곳은 지옥일 터

그저 긴 꿈인가 싶었다. 노을 날려 간 자리에 밀려오는 물결, 꿈속의 그 풍경은 짙푸른 남초 호수[14]였다.

구름 한 점 없이 드높은 하늘과 하얗게 눈 쌓인 봉우리가 수면으로 옮겨 와 움직일 줄 모르는 은백색 파도가 되었다. 그 파도가 반짝이는 가운데, 때때로 수면을 뚫고 튀어 오르는 물고기의 비늘이 햇살 아래 영롱한 빛을 흩뿌렸다.

옆에 서 있는 엄마는 아프기 전의 모습이었다. 바람이 머리칼을 흩트리고 지나가자 엄마가 손을 뻗어 머리를 귀 뒤로 넘겨 줬다. 익숙한 손길이 따스했다. 모녀가 함께한 여행은 아마 이때가 유일했을 것이다.

---

14 티베트 고지대에 위치한 일명 '하늘 호수'.

아빠가 집을 나간 이후로 엄마는 어린 딸을 키워 내기 위해 홀로 발버둥 쳐야 했다. 형편이 넉넉지 못한 모녀에게 허락된 세상은 숨 막히게 좁았다. 그러나 엄마는 고작 10위안 더 벌자고 철야 근무를 하면서도 고원을 횡단하고 싶다는 딸의 꿈에 10년 치 저축을 단번에 털어 넣을 만큼 배짱 좋은 사람이었다.

길들지 않은 고원의 바람이 칼날처럼 창공을 겨눈 설산 사이에 포효를 남기며 광야를 향해 내달렸다. 문득 하늘 저 너머에서 시를 낭송하는 듯, 불경을 외는 듯한 읊조림이 날아들어 참매와 날개를 나란히 하고 머리 위에서 떠돌았다. 그 순간 맹부요는 가슴 밑바닥에 쌓여 있던 그늘과 집착이 얼음 알갱이 섞인 바람에 부닥쳐 산산이 깨져 나가는 소리를 들었다.

남초 호수에서 돌아온 다음, 그녀는 고고학과 역사학을 전공으로 택했다. 모래 폭풍이 휘몰아치는 사막과 천 년을 침묵해 온 거대 불상, 인적이 끊긴 지 오래인 벽촌, 수수께끼를 숨긴 만장萬丈 협곡, 관이 들어찬 석굴로 빽빽한 벼랑……, 그 곁에서 살고자 했다.

다음 순간, 그녀는 길고 어두침침한 통로에 서 있었다. 가물거리는 청화자기 장명등長明燈 불빛 속에 그녀의 행군화 밑창이 돌바닥과 만나 공허한 울림을 만들어 냈다. 세 걸음 간격으로 바닥 석재에 커다랗게 새겨진 연꽃에는 은은한 금빛 광채가 돌았다. '품品' 자 형태의 능묘가 서서히 그 윤곽을 보이는 사이, 곁방에서는 비취를 깎아 만든 괴수가 묵묵히 그녀를 지켜보고 있었다.

시를 읊는 듯, 불경을 외는 듯한 그 목소리가 또다시 들려왔다. 분명 귓가를 맴돌고 있건만, 출처는 도무지 알 수가 없었다. 쿵쾅거리는 심장을 애써 진정시킨 그녀는 직감을 따라 중앙 널실로 들어섰다.

그래, 바로 여기.

광활한 안쪽 공간에는 상상의 한계를 넘어 장엄하고도 경이로운 광경이 펼쳐졌다. 새하얀 돌기둥에 조각된 신수는 당장이라도 하늘로 솟구쳐 오를 태세였고, 수십 개의 야명주가 반짝이는 황금빛 천장은 바깥세상과는 별개의 구중천을 보는 듯했다.

하지만 그녀의 눈은 오로지 가운데 놓인 금색 관곽에만 고정되어 있었다.

저 안에 잠든 이는 과연 누구일까?

언뜻 사람의 얼굴처럼 보이는 문양이 새겨진 황금 관. 그 관을 향해 걸음을 옮기던 때였다.

"부요!"

애정이 담긴 서글픈 부름이었다. 익숙한 목소리가 익숙하지 않은 말투로 말하고 있었다.

그녀가 뒤를 돌아봤다.

"엄마……."

어디선가 한 줄기 밝은 빛이 비쳐 들었다. 빛 속에 선 엄마는 종이 인형처럼 야윈 모습이었다. 흰 바탕에 파란 줄이 있는 병원복 차림이 가슴 아팠다.

"딸, 잘 있는 거야?"

멍청히 굳어 있던 그녀의 눈가에 왈칵 눈물이 차올랐다. 그녀는 당장에 빛을 향해 달려가려고 했다.

그곳에는 엄마가, 그리움과 미련이 있었다. 방랑자로 표류하는 내내 마음속 피난처가 되어 줬던, 그녀의…… 집이 있었다.

그런데 몸을 트는 찰나, 등 뒤에서 아득하게 들려오던 정체 모를 읊조림이 갑자기 또렷해졌다. 점점 높아지더니 공간 전체를 꽉 채운 소리가 어느덧 성난 파랑波浪으로 화해 그녀를 포위했다. 이대로 보내 줄 수는 없다는 듯이.

"부요……."

"그대가 돌아서면 내가 있을 곳은 지옥일 터."

"……."

❀

"날이 밝았소."

나직하고도 기품 있는 음성이 귓가를 간질였다. 어디서 많이 들어 본 목소리였다. 맹부요는 잠시나마 꿈속 그 읊조림을 다시 듣고 있다고, 자신이 또 한 번 시공간을 넘어 운명으로 정해진 그곳에 와 있다고 생각했다.

흠칫 그녀가 눈꺼풀을 들어 올리자 흐릿하게 물결치는 시야 너머로 이 세상 사람 같지 않게 근사한 얼굴이 보였다. 맹부요는 한참 만에야 현실로 돌아왔다.

위험천만한 탈주극 도중에 달랑 두 번 본 남자의 품에서 곯

아떨어지다니. 그것도 모자라 괴상한 꿈까지 꾸고. 살다 살다 별 희한한 짓거리를 다 해 보는구나.

얼굴이 붉어진 맹부요가 일어나 앉으면서 주위를 두리번거렸다. 그녀가 깨어난 곳은 조용한 방 안이었다. 꾸며진 모양새를 보아 하니 현원 산장의 손님방이 틀림없었다. 즉 아직도 현원검과 내인 것이다.

원소후는 그새 옷을 갈아입었는지 평범한 무명옷 차림이었다. 다만 옷에 인물이 가려지기에는 사람 자체에서 풍기는 분위기가 워낙 비범한지라, 도리어 그저 그런 무명옷에서 질박한 고급스러움이 느껴질 지경이었다.

의자에 느긋하게 기대 찻잔 뚜껑으로 잔 속 찻잎을 걷어 내는 그의 어깨에는 원보 대인이 앉아 있었다. 주인이 하는 모양새를 연신 힐끔거리던 원보 대인은 차가 딱 좋게 식었을 즈음, 찻잔 쪽으로 고개를 길게 빼고는 한 모금을 호로록 빨아들였다. 원소후는 그저 웃어넘기는 듯했고, 기습에 성공한 원보 대인은 무척이나 의기양양했다.

잠시 후, 별다른 표정 변화 없이 찻잎을 다 걸러 낸 원소후가 찻잔 뚜껑을 원보 대인의 머리 위에 달랑 씌웠다. 묵직한 도자기 뚜껑은 새하얀 머리통만이 아니라 아예 원보 대인을 통째로 삼켜 버렸다. 철발공[15]을 미처 익히지 못해 불의의 공격에 납작 눌리고만 원보 대인은 주정뱅이 같은 모양새로 원소후의 어깨

---

15 **鐵脖功**. 목덜미를 강철처럼 단단하게 단련하는 무공.

위에서 세 바퀴쯤 돌다가 콰당 바닥으로 떨어졌다.

차마 주인한테 앙갚음은 못 하고 공연히 엉덩이만 삐죽거리던 원보 대인은 방구석에 가서 찌그러졌다. 그러거나 말거나 태연한 얼굴로 웃음기까지 띤 원소후가 한창 좋은 구경 중이던 맹부요에게 물었다.

"꿈에 누가 나왔소?"

맹부요가 움찔 어깨를 굳혔다. 꿈을 떠올리자니 마음이 싱숭생숭한 게 어쩐지 숨이 턱 막히는 기분이었지만, 그녀는 애써 웃어 보였다.

"그냥 옛날 일이 좀."

차를 한 모금 넘긴 원소후가 찻잔 가장자리에 머물던 눈길을 들어 올렸다. 그의 속눈썹은 그윽한 눈동자를 덮고도 남을 만큼 길고 농밀했다.

"흠, 옛일이라? 그럼 나는 왜 그리 결사적으로 끌어안은 게요?"

"에엑?"

"내 소맷자락에 매달려 '엄마'라던데."

"에엑!"

맹부요의 얼굴이 터질 것처럼 새빨개졌다.

찻잔을 내려놓고 의자에 비스듬히 기댄 원소후가 웃는 듯 마는 듯한 눈빛을 보냈다.

"엄마라? 모친을 칭하는 말인가? 오주대륙에서 쓰는 호칭과는 조금 다른 것 같소만."

난처함이 당혹으로 바뀌는 순간이었다. 잠시 머리를 굴리던 맹부요는 방긋 입에 웃음을 내걸었다.

"꼭 오주대륙에 사는 모든 종족에 대해 훤히 꿰고 있는 것처럼 말하면서, 우리 염황족炎黃族이 모친을 엄마라고 부르는 건 모르나 봐요?"

"염황족?"

원소후는 전혀 이상한 낌새를 못 챈 말투였다.

"그래요."

맹부요가 얼굴색 하나 바꾸지 않고 대꾸했다.

"형주 산간벽지에서 세상과 동떨어져 사는 부족이에요. 난 어려서 먼 친척에게 맡겨져 산을 나온 탓에 다른 기억은 없지만, 엄마라는 호칭만은 어렴풋이 기억하거든요."

천연덕스레 눈을 깜빡이던 그녀가 씩 미소 지으며 손을 내밀었다.

"맹부요라고 해요. 신세를 두 번이나 졌네요."

그녀가 내민 하얀 손을 향해 천천히 눈길을 옮긴 원소후가 입꼬리를 끌어 올렸다.

"이 역시 염황족의 예법이오?"

맹부요가 상대의 눈을 똑바로 마주했다.

"염황족 풍습상 여자가 내민 손을 무시하는 건 대단한 실례예요."

"오호라……."

원소후가 말끝을 길게 끌었다. 그의 우아한 저음은 단꿈에 젖은 이의 탄식과도 같았다.

　손을 마주 잡으려는 양 천천히 팔을 뻗던 그가 손끝이 서로
닿기 직전, 돌연 맹부요를 끌어당겨 품에 안았다. 당황한 맹부
요의 머리 위에서 나지막한 웃음소리가 울렸다. 주위를 은은하
게 채운 묘한 향내가 어느새 그녀를 가둬 버린 뒤였다.

　"우리 무극국 풍습상 먼저 좋다는 여자를 취하지 않는 건 대
단히 한심한 짓이라서."

책임지시오

……취해?

이 인간의 사전에 적당히 작작이라든지 품행 방정 같은 어휘는 정녕 없는 것인가?

맹부요는 명치 앞에서 주먹을 꽉 틀어쥐고 필사적으로 그를 밀어내는 중이었다. 상대의 따스하고 향긋한, 그 유혹적인 가슴팍을. 물론 머리 위에서 자신을 내려다보고 있는 웃음기 어린 눈빛을 피하는 데도 필사적이었다.

이 작자의 눈빛은 새봄의 강물이요, 봄날의 햇살이요, 춘삼월의 실바람이었다. 무공만이 아니라 미모 또한 절정고수의 경지이니, 그 앞에서 거부하려는 의지 따위는 창졸간에 연기가 되어 증발하고 마는 것이었다.

그러나 애석하게도, 이 남자는 위험했다. 그쯤이야 머리가 아니라 발가락으로 생각해도 알 수 있었다. 가을바람에 한들거리는 만다라화가 아리땁기만 한 겉모습과는 달리 쥐도 새도 모르게 사람을 해하는 것과 같은 이치였다.

그의 온기를 탐하지 말라, 온몸의 세포 하나하나가 경고하고 있었다. 이 나이씩이나 먹어서 또다시 한낱 미색에 현혹당한다면, 그거야말로 인생을 아주 헛살았다는 방증이 아니겠는가.

안전거리 확보가 시급한 상황. 눈썹을 바짝 치켜세운 맹부요가 주먹으로 상대방을 힘껏 밀쳤다.

그런데 이때, 그녀의 등을 받치고 있던 원소후의 손바닥에 힘이 들어가는 게 느껴졌다. 원소후는 그녀를 당겨 안으며 빙그르르 돌았고, 침상 바로 옆에 서 있던 맹부요는 그 바람에 도로 침상 위로 쓰러지고 말았다.

이어서 옅은 빛깔의 옷자락이 펄럭 내려앉는가 싶더니 민첩하게 침상으로 올라온 원소후가 팔을 뻗어 주렴을 쳤다. 주렴에 꿰어진 구슬이 서로 부딪치며 내는 자잘한 소리와 함께 반짝반짝 몽롱한 그늘이 침상 위에 아른거렸다.

설마하니 침상에까지 덜컥 올라올 줄이야.

맹부요가 기겁해 튀어 나가려는 순간, 베개를 베고 누운 원소후가 빙긋이 웃으며 속삭였다.

"쉿."

그의 눈이 창가 쪽으로 향했다. 창문 너머에 담흑색 그림자가 휙 스쳐 갔다.

그 광경을 본 맹부요가 말없이 손날을 아래로 내리치는 시늉을 하자 원소후가 피식 웃더니 자세를 바꿔 창문을 등지고 누웠다. 곧이어 그가 맹부요의 귓가에 고개를 바짝 붙이고 속살거렸다.

"여인이 이리 살기등등해서야 기품이 상하는 것을……."

미열이 실린 숨결이 맹부요의 귓바퀴를 간질였다. 악기의 가느다란 줄이 가만가만 울듯, 낮고도 은근한 음절 마디마디가 알짝지근하니 감미로웠다. 맹부요의 얼굴이 까닭 없이 붉어졌다.

그런데 그 홍조가 미처 가시기도 전, 아까까지 살기등등 운운하던 인간이 무심하게 손가락을 튕기는 게 아닌가.

'팟' 소리가 스치는가 싶더니 사람의 그림자가 어른거리던 창호지에 몇 송이 홍매화가 선명히 피어났다. 살그머니 번져 나간 선홍색 꽃잎은 이내 창문 너머에 드리운 꽃가지 그늘과 어우러져 하나의 풍경을 이루었다.

그사이, 담벼락 밑에서 터져 나왔던 억눌린 신음이 바삐 멀어져 갔다.

귀를 쫑긋 세우고 있던 맹부요가 고개를 절레절레 저었다.

"누구더러는 품위 없다더니 자기는 아예 귀머거리를 하나 만드시네."

"창에 귀를 바짝 대고 있지 않았더라면 고작 그 빙침에 당할 일이 있었겠소?"

원소후의 눈빛은 아물아물한 꿈결 같았고, 그 안은 온통 하늘거리는 구름과 안개뿐이었다.

"모든 결과에는 원인이 있는 법, 자업자득이오."

자리에서 일어날 준비를 하던 맹부요가 미간을 좁히며 코웃음을 쳤다.

"그게 당신네 무극국 도덕관인가 보죠?"

원소후는 웃기만 할 뿐 대답이 없었다.

한편, 몇 차례 꿈틀거림에도 끝내 몸을 일으키는 데 실패한 맹부요는 옆자리를 쳐다보고서야 그 까닭을 알아냈다. 그새 곁으로 바짝 붙은 원소후가 침대에 흩어진 그녀의 머리카락 몇 가닥을 손에 감고 빙글거리고 있었던 것이다.

맹부요와 눈이 마주치자 한층 찬란하게 웃어 보인 그가 그녀의 머리카락을 코끝으로 가져가더니 눈을 감고 숨을 한껏 들이쉬었다.

"향긋하군."

당장에 머리카락을 잡아챈 맹부요가 그를 죽일 듯 노려봤다. 그러나 원소후는 그녀의 도끼눈을 본체만체하고 손으로 얼굴을 괸 자세로 또 머리카락을 만지작대기 시작했다.

이내 몇 가닥을 자기 몸 아래 깔고 누워 버린 상대 때문에 꼼짝없이 발이 묶인 맹부요가 송곳니를 드러내며 웃어 보였다.

"풀밭에서 굴렀지, 절벽에서 떨어졌지, 밤새 비에 푹 절기까지 했어요."

"그래도 냄새는 별로 안 나는구려."

"머릿니 있어요."

"더 잘됐군. 내가 잡아 주리다."

"……."

침묵하던 맹부요가 갑자기 회심의 미소를 지었다.

원소후가 고개를 들어 그녀를 바라봤다. 이 각도에서 그의 얼굴을 보자니 눈앞이 다 아찔한지라 맹부요는 이불을 끌어다가 원소후의 얼굴에 홱 씌워 버렸다. 그러고는 온 힘을 다해 침상을 흔들기 시작했다.

격렬하게 요동치는 침상과 그에 맞춰 찰랑거리는 주렴. 누가 봐도 의미심장하기 이를 데 없을 광경이었다.

이불을 걷어 내면서 눈썹을 꿈틀한 원소후가 곧 그녀의 의도를 알아챘는지 웃음을 터뜨렸다.

투다닷!

끼릭끼릭 소리가 울리자마자 방구석에서 하얀 뭉치가 튀어나왔다. 냉큼 침상 위로 뛰어오른 녀석이 '앞 공중 돌며 360도 틀기'를 시전, 밤 운동 중으로 보이는 두 사람을 갈라놓고자 네 발을 대자로 뻗었을 때였다. 두 사람이 약속이나 한 듯 각자 반대 방향으로 휙 구르는 것이 아닌가.

덕분에 가여운 주인 성애자께서는 텅 빈 침상 중간에 풀썩 처박히고 말았다. 푹신한 이불의 소용돌이에 머리부터 파묻힌 원보 대인은 뒤 공중 돌기를 몇 차례나 시도한 끝에야 겨우 자유의 몸이 될 수 있었다.

그러나 이게 웬걸, 원보 대인이 비척비척 몸을 일으키자마자 양심 없는 주인이 튕긴 손가락에 맞아 다시금 고꾸라질 줄이야.

원보 대인은 이불을 부여잡고 찍찍 통곡을 해 댔고, 맹부요는 이불로 입을 틀어막고 낄낄대느라 숨이 꼴깍 넘어가기 직전이었다.

이때 창문 밖에서 인기척이 느껴졌다. 누군가 세 차례 창을 두드리는가 싶더니, 이윽고 검은 그림자 하나가 연기처럼 안쪽으로 미끄러져 들어왔다. 앞으로 나선 원소후의 등에 가려 흑의인의 얼굴이 보이지 않았다. 그는 목소리를 낮춰 원소후와 몇 마디를 나눈 뒤 곧장 밖으로 사라졌다.

원소후가 돌아섰을 때 맹부요는 그새 일어나 앉아 주렴 밖으로 까만 눈망울을 내놓고서 영채 도는 눈빛을 그에게 고정하고 있었다.

"그대의 사부가 며칠 더 머물라며 태부를 붙잡았소. 실로 오랜만에 만난 사이인지라 풀 회포가 많다고 했다더군."

원소후의 웃음 속에는 뼈가 있었다.

"본래 오늘 출발할 예정이었거늘, 발이 묶이고 말았소."

"임현원, 그 늙은이는 원래가 여우예요."

맹부요가 어깨를 으쓱했다.

"태부 일행에 섞어 산 밖으로 나가게 해 줄 생각이었으나, 아무래도 계획을 바꿔야겠소."

턱을 괸 원소후의 자태가 참으로 우아했다.

"벌써 기별이 갔으니 얼마 안 있어 배원의 가족들이 쫓아올 거요. 임현원은 태부와 지난밤 일이 관련 있다 의심하고 있소. 자기가 나서서 얼굴 붉힐 일을 만들기는 싫어 배씨 집안사람들이 도착할 때까지 시간을 끌려는 거지. 주판을 기가 막히게 튕겼군."

"태부 대인이 관련이 있긴 해요?"

맹부요가 상대를 쳐다보며 히죽거렸다.

"예를 들어 당신이 나 도와준 거, 그분은 아시려나?"

"그대는 여기서 빠져나가는 것이나 신경 쓰는 편이 좋겠소."

원소후는 걸려들지 않았다. 낚시질에 실패한 맹부요가 묵묵히 자리를 털고 일어나 옷매무새를 정리하고는 머리를 높게 올려 묶었다.

그녀가 하는 양을 가만히 지켜보던 원소후의 눈에 문득 웃음기가 스쳤다.

"흠?"

"계속 눌러앉아 있을 수는 없어요."

맹부요는 소맷자락을 야무지게 동여맨 다음 몸에 지닌 무기를 점검했다.

"두 번이나 도와줬으면 그쪽은 할 도리를 넘치게 한 거예요. 여기서 더 뭉개면 당신한테도 태부 대인한테도 민폐일 텐데, 사람이 염치가 있어야죠."

그녀가 작별 인사로 손을 홰홰 시원스럽게 흔들었다.

"또 봐요!"

말을 맺고는 뒤도 안 돌아보고 출입문으로 향하던 참인데, 눈앞에서 빗장이 철컥 저절로 걸리는 게 아닌가. 그 자리에 멈춰 선 맹부요가 고개를 갸웃하며 원소후를 향해 돌아섰다.

일출 즈음, 문틈으로 들어오는 아침 햇살을 받고 선 그녀의 윤곽은 유연하지만 곧은 강인함을 지닌 버드나무를 닮아 있었다. 지금 이 순간 여린 햇살 속에 명멸하는 원소후의 눈빛이 담고 있는 것은 그저 한두 마디 말로는 절대 형용할 수 없는 감정이었다.

잠시 후, 그가 들고 있던 찻잔을 내려놨다. 도자기 밑면이 회양목 탁자를 만나 낸 소리는 가벼운 맑음이 전부가 아니었다. 말로는 꺼내 놓지 못할 마음, 그 마음과 같은 여운이 소리 안에 스며 있었다.

"여인이 그리 대가 세서야."

원소후의 웃음이 가진 농도에 빛깔이 곱디고운 아침노을마저도 자리를 내주고 슬금슬금 물러났다.

"사내가 능력을 발휘할 기회를 못 얻지 않겠소."

"오호? 그럼 사내대장부께서는."

문설주에 기대선 맹부요가 팔짱 낀 자세로 미소를 머금었다.

"무슨 능력을 어찌 발휘해 보실 참이신지?"

"임현원이 얼마나 벼르고 있을지 훤하건만, 제 발로 거미줄에 뛰어들면 내가 구해 준 건 다 무슨 소용이오?"

느린 걸음으로 다가온 원소후가 손을 뻗어 맹부요의 보드라운 뺨을 스치듯 어루만졌다.

"생명의 은인으로서 그대 목숨의 절반 정도는 내 것일 터. 하면, 그대가 날 책임져야 하지 않겠소?"

각자의 속셈

책임을 져? 자기가 구해 줬으니 책임은 이쪽이 지라고?

맹부요가 눈을 껌뻑거렸다.

무슨 논리가 이래? 하여튼 궤변에 일가견이 있는 자였다.

어차피 이기지도 못할 상대. 한 걸음 뒤로 물러서 향기가 그윽한 그의 도발 범위에서 벗어난 맹부요가 코를 쓱 훔치며 화제를 돌렸다.

"나한테도 다 생각이 있죠. 그게 좀 위험해서 그렇지……."

"그럼 생각대로 하시오."

원소후가 내용도 안 묻고 대충 대답하자 맹부요가 눈을 치켜떴다.

"무슨 생각인지는 알고요?"

"임현원에게 당한 모함이 있으니 그대도 같은 방식으로 갚아 주려는 거겠지."

뻔하다는 듯한 그의 웃음이 어찌나 얄미운지.

입꼬리를 씰룩이며 그를 빤히 쳐다보던 맹부요가 한참 뒤에 내뱉었다.

"당신, 남의 배 속에 들어앉은 회충쯤 돼요?"

❀

절기는 가을 초입이나 깊은 산중에는 벌써 겨울의 기운이 돌 았으니, 일찌감치 서리를 맞은 옷으로 갈아입은 단풍잎들이 나 날이 서늘해지는 달빛 아래에서 요사스러우리만치 새빨간 자 태를 뽐내고 있었다.

현원 산장 내 청풍소사는 오늘 특별한 손님을 맞이했다. 존귀 한 태연 황실의 삼황자, 제심의齊尋意가 바로 그 주인공이었다.

배원이 다친 게 황자까지 나설 정도의 사건인가 하면 상식적 으로는 '아니요'가 답이겠지마는, 그 황자가 제심의라면 이야기 가 달라진다. 그의 모친이 배원의 고모인 만큼, 제심의는 배원 의 가장 가까운 사촌 오라비인 셈이었다.

제심의는 독채 하나를 차지했고, 그와 함께 온 귀빈은 청풍 소사 동각에 들었다. 일찌감치 방에 들어앉더니 시중을 들 아 랫것들을 모조리 물린 걸 보면, 그 귀빈도 예사 성정은 아닌 듯 했다.

임현원이 객들을 맞아들인 건 환한 대낮이었으나, 난정거에 들러 배원을 살핀 뒤 내내 손님들 곁을 비우지 않았던지라 그가 청풍소사에서 나왔을 때는 이미 한밤중이었다. 소슬한 밤, 서리 낀 달빛을 밟으며 침소로 돌아가는 그는 수심에 찬 얼굴이었다.

임현원이 떠나 평온을 되찾은 청풍소사에서는 등불이 하나둘 꺼지기 시작했다. 내일 무슨 일이 기다리고 있든지 간에 잠은 자야 했으므로.

밤이 깊어 천지가 고요에 잠겼다. 구름 꼭대기에 차갑게 아로새겨진 상현달이 아득한 강물 같은 빛을 흘리고 있었다.

휙!

싸늘한 달빛 속에서 검은 그림자 하나가 끈을 벗어난 연처럼 날았다. 앞뜰을 지나, 중정을 가로질러, 본채를 타 넘은 그림자가 내려앉은 곳은 내원 한쪽, 귀가 맵시 좋게 들려 올라간 처마에 정교한 무늬로 벽면이 꾸며진 누각이었다.

처마 귀퉁이 서까래 아래에 낙엽처럼 매달려 달랑거리던 그림자는 이내 한 줄기 검은 연기가 되어 청풍소사에서 가장 높은 서각 안으로 흘러들었다. 그 동작이 어찌나 가뿐하고 조용했던지 누각 옆 용나무 가지에서 졸고 있던 작은 새조차도 낌새채지 못했을 정도였다.

주렴 사이로 날아 내실에 입성한 순간, 검은 복면 아래에서 반짝 광채를 발한 눈동자는 맹부요의 것이었다.

"웬 놈이냐?"

실내에 들어서자마자 낮고도 위협적인 외침이 어둠 속을 울렸다. 남자의 냉정한 말투에서 자다 깬 사람다운 몽롱함은 전혀 느껴지지 않았다.

맹부요의 눈이 날카롭게 번뜩였다. 그녀가 기민하게 몸을 날리며 내뻗은 소매에서 반사광조차 없는 새카만 비수가 튀어나왔다. 비수는 독사처럼 침상 위에 있는 남자의 가슴팍으로 달려들었다.

피식 코웃음을 친 남자가 팔을 크게 휘두르자 하늘하늘하던 잠옷의 소맷자락이 순식간에 강철처럼 단단하고 옥석처럼 매끈한 재질로 변했다. 맹부요의 비수는 '쩡강' 소리를 내며 상대의 옷자락에 부딪혔다가 맥없이 침상 가장자리로 미끄러져 내리고 말았다.

그러나 이 정도에 당황할 맹부요가 아니었다. 비수가 미끄러지는 걸 본 그녀는 지면을 차고 솟구쳐 올라 남자의 머리 위에서 공중제비를 돌았다. 한 마리의 붕새처럼 날아 침상 맞은편에 그녀가 착지하는 동시에 그녀의 칼이 남자의 등을 노리고 뻗어 나갔다.

돌연 침상에서 치솟은 남자가 흡사 새하얀 공단 한 필을 방불케 하는 기묘한 모양새로 펄럭 몸을 접어 공격을 피했다. 그도 성이 났는지 허리춤에서 달빛처럼 싸늘하게 번뜩이는 검을 빼 들었다. 찬란한 검광이 실내를 가득 채우자 맹부요의 자태가 남자 앞에 고스란히 드러났다.

여인의 가녀린 몸이 그리는 윤곽은 실로 아름다웠으니, 턱에서는 샘물이 졸졸 흐르듯 섬세하던 곡선이 풍만해야 할 곳에 이르러서는 넘실대는 파랑으로 바뀌었다가, 다시 허리로 내려가서는 매혹의 소용돌이를 이루었다. 가슴이 걷잡을 수 없이 뛰다 못해 앞뒤 안 가리고 탐닉하고픈 욕망이 일 법한 광경이었다.

검을 휘두르려던 남자가 눈앞의 광경에 주춤한 찰나. 내내 검광에 포위되어 있던 맹부요가 '때는 이때다.' 하고 창문 쪽으로 돌진했다. 얼굴을 보였다가는 큰일이라도 나는 것처럼 필사적으로 머리를 감싼 채 내달리던 그녀의 등 뒤로, 바로 다음 순간 살기 어린 냉소가 날아들었다.

"어딜 내빼려고?"

상대는 말보다 행동이 빠른 자였다. 직선으로 내뻗친 검광이 허공을 가르는 번개처럼 맹부요의 등을 노리고 쇄도했다.

전광석화 같은 검세. 이대로 앞만 보고 달리다가는 꼬치에 꿰인 고기 신세가 될 게 뻔했다.

궁지에 몰린 맹부요는 재빨리 뒤로 눕듯 몸을 젖혔다. 그녀의 뒤통수가 땅바닥에 닿는 것과 동시에 뾰족한 검 끝이 콧날을 스치며 지나갔다.

그런데 이때, 그녀의 얼굴에 소리 없이 금이 가기 시작하더니 거죽이 두 쪽으로 정확하게 갈라져 바닥에 떨어지는 게 아닌가.

상대방이 움찔하고는 다음 초식을 펼치자 검광이 돌연 역회전, 칼자루가 어깨를 가격해 맹부요를 쓰러뜨렸다.

창문 틈으로 스며든 월광이 바닥에 떨어져 있는 회백색 '얼굴'을 비췄다. 밤바람에 들썩거리는 그것의 정체는 다름 아닌 인피면구[16]였다.

가면이 벗겨진 맹부요는 당혹한 기색으로 상대를 올려다보고 있었다. 달빛 아래 드러난 그녀의 얼굴에는 큼지막한 흉터가 선명했다. 주인이 받은 충격 탓인지 연신 꿈틀대는 그 흉터는 소름 끼치는 모양새를 하고 있었다. 한 번 보고 나면 절대 잊지 못할 것이며 다시 마주하라면 극구 사양하고 싶을, 그런 상처.

시적인 미감마저 느껴질 정도로 아리따운 몸태 위에 하필이면 저런 얼굴이라니, 세상사 마음 같지 않음이라. 하늘의 박정하심이 개탄스러울 따름이었다.

눈을 가늘게 뜨고 그 모습을 살피던 남자의 얼굴에 경악과 안타까움이 함께 스쳐 지났다. 그렇게 남자가 잠시 멍해 있는 사이, 새끼 표범처럼 발딱 일어난 맹부요가 발끝으로 지면을 찍고 도약해서 그대로 창틀을 타고 넘었다. 지극히 유연한 검은색 용수철이 창밖으로 튀어 나가는 듯한 동작이었다.

그녀가 용나무 곁을 지나며 일으킨 바람에 풍성한 나뭇가지가 격렬히 요동치며 '쏴아아' 하고 울었다. 드높이 떠올랐던 잎사귀 몇 장이 조금 전 여파로 아직 삐걱대고 있는 창문 안으로 날아들었다. 그런데 남자의 칼끝을 향해 내려앉을 것 같던 나뭇잎이 미처 근처에 가기도 전에 공중에 멈칫 붙박이더니, 다음 순

---

16 人皮面具. 사람 얼굴 모양으로 만든 변장 도구.

간 초록색 가루가 되어 흩어져 버렸다. 남자는 털끝 하나 움직이지 않았음에도.

바다에 이는 큰 물결처럼 묵직한 검광이 남자의 얼굴에 빛을 뿌리고 있었다. 먹물 같은 흑발에 미끈하게 뻗은 키, 기다랗게 빛나는 눈매는 끝이 비스듬히 말려 올라가 다소 퇴폐적인 색기를 풍겼다.

남자가 소매를 떨치자 나뭇잎 가루가 녹색 안개로 화해 실내의 적막 속으로 퍼져 나갔다.

옥석을 꿰어 드리운 주렴이 바람결에 노니는데, 남자의 등 뒤에서 동각과 연결된 문이 소리 없이 열렸다. 문 안쪽의 어둠을 배경으로 하얀 그림자가 어른거리는 걸 곁눈질한 남자가 음험하게 날 섰던 눈빛을 빠르게 누그러뜨렸다.

고개를 완전히 돌렸을 때 남자의 눈길은 차분하기 이를 데 없었고, 정중한 말투에서는 의식적으로 덧씌운 친근함이 묻어 났다.

"종宗 공자, 쉬는 데 소란을 피웠구려."

"별말씀을 다 하십니다."

어둠 속에서 걸어 나온 상대가 나뭇잎이 어지러이 날아다니는 창밖에 눈길을 던졌다. 깊이 생각에 빠진 듯한 표정이었다.

"어차피 잠들기 전이었습니다."

탁자 위로 옮겨 온 상대의 눈빛에서 주저하는 기색을 읽어 낸 남자, 제심의가 얼른 말했다.

"손대지 않은 다구이니 편히 쓰시오."

상대는 면목 없다는 듯 웃어 보인 후에야 다구를 집어 자기 몫으로 차 한 잔을 따랐다. 길고도 정갈한 손가락의 움직임에서는 조금의 군더더기도 찾아볼 수 없었다. 조명을 밝히지 않은 실내였으나 달빛이 그의 옆모습을 부드럽게 비추고 있었다. 남들보다 색이 옅은 동공과 입술이 초봄에 갓 피어난 벚꽃을 떠올리게 했다.

　찻잔을 들어 입술을 적신 그가 진흙 바닥에 떨어진 잎사귀를 지긋이 응시하던 끝에 입을 열었다.

　"잎이 지기에는 아직 이르건만……."

　어처구니가 없다는 양 창밖을 내다보며 슬쩍 눈살을 찌푸렸던 제심의가 금세 표정을 바꿔 웃음을 흘렸다.

　"의원의 마음은 부모의 마음이라 하더니, 풀과 나무조차 긍휼히 여기는 종 공자의 마음 씀씀이가 존경스러울 따름이오."

　"그저 종월宗越이라 불러 주십시오."

　종월이 어렴풋이 웃으며 찻잔을 내려놨다.

　"타고나길 풀이며 꽃 따위를 아끼도록 난지라 때 이르게 진 것을 보면 속이 상합니다. 전하께 부끄러운 모습을 보이고 말았습니다."

　"심의라 부르시오."

　제심의가 화통하게 웃어 젖혔다.

　"부르라고 있는 이름을 두고 번거롭게 공자며 전하는 무엇하러 찾는단 말이오."

　제심의는 짐짓 시원스럽게 웃는 표정을 했으나 번뜩이는 눈빛까지는 감추지 못했고, 말없이 고개를 돌린 종월은 엷은 미소를 머금었을 뿐이었다.

제심의가 상대의 눈을 뚫어져라 들여다보며 느릿느릿 운을 뗐다.

"조금 전 여기서 무슨 일이 있었는지, 분명 봤으리라 믿소."

종월은 큰 표정 변화 없이 고개만 미세하게 끄덕였다.

"누가 보낸 자일 듯하오? 그 몸놀림은 언뜻 봐도……."

제심의가 하던 말을 멈췄다. 눈빛이 이글이글 타오르고 있었다.

묵묵히 뜸을 들이던 종월이 표정을 풀고 웃음을 지어 보인 건 한참 후였다.

"학식이 깊고 넓음이 천하제일이라 칭송받는 전하께서야 불청객의 몸짓 한 번으로도 모든 것을 꿰뚫어 보셨겠으나, 저는 우둔하여 그 무엇도 파악하지 못하였으니, 미력한 도움이나마 되어 드리지 못함이 아쉽기 그지없습니다."

눈빛이 낮게 가라앉는가 싶던 제심의가 곧이어 웃는 낯으로 손을 내저었다.

"겸손이 지나치시구려. 실은 본 왕도 자질구레한 일 따위로 폐를 끼치기가 참으로 조심스럽소. 그럼 일찍 쉬도록 하시오. 누이동생의 상처는 공자만 믿겠소!"

"원 군주[17]의 상처는 결코 가볍지가 않습니다. 식골산에 환부

---

17 郡主. 고대 중국에서 황족 여인에게 붙이던 호칭.

가 녹아내린 탓에 치료는 한다손 치더라도 예전 용모를 되찾기는 어려울 것입니다."

종월이 유감스럽다는 눈빛을 보였다.

"물론 힘닿는 데까지 노력은 해 보겠습니다만."

"부디 잘 부탁드리겠소!"

살짝 허리를 숙인 제심의에게 묵묵히 답인사를 한 뒤, 종월은 표연히 자리를 떴다.

제심의가 얼굴에 내걸고 있던 온화함과 털털함은 상대방이 측문 안으로 모습을 감추기 무섭게 흔적도 없이 지워졌다. 음침하게 가라앉은 눈으로 종월이 사라진 방향을 노려보던 그가 잠시 후 바닥에다 대고 침을 찍 뱉으며 중얼거렸다.

"저 개 같은 놈이!"

계략으로 현원을 무너뜨리다

"아아악!"

여자의 날카로운 비명이 밤의 어둠을 깨뜨렸다. 그 외침에 실린 분노, 절망, 공포, 광기가 마치 피에 젖은 칼날인 양, 음울하게 가라앉은 하늘을 갈가리 찢어 놨다.

겹겹이 늘어진 휘장 아래로 침향이 타고 있던 방에서 '쿠당탕' 소리가 울렸다. 여덟 겹의 연꽃이 새겨진 구리거울이 바닥에 엎어져 박살 나는 소리였다. 깨진 거울 면에 비친 얼굴은 꽃같이 빼어난 이목구비를 지녔으나, 고운 살결 위에 뼈가 들여다보일 만큼 깊은 횡십자 형태의 상처가 끔찍하게 자리하고 있었다.

그 아리따운 용모와 추악한 상처의 소름 끼치는 부조화 앞에서 어찌 천도天道의 무심함을 한탄하지 않으랴.

공손히 시립해 있던 몸종들이 밀물처럼 밀려들었다가, 거울 속 주인공의 악독한 눈빛에 질겁해서 굽실굽실 썰물이 되어 도로 밀려갔다.

부들부들 경련하는 손으로 화장대를 짚고 선 배원은 금방이라도 쓰러질 것처럼 위태로운 모습이었다. 입술을 아무리 꽉 깨물어 봐도 사시나무 떨듯 떨리는 몸을 주체할 수가 없었다.

끝장……, 전부 끝장이었다…….

그녀의 자존심이었던 얼굴이, 태연 황실에서 감히 비할 여인이 없던 절세 미모가, 그날 밤 정체 모를 자의 칼질 한 번으로 끝장나 버리고 만 것이다.

이제 그녀는 태연 황실의 웃음거리로 전락할 신세였다. 지금껏 그녀가 은근히 멸시해 왔던 황실의 자매들이, 그녀보다 한참 못난 계집들이, 동정의 눈길을 보내면서 위로랍시고 간드러진 소리를 끝도 없이 주절댈 터였다.

온정이라는 껍데기를 둘렀지만, 그 본질은 냉혹한 연민.

상상만으로도 천 길 낭떠러지 아래로 처박히는 기분이었다. 당장 돌아 버릴 것만 같았다.

"나가! 전부 다 꺼져!"

몸종들의 분주한 퇴장 행렬에 휩쓸렸던 휘장이 텅 빈 방 안에서 뒤늦게 스르르 제자리를 찾아 가던 때였다. 희미한 청옥 등잔 불빛이 비단 장막에 너울대는 가운데, 칸막이 뒤의 그림자가 화장대에 기대 천천히 허물어졌다.

얼굴을 부여잡은 그림자는 가녀린 어깨가 부서질 듯 떨며 흐느끼기 시작했다. 끊길 듯 말 듯 낮게 이어지는 흐느낌은 영원히 깨지 못할 악몽과도 같았다.

반쯤 열린 창문으로 서늘한 밤바람이 불어 들어와 실내를 휘돌았다. 바람 소리 사이로 억눌린 읊조림이 섞여 들었다.

그 읊조림은 비록 희미했으나, 예리하게 갈린 철사 또는 천년 빙하 꼭대기의 고드름만큼이나 날이 선 채로 집요하도록 싸늘한 증오와 살의에 사무쳐 있었다.

"누구인지 알아내기만 하면…… 죽여 버리겠어, 기필코……."

쇠못처럼 귀에 박히는 비명에 현원 산장의 적막이 와장창 깨졌다. 그 소리를 들은 이들의 반응은 제각각이었다.

제심의의 심연 같은 눈동자 속에는 모략, 정세, 작전 등 온갖 것들이 소용돌이치고 있었으나, 그 안에서 유일하게 찾아볼 수 없는 것을 꼽으라 하면 바로 사촌 누이에 대한 연민이었다.

종월은 뒷짐을 지고 창가에 서서 가없는 어둠을 마주한 채였다. 눈길은 허공을 향해 있을지언정 그의 눈은 결코 텅 비어 있지 않았다. 종월이 보고 있는 것은 한밤의 안개 너머에 숨겨진, 무섭도록 차디찬 운명이었다. 비명이 들려오자 종월은 느릿느릿 팔을 뻗어 눈앞의 안개를 걷어 내는 시늉을 했다. 묘한 일이지마는, 그의 눈빛에서도 동정심은 한 점 찾아볼 수가 없었다.

한편, 저 멀리 산꼭대기에는 품이 넉넉한 장포를 걸친 남자가 여유롭게 바위에 기대 있었다. 그가 괴이하게 생긴 거울을 만지작거리며 현원 산장 쪽을 내려다봤다.

무릎 위에 앉은 원보 대인 역시 새하얀 털을 바람에 휘날리며 주인과 같은 암흑 속을 응시하고 있었다. 그토록 엄숙한 눈빛과 각 잡힌 자세로 주인의 곁을 지킨 지도 어언 반 시진. 까놓고 말해 원보 대인은 뭣도 뵈는 게 없었다.

허세에 한껏 심취한 애완동물을 같잖다는 듯 쳐다본 원소후가 예고도 없이 몸을 일으켰다. 덕분에 또르르 굴러떨어져 분홍 똥배를 공개하고 만 원보 대인의 귓가에 주인의 비웃음이 날아들었다.

"미련하기는!"

앞발로 털썩 땅을 짚은 원보 대인이 통곡하려던 때였다. 주인이 한마디를 덧붙였다.

"제심의 말이다."

산산이 조각났던 원보 대인의 유리 심장이 냉큼 원상 복구되는 순간이었다.

문득 뒤편에서 바람처럼 민첩한 발소리가 일며 나뭇잎이 바스락거리더니 이윽고 낭랑한 여자의 목소리가 들려왔다.

"이야! 아까 그 찢어지는 비명 들었어요? 고음이 쫙쫙 올라가겠네."

검푸른 그림자가 휙 스치는가 싶더니, 어느새 바위로 올라온 맹부요가 원소후를 밀쳐 내고 그 자리를 차지했다. 그녀는 바위에 궁둥이를 붙이고 앉자마자 무릎부터 문지르며 이를 악물었다.

"그 자식, 엄청나게 세더라고요. 가까스로 빠져나오기는 했는데 나무에 다리를 박은 줄도 몰랐다니까요. 아이고, 한숨 돌리고 나니까 이제 와서 아픈 거 있죠."

짧은 간격을 두고 말이 다시 이어졌다.

"뭐 하는 작자예요? 배씨 집안이 대단한 세도가이긴 한가 보네요?"

원소후는 바위에 기대 원보에게 과일을 먹이는 중이었다. 쓰라리게 농락당했던 기억 따위는 그새 깨끗이 잊은 원보가 입을 헤벌쭉 벌린 채 주인이 '옜다!' 하고 던져 줄 먹이를 기다리고 있었다.

맹부요의 물음에 원소후가 피식 웃으며 딴소리를 했다.

"그리 않는 소리를 해 대는 걸 보니 내가 친히 어루만져 주기라도 바라는 거요?"

문답으로 인해 먹이를 주는 주인의 동작이 굼떠지자 원보가 대번에 맹부요를 째려봤다. 원보에게 도끼눈으로 화답한 데 이어 원소후까지 노려봐 준 맹부요가 코웃음을 쳤다.

"됐으니까 그 녀석 똥배나 주물러요. 저러다 배 터져 죽을라."

원보가 즉각 송곳니를 드러냈지만, 이번에는 맹부요의 화답을 이끌어 내지 못했다. 옆에서 싱긋 웃던 원소후가 손수건으로 과즙을 닦아 내며 말했다.

"황실이오."

맹부요가 눈을 가늘게 뜨며 목소리를 깔았다.

"황실이요?"

빙글빙글 웃는 원소후의 눈동자에 이채가 돌았다.

"후회되오?"

맹부요가 눈썹을 꿈틀하나 싶더니 이내 입꼬리를 말아 올렸다.

"아예 꿰뚫어서 구멍을 내지 못한 게 후회될 따름이에요."

그 의기양양한 모습을 유심히 응시하던 원소후가 한참 만에야 미소를 섞어 입을 열었다.

"아까 습격한 상대가 누군지 알고 있소?"

"누군데요?"

"태연국 삼황자 제심의."

원소후의 웃음이 의미심장했다.

"오주대륙 칠공자 중 하나인 의意 말이오."

"공자 의? '살구꽃 안개비에 젖는다 한 자락 읊으니 삼천 미녀가 밤이 다하도록 춤추누나', 글재주로 따지나 풍류로 따지나 세상에 대적할 자가 없다는 그 천하제일의 탕아 말이에요?"

독사처럼 도사리고 있다가 일순간 폭풍이 휘몰아치듯 덮쳐오던 검광을 떠올린 맹부요가 경악한 표정을 지었다.

원소후가 은연중에 눈을 빗떴다.

"미리 일러 줬더라면 청풍소사에 뿌리를 내렸겠지."

"뭐라는 거예요?"

맹부요가 질세라 상대를 흘겨봤다.

"내가 미색 따위에 홀려서 막 아무 데나 눌러앉고 그럴 사람으로 보여요?"

그러자 원소후가 능청스럽게 허리를 굽혀 원보의 머리를 토닥였다.

"내 말이 틀렸느냐?"

"찍찍!"

의심할 여지가 없는 맞장구였다.

분개한 맹부요는 이를 바득바득 갈았다.

"내가 그럴 사람이었으면 진작 그쪽부터 자빠뜨렸⋯⋯."

도중에 실언임을 깨달은 그녀가 '헉' 하고 입을 다물었다.

그러나 안타깝게도 원소후는 귀가 무척 밝았다. 눈썹을 까딱 움직인 그가 서글서글하게 웃으며 그녀와 눈을 맞췄다.

"흠?"

끝끝내 맹부요가 자리를 빨딱 박차고 일어나며 외쳤다.

"먼저 가요!"

놀란 토끼가 내빼듯 부리나케 바위 밑으로 뛰어내리는 그녀의 귓가에 사내의 은근한 웃음소리가 감겼다.

"내 감히 청하지 못하였을 뿐, 바라 마지않는 바요."

❀

원소후와 맹부요의 예상대로 바로 다음 날부터 상황이 심상치 않게 돌아가기 시작했다.

현원검파 내에서 자객의 습격을 받았으면 재깍 임현원에게 알리고 대책 마련에 들어갔어야 정상이련만, 제심의는 종일 침묵을 지켰다. 그렇게 자기는 뒤로 빠진 채 수하들만 문파를 들 쑤시고 다니며 제자들과 접촉하게 놔두길 한나절. 제심의 본인이 임현원을 만나러 나선 때는 해가 다 넘어간 후였다.

두 사람 사이에 무슨 이야기가 오고 갔는지는 아는 이가 없었고, 다만 임 문주가 크게 노해 호통을 치는 소리가 바깥까지 흘러나왔을 뿐이었다.

제심의가 웃는 낯으로 운씨 가문과 결탁해 군주 배원에게 중상을 입힌 것으로 의심되는 현원검파 문주를 연경으로 압송해 심문하겠노라 명하였다. 또한, 현원검파 주변에 대규모 병력을 배치, 혐의를 벗기 전까지는 검파 일원 누구도 산문 밖으로 나갈 수 없도록 조처하였다.

현원검파는 태연국 내에서 손에 꼽히는 무림 문파였으므로 제자 중에도 권문세족 출신이 즐비한바, 현지 관부의 조사를 거친 것도, 황명이 떨어진 것도 아닌 상황에서 문파 전체를 구류함은 사실 지나치게 경솔한 처사였다.

하지만 황자 제심의는 원래 이렇게 생겨 먹은 사람이었다. 고삐 풀린 망아지가 따로 없는 그 방종을 온 천하가 아는데, 만약 일 처리가 온당했더라면 되레 고개를 갸웃할 일이었을 것이다.

구금과 압송 절차를 얼추 마무리한 직후, 산장에 객으로 머물고 있던 무극국 태부를 찾아간 제심의는 태연 조정의 이름으로 심심한 유감의 뜻을 표하고, 그길로 태부 일행의 하산을 허하였다. 덕택에 맹부요는 태부 일행의 대열에 섞여 유유자적 현원산을 벗어날 수 있었다.

"생각할수록 이상하단 말이죠."

아까부터 골똘히 생각에 잠겨 있던 맹부요가 결국에는 원소후에게 속닥속닥 속내를 털어놨다.

"말이 거창해서 모함이지, 기껏해야 도망칠 구멍이 생길 정도만 흙탕물 한번 일으켜 보자 했던 거거든요. 제심의도 분명 수상쩍은 낌새를 챘을 텐데 너무 쉽게 넘어온다 싶더라니, 지금 보니까 작정하고 임현원을 물 먹이는 느낌이에요. 원래 제멋대로인 인간이라서 저런다는 소리는 하지 말아요. 그 막가는 행실이 십중팔구 연막이라는 것쯤은 그날 밤 잠깐 상대하면서도 알아챌 수 있었으니까."

"여인이 너무 둔하면 곤란하지만, 그렇다고 지나치게 총명한 것도 안 좋은 법이오."

원소후가 미소 띤 표정으로 그녀를 응시했다.

"무사히 도망쳐 나왔으면 됐지, 무얼 그리 꼬치꼬치 따지시나?"

"똑바로 말 못 해요?"

안달이 난 맹부요가 상대의 고삐를 빼앗아 말을 확 풀어 버리겠다는 시늉을 했다.

"각국 무림 세력들이 권력 다툼에 관여하고 있다는 건 알 거요. 현원검파는 그간 중립을 지켜 왔지만, 근래 들어서는 황태자 쪽으로 기우는 기미를 보였소. 제심의는 그 황태자와 물밑에서 힘겨루기 중이고."

원소후가 단번에 고삐를 낚아채 말의 통제권을 되찾는 사이, 맹부요는 무릎을 탁 쳤다.

"아하! 결국 제심의한테 필요한 건 구실이었다? 애초에 목적이 명확했으니 구실이야 허점투성이든 뭐든 간에 상관없었던 거네요. 청풍소사에서 반드시 현원검파의 초식을 써야 한다고 신신당부를 했던 이유가 그거였군요. 설사 자객의 정체를 짐작해 냈더라도 임현원은 해명 불가였겠죠. 제심의 앞에서 '죽은' 제자를 들먹이기란 퍽 애매했을 테고, 어쩌다가 죽었는지 설명하기는 더 애매했을 테니까요."

이때 맹부요의 시야 가장자리에 고삐를 낚아채 가는 원소후의 손이 들어왔다. 그의 손바닥에는 하얀 연꽃이 진짜만큼이나 생생하게 피어나 있었다.

눈썹을 씰룩한 맹부요가 웃음 섞인 소리로 물었다.

"손바닥에 그건 뭐예요? 태어날 때부터 있던 반점 같은 건가?"

멈칫하던 원소후가 소맷자락을 떨쳐 손바닥을 감추며 희미하게 웃었다.

"아마도."

분명 평소와 다를 바 없는 표정이건만, 어딘지 거북스러워 보이는 건 왜일까. 건드리지 말아야 할 걸 잘못 건드렸구나.

맹부요가 어색한 미소로 대화를 마무리 짓던 때였다. 원소후의 옷섶 사이로 빼꼼 고개를 내민 원보 대인이 질투에 불타는 눈으로 주인님의 손바닥을 쏘아보다가 이빨을 뿌드득 갈았다. 언젠가는 저놈의 연꽃을 갉아 치워 버리고야 말겠노라고 벼르는 모양새였다.

마침 현원산 아래 야트막한 계곡에 당도한 일행은 물가에서 잠시 쉬어 가기로 했다. 뒤따라오던 제심의의 호위대도 얼마 안 있어 합류했는데, 그 행차하는 작태가 참으로 요란하기 그지없었다.

마차 네 귀퉁이에는 금방울이 댕그랑댕그랑, 뒤꽁무니에는 어여쁜 시녀와 시동들이 주렁주렁. 지나는 걸음걸음이 사치의 향내요, 향락의 내음이라.

여인의 요염한 웃음소리에 섞여 나긋나긋 멋 부린 곡조가 마차 밖으로 흘러나왔다.

저걸 어디서 들어 봤더라.

머리를 쥐어짜던 맹부요는 태부 휘하의 수행원들이 뭐 씹은 표정으로 서로 눈빛을 교환하는 광경을 목격했다. 한참 만에야 그녀의 머릿속에 떠오른 곡명은 질펀하기로 열 손가락 안에 꼽히는 잡가, 〈농자죽弄紫竹〉이었다. 밑바닥의 창기가 질 떨어지는 손님들 앞에서 교태 부릴 때나 등장하지, 좀 팔린다 하는 기녀들은 거들떠보지도 않는 노래가 아니던가.

장엄한 궁정 음악이 흘러야 마땅할 황실 마차에서 평민 백성들도 낯부끄러워 못 들을 노랫가락이 울려 퍼지다니, 심히 부적절한 일이었다.

실로 발칙하다는 기색을 내보이는 태부의 수하들과 달리, 그 옆에 선 맹부요는 표정이 얼굴에 드러나지 않았다. 그녀가 한 마리 표범처럼 기민하던 경계 태세와 망룡이 풍운을 일으키는 듯하던 검법을 상기해 내는 사이, 희미한 냉기가 그녀의 눈동자를 스쳐 지났다.

제심의 같은 부류의 인간 곁에는 얼씬도 안 하는 게 상책.

멀찍이 떨어진 상류로 올라가서 자리 잡고 목이나 축이려던 참인데, 문득 등 뒤에서 쿵쿵 발소리가 나더니 웬 놈이 땍땍거렸다.

"비켜, 훠이!"

맹부요가 뒤를 돌아보자 옥으로 된 대야며 수건, 비누를 든 시동 몇몇이 눈에 들어왔다. 개중 한 녀석이 받쳐 든 황금 쟁반 위에 명반석까지 올라가 있는 것으로 보아, 제심의가 쓸 세숫물을 뜨러 온 모양이었다. 태부의 수하들이 이번에는 실로 사치스럽다는 기색을 내비쳤다.

맹부요의 눈이 맑디맑은 계곡물로 향했다.

딱히 오염원이랄 게 없는 시대인지라 그냥 마셔도 될 정도로 깨끗할 텐데 고작 세수 한 번 하겠답시고 명반석으로 정수까지 한다니, 과하다는 생각도 안 드나?

맹부요가 그 자리에서 꿈쩍도 하지 않자 시동 녀석이 인상을 쓰고는 다짜고짜 그녀를 밀어 버렸다.

"뭘 멍청하게 서 있어! 여기 물 더럽히지 말고 하류 쪽으로 꺼져!"

물가에 이끼가 낀 바위 위에서 한창 생각에 빠져 있던 맹부요는 그 바람에 발이 미끄러져 균형을 잃고 말았다.

푸른 물결 위에 소맷자락 휘날리니

"위험하오!"

온화하고 정결하나, 쉽게 곁을 내 주지 않을 것 같은 사람의 음색. 그 낯선 목소리와 함께 하얀 명주 천 비슷한 것이 날아들어 균형을 잃고 허우적거리던 맹부요의 팔에 감겼다. 덕분에 맹부요는 가까스로 바위에 발을 붙인 채 아슬아슬하게 45도에서 멈출 수 있었다.

계곡물에 빠지기 직전까지 갔던 상황이었다. 수면에 닿도록 길게 늘어진 그녀의 머리카락 몇 가닥이 푸르른 물결에 실려 너울너울 춤추고 있었다. 그야말로 위험천만한 자세였으나, 누군가는 거기서 절묘한 아름다움을 찾아냈을 터.

소맷자락이 당겨지면서 상의가 팽팽히 달라붙은 통에 과하지도 모자라지도 않은 맹부요의 굴곡이 만천하에 드러난 뒤였다. 버드나무의 가지처럼 가느다란 허리 아래로는 장포 자락이 넓게 펼쳐져 무희의 치마폭처럼 휘날리고 있었다.

지금 맹부요는 사내의 옷을 입고 있었지만, 타고난 몸태는 투박한 장포로도 숨겨지지 않았다. 물가에 있던 사람들의 눈동자가 모조리 그녀에게 집중됐고, 공기 중에는 찰나의 적막마저 흘렀다.

이때 제심의의 행차 대열 중간쯤에서 누군가가 마차에 쳐진 휘장을 슬쩍 걷어 올렸다. 면사로 얼굴을 가린 배원이었다. 한눈에 보기에도 미인의 것임이 분명한 수면 위의 그림자를 음울하게 응시하던 그녀의 눈동자에 질투 어린 살기가 피어났다.

그런가 하면 대열 맨 앞에 선 마차에서는 누군가가 형형한 눈동자를 굴리며 '호오' 하고 소리를 내뱉기도 했다.

정작 맹부요는 본인이 어떤 모양새를 하고 있는지 알지 못한 채 팔에 감긴 천에 의지해 자세부터 잡느라 바빴다. 허리를 퉁겨 단번에 몸을 바로 세우고 나자 그제야 시기적절하게 도움의 손길을 내밀어 준 이의 모습이 눈에 들어왔다.

울창한 녹음 사이로 오후의 가을 햇살이 부서져 내리고 있었다. 본래는 수줍은 노란색이었을 들풀 끄트머리가 햇살 가루를 입고 금빛 찬란한 자태를 뽐내는 가운데, 느슨하게 풀어진 흰색 옷자락이 풀잎 위에 드리웠다.

언뜻 온화해 보이지만 어딘지 거리감이 느껴지는 남자는 호리호리하고 장신에 정결한 이목구비를 하고 있었다. 보통 사람보다 색이 옅은 입술과 눈동자 때문일까, 남자가 미소 짓자 서늘한 가을바람이 홀연 벚꽃 피고 지는 계절의 봄바람으로 바뀌는 듯했다.

허리띠를 맹부요에게 던져 준 탓에 그의 의복은 흐트러져 있었지만, 그 모습이 점잖지 못하거나 협수룩하기는커녕 범접하기 어려운 특유의 분위기를 한결 편안히 누그러뜨려 도리어 보기가 좋았다.

근래 만나는 사내마다 미색이 출중한 것이 아무래도 팔자에 도화살이 든 건 아닌가 하고 맹부요는 진지하게 고민했다.

맹부요가 팔을 뻗어 허리띠를 임자에게 내밀었다. 몇 마디 감사 인사라도 전하려던 그녀에게 상대가 차분히 웃으며 말했다.

"본래 때가 탔던 물건이니 그냥 버리시오."

정중하게 고개를 숙인 남자는 곧장 방향을 틀어 제심의의 바로 뒤에 있던 마차 안으로 사라졌다.

마차가 저만치 반대편으로 옮겨 가 멈출 때까지도 맹부요는 바위 위에 멍청히 서서 허리띠만 감아쥐고 있었다.

이보세요, 아직 새 물건이거든요? 뽀얗기가 두부도 울고 가겠는데, 때가 타? 저 해괴한 성질머리는 대체 무엇이란 말인가.

저 혼자만 고결해서 사람을 우습게 본다 하자니, 그런 부류치고는 너무 정중하고 예의 발랐다. 허리띠를 거절할 때도 나름 그녀의 자존심이 상하지 않게 이유를 붙여 줬고.

그렇다고 반대로 사근사근하다고 하자니, 그것 또한 말이 안됐다. 그까짓 손, 잠깐 닿았다고 제 허리띠 걷어차기를 헌신짝 차 버리듯 하고 가는 것 좀 보소.

한참을 얼빠져 있던 맹부요가 돌연 허리띠로 손바닥을 박박 문질러 닦기 시작했다.

오냐, 분명 네 입으로 쓰레기라 했으렷다?

그런데 손을 다 닦고 나서 자세히 보니 남자의 허리띠는 천잠사와 백금사를 섞어서 짠 것이었다. 중간에는 뽀얀 양지옥까지 박혀 있었다.

비할 데 없이 보배로우나 그 보배로움을 결코 요란하게 과시하지 않는 품격. 딱 그 주인에 그 허리띠였다.

뭔가 곰곰이 생각하던 맹부요가 허리띠를 품에 챙겨 넣었을 때였다. 내내 안 보이던 원소후가 어디선가 불쑥 튀어나왔다.

그녀가 고이 접어 옷섶에 밀어 넣은 것은 낯선 사내의 지극히 사적인 소지품. 그 광경을 몹시 복잡한 표정으로 쳐다보던 원소후가 한참 만에 입을 열었다.

"그건 뭐 하러 챙기는 거요?"

맹부요가 뭐 그리 당연한 걸 묻느냐는 듯 답했다.

"값깨나 나가겠길래요. 갖고 있으면 형편이 팍팍할 때 생활비로라도 쓰겠죠."

원소후가 미간을 살짝 찌푸렸다.

"값나가는 물건이 아니니 관두시오. 은자가 필요하면 내가 내어 주리다."

"어디서 약을 팔아요?"

맹부요의 입이 삐죽 나왔다.

"이게 얼마짜리 옥석인지 내가 못 알아볼 것 같아요? 그리고

이 몸은 적선 같은 거 사절이거든요?"

그녀를 슬쩍 흘겨본 원소후가 웃는 듯 마는 듯 한 표정으로 대꾸했다.

"적선은 사절이시라는 분이 남이 버린 넝마 조각은 잘만 줍는군."

"이봐요!"

맹부요로서는 기가 찰 소리였다.

이때 원소후의 품 안에서 삐죽이 고개를 내민 원보 녀석이 눈에 들어왔다. 그녀가 한 방 먹은 게 퍽 즐거운지 녀석은 아주 경사 났다고 찍찍거리고 있었다.

발끈한 맹부요가 '일지탄—指彈'을 시전했다. 제대로 얻어맞은 딱밤에 괴성을 내지른 원보는 바로 주둥이를 쩍 벌리고 반격했지만 적수는 이미 깔깔대며 내뺀 뒤였다.

바쁘게 뜀박질해 모퉁이를 하나 돌아 나무 그늘에 들어선 맹부요는 저만치 앞쪽에서 제심의의 행렬을 발견했다. 안 되겠다 싶어 방향을 바꾸려는데 뒤에서 누군가 부르는 소리가 들렸다.

"어이, 거기!"

고개를 돌린 맹부요가 마주한 건 조금 전 그녀를 계곡에 빠뜨릴 뻔했던 시동이었다. 솔직히 그까짓 일은 그냥 잊어 주려 했건만, 어찌 된 일인지 상대 쪽에서 먼저 눈을 빛내면서 손을 흔드는 게 아닌가.

"어이! 이리 좀 와 봐."

일순 움찔했던 맹부요가 눈을 가늘게 뜨고 물었다.

"나?"

"그래, 너!"

버르장머리라고는 없는 시동이 말했다.

"군주님 시중들 일손이 부족해서 그래. 와서 좀 거들어라."

그러더니 맹부요의 심란한 표정을 봤는지 짜증스럽게 덧붙였다.

"공짜로 부려 먹겠다는 거 아니야."

시동의 소매 안에서 엽전 한 꾸러미가 나와 바닥에 털썩 떨어졌다. 시동이 건방진 말투로 말을 이었다.

"옛다, 백 문! 이거면 연경 저자에서 고깃국을 보름은 먹을 수 있을 거다."

발치를 물끄러미 내려다보던 맹부요가 씩 웃으며 엽전을 주워 들어 흙먼지를 털어 냈다. 그러자 시동이 의기양양한 표정으로 놋대야를 떠밀어 안겼다.

"자! 가서 물부터 길어 와, 꼭 상류 거로. 두 번째 마차 옆에 가서 금연錦烟 누님을 찾으면 장미수랑 연꽃수 줄 거니까 물에 타서 마차 안으로 가져다 드리되, 대야 안에 그 더러운 손 절대 담그지 말고! 여기까지다. 나는 전하께서 의복을 갈아입으시는 걸 도와야 해서 이만."

성공적으로 희생양을 섭외한 시동은 퍽 신이 난 기색이었다. 뭐가 어떻게 돌아가는 상황인지 안 봐도 뻔했다.

성질 더러운 배원이 얼굴까지 그 꼴이 됐으니 아랫것들한테 얼마나 패악질을 부리겠는가. 돈까지 쥐여 주며 대타를 찾는 걸 보면 배원의 옆에 가기가 무서운 모양이었다.

영 대야를 건네받을 기미가 없는 맹부요를 향해 시동이 손에 든 걸 신경질적으로 흔들었다.

"어이! 뭘 멍청히 있어?"

놋대야를 쳐다보며 눈썹을 꿈틀한 맹부요가 갑자기 웃음을 터뜨리더니 느긋하게 소매 속을 뒤적이기 시작했다.

"백치 같은 게……."

찌푸린 표정으로 쏘아붙이던 시동이 돌연 말을 멈추고는 눈을 휘둥그렇게 떴다. 맹부요의 손바닥 위에 떡하니 올려진 물건은 다름 아닌 금엽자[18]였다. 순도는 말할 것도 없고 무게도 두 냥兩은 너끈히 되어 보였다.

황금 한 냥을 헐면 은자 스무 냥이 나오는데, 은자 한 냥은 엽전 천 문과 같은 값어치였다. 제왕부에서 받는 품삯 3년어치를 닥닥 긁어모아도 황금 한 냥이 채 안 나온다.

'헉' 하고 숨을 들이켠 시동은 그대로 돌이 되어 버렸다. 그런 시동의 앞에서 맹부요가 금엽자를 흔들며 붙임성 있게 웃었다.

"뭔지 알겠어?"

금엽자에 눈길이 붙박인 채로 다채로운 얼굴색을 보여 주던 시동이 멍하니 답했다.

"황금……."

---

18 金葉子. 황금을 종잇장처럼 얇게 가공해 휴대성을 높인 화폐의 일종. 차곡차곡 접어서 가지고 다니며 한 장 한 장 뜯어 쓸 수도 있다.

맹부요가 미소 지었다.

"그래, 황금 두 냥이란다. 이거면 연경 천향루에서 연시전석[19]을 한 달은 대접받을 수 있지."

그녀가 웃는 낯으로 손가락에서 힘을 빼자 금엽자가 툭 아래로 떨어졌다.

반사적으로 시동이 쪼그리고 앉아 팔을 뻗은 찰나, 맹부요의 신발 밑창이 금엽자를 살포시 지르밟았다. 곧이어 자세를 낮춘 그녀가 자기를 멍청히 쳐다보는 시동에게 놋대야를 안겨 주며 말했다.

"미안한데 가서 물 좀 길어 와, 꼭 상류 거로. 두 번째 마차 옆에 가서 금연 누님을 찾으면 장미수랑 연꽃수 줄 거니까 물에 타서 나한테 가져오되, 대야 안에 그 더러운 손 절대 담그지 말고! 여기까지다, 가 봐!"

얼굴이 흙빛이 된 시동의 코앞에 세숫대야를 바짝 들이밀고, 아까 녀석이 그랬듯 탈탈 흔들기까지 한 맹부요가 씩 웃었다.

"어이! 뭘 멍청히 있어?"

그녀가 발끝을 살짝 들어 올리자 흙먼지 속에 묻혀 있던 금엽자가 꼭 누가 보라는 듯 찬란한 황금빛을 발했다.

파르르 손을 떨던 시동은 한순간 이를 악무는가 싶더니 놋대야를 낚아채 정신없이 물가로 뛰어갔다. 그 자리에 서서 눈썹을 까딱 치켜세운 맹부요가 잠시 후 나지막하게 중얼거렸다.

---

19 燕翅全席. 제비집과 상어 지느러미가 나오는 최상급 상차림.

"아깝네……."

발끝을 가볍게 차자 금엽자가 날아올라 손바닥에 안착했다. 그걸 느긋하게 품에 챙겨 넣으며, 맹부요가 고개를 절레절레 흔들었다.

"차라리 배알이 있어 싫다고 했으면 그냥 가지라고 줬을지도 모르는데, 보아하니…… 넌 글렀다."

이어서 그녀가 엽전 꾸러미가 매달린 손가락을 빙글빙글 돌리다가 멈추자, 싸구려 고깃국집에서 보름은 끼니를 해결해 줄 돈이 핑그르르 날아가 조금 전 금엽자가 있던 자리에 풀썩 떨어졌다.

"가져가서 너나 고깃국 사 먹어! 참, 내가 말 안 했나? 연경 고깃국집이 왜 그리 싸게? 그거 다 쥐 고기라더라!"

깔깔거리며 돌아선 맹부요는 산뜻한 바람 한 줄기가 불어 지나는 것처럼 금세 그늘진 나무 뒤로 모습을 감췄다.

초목 사이로 적막만이 감돌기를 잠시, 나무 뒤편에서 홀연히 사람 그림자 하나가 등장했다. 담박한 백의를 걸친 사람의 입술은 벚꽃 같은 색채를 띠고 있었다.

뒷짐을 지고 서서 차분한 눈으로 맹부요가 사라진 방향을 바라보던 그가 흥미롭다는 기색을 내비치더니 입을 열었다.

"고생했다."

밑도 끝도 없이 허공에 던져진 그 말에 곧바로 답을 내놓은 이가 있었으니.

"소주께서 명하신다면 죽음도 마다치 않을진대 이 정도가 대수겠습니까."

깊게 허리를 숙인 그의 발치에서 놋대야가 광택을 발했다. 놀랍게도 목소리의 주인공은 아까 그 방자한 시동이었는데, 이 순간 침착하게 가라앉은 그의 태도에는 조금 전 그 소인의 모습이 전혀 남아 있지 않았다.

흰옷의 남자가 짧은 간격을 두고 다시 입을 열었다.

"어떠하더냐?"

잠시 생각의 갈피를 잡던 상대가 말했다.

"소주, 제가 계곡으로 떠민 걸 잡아 주셨을 때 뭔가 알아낸 게 없으신 겁니까?"

"있다마다."

흰옷의 남자가 사색에 빠진 눈으로 하늘을 올려다봤다.

"각도로 보나 깊이로 보나 배원의 얼굴에 상처를 낸 건 예사 무공이 아니었다. 그간 감쪽같이 숨겨 왔으나 결국은 물가에서 내게 일말의 단서를 주고야 말았지."

남자가 무심한 듯 엷게 웃음 지었다.

"조금 전 염탐으로 확실히 알아낸 게 있다면, 바로 그 여인이 제심의의 사람은 아니라는 것이다."

"어찌하여 그리 말씀하십니까?"

"제심의의 밑에 그런 인물이 가당키나 하느냐?"

흰옷의 남자가 유유히 뱉은 읊조림에는 희미한 웃음기가 섞여 있었다.

"흥미롭군……."

옷을 벗어 적과 맞서다

맹부요가 원보와의 대결 도중 줄행랑을 쳤던 그때, 연노랑으로 물들기 시작한 가을 산의 녹음 사이로 한 마리 새처럼 사뿐하게 섞여 드는 그녀를 보며 원소후가 흐뭇한 미소를 지었다. 그가 태부의 마차를 향해 걸음을 옮겼다.

"마차를 느긋하게 몰아 주셔야겠습니다. 연경까지 제심의와 한담이라도 나누며 가십시오. 저들의 눈이 닿는 곳에 뒀다가는 또 무슨 사고가 터질지 모르니, 저는 그녀를 데리고 먼저 출발하겠습니다."

연로한 태부의 눈이 가늘어졌다. 마음에 쏙 드는 손아랫뻘 핏줄을 보듯 흡족하게 원소후를 응시하던 그가 수염을 쓸어내리며 미소 지었다.

"어디로 가시렵니까?"

"저 역시 연경입니다. 태부께서 태연국 황제의 탄신 축하연에 사신으로 오신 길에 제가 동행한 것은 제심의와 접촉하기 위해서였으니, 이런 기회를 어찌 놓칠 수 있겠습니까?"

"허허……. 뜻대로 하시지요!"

"게다가 이번 축하연에는 그 또한…… 올 것이라 들었습니다."

"음? 그간 줄곧 천살국 도성에 갇혀 지내지 않았습니까? 천살 황제가 그를 풀어 줬단 말씀입니까?"

"교룡이 들판에 묶인들 한때에 불과하리니, 종국에는 하늘로 날아오를 날이 도래하리라."

반대편으로 돌아선 원소후가 의미심장한 얼굴로 서쪽 하늘 저 멀리로 눈길을 던졌다. 웃음기 어린 표정 위로 드러난 기대감이 그의 모습을 한층 더 빛내 주고 있었다.

"이제 곧 오주를 휩쓸고 사해에 회오리를 몰고 올 바람이 일 터……."

"왜 본진에서 이탈해야 하는데요?"

빠릿빠릿하게 모닥불을 피운 맹부요가 야무진 칼 놀림으로 사냥해 온 꿩의 껍질을 벗겼다.

"그리고 내가 왜 그쪽이랑 같이 움직여야 돼요?"

늙은 나무 밑동에 기대 나른하게 누운 원소후의 등 아래로는 깨끗한 낙엽이 두툼히 깔려 있었으니, 그 옆에서는 원보 대인이 낑낑 낙엽을 헤집어 싹싹하게도 주인님 밑으로 밀어 넣는 중이었다.

엉덩이를 하늘 높이 쳐든 원보 대인의 낙엽 헤집기 자세는 비단 별나기만 한 게 아니라 상당히 악질적이기까지 했다. 원소후 쪽을 보고 엎드려서 그에게 나뭇잎을 밀어 주는 동시에 짧고 통통한 뒷다리로는 못 쓰게 생긴 이파리와 흙먼지를 뒤쪽으로 걷어차고 있었는데, 그 '뒤쪽'은 다름 아닌 맹부요가 앉아 있는 쪽이었다.

처음에는 맹부요도 소갈딱지라고는 밴댕이만 한 애완동물과 일일이 신경전을 벌일 마음은 없었으나, 흙을 몇 숟가락 먹고 나니 생각이 달라졌다. 간덩이만 살쪘지, 머릿속은 비쩍 곯은 어느 동물께서는 적당히라는 게 없었던 것이다.

맹부요는 원보가 방심한 틈에 꿩 다리를 우두둑 뜯어 녀석의 입에 처넣어 줬다. 초식동물께서는 당장 입을 헹굴 물가를 찾아 자리를 박차고 나갔고, 그 덕에 모닥불 옆에는 평화가 깃들었다.

그때 원소후가 뒤늦은 대답을 내놨다.

"늑대 몇 놈이 내내 주변을 맴돌아도 좋다면 느긋한 여정 쪽을 택해도 무방하오. 그리고 나는 같이 움직이자고 한 기억이 없소만. 본인이 따라붙었지."

생각해 보니 맞는 말인 것도 같고.

맹부요가 머쓱한 투로 꿍얼거렸다.

"현원산에서 연경까지 가는 길이 딱 하나뿐인 걸 그럼 어떡

해요."

원소후의 웃음기 어린 눈빛이 그녀를 스쳤다. 눈 가리고 아웅 중인 사람 앞에서 다른 길도 있다는 걸 굳이 지적하고 넘어갈 필요는 없으리라.

타닥거리며 타오르는 모닥불 불빛에 두 사람의 얼굴이 취한 듯 붉게 물들어 있었다. 모닥불의 열기가 하염없이 올라가 저 멀리 나무 꼭대기에 서늘하게 걸려 있던 달에도 미열을 돌게 만드는 것 같았다.

맞은편에서 웃고 있던 남자가 눈썹을 까딱했다. 새카맣게 빛나는 눈동자와 윤기 도는 흑발, 그리고 불꽃보다도 더 붉은 입술. 어찌 사람의 이목구비가 저리 그림 같은지, 혼이 쏙 빠지다 못해 황천에 가서도 애간장이 절절 녹을 판이누나.

저세상 가서 애간장이 녹게 생긴 맹부요는 좌선법에 따라 단정히 앉아 눈을 내리깔았다. 더 이상 미모 때문에 유발되는 부정맥은 사양이었다. 그 미모의 장본인이 몹시 의미심장한 눈길로 자꾸만 자신을 훑는 상황에서는 더욱이.

잠깐이나 앉아 있었을까, 맹부요는 버티지 못하고 벌떡 자리를 박차고 일어났다.

"산책 좀 하고 올게요."

원소후의 눈길이 우선 오밤중 칠흑 같은 하늘로, 이어서 시커먼 주변 숲으로 향했다. 차마 입 밖으로는 못 내겠으나 솔직히 너무 가소로운 핑계가 아닌가.

웃음기 어린 그의 눈이 말하고 있는 '아하!'에 기분이 크게 상한 맹부요가 빽 소리쳤다.

"잠깐 노래가 하고 싶어서 그래요!"

원소후가 이번에는 의혹에 찬 표정으로 눈썹을 까딱하자 마침내 의기양양하게 웃음 지은 맹부요는 그길로 '노래하러' 자리를 떴다.

'노랫소리'가 원소후의 귀에까지 들어가면 곤란했기에 그녀는 적막한 숲속을 걷고 또 걸어 한참 멀리까지 가서야 자리를 잡고 쭈그려 앉았다. 그러고는 바지를 절반쯤 내리다가, 우뚝 동작을 멈췄다.

밤의 숲은 이상할 정도로 고요했다. 가끔 스치는 바람 소리가 전부였고, 올빼미조차 침묵을 지키고 있었다. 그 흔한 풀벌레 소리도 하나 없다니.

나뭇가지 끄트머리에 걸려 조각조각 금이 간 달이 그녀의 그림자를 바닥에 길게 늘어뜨렸다. 나무며 바위 음영이 중간중간 끼어들어 그림자가 몇 토막으로 끊기긴 했지만, 대략적인 윤곽을 알아보는 데는 큰 어려움이 없었다.

맹부요는 엉거주춤하게 기마 자세를 한 채 반쯤 내려간 바지를 아주 조금씩, 슬그머니 끌어 올리면서 곁눈질로는 자기 그림자를 확인하고 있었다.

다리, 손, 목……, 머리! 좋아, 그런데 머리 옆 네모진 바위 위쪽에 튀어나온 반원은, 대체 뭐지?

손바닥에서 땀이 배어나 바지를 축축하게 적셨다. 심장이 간헐적으로 죄어들기를 반복하며 밤의 적막을 쿵쿵 두드리고 있었다.

저건 분명…… 사람의 머리통이다.

바지를 힘껏 틀어쥔 맹부요는 그놈의 쉬야가 뭐라고 혼자서 이 먼 데까지 나온 자신을 저주했다. 바위 뒤에 몇 놈이 있는지는 몰라도 바지가 발목까지 내려갈 순간만을 기다리는 중이리라.

이 시점에 바지를 더 내리는 건 아니 될 일, 그렇다고 도로 올리는 것도 여의치 않으니 이 일을 어쩌나. 엉거주춤한 자세 탓에 벌써 허리가 시큰거렸다.

이때 바위 위쪽의 반원이 슬금슬금 움직이는 게 눈에 들어왔다. 제 깐에도 기다리다 지친 모양이었다.

여유 시간을 계산해 봤지만 결과는 절망적이었다. 바지를 입는다고 치자, 이 거리에서라면 주섬주섬 끌어 올려 끈을 묶느라 손이 바쁜 사이에 상대의 공격에 당하고 말 게 확실했다.

극도의 긴장감에 극도로 냉정해진 그녀는 이제 저 멀리 물가에서 나는 희미한 음향까지도 예리하게 포착해 낼 수 있었다. 가느다란 개울물이 굽이치는 소리, 혹은 못을 건너는 밤새의 날개 끝이 수면에 스치는 소리.

밤의 어둠 속에서 눈을 번뜩이던 맹부요가 돌연 이를 빠드득 갈았다. 이 순간 그녀의 날카로운 눈빛에 맺힌 것은 어지간한 여인에게서는 절대 나올 수 없는 독기와 비장함이었다.

숲 저편에서 불어온 바람이 나무의 그림자를 흔들자 그에 맞춰 바위 뒤 머리통도 흔들흔들 움직였다.

맹부요는 바지 끈을 잡고 있던 손을 났다.

바지가 쑥 내려가는 동시에 장포 자락이 아래로 쳐져 다리를 감췄다. 맹부요는 뒤로 공중제비를 돌면서 한 마리 새가 날 듯 바위 위를 가로질렀다.

용수철처럼 유연한 몸이 삽시간에 바위 뒤쪽에 당도한 순간, 다리를 휙 차자 발목에 걸려 있던 바지가 펄럭 날아 숨어 있던 두 놈의 머리에 씌워졌다.

맹부요의 돌발 행동에 기겁해 몸을 날리려다 말고 창졸간에 아랫도리를 뒤집어쓴 놈들은 머리 위를 덮친 게 뭔지 알지도 못한 채 일단 잡아 뜯느라 정신이 없었다.

맹부요는 그 틈에 귀신같이 놈들의 등 뒤로 이동했다.

품 넓은 남자용 장포 아래에서 하얀 다리가 번쩍 드러나더니, 그 다리로 상대방의 목을 휘감은 맹부요가 공중에서 인정사정없이 몸통을 비틀었다.

우두둑.

소름 끼치는 소리가 어둠 속을 울리고, 상대의 머리가 맥없이 축 처졌다.

맹부요의 눈에 노기가 스쳤다. 그녀는 결코 자신의 행동이 무자비하다 생각하지 않았다. 조금 전 바위를 뛰어넘을 때 놈들의 손에 독약을 먹인 그물이 들려 있는 걸 본 참이었다.

야릇한 분홍빛을 띤 약.

망할 도사 영감 밑에서 지옥 훈련을 받으며 배운 게 얼마던가, 그녀는 보통 사람과는 차원이 다른 식견으로 약의 정체를 단번에 알아챘다.

지체 높은 오주대륙 귀족네들이 평민 여인들을 보쌈해다가 재미 볼 때 쓰는 물건이 바로 저 '소향산酥香散'이었으니, 저것 때문에 몸 망치고 신세 망친 사람이 저자에 차고 넘쳤다.

　소향산을 쓸 정도면 양심은 개밥으로 준 천하의 쓰레기일 터, 그런 놈들을 어찌 곱게 보내 줄 수 있으리?

　바지까지 벗어 던지고 달려든 여자가 눈 깜짝할 사이에 동료의 모가지를 비틀어 버리지 않았는가! 다른 한 놈은 일말의 자비도 없는 그 기세에 혼비백산해 당장에 맹부요의 바지를 내버리고 달아나기 시작했다.

　그러나 채 몇 발자국도 가지 못했을 때, 등 뒤에서 코웃음 치는 소리가 들렸다.

　"허벅지 구경은 다 해 놓고 그냥 가게?"

속살을 드러내다

검푸른 바람 한 줄기가 이는가 싶더니 맹부요의 손에서 채찍이 뻗어 나가 사내의 목에 감겼다. 그녀는 곧장 상대를 자기 쪽으로 끌어오려 채찍을 짧게 잡아챘으나, 조금 전에는 바지 때문에 경황이 없었던 것뿐, 상대는 의외로 만만치 않은 무공의 소유자였다.

사내가 팔을 휘두르자 금빛이 번쩍하더니 눈부시게 빛나는 암기가 정확히 맹부요의 앞가슴 옷깃을 노리고 날아들었다. 그 맹렬한 기세에 맹부요가 가슴을 움츠리며 뒤로 빠지는 사이, 사내는 훌쩍 수 장을 솟구쳐 멀어지고 있었다.

분해서 지면을 걷어찬 맹부요가 사내를 향해 달려들기 직전, 돌멩이를 잘못 밟았는지 발을 삐었는지 몰라도 놈이 갑자기 휘청하면서 코 깨지게 생긴 꼴로 거꾸러졌다.

이에 옳다구나, 한 맹부요가 냉큼 뛰어가 놈의 등판에 안착, 의기양양하게 다리를 꼬고 앉았다.

"내가 그냥은 못 갈 거랬지?"

가만, 다리를 꼬는 동시에 이건 아니다 싶은 기분에 아래를 내려다본 맹부요는 그제야 자신의 헐벗은 하체를 상기해 냈다.

장포 아랫자락으로 겨우 연명하던 상황에서 허벅지를 척 꼬아 올렸으니, 속살이 고스란히 드러났을 수밖에.

농도 짙은 어둠 가운데, 검푸른 장포 아래로 길게 뻗은 다리는 흡사 장인의 손길로 깎아 낸 백옥 기둥 같았다. 그 희고, 곧고, 윤기 나는 다리가 은빛 월광을 반사하는 모습은 실로 매혹적이기 이를 데 없었으니.

암흑 속에서 희미한 웃음소리가 울렸다.

똥 씹은 표정으로 장포 자락을 잽싸게 이리 여미고 저리 여미며 다리를 가린 맹부요는 그래도 최악은 면했다고 자신을 다독였다.

이 시대 사람들처럼 바지 속에 아무것도 안 입은 게 아니라 직접 만든 속옷을……. 억, 혹시 그것까지 봤나?

고개를 든 맹부요가 맞은편을 노려보며 쏘아붙였다.

"이봐요, 도둑놈처럼 나무 뒤에 숨어서 뭐 해요?"

웃음소리가 그치고, 나무 그늘 뒤에서 담색 윤곽이 나타났다. 너른 소매를 늘어뜨린 남자가 팔짱 낀 자세로 빙긋 웃으며 나무에 기대섰다. 그의 어깨에서 새하얀 털을 나부끼던 어느 뚱보께서도 주인님의 뺨을 나무줄기 삼아 똑같이 팔짱을 낀 자세로 다리를 슬쩍 꼬고 섰다.

"오래 걸리기에 밑씻개가 필요한가 하여 휴지를 가져다주러 온 참이오."

붉으락푸르락한 맹부요의 얼굴과 달리 원소후의 웃음은 참으로 해맑았다.

이때 원보 대인이 허리를 깊숙이 접더니 쪼글쪼글 주름이 잡힌 종이 한 장을 공손히 머리 위로 내밀었다.

어디 한번 제대로 먹여 보시려고? 요놈이 이렇게 예의 바를 리가. 분명 비웃음이렷다!

분에 찬 맹부요의 궁둥이에 힘이 들어가자 밑에 깔린 놈이 비명을 질렀다.

"아이고!"

맹부요는 아예 놈의 혈도를 막아 버린 후 채찍을 던져 바지를 끌어왔다. 이어 바지를 손에 든 그녀가 정색을 하고 눈앞의 두 마리를 응시했다.

두 마리는 꿈쩍도 안 하고 그녀를 마주 볼 따름이었다.

맹부요가 눈을 부라리며 다시 눈빛을 보냈다.

두 마리는 여전히 태연하게 눈을 맞출 뿐이었다.

맹부요는 피가 거꾸로 솟는 기분이었다. 잠시 후, 침을 한 번 꿀꺽 넘긴 그녀가 자포자기한 투로 입을 열었다.

"저기요, 뒤로 좀 돌아 있을래요? 옷 입게요."

그런데 원소후가 눈을 껌뻑이며 한다는 소리가.

"싫소."

"엥?"

"다른 자에게는 보여 주면서 왜 나만 안 된다는 말이오?"

무슨 대답이 저래?

움찔 어깨를 굳혔던 맹부요가 기습적으로 제자리에서 도약했다. 허공에 하얀 잔영이 휙 스치는가 싶더니 어느 새 그녀가 헐렁한 바지통 안으로 다리를 집어넣었다. 그러고는 손가락을 착 놀려 허리끈까지 묶고 다짜고짜 뒤쪽 수풀로 뛰어들었다.

이와 동시에 원보 대인 역시 바람같이 원소후의 어깨에서 쏘아져 나갔다. 나무 사이를 지나면서도 잎사귀 하나 건드리지 않았을 만큼 민첩한 동작이었다.

"아악!"

곧이어 찢어지는 비명이 울려 퍼지고, 수풀 속에서 회색 옷을 입은 자가 튀어나와 피 칠갑이 된 귀를 붙잡은 채 방방 뛰었다. 그러나 아무리 고개를 흔들고 털어 봐도 귓불에 덜렁덜렁 매달린 흰색 털 뭉치는 절대 떨어질 생각을 안 했다.

원보를 털어 내려 안간힘을 다하던 회색 옷의 인물이 독이 바짝 올라 소리쳤다.

"네 이놈, 감히 이 어르신이 누군 줄 알고! 너 같은 건 이 몸이 새끼손가락만……."

"그 족발에 달린 발가락은 됐고, 대가리나 이리 대!"

외침과 함께 맹부요가 번개처럼 몸을 날렸다. 손에 들린 까만 비수가 밤의 어둠보다도 더 검은 선을 그으며 쇄도해 상대의 목울대에 바짝 들이밀어졌다.

그런데 비수 끝에서 손으로 전해지는 그 감촉이, 마치 작살로 물속 고기를 찍을 때처럼 미끄덩한 게 아닌가. 바로 그 순간, 상대가 기괴하게 몸을 비틀어 눈 깜짝할 사이에 비수가 닿는 범위에서 벗어났다.

하지만 맹부요는 그깟 것에 당황해 시간을 허비할 인물이 아니었다. 비수가 안 먹힌다면야 대안은 육박전.

팔꿈치 찍기, 손바닥 치기, 다리 올려 차기, 어깨 들이받기, 빠르고 날카로운 근접 타격이 숨 쉴 틈 없이 이어졌다. 제아무리 전신에 기름칠을 한 놈이라 해도 단시간에 폭풍처럼 몰아치는 공격에는 속수무책, 세 번 중 한 번은 타격이 제대로 꽂히고 있었다.

지옥 훈련으로 단련된 맹부요의 순발력과 민첩성에 상대는 맥없이 뒤로 밀리면서 비명만 내질렀다.

이 육시랄! 계속 거기 숨어 있었으면 처음부터 다 구경했다는 거 아니야?

생각할수록 열불이 뻗치는지라 동작에 점점 더 힘이 실렸다. 맹부요는 눈에서 불을 뿜으면서 장대비처럼 주먹을 퍼붓고 있었다.

그런 맹부요를 지켜보며 가만히 미소 지은 원소후는 그제야 소맷자락 아래로 감아쥐었던 손가락을 스르르 풀었다.

지극히 일방적으로 흘러가던 전투가 어느덧 끝으로 치닫고 있었다. 맹부요가 힘껏 주먹을 내지르자 가련한 상대방은 반사적으로 팔꿈치를 올렸으나, 어찌 된 셈인지 날아오던 주먹이 중간에 도로 물러나는 게 아닌가.

남자가 얼빠진 얼굴로 어정쩡하게 팔을 든 채 굳어 있던 때였다.

빡! 그 틈을 놓치지 않고 주먹이 다시 돌진, 둔탁한 소리가 울렸다.

"비열……하게……."

눈에 초점을 잃은 회색 옷 남자는 그대로 땅에 드러누웠다.

여유로운 자세를 한 채 주먹에 '후' 바람을 분 맹부요가 생긋 웃었다.

"비열한 자에게 그 비열함은 통행증이요, 우둔한 자에게 그 우둔함은 묘비명이리니."[20]

***

나무에 묶어 놓은 회색 옷 남자를 위아래로 훑어보더니, 맹부요가 절레절레 고개를 저었다.

"비쩍 곯은 것 좀 봐요. 미닫이문 중간에 끼었다가 나온 놈 같네."

흘깃 눈길을 던졌던 원소후가 결국은 실소를 흘렸다. 괴상한 외모인 건 사실이었다. 길고 가느다란 체형에 얼굴 폭마저 좁아 장어 한 마리가 뭍에 나와 있는 것 같았다.

---

20 중국 시인 베이다오北島의 작품 《회답回答》 중 한 구절을 변형한 문장이다.

아까 몸싸움 중에 느꼈던 미끄덩한 감촉에 호기심이 동한 맹부요가 상대를 한참이나 뜯어 봤으나, 피부가 유난히 창백하다는 것 말고는 딱히 이상한 점을 더 찾아낼 수는 없었다.

고개를 돌렸다가 원소후의 눈빛에서 희미하게나마 연민을 읽어 낸 그녀가 흠칫했다.

"아는 자예요?"

"저자의 종족을 알고 있소."

원소후가 말했다.

"부풍 해안 끄트머리에 사는 '익교匿鮫' 일족이오."

"익교?"

"그렇소. 부풍국 악해鄂海에서 암초가 가장 많고 험한 해역이 바로 나찰도羅刹島인데, 그곳은 본래 고대 왕국이 있던 자리로 해저에 무수한 보물이 묻혀 있다고 전해지오. 다만, 암초가 워낙 빽빽한 데다가 비좁은 해구를 지나야 하는지라 나찰도에서 나고 자란 익교족 말고는 누구도 그곳 바다에는 들어갈 수가 없소."

"그래서요?"

"익교족 아이들은 세 살 때부터 좁은 수중 공간에서 움직이는 법을 배우기 시작해 물고기나 다름없는 수영 실력을 완성하지. 어려서부터 바다에서 살다시피 하며 훈련받는 과정에서 체형과 피부가 독특하게 변하고, 종종 출몰하는 해저 괴물로부터 살아남기 위해 몸과 기척을 감추는 기술을 익히기 때문에 숨길 '익' 자가 붙은 익교로 불리는 것이오. 그 기술은 익교족을 뛰어난 도둑이자 살수로 만들어 주기도 하였고."

"아하, 그래서 지척에 숨어 있었는데도 눈치채지 못했던 거 군요."

이제야 알겠다는 듯한 표정을 지은 맹부요가 곧이어 씩 웃어 보였다.

"익교족의 입은 이따 열고 우선 이 망할 자식부터 처리하죠."

맹부요가 아까 엉덩이로 찌부러뜨려 놨던 사내를 바닥에서 일으켜 세우더니 짝짝 뺨따귀를 후려쳤다.

사내는 정신을 차리자마자 무차별적으로 쏟아지는 질문에 직면해야만 했다.

"너희 아버지 이름이 뭐냐?"

"어머니 성씨는?"

"누나는 몇이고?"

"남동생은 몇인데?"

"처음 이불에 지도 그린 건 몇 살 때?"

"목욕할 때 옷 입고 하나?"

"세수는 쥐엄나무파? 아니면 비누파?"

"윗선이 누구야?"

고민이랄 게 전혀 필요하지 않은 온갖 잡질문이 빗발치는 사이, 언제부터인가 헤롱헤롱 기계적으로 대답을 내놓던 남자가 마지막 질문에도 무의식적으로 입을 열고 말았다.

"제왕부 의위사인 방方 대인……."

자기가 무슨 소리를 지껄였는지 뒤늦게야 깨달은 남자는 '힉'

숨을 들이켜며 눈을 부릅떴고, 입이 귀에 걸린 맹부요는 그런 남자의 얼굴을 토닥여 줬다.

"옳지!"

열왕북야

"어떻게 처리하죠?"

상대방을 후려쳐 다시 자빠뜨린 맹부요가 원소후를 향해 돌아섰다.

"제심의한테 의심받고 있는 걸까요? 나 죽이라고 보낸 건가?"

원소후의 눈에 의문이 스쳤다. 제심의, 그자의 성격상 낮에 맹부요가 계곡에 빠질 뻔하면서 드러낸 아리따운 몸매를 보고 뒷조사에 나서리라는 건 일찍이 예상한 바였다.

원소후라고 아무런 대비가 없었겠는가?

제심의가 은밀히 붙인 밀정들은 이미 그의 친위대가 따돌린 뒤였고, 눈을 돌리기 위한 교란 작전까지 펼치는 중이었다. 그러니 이 두 놈이 무슨 수로 여기 나타났는지 납득이 안 갈밖에.

남자의 혈도를 풀어 주고 한바탕 문답을 거친 후에야 의위사인 방 대인이 제심의에게서 꽤 총애를 받는 수하이자 아첨의 달인이라는 사실을 알아낼 수 있었다.

낮에 제심의가 맹부요의 몸매를 훑으며 눈을 빛내는 모습을 보고 왕야께서 저 여인이 마음에 드셨구나, 생각한 방 대인이 한참 앞쪽에 마중 나와 있을 제왕부 수하들에게 슬쩍 전서구를 날린 것이었다. 연경으로 가는 길 중간에 맹부요를 붙잡아 깜짝 선물로 바치겠다는 청운의 꿈을 품고서.

원소후의 친위대야 뒤따라오는 무리를 따돌리는 데만도 바빴기 때문에 앞쪽에 진을 치고 기다리는 놈들이 더 있을 줄이야 상상도 못 했다.

전후 사정을 알고 격노한 맹부요가 발차기로 남자를 다시 한번 혼절시킨 직후, 영 고민된다는 투로 입을 열었다.

"저기, 죽이자니 지은 죄가 그리 크지는 않고, 그렇다고 안 죽이자니 후환이 남을 것 같은데 어떡하죠?"

그러자 빙긋 웃으며 자세를 낮춘 원소후가 기다란 손가락으로 상대의 정수리를 톡 한 번 튕기고는 말했다.

"되었소."

"뭐가요?"

원소후가 차분히 답했다.

"오늘 밤부로 기억이 엉망으로 뒤섞일 터이니 안심하시오. 본인도 혼란스러운 일을 감히 윗전에 보고하지는 못하겠지."

맹부요가 눈을 빤히 뜨고 원소후를 응시했다.

그가 방금 사용한 것은 상대의 백회혈을 손상시켜 영구적인 기억 장애를 유발하는 기술이었다. 보기에는 간단할지 몰라도 절대 쉽지 않은 일. 힘 조절이 조금만 어긋나도 정반대의 결과를 불러올 수 있었다.

파구소 6성 경지쯤이면 가능한 일이겠으나, 그때도 원소후만큼 능수능란하게 해내기는 아마 쉽지 않을 터였다. 정말이지 보면 볼수록 수수께끼투성이인 남자였다.

그녀가 이 궁리, 저 궁리로 눈을 굴리는 사이, 어느덧 회색 옷의 사내 쪽으로 걸음을 옮기던 원소후가 몇 발자국 가다 말고 미소를 머금었다.

"아아, 아름답더군."

"뭐가 아름다워요?"

멍청히 묻는 맹부요를 뒤에 두고 원소후와 원보 대인이 서로 눈빛을 교환했다. 원보 대인이 하얀 앞니를 드러내며 그 통통한 뒷다리를 보란 듯이 꼬자 원소후의 입에서 대답이 유유히 흘러나왔다.

"허벅지 말이오."

❀

"누가 훔쳐보래! 훔쳐보기는! 누가! 보랬냐고! 어디 코피 콸콸 터지게 처맞아 봐, 아주 그냥 눈탱이가 밤탱이가 되기 전에는 안 끝날 줄 알아!"

가련한 회색 옷의 남자를 주먹 단련용 모래주머니쯤으로 취

급하고 있는 지금 맹부요의 행동은, 사실상 뽕나무를 가리키며 홰나무를 욕하는 격이었다.

하지만 정작 '홰나무' 본인께서는 전혀 찔리는 기색 없이 빙긋 웃고만 계셨으니.

늘씬하게 얻어맞는 과정에서 본의 아니게 정신이 돌아온 회색 옷의 남자는 눈을 뜨자마자 잔뜩 겁에 질려 소리쳤다.

"안 훔쳐봤어요! 안 훔쳐봤다니까요!"

"그야 잘 알지."

피식 코웃음을 친 맹부요가 상대를 위아래로 훑었다.

"털린 쪽은 너거든. 아주 탈탈."

온갖 자질구레한 물건들을 펼쳐 놓고 한참 뒤적이던 맹부요가 돈 될 만한 것들만 쏙쏙 추려 자기 보따리에 챙겨 넣는 동안, 얼굴이 시퍼렇게 질렸다 하얗게 질렸다를 반복하던 회색 옷의 사내가 애원조로 말했다.

"전부 다 드릴 테니 풀어만 주세요. 도망치는 중이었다고요!"

"도망?"

맹부요가 멈칫했다.

"아까 되게 수상쩍게 숨어 있더니만, 우리 기습하려던 거 아니었어?"

"나 참, 그쪽 기습이나 하고 있을 시간이 어디 있어요?"

동태 눈깔을 부릅뜬 사내가 핏대를 세웠다.

"막말로 당신들이 돈이 있길 해요, 미색이 있길 해요? 신장방神掌幇 방주씩이나 되는 이 몸이 뭐가 아쉬워서!"

맹부요는 본인 상태를 살펴보고 나서 원소후까지 살폈다.

아무리 봐도 둘 다 미남 미녀 축에 드는 것 같은데 이놈은 눈깔이 어떻게 생겨 먹었길래?

썩 상쾌하지 못한 기분이었다.

"어이, 방주님. 그럼 거기에는 왜 쭈그리고 앉아 있었는데?"

회색 옷의 남자가 침을 퉤 뱉었다.

"재수 옴 붙어서 그랬소이다!"

한참 더 대화를 나눠 본 결과, 회색 옷의 남자는 천살국 병사들에게 쫓기고 있는 중이었다. 이유인즉슨 천살국 황자를 모시는 엽불기葉不棄 대인의 소지품을 훔쳤다는 것인데, 무려 연경에서부터 시작해 지금까지도 끈질기게 추격당하는 상황이라고 했다.

"퉷! 재수가 털리려니까. 암매暗魅한테 연통을 넣어서 좀 도와 달라고 했는데, 여기 숲에서 접선하기로 해 놓고 코빼기도 안 비쳤다고요!"

여기까지 말해 놓고 자기도 복장이 터지는지 남자가 또 한번 침을 캭 뱉었다.

"암매? 그 천하제일의 살수?"

맹부요의 눈이 휘둥그레졌다.

"능력 좋네, 천하제일의 살수를 다 오라 가라 해? 그건 그렇고 엽 대인한테서는 대체 뭘 훔쳤길래 그렇게 병사들이 죽자 사자 쫓아온대?"

얼굴색이 확 변한 회색 옷의 남자가 짧은 망설임 끝에 입을 열었다.

"암매는 예전에 내 친구한테 빚진 게 있는지라 와 주기로 했던 거고, 물건은…… 천살국 통행패랍디다."

마지막 한마디를 듣고 가슴이 덜컥한 맹부요가 자기도 모르게 앞섶으로 들어가던 손을 흠칫 도로 빼냈다.

그 동작을 무심하게 봐 넘긴 원소후가 웃는 낯으로 남자에게 물었다.

"본인은 안 훔쳤다?"

"그렇다니까요!"

"오."

질문이 더 이어질 줄 알았건만, 원소후는 맹부요만 챙기며 쌩하니 돌아섰다.

"그럼 여기서 기다리고 있다가 전북야戰北野가 오면 잘 설명해 보아라. 부디 믿어 줘야 할 터인데."

진짜 저대로 가 버리겠다는 건가.

회색 옷 남자의 낯빛이 변화에 변화를 거듭했다. 조금 있으면 그 살벌한 작자가 쫓아올 텐데, 이대로 나무에 묶여 있다가는 죽은 목숨이었다.

안 되겠다, 싶어 꿀꺽 침을 삼킨 남자가 목을 쭉 빼고 있는 힘껏 외쳤다.

"잠깐만요, 잠깐만!"

그러나 두 남녀는 별안간 귀라도 먹었는지 계속 걸음을 옮길 따름이었다.

"풀어 줘요! 이것부터 풀고 얘기합시다!"

"우리가 왜 성의도 없는 자한테 시간 낭비를 하지?"

맹부요가 뒤도 안 돌아보고 코웃음을 쳤다.

"말할게요! 말해!"

비로소 튕기듯 제자리로 돌아온 맹부요가 빙긋 웃으며 남자의 볼따구니를 두드렸다.

"이제야 좀 고분고분하구먼!"

회색 옷의 남자는 죽을상이었다.

"훔치기는……, 훔친 것 같으나, 직접 한 게 아니라 부하 놈 짓입니다요. 그런데 그놈이 요 근처에서 실종되는 바람에 물건의…… 행방이 묘연해졌지 뭡니까."

맹부요의 눈이 남자를 스쳐 슬그머니 원소후에게로 향했다. '어디서 실종됐지?' 소리라도 나왔다가는 큰일이었다.

다행히 회색 옷의 남자는 위치를 굳이 짚지 않았고, 원소후도 더는 캐묻지 않았다.

맹부요는 남몰래 안도의 한숨을 내쉬며 앞섶을 지그시 눌렀다. 별거 없어 보이는 놈이 어떻게 그 귀한 천살국 통행패를 갖고 다니나 했더니만, 다 그럴 만한 사정이 있었던가. 소 뒷걸음질 치다가 쥐 잡는다고, 이런 식으로 통행패가 진품이라는 걸 확인하게 되다니. 여하튼 뿌듯한 수확이 아닐 수 없었다.

회색 옷의 남자를 나무에서 풀어 준 후 다시 심문을 이어 그의 이름이 요신姚迅이고, 역시나 익교족이라는 사실을 확인할 수 있었다. '신장방'이라고 꽤 이름난 조직을 이끌고 있다는데,

알고 보니 소매치기들이 모여 만든 좀도둑 집단이었다.

생긴 건 좀 그래도 거죽 아래는 뼛속까지 바다 사나이. 몇 마디 풀어 놓던 요신이 시원시원 단도직입적으로 말했다.

"천살국 열왕烈王 전북야를 아는 걸 보니 보통 신분은 아닌 듯한데, 이번 추격병만 처리해 주면 앞으로 우리 신장방은 두 분을 주인으로 모시겠습니다!"

아까부터 생각에 잠긴 눈치던 원소후가 요신을 쓱 쳐다보며 물었다.

"암매를 기다리던 거 아니었나? 한번 뱉은 말은 어기지 않는 자다. 반드시 나타날 터."

"그 인간을 믿고 있다가는 모가지가 날아……."

요신이 말을 하다가 말고 하얗게 질렸다.

침묵이 세 사람을 한꺼번에 휘감은 찰나, 저 멀리서 말발굽 소리가 들려왔다. 한 무리의 말 탄 사람들이 무시무시한 속도로 접근하고 있었다. 흡사 폭풍우가 몰아쳐 오는 듯한 기세와 채찍 같은 말굽 소리가 듣는 이의 심장을 후려갈겼다.

개중에서도 유독 발이 빠른 한 필이 세찬 바람과 벼락같은 위세를 몰고서 순식간에 숲 언저리에 당도했다. 말이 속도를 줄이지 못하고 그대로 숲에 뛰어들기 직전, 그 등에 탄 남자가 팔을 확 꺾어 고삐를 죄였다.

팽팽하게 당겨진 고삐가 파르르 떠는 동시에 준마가 긴 울부짖음을 뱉으며 앞다리를 하늘 높이 차 올렸다. 그 와중에도 남자의 꼿꼿한 등은 조금도 무너짐이 없었다.

뒤쪽에서 흙먼지를 일으키며 나타난 기마대가 남자와 말한 필 정도가 들어갈 간격을 남겨 두고 고삐를 당겼다. 말굽이 '촥!' 하고 단번에 땅에 붙는 소리는 수십 마리가 함께 낸 것이라고는 믿을 수 없으리만치 절도가 넘쳤다.

절륜한 기마술.

때마침 찬란한 달이 구름을 뚫고 나오자 선두에 선 남자와 말의 윤곽이 역광을 받아 검디검은 그림자로 가라앉았다.

달빛이 세를 넓혀 남자의 발치를 비췄다. 말 위에 드높이 올라앉은 남자는 살벌한 위압감을 발산하고 있었다. 온통 칠흑 일색인 의복이 밤의 어둠에 녹아들어 살풍경을 이루는 가운데, 밤바람을 맞은 그의 옷소매가 새카만 머리카락과 섞여 광포하게 휘날렸다.

꽤 먼 거리임에도 남자가 숲에 선 세 사람을 '굽어보고' 있음이 똑똑히 느껴졌다.

묵직한 목소리가 적막을 깨뜨렸다.

"천살국의 전북야다!"

한밤중, 세 사람의 싸움

"패기 쩔어 주네!"

맹부요가 꿍얼거렸다.

"네, 네, 전북야인 거 알겠고요……. 그런데 전북야가 뭐 하는 사람이길래?"

조금 전까지만 해도 꽤 침착하더니, 지금 요신은 입술을 벌벌 떨며 나무 뒤로 기어들어 가느라 바빴다.

"저 마왕이 결국에는……."

무슨 생각을 했는지 원소후가 품에서 인피면구 두 장을 꺼내 하나는 자기 얼굴에, 나머지 하나는 맹부요에게 씌웠다.

맹부요가 대번에 의혹의 눈빛을 보내자 그는 눈썹을 쓱 치켜세웠다.

"골치 아픈 녀석에게 찍히는 것은 그대도 반갑지는 않을 터인데?"

가면을 매만지려고 손을 든 찰나, 맹부요는 예리하게 날 선 눈길이 날아와 꽂히는 감각에 움찔하고 말았다. 다음 순간, 벼락같은 기합 소리와 함께 암흑 속에서 새카만 빛이 번뜩하더니 거센 바람이 밤을 가르며 세 사람을 향해 쇄도해 왔다.

맹부요는 일 장을 날려 요신부터 넘어뜨렸다. 요신이 바닥에 누웠을 때 그 새카만 빛은 어느덧 지척까지 들이닥쳐 있었다.

빠르게 스치는 잔영 속에 날 없는 장창의 형태가 보였다. 벌써 저만치서부터 맹풍을 일으키며 날아든 장창에는 어마어마한 진기가 실려 있었다. 횡으로 덮쳐 오는 모양새를 보아 하니 목표물 하나를 정한 게 아니라 세 사람을 한꺼번에 쓸어 버릴 요량임이 분명했다.

실로 오만하기 짝이 없는 창술이 아닌가!

맹부요는 앞으로 튀어 나가면서 자신 역시 검을 횡으로 휘둘러 상대의 힘을 역이용, 창을 쳐 낼 준비를 했다.

그러나 지면을 박차고 나가기도 전에 장창이 몰고 온 바람이 그녀의 긴 머리를 깃발처럼 뒤로 날려 보내더니, 급기야는 눈도 제대로 못 뜨게 만들었다.

결국 맹부요는 아예 눈을 감은 채로 쇄도해 오는 창을 향해 장검을 있는 힘껏 휘둘렀다.

'쨍' 소리와 동시에 암흑을 배경으로 불꽃이 튀었다.

그 불꽃 사이로 기세등등한 냉소가 섞여 들었다.

"감히 누굴 따라 하느냐!"

말소리가 난 바로 뒤, 남자가 성난 용 같은 흑색 소맷자락을 휘날리며 화살처럼 들이닥쳤다.

조금 전 장창을 정면으로 받아 낸 맹부요는 흡사 거대한 파도에 가슴팍을 가격당한 듯 순간적으로 숨이 콱 막히는 통에 내리 몇 발자국이나 뒤로 밀려나고 말았다. 숨통이 막히자 금방 팔다리에 힘이 쭉 빠졌다. 이 판국에 검을 들 수 있을 리가.

상대의 무지막지한 기세에 완전히 질리고 말았을 때, 그녀의 곁에서 누군가 나지막하게 코웃음을 쳤다. 곧이어 엷은 자색 옷자락을 펄럭이며 원소후가 나부껴 올랐다.

원소후는 말 그대로 '나부껴' 올랐다. 그토록 고요하고도 그토록 기민한 몸놀림은 어디서도 본 적이 없었다.

구중천 가없는 하늘에서 춤추는 신선처럼 이루 말할 수 없이 나긋한 초식. 보기에 멋들어진 초식은 느리기 마련이라는 상식을 비웃는 양 날래기가 번개를 따라잡을 정도였다.

천만 광년 밖의 별빛이 삽시간에 눈 안으로 빨려 들 듯, 멀찍이 섰던 원소후는 그야말로 순식간에 전북야의 코앞에 당도했다. 그의 팔이 미끈한 각을 그리자 은백색의 빛이 흡사 폭설처럼 쏟아져 전북야의 주변을 뒤덮었다.

흑색 회오리가 되어 돌진하던 전북야가 흠칫 고개를 들었다. 그토록 현란한 검광에 포위되고도 그의 눈빛은 여전히 서쪽 하늘가에 가장 먼저 떠오르는 별처럼 이글이글 불타고 있었다.

"제법이구나!"

전북야의 말투에서 호적수를 만난 흥분이 묻어났다.

그가 팔을 뻗자 장창이 '쐑' 하고 날아 손아귀로 돌아왔다. 어느새 창끝에 번뜩이는 날을 장착한 그가 장창을 휘두르니 한 장 하고도 두 자에 달하는 광채가 뿜어져 나와 눈발처럼 빛나는 검광과 맞부닥쳤다.

쾅!

엄청난 충격파에 주변 대기에도 쩌적 금이 가는 듯했다.

눈발 같은 검광이 무차별적으로 튀면서 주위를 에워싼 나무에 좁고도 깊숙한 구멍을 무수하게 뚫는 한편, 무형의 강기罡氣가 지룡地龍처럼 땅바닥에 바싹 붙어 분출되면서 풀밭이 뒤엎어지고 진흙이 사방으로 뿜어져 나갔다.

그와 동시에 지면에는 누군가 거대한 검을 내리친 모양으로 푹 파인 구덩이가 무려 수 장 깊이로 새겨졌다.

잠시 후, 눈발이 그치고 바람이 멎었을 무렵.

원소후는 눈발 같은 검광이 휘몰아치던 범위 안에 여전히 머물러 있었다. 미소 짓는 얼굴로 나무 꼭대기에 올라선 그는, 그토록 세찼던 바람 속에서도 자신이 밟고 있는 나뭇가지와 마찬가지로 미세한 흔들림 한 번 없었던 자태였다.

그런가 하면 나무 아래에 꼿꼿이 서서 장창을 늘어뜨리고 있는 전북야 역시 강기에 휩쓸려 사방팔방으로 흩뿌려지던 진흙 세례 속에서도 옷에 얼룩 한 점 묻지 않은 모습이었다.

한참 떨어진 곳에 선 맹부요는 그 광경에서 눈을 떼지 못하고 있었다. 그녀는 원소후가 조금 전에 보여 준 초식 탓에 몹시 흥분한 상태였다.

원소후가 주입해 준 내공으로 파구소 4성 경지를 달성하긴 했으나, 무공을 시전할 때마다 수박 겉핥기라는 기분이 자꾸 들어서 고민이 많던 참이었다.

역시 본인이 수련해서 얻은 실력과 편법으로 얻은 실력은 질적으로 다르구나 싶어 낙담이 이만저만이 아니었는데, 오늘 밤 원소후가 보여 준 초식 덕에 드디어 빛이 드는 돌파구를 만난 기분이었다.

매끄럽고, 찬란하고, 압도적이면서도 나아감과 물러섬이 극도로 유연한 움직임. 그것이 바로 파구소 4성 경지 '원전圓轉'의 정수가 아니면 무엇이겠는가?

멍하니 그녀가 생각에 몰입한 사이, 전신의 진기가 부지불식중에 경맥을 따라 돌기 시작했다. 어느새 반쯤은 운기조식 상태에 들었던 맹부요의 귀에 불쑥 전북야의 웃음소리가 꽂혔다.

"좋아, 마음에 드는군! 한 판 더 붙자!"

순간 움찔했던 맹부요가 마저 보고 배울 마음에 눈이 또랑또랑해진 그때, '획' 하는 바람 소리와 함께 거무스름한 무언가가 무서운 속도로 시야를 가로질렀다. 어깨를 스쳐 가면서 희미한 소나무 향내를, 뺨에 닿고 지나면서는 비단처럼 서늘한 감촉을 남기고서.

누군가 지나간 건가? 이렇게 빠르게? 사람 맞아? 귀신이 아니고?

반사적으로 상대를 움켜쥐려던 손은 허공을 붙잡았을 뿐이었다. 상대방의 움직임은 그야말로 귀신처럼 기묘했다.

그가 순식간에 전북야의 코앞까지 접근했을 때, 맹부요는 언뜻 한마디를 들었다.

"가시오!"

그 직후, 기척을 감지하고 돌아선 전북야를 향해 그자는 삽시간에 무려 열 번의 공격을 쏟아부었다.

요신보다도 훨씬 민첩한 몸놀림에 맹부요의 입이 떡 벌어졌다. 너무 빨라서 온 숲속이 그자의 잔영으로 꽉 찬 것처럼 보일 지경이었다.

한 줄기 연기, 또는 안개와도 같은 형체가 사방에서 움직이고 있었다.

그자는 검을 평범하게 들고 있지 않았다. 길고 가느다란, 기이한 형태의 검이 팔꿈치 밖으로 새카만 끄트머리를 반 치 정도만 내민 채로 물 흐르듯 미끄러지는 그의 움직임에 따라 독사처럼 고개를 내밀었다가 숨기기를 반복하고 있었다.

휘두르거나 내리치는 등 팔을 크게 쓰는 초식은 전무했고, 모든 공격은 팔꿈치를 중심으로 한 치 안에서 이뤄졌다. 몸통 근처를 벗어나지 않고 전개되는 찍고, 후비고, 찌르고, 긁는 동작 하나하나가 유수와 같이 매끄러우면서도 비할 데 없이 날카로웠다.

전북야는 상대의 괴이한 신법에 적잖이 당황한 기색이었다. 상대가 코앞까지 바짝 치고 들어오면서부터 그의 장창은 무용지물이 되어 버렸다.

그 어렴풋한 흑색 그림자가 서슴없이 전방으로 돌진해 전북

야의 곁을 스치고 지나간 찰나, 팔꿈치 아래에서 섬광이 번뜩
빛났다.

새빨간 피의 분출.

어둡게 가라앉은 숲을 배경으로 흩뿌려진 선혈이 시야를 붉
게 물들였다.

전북야의 눈에 형형한 빛이 더해졌다. 투지를 불태우던 그가
맹렬한 기세로 일 장을 날렸다. 그 사나운 장풍을 정통으로 받
아 내는 건 도저히 무리다 싶었는지 흑색 그림자가 세 걸음 밖
으로 물러났다.

전북야의 장창이 그 틈을 놓치지 않고 공기를 가르며 쏘아져
나갔다. 다음 순간 '쾅' 하는 굉음을 내며 창이 지면에 처박힌
깊이는 무려 석 자였다.

창신의 진동음이 이어지는 가운데, 팔뚝에 흐르는 피를 느릿
느릿 핥아 낸 전북야가 홀연 차분해진 기색으로 미소 지었다.

"태연에 이런 고수가 숨어 있었을 줄이야!"

미소의 여운이 채 가시기도 전에 곧바로 기합 소리가 터져
나왔다. 이번에는 무기고 뭐고 필요 없었다. 전북야, 그 자체가
검이 되어 휘몰아쳐 나갔다.

이때 가볍게 바람을 가르는 소리를 내며 나뭇가지에서 뛰어
내린 원소후가 싸움 구경에 넋이 나간 두 명을 척척 잡아채서
는 몸을 날렸다. 그런 원소후의 행각이 달가울 리 없는 맹부요
는 연신 고개를 빼 뒤쪽을 두리번거리느라 바빴다.

"아, 뭐예요. 뭐 하는 거예요?"

"가라고 하는 말 못 들었소? 미적거리면 쓰나."

"놓칠 수 없는 환상의 대결이라고요! 아, 방해하지 마요! 조금만 더 보면 무공이 일취월장하는 건데!"

원소후는 그 말을 받아치는 대신 빙긋이 미소 지으며 손을 뻗었다. 흡사 머리를 쓰다듬어 주려는 듯한 모양새였으나, 그 순간 맹부요가 홱 고개를 돌려 원소후를 쳐다봤다.

그러자 원소후가 한 박자 늦은 답을 내놨다.

"남아 있다가는 전북야에게 또 시달려야 할 터. 상처 하나 냈다고 승패가 이미 갈렸다 여긴다면 그건 착각이오. 암매는 모르는 것 같지만, 전북야는 꺾일수록 더 불타오르는 사내거든. 이미 피를 본 이상 어떻게든 결판을 내려 할 테니, 암매는 오늘 밤 욕 좀 볼 거요."

"모르는 게 없어서 참 좋으시겠……."

빈정거리던 맹부요가 갑자기 눈이 커다래져서는 외쳤다.

"암매? 아까 그 사람이 잔혹하기로 이름난 천하제일의 살수라고요? 암매가 온 거예요?"

비스듬히 뒤쪽을 돌아보는 원소후의 눈 안에 묘한 무언가가 일었다. 그리고 잠시 후, 그가 나직이 읊조렸다.

"오기야 일찍이 와 있었던바……."

거센 바람 일어나리니

전북야를 따돌린 이후 며칠은 평온하게 흘러갔다.

요신은 약속대로 얌전히 두 사람의 뒤를 따르는 중이었으나, 맹부요가 보기에 그가 두말하지 않고 남은 건 다 계산이 있어서였다. 십중팔구는 그날 밤 원소후가 보여 준 극강의 무공을 보호막으로 삼겠다는 심산이리라.

연경 근교에 당도해 객잔을 잡자마자 맹부요는 당장 연공에 돌입했다. 요 며칠 부단히 공을 들인 결과, 그녀는 이제 흠 잡을 데 없는 파구소 4성 경지의 완성을 눈앞에 두고 있었다.

조용히 모래시계의 모래가 흘렀고 세 시진이 지났다.

반짝 눈꺼풀을 들어 올린 맹부요의 안광에는 이채가 돌고 있었다.

탁자 위에 있던 검을 집어 들어 기를 밀어 넣자 검신에서 푸르른 광채가 일었다. 파구소 4성 경지의 상징인 그 광채는 며칠 전보다 훨씬 순도 높은 색으로 아름답게 일렁이고 있었다.

"대성공!"

맹부요가 히죽 웃으며 침상에서 뛰어내렸다.

"누구 잡고 뽀뽀라도 해야 하나?"

찰싹. 맹부요가 자기 살을 한 대 치는 소리가 났다.

"헛생각 말자, 헛생각!"

이부자리에 퍼져 누운 그녀가 앞섶에서 통행패 세 개를 꺼내 만지작거리기 시작했다. 이만큼 모으기까지도 꽤나 품을 들였 더랬다.

오주대륙에는 알음알음 떠도는 전설이 있었다.

일곱 나라 통행패를 모아 대륙 최북단 적주까지 올라가면 나온다는 궁창국. 그리고 궁창국에서도 가장 비밀스럽고 출입이 어려운 장소라는 장청 신전.

그곳 장청 신전에는 세상 모든 고민과 어려움을 해결해 줄 신통력을 지닌 대현자가 있다는 것이었다.

맹부요에게 특별히 구제받을 만한 어려움은 없었다. 하지만 신통력의 도움을 받아야만 할 아주 큰 고민거리가 하나 있었다.

문제는 그 신전이 원한다고 아무나 갈 수 있는 장소가 아니라는 것이었다.

원래 다섯 개의 국가가 각각 하나의 주를 차지하고 있던 오주대륙이 치열한 영토 전쟁을 거쳐 지금의 7국 체제로 조각조각 갈리게 된 지도 어언 30년. 국경선이 굳어진 듯한 현재도 사실

물밑으로는 서로 호시탐탐 땅 따먹을 기회만 노리고 있었다.

대부분의 나라가 변경 부근에 병력을 주둔시켜 놓고 타국과의 왕래를 원천 차단 중이었다. 오죽하면 천살국에서 잘못 날려 온 깃털 한 장도 옆 나라 헌원국 영토 안에 떨어지는 순간 가루로 짓이겨지고 만다는 말이 있을까.

그래도 힘을 숭상하는 세계답게 힘 있는 자들의 편의만큼은 도모했다. 30년 전, 궁창을 제외한 나머지 여섯 나라가 대륙의 중앙인 형주 무극국에 모여 맹약을 체결했던 것이다.

맹약을 통해 당시 오주를 주름잡던 십대 강자에게 6개국의 상징적 영패를 한데 모은 '육국령六國令'을 발부해 각국 황궁과 궁창국을 제외한 그 어느 곳이든 자유롭게 이동할 수 있도록 했다.

속을 들춰 보자면 사실 이는 생색내기에 지나지 않았다.

그 정도 고수들이 까짓 영패가 없다고 가고 싶은 데를 못 갈까. 남의 궁에서 내시가 마마님 속곳 빨래하는 모양새까지 구경하던 양반들이 되레 체면에 발목만 잡힌 것이다.

물론, 지금 처지에 맹부요가 육국령을 탐내는 것은 어불성설. 그러나 한쪽 길이 막히면 다른 길을 찾으면 되는 법 아닌가.

지역별로 산출물이 큰 차이를 보이는 오주대륙에서 상업, 군사, 민생상의 필요를 충족하려면 각국은 서로 물자를 주고받을 수밖에 없었다. 게다가 근래 들어 국력 증진과 경제 발전에 있어 무역이 얼마나 중요한가에 다들 눈떠 가고 있던 참이었다.

그리하여 7국은 그 걸출한 재능을 천하에 떨치고 있는 무극 태자의 주도하에 5년 전부터 제한된 범위 안에서 통행부를 발행하여 고위 관료와 상인들이 우방국을 오갈 수 있도록 했고, 정치 및 상업상의 원활한 교류를 도모했다.

이 통행부는 일종의 외교적 특권 개념으로, 소유자는 통행 권한을 얻는 동시에 상대국 영내에서 당국으로부터 안전을 보장받을 수 있었다.

심지어 전시 상황에서도 그 권리는 그대로 유지되었다. 갑작스러운 무력 충돌이 발생해도 일단 통행부를 가진 상인들부터 곱게 국경 밖으로 모신 뒤에야 제대로 각을 잡고 싸울 수가 있었다.

단, 혹시 모를 악용에 대비해 통행부 발행은 매우 엄격한 관리하에 이뤄졌다. 발급 대상은 각국에서 독점적인 지위를 누리는 거상과 고위 외교 사절로 제한되었다. 이마저도 해당국 조정의 관료가 보증 서류를 써 줘야만 했다.

통행부 없이 타국의 국경을 넘는 행위는 현대 사회의 밀입국에 해당되는, 봉변당하기 딱 좋은 짓이었다. 현대에서나 강제 송환 정도로 끝나지, 여기서는 모가지가 날아갈 각오를 해야 했다.

복잡다단한 나라 간 정세에 겹겹 관문까지, 장청 신전으로 향하는 길은 멀고도 험난한바, 무작정 덤벼든다고 될 일이 아니었다.

위험한 여정을 조금이라도 더 길게 이어 가려면 최대한 많은 안전장치를 확보하는 게 관건이었다. 이에 맹부요는 정보를 입수한 직후 잽싸게 통행부 수집에 돌입했다.

두 달 전, 선기국 출신의 어느 거상이 태연에서 목재 사업을 해 보겠다고 화물 수십 수레를 끌고 나타났다. 거상은 객잔 하나를 통째로 빌려 현지에서 실력 좋기로 이름난 무림 문파에 경비를 맡겼다.

용맹스러운 호위병들이 환하게 등불이 밝혀진 객잔 복도를 지키기를 꼬박 하룻밤, 거상은 다음 날 아침 홀딱 발가벗겨진 채 발견되었으며 통행부는 어느 틈에 자취를 감춰 버렸다.

한 달 전, 헌원국에 사절로 파견된 조정 대신 사마예司馬睿는 호화로운 층층 누선樓船을 타고 원강沅江 물줄기 위를 우쭐우쭐 미끄러져 가고 있었다.

끊길 줄 모르는 악기 가락에 맞춰 무희의 요염한 춤사위가 뱃전에 나풀대니, 여정 내내 주위에서 쏟아진 부러움의 눈빛이 무수했다.

그런데 다음 날, 누선을 거의 침몰시킬 뻔한 비명과 함께 선실에서 뛰쳐나온 사마예가 부르짖었다.

'통행부가 사라졌다!'

배 위는 대번에 난장판이 됐다. 사마예는 군사를 풀어 강가를 봉쇄하고 주변 어촌까지 수색했다. 그러나 검문받은 이들의 숫자가 무색하게도 소득은 전혀 없었다.

강에서 사흘을 버티던 사마예는 도착 일이 늦어질 것이 두려워 결국 자진해서 조정에 처벌을 청했고, 몹시 의기소침해진 채로 원강을 떠야만 했다.

한편, 수행단으로 따라온 병사들이야 그다지 낙담할 이유가 없는지라, 수색 도중 만났던 뱃사공 여인이 생긴 건 그저 그래도 어탕 하나는 기똥차게 끓이더라며 그 와중에도 수다 꽃을 피웠다.

물론 국물도 끝내주고 생선도 싱싱했던 건 사실이었지마는, 뭉게뭉게 피어오르는 김에 가려 물고기 배 속에 뭐가 들었는지 알아챈 이는 아무도 없었다.

그런가 하면 며칠 전 현원산에서 얻은 수확은 순전히 맹부요의 운발이었다.

무리에서 낙오된 피라미 녀석이 허둥대고 있는 걸 산에서 우연히 마주쳤는데, 좀 수상하다 싶기에 때려눕혔더니 품속에서 떡하니 천살국 통행패가 나온 것이다.

지금까지 모은 영패는 헌원, 천살, 태연, 이렇게 셋. 훗날 일곱 나라 영패를 모두 모아 장청 신전에 당도하면 '칠국령'의 소유자로 인정받아 신관들의 도움을 더 쉽게 얻어 낼 수 있을는지도 몰랐다.

일곱 나라가 전부 화기애애한 관계는 아니기에, 한 나라 안에서 획득할 수 있는 통행패의 종류에는 당연히 한계가 있었다. 하나하나 조합을 확인해 보고 최적의 노선을 찾아야 할 문제였다.

각국 관계도를 그려 놓고 궁리에 궁리를 거듭하던 맹부요는 문득 통행령을 내놓으라며 살벌하게 덤벼들던 전북야를 떠올리고야 말았다. 앞날이 참으로 아득하구나 싶어 한숨이 절로 나왔다.

그런데 숨을 절반이나 뱉었을까, 대들보 위에서 또 다른 이의 한숨 소리가 들려왔다. 소스라친 맹부요는 탁자 위에 뒀던 통행패부터 옷섶에 쓸어 넣었다. 심장이 쿵쾅쿵쾅 뛰었다.

얼빠져서는! 사람이 있는 줄도 눈치 못 챘단 말이야?

가만, 생각해 보니 앞뒤가 안 맞았다.

여기 대들보는 높이가 엄청 낮은데, 누가 붙어 있었다면 못 봤을 리가?

고개를 들어 보니 아니나 다를까, 대들보 위에서 이빨을 희번덕 드러내고 있는 주인공은 '햄토리' 녀석이었다.

발끈한 맹부요가 쏘아붙였다.

"남이 한숨 쉬는 건 왜 따라 해? 요게 누구 간 떨어져서 죽는 꼴을 보려고!"

원보 대인은 상대할 가치를 못 느끼겠다는 표정이었다.

한바탕 원보 대인에게 퍼붓다 보니 뭔가 이상하다 싶은 생각이 드는지라, 맹부요가 중얼거렸다.

"동물이 한숨 쉰다는 말은 또 처음 들어 보는데……. 아얏!"

휙 고개를 쳐든 그녀가 원보 대인을 째려봤다.

"똑바로 불어! 너 방금 유독성 기체 방출했지?"

원보 대인이 한층 사납게 이를 드러냈다.

맹부요가 염치없이 유독성 기체나 방출하는 뚱땡이 생쥐 녀석을 굳은 얼굴로 노려보자, 그 눈길을 싹 무시하고 건들건들 뒤로 돈 원보 대인이 엉덩이를 통통 튕겼다.

원보 대인의 동작에 맞춰 꼬리 아래로 도르르 풀어져 내려 팔랑 펼쳐진 종이쪽지에는 작지만 멋들어진 글씨체로 문장 한 구절이 적혀 있었다.

벽을 타고 지붕에 올라 달빛을 맞으니, 인생사 이보다 흡족할 데가 있으랴.

쪽지를 떼어 내 몇 번이고 소리 내 읽어 보던 맹부요가 웃음을 터뜨렸다. 곧이어 거기에 부지런하게 몇 글자를 더 써넣은 그녀가 원보 대인을 향해 쪽지를 흔들어 보였다.

어디 보자, 하고 고개를 들이밀었던 원보 대인은 삐뚤빼뚤한 글씨체에 가차 없이 경멸을 드러내면서도 쪽지를 다시 매달 수 있도록 엉덩이를 돌려 줬다. 그런데 웬걸, 돌아온 건 쪽지가 아니라 콧잔등을 한 대 톡 때리는 손가락이었다.

쌩하니 쪽지를 도로 챙긴 맹부요는 깔깔대며 지붕 위로 사라져 버렸다.

지붕 위에서는 나른히 팔을 베고 누운 누군가가 백옥 잔을 빙글빙글 만지작거리며 달빛을 즐기는 중이었다.

시원한 밤바람이 감미로웠다. 가을 계화 향기에 국화향이 섞인 내음은 짙은 가운데에도 산뜻한 맛이 있었다.

짙푸른 처마 끝에서 눈길을 아래로 던지니 정원에 줄지어 선 계화나무가 보였다. 쌀알만 한 연노란 꽃송이들은 짧은 제 한 때가 이리 가는 것이 아쉬운지 어둠 속에서도 매혹적인 향내를 사방으로 흩뿌리고 있었다.

그러다가 한 번씩 바람을 타고 날아오른 잔꽃이 원소후의 뺨에 내려앉노라면 그의 옥석 같은 피부가 더욱이 매끄럽게 돋보이는 것이었다.

품 넓은 담색 옷자락이 바람결에 너울거렸다. 타고난 품격이 우아해서일까, 원소후는 아무 움직임 없이 그저 그곳에 있는 것만으로도 멋들어진 격조를 드러내고 있었다.

멀찍이 처마 끝에 선 맹부요는 현원산 동굴에서의 그 밤, 만신창이가 된 채로 눈에 담았던 달빛 아래의 검무를 떠올렸다.

바람결에 맹부요가 웃음 지었다. 계화 송이만큼이나 자잘한 미소는 찰나만 그녀의 입가에 머물렀다가 금세 사그라졌다.

그녀는 제자리에서 '쿵' 하고 발을 구르고는 큰 걸음으로 원소후에게 다가갔다. 그녀는 원소후의 옆에 있던 술병을 낚아채 그대로 목구멍에 들이부었다.

원소후는 그사이에 맹부요가 쪽지에 적어 놓은 뒷구절을 보고는 눈썹을 까딱하며 웃었다.

"묘를 파고 도굴하다 촛불이 꺼지니, 인생사 이보다 비통할 데가 있으랴."

맹부요는 술을 꿀꺽꿀꺽 넘기며 그날 무덤에서의 사고를, 똥침은 절대 안 된다던 뚱보의 비명을 떠올렸다.

그로부터 흐른 세월이 얼마던가. 오주대륙의 시간은 과연 원래 세계와 같은 속도로 흐르는 걸까. 엄마는 지금 어찌고 있는 건지…….

여기까지 생각하자 돌연 가슴이 욱신거렸다. 뭔가가 목구멍을 콱 틀어막는 것 같은 기분이 들었다. 맹부요는 급하게 술을 더 들이부었다.

이때 원소후의 낮게 깔린 목소리가 들려왔다.

"무덤을 팠었소?"

술기운에 몽롱하게 풀린 눈빛을 돌리며, 맹부요가 미소 지었다.

"뭐, 그런 셈이죠. 해골이랑 서로 반갑게 보는 사이였어요."

원소후가 깊이 생각에 잠긴 듯한 음성으로 말했다.

"형편이 퍽 곤궁했나 보오. 하나, 오주 귀족들의 무덤에는 기관이 즐비하거늘, 여인의 몸으로 거기를 어찌 들어간 거요?"

맹부요가 흠칫 어깨를 굳혔다.

할 말이 있고 못 할 말이 있는데, 하여튼 이놈의 술이 웬수지.

그녀는 잽싸게 화제를 돌렸다.

"그런데, 나 왜 도와준 거예요?"

짧은 정적.

맹부요는 대답을 재촉하는 대신 고개를 들어 하늘가 밝은 달을 올려다봤다. 맑은 달빛이 백옥 같았다. 다만 조금 차가워 보이는 점이 아쉬웠다.

"그 광경을 보았소."

애매한 표현이었으나 무엇을 말하는지는 두 사람 모두 잘 알았다.

"물론 결정적으로 나를 움직이게 한 것은 절벽에 매달려 있던 그대의 표정이었지만."

잠시 침묵이 흘렀다.

원소후는 빙긋이 웃으며 술잔을 입술로 가져갔다. 차고 맑은 액체 안에 그날 밤 소녀의 눈빛이 보였다. 그토록 예리하고도 싸늘하던.

소녀는 나이답지 않게 온갖 세상 풍파를 다 거쳐 온 양, 날카롭게 벼려진 얼음 같은 눈을 갖고 있었다.

여려 보이기만 하는 앳된 얼굴과 대비되는, 때로는 희미하게, 때로는 짙게 비치는 달관한 사람의 표정. 이 극과 극의 부조화에 원소후는 누군가가 심장을 비틀어 짜는 듯한 저릿함을 느꼈었다. 낯선 이의 눈빛에 가슴까지 아플 것은 또 무언지, 당시에는 자신의 감정이 의아하기도 했다.

"아⋯⋯."

박자를 살짝 놓친 대답이었다. 맹부요의 목소리가 평소 같지 않게 흔들렸다.

"어쨌든 고마워요! 이 은혜는, 언젠가 꼭 갚을게요."

이 한마디를 뱉는 데 들어간 술이 무려 네 모금. 세 번에 나눠 뱉어서야 겨우 문장에 마침표를 찍을 수가 있었다.

술잔을 빙글빙글 돌리던 원소후의 손길이 멈칫하는가 싶더니 다시금 움직이기 시작했다. 그의 기품 있는 얼굴에서는 아무런 표정 변화가 드러나지 않았다. 말투 역시 그대로였다.

"그리하시오."

불안한 듯 귀를 쫑긋 세우고 있다가 움찔한 맹부요의 고개가 자기도 모르게 그를 향해 돌아갔다.

그게 다야? 끝?

다음 순간, 반쯤 돌아갔던 고개가 억지로 원위치로 돌아왔다. 순간적으로 얼마나 힘을 썼는지 목뼈에서 '우두둑' 소리가 났을 정도였다. 여기서 당황한 기색을 내보일 수는 없었다.

차라리…… 잘된 일.

피식 웃고 난 맹부요가 술을 꿀꺽꿀꺽 넘겼다.

술병이 절반쯤이나 비었을까, 원소후가 돌연 맹부요의 손을 붙잡으며 나지막이 말했다.

"그만."

맹부요의 고개가 갸웃 넘어갔다.

"음?"

바람에 흩날리는 머리카락 아래 술기운에 달아오른 뺨이 발그레했다. 항상 또랑또랑하던 눈동자가 지금만큼은 나른히 풀려 있었다. 한 겹 연무를 두른 듯한 그 자태가 이슬 맺힌 작약인 양 아리따웠다.

일렁이는 눈으로 그녀를 바라보던 원소후가 곧 평정을 되찾고는 싱긋 웃었다.

"보시오."

원소후가 가리키는 방향으로 멍하니 눈을 옮긴 맹부요는 객잔 앞의 큰길을 빠른 속도로 질주하는 기마병 몇을 발견했다. 대단히 다급한 일이 있는지, 말들은 화살처럼 어둠을 가르고 눈 깜짝할 사이에 큰길 끝으로 사라졌다.

처마 위에 배를 깔고 엎드린 맹부요가 조용히 물었다.

"뭐 하는 자들인데요?"

"제심의 휘하의 비밀 부대. 그와 각처에 흩어져 있는 세력들 간의 연락원 겸 지령을 하달하는 역할을 맡고 있지."

"무극국 사람이 어떻게 그런 것까지 알아요?"

맹부요가 고개를 돌려 그를 쳐다봤다. 어둠 속에서 눈동자가 기민하게 빛나고 있었다.

"무극 태자의 상양궁上陽宮에서 첩보를 관리하는 막료 신분이라오."

"무극 태자요?"

맹부요가 픽 웃었다.

"오주대륙에 오고 나서 귀에 딱지가 앉도록 들었던 이름이네요. 무극 황실에, 하늘이 점지해 주신 절세의 신동에, 잘나기가 세상에 따를 자가 없고, 똑똑하기는 또 이 세상 똑똑함이 아니고……. 그게 어디, 사람이에요?"

여기까지 내뱉고 나자 맹부요는 어렴풋이 스치는 생각이 있었으나 너무 빠르게 지나가 버린 통에 제대로 살필 겨를이 없었다.

희미하게 미소 짓던 원소후가 짧지만 의미심장하게 답했다.

"사람이오."

잠시 뜸을 들이던 그의 입에서 갑자기 침중해진 목소리가 나왔다.

"부요, 연경에는 곧 큰 혼란이 닥칠 거요. 성안에서부터는 아마 함께 움직이기 어려울 터인데, 자신을 잘 돌볼 수 있겠소?"

맹부요가 그를 향해 몸을 틀었다.

원소후는 어지간해서는 저렇게 심각한 표정을 짓지 않는 사람이었다. 하지만 그렇다고 연경행을 포기할 수는 없었다.

황제의 탄신 축하연에는 외국 사신과 고관대작들이 운집할 터, 통행령을 손에 넣을 절호의 기회였다.

게다가 몇몇 나라는 태연까지 오려면 국경을 두 번 이상 넘어야 했다. 중간에 반드시 무극국을 거쳐서 와야만 하는 부풍처럼.

그러니 운만 따라 주면 이번 기회에 통행령을 얼추 다 모을 수 있을는지도 몰랐다.

"어차피 그쪽한테 평생 빌붙을 작정은 아니었어요."

옷을 툭툭 털어 낸 맹부요가 지붕 아래로 향했다.

"알아서 할 테니까 걱정하지 말아요."

겁도, 미련도 없이 돌아서는 그녀의 뒷모습을 바라보며 원소후는 생각에 잠긴 기색이었다.

저 멀리 하늘가에서는 한 줄기 불그스름한 빛이 고개를 내밀려 하고 있었다. 이제 곧 여명이 밝으리라.

경犬수무강

여명을 앞두었으나 폭풍우 역시 도래하기 직전이었다.

말을 끌고 연경 성문을 통과할 때까지만 해도 은근히 긴장했던 맹부요는 너른 거리를 메운 인파의 북적임을, 그 일상적인 평온함을 본 순간 마음이 탁 놓이는 걸 느꼈다.

겁날 게 뭐 있어서? 태연 황실이 뒤집히든 말든, 그게 하루하루 입에 풀칠하며 사는 소시민이 알 바던가?

황제의 쉰 살 탄신일이 코앞이라 나라 전역이 축제 분위기였다. 전국 각지에 사찰을 짓고 축원문을 외는 행사가 한창이요, 장인들의 솜씨가 담긴 무늬 천으로 번화가 양편을 주렁주렁 장식한 연경은 도시 전체가 화려한 아름다움으로 빛나고 있었다.

원소후와는 성문 10리 밖에서 헤어졌다. 그가 하려는 일에 끼어드는 게 자신에게 득이 될지 해가 될지 알 수 없는 상황이었다.

그녀는 미련 없이 단독 행동을 택했다. 헤어질 때 원소후는 평소와 전혀 다를 바 없는 얼굴이었다. 깊은 바다와도 같은 눈동자 속에는 엷은 웃음기만 떠돌고 있었을 뿐, 속내는 드러나 보이지 않았다.

그에 반해 원보 대인은 득의양양 신이 나서 이리 뛰고 저리 뛰고 난리도 아니었다. 드디어 찰거머리를 떼어 내 퍽도 홀가분한 모양새였다.

발끈한 맹부요가 녀석의 엉덩이 털 세 가닥을 잡아 뽑고는 '이별 기념'이라는 그럴싸한 명분을 댔다.

제까짓 녀석이 앙심을 품어 봤자지.

객잔에 짐을 푼 맹부요는 거리 구경에 나섰다. 이쪽 가서 가면을 하나 사고, 저쪽 가서 설탕과자를 하나 집고. 시간을 죽이기에는 완벽한 환경이었다. 얼마 안 가 손이 그득그득 무거워졌다.

예쁘장하게 빚은 찹쌀 반죽 주전부리를 하나 입에 물고 객잔으로 돌아가려는데 저만치에 인파 사이를 요리조리 헤집고 다니는 요신이 보였다. 십중팔구 '작업' 중이겠거니 하는 생각에 피식 웃음이 터졌다.

그 웃음 탓에 맹부요는 모퉁이를 돌면서도 주변을 미처 신경 쓰지 못했다. 모퉁이를 돌자마자 갑자기 말발굽 소리가 들리더니 하얀 그림자가 시야로 달려 들어왔다.

그녀를 덮친 것은 거리를 질주하던 말이었다. 사나운 말이 앞을 가로막는 장애물을 걷어찰 기세로 발굽을 들어 올렸다.

행인들이 기겁하는 소리가 여기저기서 터져 나온 것과 동시에 말을 몰던 자가 급히 소리쳤다.

"백전白電! 안 돼!"

고개를 든 맹부요는 이미 목전까지 와 있는 백마의 발굽을 발견했다. 반사적으로 말굽을 베어 버리려던 그때, 잘 빠진 말의 의젓한 자태가 눈에 들어왔다. 아깝다는 생각에 팔을 거둬들인 그녀는 보따리를 끌어안고 몸을 날려 단번에 말 등에 올라탔다.

말을 몰던 자는 영 소란스러운 제 속내에 정신이 팔린 채로 달리다가 사고를 칠 뻔한 상황이었다. 실로 후회가 막심하던 참인데, 밑에 있던 여자가 돌연 뛰어올라 사뿐히 자기 뒤에 앉는 게 아닌가.

"앗!"

놀라 비명이 절로 나왔다. 뒤를 돌아봤을 때, 그는 다시 한번 비명을 뱉고 말았다.

동시에 맹부요의 입에서도 똑같이.

"앗!"

하는 소리가 나왔다.

온화한 분위기에 수려한 이목구비, 기품까지 넘치는 말 위의 청년은 다름이 아니라 '귀하신 견공'과의 혼례를 앞둔 첫사랑이 아니신가?

맹부요의 눈이 가늘어졌다. 세상 참 좁고, 원수는 꼭 외나무다리에서 만난다더니. 신수가 훤해 보이는 게 아주 잘 먹고 잘

살았던 모양이었다.

이는 연경진이 들었으면 피를 토했을 소리였다. 그는 분명 초췌한 얼굴에 반쯤은 넋이 나간 모양새였다.

오늘도 부친에게서 협박에 가까운 훈계를 듣고 나오던 길. 오매불망 그녀 생각에 속이 복잡해 말고삐 단속도 제대로 못 했거늘, 그게 맹부요의 눈에 가서는 신수 훤한 꼴로 둔갑한 것이다.

하지만 그딴 사정은 맹부요의 관심사 밖이었다. 갈라선 판에 네놈이 나보다 신세 좋은 꼴은 배알이 뒤틀려서 못 본다는 지론을 가진 맹부요는 화색이 도는 연경진의 낯짝에 비위가 팍 상해 말에서 내리려 했다.

그런데 생각을 미처 실행에 옮기기도 전에 난데없이 손목을 붙잡히고 말았다.

맹부요가 고개를 틀었다. 연경진의 얼굴이 아닌 자신의 손목을 내려다보며, 그녀가 싸늘하게 말했다.

"놔!"

잠시 망설이던 연경진은 그날 현원산에서 그녀가 얼마나 가차 없었는가를 떠올리고는 머쓱하니 손을 거둬들였다. 그가 조용히 입을 열었다.

"부요……."

거들떠보지도 않는 상대방 때문에 연경진은 피가 말랐다. 맹부요의 앞으로 팔을 쑥 뻗은 그가 이를 악물고 말했다.

"부요, 잠깐만 좀 들어 봐. 이대로 갈 거면 내 팔을 자르고 가든지!"

자기 앞을 가로막은 팔뚝을 찌푸린 채 쳐다보던 맹부요가 주변을 둘러싼 구경꾼들에게로 눈을 돌리더니 픽 코웃음을 쳤다.

"이 도련님이 머리 한번 잘 굴리시네. 보는 눈이 이렇게 많은 데서 팔을 자르라니? 내 무덤 내 손으로 파라는 소리밖에 더 돼?"

"그런 뜻 아니야!"

팔을 내린 연경진이 집요하게 시선을 맞췄다.

"부요, 우리 어디 앉아서 대화 좀 하자, 응?"

"지껄일 헛소리 있으면 그냥 여기서 지껄여!"

맹부요가 자세를 바꿔 말 등 위에 쪼그리고 앉았다. 네놈이랑 사이좋게, 나란히 앉기 끔찍하다 이거였다.

말 등에 망측하게 올라앉은 소녀에게로 행인들의 눈길이 모아졌다. 그러나 맹부요는 주변의 손가락질을 깨끗이 무시했다.

그 괴상망측한 자세에 한숨을 푹 내쉰 연경진은 말을 천천히 몰아 큰길가를 벗어났다. 인적 드문 골목길에 접어든 후, 그가 낮게 깔린 목소리로 운을 뗐다.

"부요, 나라고 집안 뜻에 떠밀려 배원하고 혼인하는 게 좋겠어? 그간 내 속이 얼마나 문드러졌는지……."

"끝났어? 잘 들었고!"

말을 뚝 자른 맹부요가 말에서 뛰어내릴 자세를 취했다.

"아니!"

다급해진 연경진은 애절한 심경 고백을 관두고 다다다 말을 쏟아 내기 시작했다.

"아버지가 혼인을 밀어붙이는 건 배씨 집안이 가진 일류무공 뇌동결雷動訣이 주된 연유야. 아버지는 내가 뇌동결과 우리 가문의 검법을 합쳐 진무대회에서 두각을 드러내길 기대……."

"그게 나랑 무슨 상관인데?"

맹부요가 하품을 했다.

"그러니까 그게……."

이를 악문 연경진이 목소리를 한층 더 깔았다.

"실은 숨은 의중이 더 있어. 배씨 집안이 뇌동결을 가졌다면 혹시나 파구소도 보유하고 있을지 모른다는 거지. 천둥이 아무리 세찬들 결국 그 발원지는 구소九霄이고, 산을 쪼개고 바다를 가를 힘을 가졌다 한들 가없이 드넓은 하늘에 비할 수는 없는 법. 파구소의 가치를 생각하면 그 존재를 외부에 함구 중일 가능성도 충분해. 혼인이 성립되고 나서야 이야기를 꺼낼지도……. 부요, 태연은 무를 숭상하는 나라야. 음으로 양으로 세력 간의 다툼이 끊이지 않는 이 나라에서 난 한 가문의 후계자로 태어났어. 가문 전체의 존망이 내 어깨에 달려 있다고. 진무대회 우승이 나한테는 너무 중요……."

"파구소라고 했어?"

설렁설렁 걸러 듣던 맹부요가 홀연 웃음을 뱉었다.

연경진은 그녀의 눈빛에서 영문을 알 수 없는 연민과 함께 엷은 조소를 읽어 냈으나, 맹부요는 금세 원래의 시큰둥한 태도로 돌아왔다.

"부요……."

"알았어, 이해한다고. 납득했다니까!"

맹부요가 불쑥 팔을 뻗어 연경진의 어깨를 퍽퍽 두드렸다.

"할 말 다 했어? 심경 토로 끝난 거지? 어디 하소연할 데 없던 설움과 부담감도 이제 다 털어 냈겠네? 그래, 그래, 접수했어. 뇌동결, 파구소, 진무대회 이렇게 셋을 다 더하면 답으로 배원과의 혼인이 나온다는 거잖아."

웃음 짓는 맹부요의 눈이 별처럼 반짝반짝했다.

"아버지가 아주 식견 있는 분이시네. 암, 내가 보기에도 파구소는 십중팔구 그 집안이 쥐고 있는 것 같으니까 얼른 장가가. 부디 거시기 멀쩡히 달고도 익힐 수 있는 신공이길 빌어 줄게!"

"부요!"

이를 꽉 깨물고 그녀를 붙잡은 연경진이 애타게 말했다.

"부요, 괴로운 거 알아. 날 떠나보내고 많이 힘들었겠지. 일부러 화를 돋우려는 건 알겠는데 왜 그렇게까지 해? 왜 그런 말로 스스로를 상처 주느냐고……."

"하! 내가 괴로워? 많이 힘들어? 일부러 화를 돋워? 내가 나한테 상처를 줘?"

급기야 맹부요는 눈이 몰리도록 자기 코에다 대고 삿대질을 해 댔다.

야, 연경진. 착각이 너무 심한 거 아니야? 그래, 한때 뭐가 있기는 있었던 사이지. 나도 좋아는 했었다만, 그게 사랑 수준까지는 아니었을 텐데? 한참 양보해서 사랑이었다 쳐도 이 맹부요가 그렇게까지 질척일 사람은 아니란 말이다! 내가 지금 미련을 못 버려서 괜한 앙탈 부리는 거로 보여? 깔끔하게 손 떼고 돌아서는 게 네 눈에는 다 연기 같니?

맹부요가 갑갑해 돌아가시겠다는 얼굴로 하늘을 올려다봤다.

한편, 연경진의 눈에 비친 그녀의 침묵은 곧 애달픔의 방증이었다. 일순 눈에서 번쩍 불꽃이 튄 그가 용기백배하여 다음 말을 이었다.

"부요, 조금만 기다려 줘. 혼인해서 뇌동결과 파구소만 손에 넣으면 그 뒤는…… 배원이 원하는 대로는 안 될 거야. 배원한테 손끝 하나 대지 않는다고 맹세할게. 훗날……, 훗날, 연씨 집안을 우리 둘이서 차지하는 거야!"

"……."

옳거니! 그거참 대단한 꾀요, 훌륭한 계산이로세! 이런 잠재력과 상상력의 소유자인 걸 예전에는 왜 미처 몰랐을꼬?

짧은 침묵 끝에, 맹부요가 웃어 버렸다.

말 등에 쪼그리고 앉은 그녀의 웃음은 퍽 해사했다. 체통 없는 자세 따위는 그 티 없이 맑은 아름다움에 가려 금세 존재감을 잃었을 만큼.

"우리 경진 도련님, 내가 확실히 보증하는데, 연씨 집안은 영영 너하고 네 '귀하신 견공' 차지일 거야. 그 견공 자리에 대신 들어가겠다는 사람은 절대 안 나타날걸. 워낙 재수 옴 붙은 자리라서."

품 안을 뒤적여 먹다 남은 찹쌀 반죽 주전부리를 꺼낸 맹부요가 반죽을 조물조물 동물 모양으로 주물러서 멍하니 있는 연경진의 손에 쥐여 줬다.

"백년해로하고 견수무강하길 빌게!"

맹부요가 아래로 뛰어내리는 김에 말의 배를 한 대 걷어차자, 놀란 준마가 땅을 박차고 앞으로 튀어 나갔다.

허겁지겁 고삐를 당긴 연경진이 가까스로 말을 세우고 뒤를 돌아봤을 때는 이미 늦었다. 그녀는 흔적도 없이 사라진 뒤였다.

연경진이 소리 없이 한숨을 흘렸다. 다시 만난 부요는 현원검파에서 본모습을 숨기고 지낼 때와는 완전히 다른 사람이 되어 있었다.

불꽃처럼 붉게 피어난 한 떨기 풍신화[21]만큼이나 화려하게 빛나는 자태. 본래는 그의 눈길이 머무는 지적에 피어 그의 미소에 한들거리던 꽃이건만. 이제 한층 농염하게 피어난 그 꽃은 더 이상 그 혼자만의 차지가 아니었다.

꽃은 꺾을 수 있는 시절에 꺾어야 하거늘. 그는 가장 아름다운 한때를, 그 꽃송이를 자기 것으로 할 기회를 헛되이 놓쳐 버리고 말았다.

하여, 이대로 일생을 한 귀퉁이에 내쳐져 그녀가 다른 이를 위해 피고 지는 모습을 지켜봐야만 한단 말인가?

아니⋯⋯, 그럴 수는 없어⋯⋯. 분명 용서해 줄 거야⋯⋯.

그 악력으로 난장판인 속내까지 다잡아 보려는 양, 주먹을

---

21 히아신스.

꼭 틀어쥐었던 연경진은 그제야 맹부요가 떠나면서 쥐여 주고 간 물건의 존재를 떠올리고 고개를 숙였다.

하마터면 납작하게 찌부러질 뻔한 찹쌀 반죽은 못생긴 개 두 마리의 모양을 하고 있었다.

사내를 쫓아 길바닥을 누비다

"질 떨어지게 진짜. 껍데기만 번드르르하지, 속은 썩어 빠진 저런 게 그때는 어디가 좋았지?"

구시렁대며 객잔으로 돌아가는 길이었다. 맹부요는 본인의 안목에 실망감이 이만저만이 아니었다.

당초 그녀의 눈에 비친 연경진은 다정다감하고 품행 방정한 소년이었다. 승부욕이 좀 과하고 체면에 집착하는 면은 있었지만, 명문 세가의 후계자로 태어나 어려서부터 받은 가르침이 있을 테니 그 정도는 흠이라 할 수도 없었다.

그랬던 자식이, 어디서 꾀랍시고 아주 졸렬한 걸 갖다가 들이대냔 말이다. 두 여자를 얼마나 우습게 봤으면.

생각할수록 기가 차서 목이 다 멨다.

그날 밤에도 맹부요의 연공은 이어졌다. 내공을 전체적으로 한 바퀴 운행하자 벽옥같이 푸른 광채가 피어올라 그녀를 은은히 에워쌌다.

푸른빛에 잠긴 채, 낮에 연경진이 호소하던 '고충'을 떠올린 맹부요는 피식 실소를 흘렸다.

다음 날, 제심의의 행렬이 연경에 당도했다. 기녀들을 가득 실은 마차가 간드러진 웃음소리와 음악 소리를 거리에 질펀히 흘리고 지났다. 행인들은 그 방탕한 꼬락서니에 하나같이 가자미눈들을 떴다.

황자의 방탕한 행차를 구경하는 인파 사이에는 길에 서서 국수를 사 먹던 맹부요도 끼어 있었다. 잡기단과 기녀들을 가득 태운 마차를 눈으로 찬찬히 훑은 그녀는 조용히 입꼬리를 비틀어 올렸다.

행렬 중간에 낀 가마가 시야에 들어온 찰나, 그녀의 얼굴에서 웃음기가 엷어졌다. 배원이 탄 가마였다.

새하얀 준마 한 필이 가마 오른편에서 바짝 따르고 있었다. 처음에는 무심히 보아 넘겼던 말에 다시 한번 눈길이 갔다. 그 즉시 그녀의 눈동자에 조소가 스쳤다.

연경진이 아니면 누구겠는가? 정성도 갸륵하여라. 미래의 부인, 배원 군주께서 오신다고 얼마나 먼 길을 한달음에 달려 나갔을꼬?

이제는 맹부요도 배원의 신분을 똑똑히 알고 있었다.

의안儀安 장공주와 대장군 배세훈裴世勳 사이의 금지옥엽.

그 배세훈의 누이동생이 바로 일찍이 입궁해 제심의를 낳은

임비琳妃였다.

명성明成 군주로 책봉받은 배원은 황실에서 원 군주라는 호칭으로 통했으며, 의안 공주의 외동딸로서 지극한 총애를 받고 있었다.

휘장이 길게 늘어진 가마를 가만히 응시하던 맹부요의 눈이 이내 살짝 넋이 나가 보이는 연경진에게로 옮겨 갔다.

연경진, 네 '귀하신 견공' 말이야. 지금도 자랑스럽게 밖에 내돌릴 수 있겠어?

두 남녀에게 큰 흥미가 없는 맹부요는 미련 없이 돌아서 객잔으로 향했다. 그녀가 묵고 있는 객잔은 주루와 한데 붙어 있는 구조였다.

주루를 가로지르는데 손님들이 시끄럽게 떠드는 소리가 들렸다.

"그거 들었어? 배씨 집안이 요새 조정 안팎에서 아주 그냥 대놓고 운씨 집안을 족치고 있다는 거야. 요 며칠 사이에 작살낸 전장錢莊이 세 군데, 전당포가 다섯 군데, 포목점이 일곱 군데야. 윤천성允川城 장원에서 소작농들이 똥값에 빼앗아 간 땅을 뱉어 내라고 들고일어난 거 알아? 그것도 배씨 가문에서 뒷돈 주고 시킨 거래. 거기다가 비위를 고해바친답시고 패거리들이 어전에 몰려가기까지 했다잖아. 거참! 살벌하더구먼!"

"옛날부터 앙숙이었어도 이렇게까지 판을 시끄럽게 벌인 적은 없었는데 갑자기 어떻게 된 거래?"

"자세히는 몰라도 운씨 집안에서 먼저 치사한 수를 썼다는 것 같지…….."

"아하! 그래도 그렇지, 운씨 집안에서는 그냥 당하고만 있는 거야?"

"위세가 예전만 못하니까. 그 집 어르신이 옛날에는 황궁 살림을 혼자 다 챙기다시피 했지. 황제 폐하랑 제일 가까운 위치였으니. 그러다가 딱하게도…… 미운털이 박히는 바람에 맡은 일이 점점 줄다가 지금은 신궁信宮 한 군데만 관리하고 있잖아. 거기야 뭐 그냥 냉궁인데."

"누구한테 미운털이 박혔길래?"

신나게 떠들던 자가 돌연 입을 딱 다물고 하늘을 가리키자 다들 알 만하다는 표정을 지었다.

지켜보던 맹부요가 피식 웃었다. 저잣거리의 뜬소문 중에도 가끔은 고급 정보가 있구나 싶었다.

사람들 사이를 지나쳐 위층 객방으로 통하는 층계를 절반쯤 올랐을까, 바깥이 어째 소란하다 싶더니 여자의 찢어지는 목소리가 날아들었다. 꽤 멀리서 나는 소리인 듯하건만, 주루 안의 시끌벅적함이 단번에 묻힐 정도의 성량이었다.

"아, 거기 서라니까!"

고개를 돌린 손님들은 대로 저 끝에서부터 한 마리 흑룡 같은 회오리바람이 몰아닥치는 광경을 목격했다.

회오리가 흙먼지를 자욱이 일으키고 지나간 자리에는 엉덩방아를 찧는 행인들이며 벌렁 뒤집힌 말들이 속출했다. 노점에서 팔던 찐빵과 달걀도 우르르 쏟아져 바닥을 나뒹굴었다.

마침 국수 노점 앞에 있던 요신이 국물 맛 한번 보기도 전에 날아가 버린 국수 사발에 격분하여 뒤를 쫓으려던 찰나, 회오리에서 쏘아져 나온 은자가 정확히 그의 주둥이를 틀어막았다.

목구멍까지 올라온 쌍욕을 그대로 삼켜야 했던 요신은 일단 은자부터 끄집어내려고 했다. 그런데 이 튼실한 놈이 입 평수에 꽉 끼어 도무지 빠질 생각을 안 하는 것이었다.

갖은 애를 쓴 끝에 겨우 좀 끄떡끄떡하나 싶었는데, 이때 등 뒤에서 총천연색 회오리바람 하나가 또 다짜고짜 휘몰아쳐 요신을 퍽 치받았다. 그 충격에 이빨에 끼어 있던 은자가 '뽕' 하고 빠지더니 흥건한 침과 부러진 이 반쪽을 벗하여 땅바닥에 처박혔다.

얼빠진 요신이 몸을 일으켰을 때, 총천연색 회오리는 찐빵과 달걀노른자만 치덕치덕 짓이겨 놓고 저만치 악을 쓰며 멀어져 가고 있었다.

"좀! 거기 서라고!"

흑색 회오리는 그 소리를 듣고도 속도를 늦추지 않고 곧장 주루로 뛰어들었다. 그 날아드는 기세가 포탄 저리 가라인지라, 주루 안에 있던 이들은 살겠다고 다들 우르르 자리를 박차고 일어나 몸을 피했다.

출입문을 뻥 날리고 들어온 회오리가 드디어 주루 정중앙에 멈춰 섰다. 휘날리던 흑발과 검은 옷자락이 차분히 내려앉자 거칠게 휘몰아치던 기운은 이내 깊이 있게 굳건해졌다. 날듯이 질주할 때의 그는 폭풍이요, 묵묵히 멈춰 선 그는 반석이었다.

그가 들어온 직후, 총천연색 회오리바람 역시 주루 입구에 당도했다. 손짓 한 번으로 저만치 떨어져 있던 걸상을 끌어와 입구를 떡하니 막은 회오리의 주인공이 생글생글 웃으며 긴 걸상 위에 버티고 앉았다. 앞서 들어온 남자가 도망치려 할 때를 대비한 조처인 듯했다.

활짝 열린 출입문으로 쏟아져 들어온 햇빛이 걸상에 앉은 소녀를 비췄다. 저도 모르게 그쪽으로 고개를 돌렸던 손님들이 소녀가 몸에 두른 색채의 현란함에 다 같이 눈을 찌푸렸다가, 이어서 너도나도 감탄을 뱉었다.

살다 살다 사람이 저렇게 알록달록한 건 내 또 처음 보는구먼!

상의는 연분홍색, 비스듬히 걷어 올려 허리춤에 끼운 치마는 빨간색, 그 아래로 드러난 바지는 무려 녹색과 보라색이 반반. 딱 봐도 태연국 물건은 아닌 황금색 신발은 살짝 말려 올라간 앞코에 엄지손가락만 한 홍옥과 녹옥을 주렁주렁 달고 있었다.

소녀는 아직 성년례도 치르지 않은 앳된 모습이었다. 조막만 한 얼굴에 살포시 들려 올라간 코끝과 선명하게 붉은 입술, 갈색빛이 도는 눈동자가 윤기 나는 벌꿀색 피부와 찰떡같은 조화를 이루고 있었다.

아직은 어려도 훗날에는 분명 대단한 미녀로 자라날 것 같았다. 하얗고 가냘픈 태연의 여인들과 달리 소녀에게서는 해풍처럼 거칠 것 없는 자유로움이 느껴졌다.

머리 모양 또한 평범한 올림머리가 아니었으니, 독특한 적갈색 머리카락을 일고여덟 가닥으로 땋아 사이사이에 신기하게 생긴 장신구를 잔뜩 달고 있었다.

뭐 저런 괴상한 차림새가 있느냐는 눈길이 쏟아지는 가운데도 소녀는 부끄러워하기는커녕 당당하게 턱을 치켜들고 씩 웃음 지었다. 그 웃음은 주루 가운데에 서 있는, 붉은 테두리를 덧댄 흑색 비단옷 차림의 남자를 향한 것이었다.

"딱 붙들렸지? 내가 악해의 바다 괴물도 아니고, 뭘 그렇게 죽자 사자 도망쳐?"

미간을 찌푸리며 소녀를 돌아본 남자가 콧방귀를 뀌었다.

"아란주雅蘭珠, 네가 그러고도 여자냐? 사내 뒤를 쫓아 온 시장 바닥을 돌아다니다니!"

주루 손님들은 그제야 남자의 진한 이목구비를 확인할 수 있었다. 눈매도 눈썹도 아주 뚜렷한, 언뜻 과하다 싶을 만큼 선이 강한 얼굴이었다.

하지만 그가 온몸으로 서슬 퍼렇게 발산하는 야성을 직접 목도하고 나면 '그래, 응당 저런 얼굴이어야지.' 하고 납득이 가는 것이었다.

그가 장내를 훑어보자 자리에 있던 사람들이 몸서리를 쳤다. 그의 눈길은 정면에서 덮쳐 오는 검고도 묵직한 칼날이었다. 또는 천지의 구분이 무너져 내리는 가운데 무시무시한 기세로 구중천을 쪼개는 천둥이었다.

한편, 층계 중간에 선 맹부요는 그만 숨을 '힉' 들이켜고야 말았으니.

저 얼굴은 분명, 전북야였다.

그날 밤 전북야는 이쪽저쪽 상대할 적수가 많아 맹부요에게는 미처 주의를 기울이지 못했으나, 맹부요는 그의 인상착의를 대충이나마 봐 뒀었다. 안 그래도 눈에 콱 박히게 생긴 얼굴을 이 환한 대낮에 다시 마주했으니 못 알아보려야 못 알아볼 수가 있나.

상대의 정체를 알게 된 순간부터 맹부요는 당장 내빼지 못해 애가 바싹바싹 탔지만, 이 얼어붙은 분위기에서 함부로 움직였다가는 불필요한 주의만 끌 게 뻔했다.

이 시각, 층계 아래의 대화는 아직 진행형이었다.

"아니, 도망은 왜 쳤냐니까?"

"그러는 너는 왜 쫓아오는데?"

"내가 좋아서 쫓아다니겠다는데, 뭐!"

"경공 수련 중이었다, 왜!"

푸흡, 엄청난 속도로 진행되던 대화 중간에 누군가의 웃음소리가 끼어들자 소녀의 커다란 눈이 대번에 그쪽을 노려봤다.

소녀는 매우 멋진 눈썹을 갖고 있었다. 끄트머리는 칼날로 날린 양 예리하면서도 전체적으로 모양이 아주 섬세하게 빠져 흡사 선이 아리따운 단검을 보는 듯했다. 다만, 나이가 나이인지라 아무리 눈을 희번덕 떠 봐야 살기가 돌기는커녕 되레 깜찍함만 더해질 따름이었다.

흥이 오른 구경꾼들이 급기야 말참견을 시작했다.

"이보시오, 소저. 아무리 좋아서 쫓아다닌들 그럴듯한 이유는 하나 대야 할 것 아니오!"

"옳소! 말만 한 처녀가 사내 뒤를 쫓아다니다니, 우리 태연에서는 처음 있는 일이거든!"

"이 몸은 항상 첫 번째였단 말씀!"

소녀가 오만하게 턱을 쳐들었다.

"아버지가 그러셨지, 경쟁을 할 바에는 반드시 첫 번째가 되라고. 두 번째부터는 다 떨거지 신세니까!"

그녀의 손가락이 전북야의 냉소 띤 얼굴을 척 가리켰다.

"계속 쫓아다닐 거야! 내 사내로 만들고야 말겠어!"

가히 충격적인 소녀의 언사에 일순 침묵에 빠졌던 장내가 얼마 안 가 여기저기서 터져 나오는 폭소로 다시 떠들썩해졌다.

뒤쪽에 있던 손님들은 앞으로 나오느라 난리였다. 연경 한복판 주루에서 기함할 소리를 외친 여인이 누구인지 구경도 할 겸, 내처 그 복 터진 행운남의 얼굴도 확인하고 싶어서였다.

맹부요의 입가에도 미소가 맺혔다. 기가 막히게 잘 어울리는 한 쌍이 아닌가.

다음 순간, 슬그머니 주루 안으로 들어서는 요신을 포착한 그녀가 얼른 수신호를 보냈다. 그러나 돌아온 건 낯빛이 확 변한 채 절레절레 도리질을 치는 요신의 모습이었다.

맹부요의 어깨가 일순 움찔했다. 소녀가 아무래도 부풍국 출신인 것 같길래 통행령을 지니고 있는지 확인해 볼 요량이었건만, 뭐가 그리 무서운지 요신이 몸을 사릴 줄이야.

잠시 머리를 굴리던 그녀가 시끄러운 틈에 자리를 피하려던 때였다. 이런 식의 술래잡기에 드디어 진절머리가 난 건지, 전북야가 돌연 입을 열었다.

"아란주, 여인으로서 사내의 첫 번째가 되어야 한다는 말은 부친께서 안 하시던가?"

"했어!"

"좋아."

전북야가 회심의 미소를 지었다. 웃음기가 날 선 모습을 누그러뜨리고 대신 그를 쾌활한 청년같이 만들어 주었다.

"내 첫 번째는 이미 다른 여자가 차지했다. 넌 한발 늦었어!"

"누군데?"

당장에 걸상 위로 뛰어오른 아란주가 눈을 부라리며 소매를 걷어붙였다.

"누구냐고! 누구냐니까!"

제대로 쳐다보지도 않고 손끝으로 공중에 원을 그리던 전북야가 마지막으로 한 지점을 가리켰다.

"바로 저기!"

시중 잘 받았수다

약속이나 한 듯 일제히 고개를 돌린 손님들 사이에서 '오오' 소리가 터져 나왔다.

전북야의 손끝을 따라 커다란 눈망울을 옮긴 아란주는 곧 눈을 가늘게 떴다.

요신은 입을 쩍 벌리고 한참을 굳어 있다가 주르륵 침을 흘리고서야 황급히 턱을 다물었다. 주위를 살피며 머쓱하게 입가를 훔쳐 낸 그는 얼마 못 가 저 혼자만 살겠다고 슬그머니 줄행랑을 쳐 버렸다.

이 와중에 정작 전북야는 여태껏 고개를 돌리지 않고 있었다.

어차피 대충 짚은 손가락. 아까 들어오는 길에 저만치 위쪽에서 담홍색 옷자락을 본 것 같길래 거길 가리킨 것뿐이었다. 성별만 여자면 됐지, 나머지야 알 게 뭔가.

운 나쁘게 그에게 지목당한 여인 앞에 과연 어떠한 고난이 기다리고 있을지에 대해서는 고려해 볼 생각조차 없었다.

층계 중간에 붙박인 맹부요는 난간을 틀어쥔 채로 몹시 난처한 웃음을 짓는 중이었다. 좌중의 애매한 눈길을 한 몸에 받는 건 썩 유쾌하지 못한 일이었다.

전북야, 저 망할 작자가 벌건 대낮에 왜 애먼 사람을 잡아!

도끼눈을 뜬 아란주가 아주 그냥 살을 싹 발라 낼 기세로 맹부요를 샅샅이 훑었다. 오늘 맹부요는 생강즙으로 낯빛만 누렇게 죽였을 뿐, 수려한 이목구비를 그대로 드러낸 상태였다.

한참을 요리조리 뜯어보던 아란주가 입을 삐죽 내밀었다.

"장난해? 딱 봐도 폐병쟁이잖아!"

팔짱을 낀 전북야가 벽에 비스듬히 몸을 기대며 대꾸했다.

"그게 어때서? 나만 좋으면 됐지!"

"죽여 버릴 거야!"

"그 여자를 죽여도 넌 끽해야 재취 자리야."

아란주가 껑충 뛰어오르면서 가느다란 허리를 비틀어 뒤쪽에 차고 있던 요도를 뽑았다. 색색의 조개껍데기로 장식된 칼이 그녀의 손안에서 현란하게 춤을 췄다. 칼날이 햇빛을 반사해 토해 내는 섬광이 자못 위협적이었다.

칼끝으로 전북야를 겨눈 그녀가 소리쳤다.

"그 손으로 직접 죽여, 당장! 첫 번째 자리는 내 거니까!"

"어이, 누가 누구 첫 번째라는 거야?"

낭랑한 목소리가 실내를 울렸다.

좌중의 눈길이 다시금 층계 중간으로 향했다. 난간에 허리를 걸친 채 두 남녀를 내려다보고 있는 맹부요는 그새 냉정을 회복한 얼굴이었다.

"흠?"

전북야가 그제야 몸을 틀어 맹부요를 쓱 쳐다봤다. 스치듯 짧은 눈빛에는 일말의 흥미도 담겨 있지 않았다.

"순 사기극이었다는 말이지?"

맹부요를 응시하던 아란주가 눈을 번뜩였다.

'딱' 하고 손가락을 튕긴 맹부요가 살기등등한 아란주의 눈빛을 정면으로 받아 내며 대꾸했다.

"아니."

이번에는 전북야가 꽤 관심 어린 눈빛을 보냈고, 그사이 아란주는 입이 쩍 벌어졌다.

"뭐?"

"저쪽한테는 내가 첫 번째가 맞지 싶네."

맹부요가 한숨을 내쉬었다.

"그게 혼자 헛물켜는 짓이라서 문제지만. 이미 낭군께서 계신 판국에 저리 무식한 사내가 이 몸의 눈에 찰 리가?"

이제 전북야의 얼굴에는 시커멓게 그늘이 진 반면, 아란주의 눈에는 이채가 돌았다.

"세상에 우길 게 따로 있지."

맹부요가 손바닥을 짝 맞부딪쳤다.

"저기요, 공자. 생긴 건 그런대로 봐 줄 만한데 성질머리가 영 별로시네요. 여인은 아끼고 존중해 주라고 있는 거거든요? 사람들 다 보는 데서 냅다 사랑 고백을 해 버리면 앞으로 제 혼삿길은요?"

부글부글 끓고 있는 전북야를 깨끗이 무시한 채, 맹부요가 진심을 담아 아란주를 격려했다.

"우리 고향에 열 번 찍어 안 넘어가는 나무가 없다는 말이 있거든. 저자가 뭐라고 지껄이든 넌 본인 감정에만 솔직하도록 하렴. 자, 가려무나! 성공의 그 날까지 달리는 거야!"

말 잘 듣는 아란주가 '이얍' 소리와 함께 몸을 던졌다.

전북야도 이에 맞서 '철컹' 칼을 빼 들었다.

구경꾼들은 '우와앗' 하고 부랴부랴 탁자 뒤로 숨어들었다.

그리고 맹부요는, 그 난장판을 틈타 '슉' 하고 계단에서 모습을 감췄다.

❀

"가자! 보따리 챙겨, 여기 뜰 거야!"

방에 들어선 맹부요가 요신을 향해 소리쳤다.

"서둘러!"

"맹 소저, 상황 끝난 거 아니었어요?"

요신이 당혹한 표정으로 물었다.

"금방 또 무슨 일이 생길 줄 알고? 전북야가 그 계집애한테 묶여 있는 틈에 도망쳐야 해!"

야무지게 짐을 싸는 맹부요를 보며 요신이 고개를 절레절레 저었다.

"어쩌려고 전북야의 성질을 건드려요?"

동작을 멈춘 맹부요가 무슨 소리냐는 표정으로 그를 쳐다봤다.

"원래 여자가 남자보다 무서운 거 몰라? 그나마 사내들은 뒤끝이 없는 편이니까 전북야를 긁는 게 낫지, 아까 그 계집애한테 찍혔어 봐. 평생 발 뻗고 자기는 글렀을걸."

대충 짐을 둘러매고 창문 너머로 뛰어내린 맹부요는 착지하는 순간, 웬 탄탄한 가슴팍에 이마를 처박고 말았다.

"쓰흡!"

맹부요가 이마를 문질렀다.

"누구야? 사람 근육이 무슨 철판 같냐."

고개를 든 그녀가 근육의 주인을 향해 붙임성 있는 미소를 지어 보였다.

"미안한데 좀 비켜 줄래요?"

그녀의 눈높이에서 한참 위로 올라간 지점, 그곳에서는 흩날리는 흑발보다도 더욱 새카만 눈동자가 아래를 지긋이 내려다보고 있었다.

얄팍한 검날처럼 꽉 다물린 입매가 누구의 것인지 알아본 맹부요는 심장이 멎을 뻔한 위기를 가까스로 넘겼다.

꼭 이렇게 매사 선수를 쳐야만 직성이 풀리는 인간들이 있더라. 황천길은 먼저 가겠다고 욕심 안 부리려나 몰라?

칠흑같이 검은 눈으로 맹부요를 빤히 응시하던 전북야가 갑자기 허리춤에서 수낭을 풀더니 다짜고짜 그녀의 얼굴에 물을 들이부었다.

"이봐요! 지금 뭐 하는, 캑……."

느닷없이 물벼락을 맞은 맹부요가 발끈해 상대의 손을 쳐 내려 했지만, 전북야는 손가락 두 개를 집게처럼 써서 간단히 그녀의 팔목을 제압했다. 손을 뻗은 그는 맹부요의 얼굴을 몹시 우악스럽게도 한바탕 문질러 댔다.

맹부요가 버럭 성을 냈다.

"이봐요, 씻지도 않은 손을! 어이, 입에 들어가잖아! 야……."

전북야가 문득 동작을 멈췄다.

열여섯, 열일곱이나 됐을까. 위장용 생강즙이 씻겨 나가고 나자 소녀의 백옥 같은 피부가 그의 눈앞에서 뽀얗게 피어났다. 투명한 살결 위에 옅게 감도는 혈색이 마치 눈 쌓인 풍경에 아침노을 드리운 양 발그스름했다.

달빛을 비추는 시린 강물 같은 눈동자 위로 시원스럽게 뻗어 올라간 눈썹은 구천현녀[22]의 손에서 나부끼는 비단 끈을 보는 듯했다.

눈길이 얽힌 찰나, 분에 받쳐 얼굴이 붉게 달아오른 소녀가 별빛을 능가하는 광휘가 담긴 그 눈으로 전북야를 매섭게 쏘아

---

22 九天玄女. 중국 고대 신화에서 치우를 무찌르게 황제를 도와준 전투와 수호의 선녀.

봤다. 눈빛에 넘치는 위용이 어찌나 살벌한지, 천하의 전북야조차 일순 움찔해 손에서 힘이 풀렸을 정도였다.

아니, 이게 아니지.

손목을 놨던 전북야가 아차 싶은 생각에 얼른 다시 팔을 뻗었다.

이번에 잡은 부위는 허리. 손바닥에 착 감기는 유연함 가운데 무공을 익힌 여인 특유의 힘 있는 탄력이 느껴졌다. 가늘기는 또 어찌나 가느다란지. 분명 뻗은 것은 팔이건만, 마음까지 덜컥 함께 동할 건 무어란 말인가.

잠시 주의력이 흐트러진 사이, 뭔가가 손바닥 밑을 빠르게 미끄러져 지나는가 싶더니 '쉬익' 소리와 함께 모종의 형체가 그를 옭아매려는 듯 날아들었다.

노련한 무인의 반사 신경이야 일류인 게 당연지사, 전북야는 본능적으로 손날을 세워 아래로 내리쳤다.

그런데 손날에 닿은 그 '무언가'가 맥없이 휘청 구부러져 버리는 게 아닌가.

다음 순간, 길고도 새카만 선이 허공을 가르며 뻗어 나가는가 싶더니 검푸른 형체가 그 채찍 끝에 매달려 저만치 몸을 날렸다.

공중제비 한 번에 지붕 반대편 변까지 날아간 형체는 처마 끝 이무기 조각상 위에 내려섰고, 아슬아슬한 자세로 전북야를 돌아보며 싱긋 웃음을 보냈다.

그 웃음 안에 청풍이 깃들고 명월이 빛나노니.

전북야가 발밑을 박차고 번개처럼 쏘아져 나가기 직전, 맹부요가 손을 휘휘 저으며 말했다.

"세수 시중 고마웠고, 봉사료는 뒤에 있는 사람한테 받아요!"

전북야가 흠칫 고개를 틀자 다른 쪽 창문에서 튀어나와 잽싸게 줄행랑을 놓는 요신의 모습이 눈에 들어왔다.

양동 작전을 쓰시겠다?

전북야가 어디 그렇게 호락호락한 인물이던가. 그의 눈이 곧바로 원위치로 돌아왔다. 그러나 애석하게도 맹부요는 벌써 아득히 멀어져 가는 중이었다.

보따리 하나 달랑 둘러맨 그녀는 수면에 뜬 낙엽을 밟듯 몇 번의 가벼운 도움닫기만으로 기와지붕의 너른 바다를 사뿐히 건너, 종국에는 별똥별처럼 반짝, 빛을 남기고 사라져 버렸다.

저 멀리서 쓸쓸한 바람이 불어왔다. 흑색 장포 자락을 풀어 헤친 사내는 그 자리에서 오래도록 움직일 줄을 몰랐다.

오늘 밤 지붕 위에는 달이 뜨지 않았기에 그곳에 서 있는 그의 존재를 눈치챈 사람은 아무도 없었다. 서서히 어둠에 녹아들었던 사내는 밤이 지나고 밝아 온 새벽빛 속에서야 비로소 제 윤곽을 되찾았다.

동틀 녘 첫 이슬이 눈썹꼬리를 적시자 손을 들어 이슬방울을 훔쳐 낸 그가 흡사 낯선 무언가를 보듯 손바닥에 맺힌 물기를 응시했다. 손바닥 위에서 도르르 구르는 물방울은 어젯밤 그 소녀의 눈빛만큼이나 맑고 투명했다.

아침놀이 온 하늘을 채색 비단으로 물들인 가운데, 고개를 든 사내가 홀연 웃음 지었다.

❀

보따리를 짊어진 채 3리를 내달린 맹부요는 성 남쪽에 버려진 사당에서 요신과 합류했다. 그녀가 아란주의 내력을 묻자 요신은 쓴웃음을 지었다.

"우리 부풍에는 황제가 없지 않습니까. 부풍 땅을 차지하고 있는 삼대 부족 중에 가장 세력이 큰 게 발강發羌이고 부풍국의 중심인 대풍성大風城 또한 발강 족장의 소유인데, 아란주는 바로 그 족장의 여식입니다. 태연국 식으로 따지면 공주 신분이라고 할 수 있죠."

"어쩐지 쩔쩔매더라니."

볏짚 한 가닥을 입에 문 맹부요가 꼬고 앉은 다리를 까딱거리며 요신을 비웃었다.

"우리 대방주께서는 얼마나 간이 작으면 그런 갓난쟁이를 다 무서워하시나?"

"그런 거 아니거든요?"

부아가 치미는지 요신의 얼굴이 시뻘게졌다.

"사술에 홀릴까 봐 피한 것뿐이라고요. 부풍 삼대 부족 중에 온갖 사악한 술법에 제일 능한 게 바로 발강족이란 말입니다. 머리카락 한 가닥만 그들 손에 들어가도 꼭두각시 신세가 될 수 있어요. 발강에서는 대대로 무녀가 족장보다 더 큰 권세를 누리는데, 거기 무녀는 눈짓만으로도 사람을 죽인답디다. 그나마 깨끗이 죽여 주면 양반이지, 별 해괴한 술법을 다 쓴다잖아요. 그런 자들한테 밉보여서 좋을 게 뭐 있어요?"

"아하."

씩 웃던 맹부요가 의미심장하게 눈을 굴렸다. 맹부요를 지켜보던 요신이 미간을 한껏 구겼다.

"저기요, 이렇게까지 말했는데 설마 허튼 생각을 하는 건 아니죠?"

볏짚만 잘근잘근 씹던 맹부요가 한참 뒤에 툭 말을 던졌다.

"어이, 그 아란주가 어쩌다가 전북야한테 꽂힌 거야? 완전 딴 세상 살던 사람들 아닌가?"

"전들 알겠느냐고요."

머리를 긁적이던 요신이 영 자신 없는 투로 대꾸했다.

"언뜻 듣기로는 천살국 육황자 전북항戰北恒한테 시집갈 거라고 했던 것 같은데 어쩌다가 천덕구니 오황자 전북야하고 붙어 다니게 됐는지, 고거 참 알다도 모르겠단 말이죠……."

"천덕구니?"

맹부요가 고개를 갸웃했다.

"왜, 전북야가 황실에서 찬밥 신세야?"

"어디 찬밥이다 뿐이려고요."

요신이 입을 불퉁하게 내밀었다.

"말이 좋아 왕이지, 그것도 빛 좋은 개살구예요. 육황자하고 칠황자까지 다 왕에 봉해지도록 혼자만 아무런 봉작을 못 받고 있으니까 외조부 되는 주周 태사 어르신이 보다 못해 황궁 섬돌 앞에서 세 번을 눈물로 간청해 겨우 왕 자리를 받아 냈는데, 글 쎄 영지랍시고 내려 준 데가 갈아葛雅 사막이지 뭡니까. 서역 마 라족摩羅族 땅과 맞닿아 있는 고작 400리 크기의 척박한 지대에, 온갖 분란으로 바람 잘 날 없는 곳이었죠. 그래도 전북야가 대 단하긴 한 게, 변경 협곡에 융성戎城을 짓고 사막에는 흑풍군을 배치해서 길목 길목을 꽉 틀어쥐더니 3년 만에 강산을 1,500리 나 넓힌 거예요. 덕분에 마라족이 더는 주성州城에 해를 끼치지 못하게 된 뒤에는 농사지을 백성들을 대대적으로 불러들였죠. 원래 갈아에서는 밀하고 좁쌀이 1곡[23]에 수천 냥이었는데, 나중 에는 비단 한 필이면 곡식 수십 곡을 살 수 있게 됐다니까요. 군 량도 뭐 몇십 년 먹을 양은 쌓였고요. 그런데 갈아를 살기 좋게 만들어 놓은 게 형님이란 작자 눈에 위협으로 비쳤는지, 전북야 를 감시 차 아예 반도로 불러들이지 않았겠습니까. 황자씩이나 되는 인물한테 고작 통행령사通行令司를 맡겨서는 종일 사람 봐 가며 영패나 내 주게 만들었으니, 쯧쯧……."

"한마디 물어봤더니만 뭘 끝도 없이 주절거리고 있어."

맹부요가 인상을 썼다.

"자기 큰아버지라도 되나, 외삼촌이라도 되나, 입 한번 열심 히도 터네."

23　斛. 옛날에 사용하던 용량 단위. 시대에 따라 열 말을 가리키기도 하고 다섯 말 을 가리키기도 한다.

"걸출한 인물이 팔자가 박복한 게 딱해서 그러죠! 천살국에서 아무나 잡고 물어봐요, 다들 권모술수밖에 모르는 황제보다는 학식이고 무예고 뭐 하나 빠지는 게 없는 전북야가 훨씬 낫다고 하지. 어머니가 전대 황조 황후 출신인 데다가 선제를 죽일 뻔한 전력마저 있는지라 전북야까지 팔자를 망친 게 안타까울 따름이에요. 에휴……. 황실 속사정이란 게 워낙에 온갖 곡절이 복잡다단하겠지마는……."

쪼그려 앉아 무릎을 끌어안은 맹부요가 무심히 말했다.

"황실이라는 데가 원래 세상에서 제일 더럽고 치사한 동네 아니겠어. 거기서 살아남으려면 자기가 더 더러워지거나, 아니면 피로 그 더러움을 씻어 내거나, 둘 중 하나지."

그녀는 별생각 없이 뱉은 소리였지만, 사당 밖 나무 뒤에서는 누군가가 그 말을 듣고 흠칫 어깨를 굳혔다.

"옳소, 그 소리 들으니까 딱 떠오르는 말이 있네요."

순간 눈을 반짝 빛낸 요신이 제멋에 취해 운을 뗐다.

"교룡이 들판에 묶인들 한때에 불과하리니, 종국에는 하늘로 날아오를 날이 도래……."

그러나 요신이 문장을 끝까지 읊기도 전, 반쯤 수면 상태인 맹부요를 발견하고야 말았다. 요신은 발끈해서 탁자를 내리쳤다.

"아, 지금 잠이 와요! 막 피가 끓고 심장 박동이 빨라지면서 격정이 마구마구 솟구치는 느낌 없습디까? 이거 무극 태자 어록이라고요! 무극 태자로 말할 것 같으면……."

"귀 따가워 죽겠네……."

맹부요가 손을 휘휘 내저었다.

"그래서 무극 태자가 나랑 무슨 상관인데? 먹을 수 있기를 해, 어디 쓸모가 있기를 해. 이불 대신 덮고 잘 수라도 있나?"

"하여튼 낭만의 '낭' 자도 모르는 여자 같으니!"

요신이 실로 경멸스럽다는 눈빛을 보냈다.

"장손무극長孫無極이 어떤 인물인데, 정상적인 여인이라면 그 이름만 들어도 꺅꺅 난리가 난다고요, 그쪽처럼 퍼져 자는 사람이 어디 있어!"

게슴츠레하니 눈을 뜬 맹부요가 손가락으로 자기 얼굴을 가리키며 코웃음을 쳤다.

"꺅꺅대는 것 말고는 아무것도 할 줄 모르는 '정상적인 여인'보다야 차라리 사람 베는 쪽에 재능 있는 또라이가 낫지."

눈을 감은 그녀가 나른하게 몸을 뒤척였다. 분명 본격적으로 자 보려는 듯한 모양새였다.

그러다가 그녀가 갑자기 손바닥으로 바닥을 쾅 때리며 튀어 올라, 사당 밖으로 화살처럼 쏘아져 나갔다. 그녀가 공중을 가로지르는 사이, 검은 반원을 그리며 허리춤에서 풀려 나온 채찍이 '쐐액' 하는 소리와 함께 나무 뒤쪽을 향해 뻗어 나갔다.

"나오시지!"

이와 동시에 요신의 호리호리한 몸이 연기처럼 제자리에서 사라졌다. 그가 눈 깜짝할 사이에 냅다 내뺀 거리는 무려 삼십 장이었다.

공중에 뜬 상태로 뒤를 돌아본 맹부요는 그 파렴치함에 치를 떨었다. 시치미 떼는 재주야 막상막하였다만, 저 작자는 적을 앞에 두고 혼자만 튀는 치졸함까지 갖추고 있었다.

딴생각에 정신이 팔려 조준이 흐트러졌던 탓일까? 나무 뒤에서 콧방귀를 뀐 상대방이 가볍게 다리를 들어 올리더니 날아온 맹부요의 채찍을 신발 밑창으로 콱 짓이겨 밟았다.

불꽃 같은 빨간색으로 가장자리를 덧댄 흑색 신발. 상대의 발을 보자마자 입가를 일그러뜨린 맹부요는 채찍이고 뭐고 그대로 내버리고 뒤로 돌아 줄행랑을 쳤다.

하지만 몇 걸음 가기도 전에 덥석 덜미를 잡히고 말았다. 관성을 못 이기고 제자리에서 다리를 허우적거리는 그녀의 꼴이 우스웠는지 머리 위쪽에서 껄껄거리는 소리가 들려왔다. 상대는 거칠기 짝이 없는 동작으로 그녀를 바닥에 내던졌다.

맹부요가 버럭 화딱지를 냈다.

"뒤는 왜 졸졸 따라다녀요? 배고픈 거지새끼도 아니고!"

"말 한번 정떨어지게 하는군."

전북야가 눈썹을 찌푸렸다.

"나하고 같이 황궁 연회에 갈 아가씨가 그렇게 교양이 없어서야 되겠나?"

"교양 없는 게 누군데!"

맹부요는 어디 제대로 진상 한번 부려 보리라 결심했다.

아란주를 피해 도망 다니던 걸 보면 십중팔구 기 센 여자는 질색이란 건데, 그렇다면야 한 단계 더 정도를 높여 주마.

"그 집안은 핏줄 자체가 다 그 모양 그 꼴이면서!"

"말이야 옳은 말이군."

전북야가 씩 웃음 지었다. 멋들어진 풍치가 흐르는 원소후의 미소와는 또 다르게, 그의 웃음은 찬란한 햇빛처럼 눈이 부셨다.

"우리 집 식구들이 좀 그래, 나만 빼고."

발끝으로 채찍을 툭 차올린 전북야가 그걸로 맹부요를 둘둘 묶어 손에 들더니 손대중으로 무게를 가늠해 봤다.

"다행히 안 무겁군."

"지금 뭐 하자는 거예요?"

맹부요는 그의 손에 들려 흔들거리는 동안 흙을 한 숟갈은 퍼먹은 뒤였다.

"태연국 황제의 탄신연에 갈 거다. 겸사겸사 너한테 구애도 하고."

전북야가 한숨을 내쉬었다.

"본 왕은 일생에 한 번도 거절이란 걸 당해 보거나 뭔가에 실패해 본 적이 없다. 네가 첫 번째가 되게 둘 수야 없지."

단옷날 먹는 댓잎 주먹밥 뺨치게 꽁꽁 묶인 맹부요를 위아래가 뒤집힌 자세로 눈높이까지 들어 올린 전북야가 그녀와 눈빛을 맞췄다.

거꾸로 쳐들린 탓에 안 그래도 눈앞이 핑핑 돌고 골이 지끈거리건만, 맹부요는 일생 가장 해괴한 모양새로 일생 가장 망측한 고백을 들어야만 했다.

"잘 들어라, 여자!"

전북야의 이가 어찌나 새하얗게 반짝이는지, 맹부요는 반사적으로 눈을 감았다.

"내 너를 정복하고야 말 것이다!"

감쪽같이 도망치다

머리에는 금비녀를 잔뜩 꽂고 온몸을 보석으로 휘감은 맹부요는 펀칭이 들어간 힙합 스타일의 의상을 걸친 채 정복자 전모 씨의 옆자리에 뻣뻣하게 앉아 있었다.

전 왕야께서는 오늘 치가 떨리리만치 근사한 모습이셨다. 용포를 걸치고 금관까지 쓰니 진한 이목구비가 그야말로 빛을 발했다. 어지간한 사내가 입어서는 경박해 보일 게 분명한 진홍색을 그는 감탄이 나오리만치 훌륭하게 소화해 냈다. 역시 옷발의 완성은 미모와 몸매이던가.

오늘은 태연국 황제 제호齊皓가 오순을 맞이한 날.

오시[24]에 경운전慶雲殿에서 열린 축하연에는 진미가 도합 열

---

24 오전 11시에서 오후 1시 사이.

여섯 상 차려졌으니, 태연의 문무 고관이 배석하여 각국에서 온 사신들을 환대하는 자리였다.

태연 황제는 옥체가 미령한지 정오에 잠시 등장해 건배사나 몇 마디 읊은 게 고작이었다. 황제는 연회객들만 남겨 두고 곧장 경운전을 떴다.

연회장에서 으뜸가는 상석은 개중 최고의 대국인 데다 무려 황제의 아우를 친히 보낸 천살에게 돌아갔다. 비범한 용모에 풍기는 기개 또한 범상치 않은 천살국의 전북야는 자연히 연회장 내 눈빛을 한 몸에 모조리 쓸어 담았다.

그 대단하신 전 왕야의 동반자로서 자신 역시 구경거리가 되는 영광을 누리리라 내다본 맹부요는 생강즙과 펀칭 의상을 전격 동원하였다.

그뿐이 아니었다. 머리에는 고슴도치 같은 비녀를, 열 손가락에는 반지를 각각 두 개씩, 팔목에는 황금 팔찌를 한 다스씩 장착한 상태였다. 걸음걸이 딸랑딸랑, 짤랑짤랑이었음은 당연지사였다.

여기에 더해서 야시장에서 엽전 한 냥 주고 특별히 구매한 향분은 그 향기가 참으로 저돌적이어서 그녀가 지나는 곳마다 재채기 증세를 호소하는 이들이 속출했다.

그중에서도 펀칭 의상의 존재감은 실로 압도적이었다. 연분홍에 보라 섞인 바탕을 나비 문양이 화려하게 장식하고 있던 주름치마에서 나비 놈들을 남김없이 파낸 결과, 숭숭 뚫린 구멍으로 하얀 속치마가 고스란히 들여다보이는 성과를 얻었다.

하지만 사실 맹부요는 이마저도 성에 차지가 않았다. 황실 모독죄로 끌려나가 두들겨 맞을 게 무섭지만 않았어도 아예 속곳을 밖에다 입고 왔을 터.

경운전에는 황금빛과 푸른빛이 휘황찬란하고, 맹부요의 차림새는 오색이 찬란했지만, 사신들의 낯빛은 하나같이 파리하였다. 이런 와중에도 전북야는 태연자약했다.

황제가 자리를 뜨자마자 맹부요가 기다렸다는 듯이 궁인을 향해 손을 흔들었다.

"웨이터!"

궁인이 망연히 서서 어찌할 바를 모르는 사이, 맹부요는 쏟아지는 혐오와 경악의 눈빛에도 굴하지 않고 당당하게 요구 사항을 전달했다.

"여기 건어 한 접시!"

대번에 여기저기서 쑥덕거림이 일었다.

맹부요가 말한 건어란 단순히 말린 게 아니라 소금에 절여 한껏 삭힌 생선을 뜻했다. 막일하는 천것들이나 먹지, 손톱만큼이라도 지위가 있는 이들은 이름도 말하지 않는 음식이다. 그런 천박한 음식을 다른 장소도 아니고 황제의 탄신 축하연에서 주문하다니.

낯빛이 시커멓게 죽은 황궁 사의관司儀官이 전북야를 응시했다. 전북야는 입가에 대고 있던 술잔을 단숨에 비우고는 빈 잔을 '쾅' 소리가 나게 탁자에 내려놨다. 그가 눈썹을 꿈틀하며 눈을 드는 순간, 상대는 칼날같이 예리하게 날아드는 위압감에 몸을 떨어야 했다.

"무얼 그리 쳐다보고 섰나? 태연 황실은 객에게 건어 한 마리 못 내어 준단 말인가?"

강철처럼 묵직한 유창목으로 가슴팍을 강타당한 듯, 사의관은 등골이 식은땀으로 젖어 드는 걸 느꼈다. 그제야 눈앞에 있는 왕야가 어떤 인물인지가 상기됐다.

눈 하나 깜짝하지 않고 사람을 죽이는 악귀.

전북야의 영지와 땅을 맞대고 사는 마라족은 이제 그가 눈만 부라려도 오줌을 질질 싼다더니, 과연 그럴 만도 하구나 싶었다.

어디 그뿐이랴, 방금 전북야가 뱉은 까칠한 소리가 밖에 나돈다고 생각하면 그 또한 무척 곤란한 일이었다. 사의는 냉큼 출궁해 시전에 다녀오라며 아랫것들을 후닥닥 볶았다.

그리하여 연회장 한복판에 떡하니 건어가 등장했다.

황금 쟁반과 순은 술잔 사이에 거무죽죽한 생선 토막이 웬말인가.

애쓴답시고 향신료까지 뿌려 내오기는 했는데 막강한 썩은 내를 잡기에는 아무래도 역부족이었다. 오만상을 쓴 귀빈들이 너 나 할 것 없이 코를 막고 고개를 돌렸다.

바늘방석이라도 깔고 앉았나 궁둥이들은 또 왜 그리 들썩거리는지.

양손으로 냠냠, 쩝쩝, 생선 살을 발라 먹던 맹부요가 전북야에게까지 인심을 썼다.

"자, 한 입 해요! 천민들이 먹는 음식에야말로 참맛이 숨어

있는 경우가 꽤 되거든요. 나 아니면 이런 거 평생 구경도 못
해 볼 황자, 황손 나리니까 특별히 베푸는 거지, 보통 사람이었
으면 양보 안 했어요."

색, 향, 맛, 어느 것 하나 현실의 범위 안으로는 보이지 않는
물체. 물체를 응시하는 전북야의 눈빛이 꽤나 복잡했다.

맹부요는 회심의 미소를 머금은 채 입질이 오길 기다렸다.

열불 나지? 터뜨려! 밥상 그냥 확 엎어!

남의 황실 연회에서 도가 넘는 추태를 보인다면 제아무리 왕
신분인들 쫓겨나고도 남을 터. 차마 왕야께는 손을 못 대더라
도 되바라진 동행인 정도는 내쳐 주겠지.

독기 오른 그녀의 눈은 아까부터 전북야의 요혈 주변을 힐끔
거리고 있었다. 마음 같아서야 당장 급소에 손가락을 꽂아 넣
고 싶었다.

그러나 전북야가 도망 못 가게 하려고 그녀의 혈도를 눌러
진기를 봉인해 놓은 상태였다. 그 때문에 생선이라면 질색하는
그녀가 복수하겠다는 일념으로 빌어먹을 냄새 나는 건어를 삼
켜야만 했던 것이다.

물끄러미 접시를 내려다보던 전북야가 눈을 들어 맹부요의
대단히 도발적인 표정을 확인하더니, 돌연 손을 뻗어 생선 살
을 건네받았다.

눈을 휘둥그렇게 뜬 좌중이 '힉' 하고 숨을 들이켜는 가운데,
건어가 존귀하신 열왕 전하의 입 안으로 모습을 감췄다. 전북
야가 입맛을 다시며 고개를 끄덕였다.

"과연, 바로 이 맛이야!"

대번에 얼굴이 어두워진 맹부요가 분을 삼키며 말했다.

"아까는 말을 하다 말았는데 솔직히 뒷간 냄새죠."

그녀를 향해 칼날 같은 눈빛을 날리던 전북야가 잠시 후 대구했다.

"자기는 더 환장을 하고 먹더니."

"……"

얼마 지나지 않아 맹부요는 두 번째 요구 사항을 제시했다.

"일 좀 보고 와야겠어요."

설마 뒤 보러 가는 데까지 따라붙을 테냐?

맹부요가 의기양양하게 미소 지었다. 다소 진부한 핑계이기는 해도 클리셰가 괜히 클리셰가 아닌 법.

잔에 남은 술을 단번에 비운 전북야가 무척 자연스럽게 답했다.

"같이 가지."

"…….."

오냐, 그러자꾸나! 그래도 여자 화장실 안까지 따라 들어오진 못하겠지.

잠시나마 흠칫했던 맹부요가 금세 생글생글해진 얼굴로 말했다.

"그래요, 같이!"

열왕 전하와 동행인 소저가 쌍으로 사이좋게 일을 보러 나서자 주변에서는 몹시 괴이쩍은 것을 보는 듯한 눈빛을 보냈으나, 두 사람은 전혀 개의치 않았다.

예상대로 환관들은 둘을 각각 남녀 정방²⁵으로 안내했다. 그러나 맹부요는 정방 형태에 좌절하고 말았다. 남녀 정방은 서로 마주 보는 구조로, 벽이 있긴 해도 윗부분이 무늬가 들어간 장지문 식으로 휑하니 뚫린 모양새라 머리 위치가 어렴풋이 들여다보였기 때문이다.

다시 말해, 창문 너머로 도망치려 해 봤자 전북야한테 꼼짝없이 들키리라는 뜻이었다.

고개를 돌려 전북야의 표정을 살핀 맹부요는 울컥 부아가 치밀었다.

저 느긋한 얼굴 좀 보소, 애초에 태연 황궁 뒷간이 어떻게 생겨 먹었는지 다 알고 있었구먼!

맹부요는 신경질적으로 치마를 추켜올리며 안으로 들어섰다. 변기 하나 들어앉아 있다 해서 화장실이지 사실 모양새는 멀쩡한 방이나 다를 바가 없었고, 한쪽에는 옻칠한 상자 안에 마른 대추를 담아 둔 게 보였다.

변기에 앉아 탈출 방안을 고심하던 그녀는 무의식적으로 손 닿는 곳에 있는 대추를 집어 씹어 먹기 시작했다. 그런데 한참을 씹다 보니 머리를 탁 치는 생각이 있었다. 이거 아무래도 콧구멍 틀어막으라고 놔둔 거 같은데.

반쯤 먹다 남은 걸 허겁지겁 내던진 직후에야 대추 표면에 붙

---

25 淨房. 화장실.

은 건더기가 눈에 들어왔다. 몹시도 의심스러운 그 색깔을 보자 속이 확 뒤집혔다. 벌떡 일어난 맹부요는 변기를 끌어안고 토악질을 해 댔다.

그런데 몇 번 웩웩거리지 않아 누군가의 놀란 듯한 목소리가 들려왔다.

"부인, 괜찮으시어요?"

고개를 들었더니 웬걸, 궁녀 두 명이 있는지도 몰랐던 쪽문을 통해 정방으로 들어오는 게 아닌가. 문짝이 병풍 뒤에 가려져 있던 탓에 발견하지 못했었다.

열린 문틈 사이로 줄지어 놓여 있는 변기가 보이는 게, 아마 저쪽이 궁중에서 쓰는 큰 정방인 듯했다. 변기 대열 뒤편으로는 반쯤 열린 지붕창도 눈에 들어왔다.

눈을 한 바퀴 굴린 맹부요는 아주 좋은 생각을 떠올렸다.

"도와주세요!"

벌떡 변기 앞에서 일어선 그녀가 눈물을 흩뿌리며 궁녀들에게로 달려들었다.

"이대로 아이를 잃고 싶지 않아요!"

외나무다리에서 원수를 만나다

　반 시진 후, 맹부요는 치맛자락을 둘둘 말아 허리춤에 끼워 넣은 채 은밀히 큰 정방 창문을 빠져 나왔다.

　바로 직전 화장실 변기 옆에서는 청중 두 명을 상대로 애끓는 하소연이 한 판 펼쳐졌으니, 눈물 없이는 들을 수 없는 사랑 이야기 속에서 맹부요는 '서방님 찾아 천 리 길을 헤매던 도중에 그만 고약한 왕에게 붙들려 온갖 몹쓸 짓을 당하다가 급기야는 배 속 아이까지 지우라 강요당하는' 비운의 여인이었다.

　살아 있는 감정선, 생동감 넘치는 서술, 탄탄한 줄거리, 치밀한 인물 묘사까지, 어디 하나 흠잡을 구석이 없는 이야기였다.

　맹부요는 서방님의 실종으로 인한 비애, 임신한 몸으로 산 넘고 물 건너던 고통, 왕부에 붙들려 가던 때의 참담함, 악랄한 '남주'의 학대, 가련한 첩실의 설움을 훌륭하게 표현해 내 장내를 눈물바다로 만들었다.

두 청중은 그녀를 흉악한 마수에서 구해 내야 한다며 누가 시키기도 전에 의지를 마구 불태웠다. 그리하여 한 궁녀가 맹부요 대신 변기에 앉아 있는 사이, 나머지 한 명이 채근하러 온 전북야 앞에 뻔뻔한 얼굴로 나서기에 이르렀으니.

"부인께서 속이 좋지 않다고 하시니 기다리시지요."

이야기 속 가정 폭력범 '남주'를 직접 대면한 궁녀는 말이고 눈빛이고 곱게 나가려야 나갈 수가 없었다.

전북야는 자신이 '평민 아낙을 짓밟고 낙태까지 강요한' 희대의 잡놈이 된 줄은 꿈에도 몰랐다. 그는 상대의 까닭 모를 적의가 그저 어리둥절할 따름이었다.

한편, 타인의 명예를 작살내고도 양심의 가책 따위를 느낄 줄 모르는 맹부요는 정방에서 빠져나온 이후로 내리 전력 질주 중이었다.

사람이 나타나면 숨고 문이 나타나면 통과하다 보니 어느덧 경운전 밖.

그 뒤로 한참을 더 걷던 맹부요는 어느 순간 자신이 같은 자리를 뱅뱅 돌고 있음을 깨달았다. 지나는 전각들은 다 그게 그거 같고 황궁 정문은 도통 나올 생각을 안 했다. 길을 잃은 것이다.

썰렁하게 방치된 원림을 앞에 둔 맹부요는 땅바닥에 쭈그리고 앉아 머리카락을 쥐어뜯었다.

무슨 놈의 황궁이 이렇게 멋대로 생겨 먹었어!

전생에 배운 역사며 고고학 지식에 따르면 본래 황성은 정전을 주축으로 한 삼중 구조여야 했으므로, 경운전에서부터 직선으로 쭉 걸으면 정문이 나와야 맞았다. 그런데 지금 주변 상황을 보면 아무래도 내궁에 들어온 분위기였다.

맹부요는 궁녀들이 정방에 따로 쟁여 뒀던 여벌 옷을 빌려 입고 나온 참이었다. 차림새만큼은 궁녀이다 보니 의심을 하거나 이것저것 캐묻는 사람은 없었다.

하급 환관이라도 하나 찾아 길을 물어보려던 찰나, 저만치 회랑 모퉁이 너머에서 익숙한 향내가 풍겨 왔다. 아마도 모란과 작약에 최상급 용뇌향을 섞어 만들어 냈을, 어디선가 많이 맡아 본 향기.

코를 킁킁거리던 맹부요가 흠칫 표정을 굳혔다. 배원이 즐겨 쓰던 향이 아닌가!

속으로 아뿔싸를 외친 그녀가 당장 자리를 피하려던 때였다. 장신구가 짤랑거리는 소리와 함께 붉은 옷을 걸친 그림자가 회랑 모퉁이를 돌아 나왔다. 그 곁을 따르던 또 한 사람이 살살 웃으며 하는 말이 들렸다.

"하면, 신궁까지는 소인이 모셔다드리겠사옵니다."

"되었네."

역시나 배원 특유의 오만하고 쌀쌀맞은 말투. 오늘 다시 들은 그녀의 목소리에는 예전보다 훨씬 음산한 냉기가 배어 있었다.

배원이 무심히 말했다.

"금金 총관이 직접 갈 것까지야. 궁녀나 하나 불러 주게."

심장이 오그라들어 죽기 전에 가까이 있는 꽃나무 뒤로라도 숨어야겠다고 결심한 맹부요가 뻣뻣하게 굳은 몸을 이제 막 움직이려는데, 뒤에 있던 금 총관의 부름이 한발 먼저 날아들고야 말았다.

"거기 너! 냉큼 예 와 보아라!"

맹부요는 그 자리에 못 박혀 버렸다. 잠깐 사이에 수도 없이 많은 생각이 스쳤다.

도망쳐, 말아?

도망친다 쳐도 전북야, 그 벼락 맞을 인간한테 진기를 봉인당한 탓에 금세 잡히고 말 터.

그럼 이대로 그냥 있어?

지금껏 죽은 줄로만 알았던 사매가 멀쩡히 살아서 나타나면 배원은 어떻게 반응할까. 자기 얼굴을 그은 게 누군지 대번에 알아채겠지. 그때 가서는 곱게 죽기 힘들 것이다.

맹부요는 빠드득 이를 갈았다.

괜히 도망은 나와 가지고! 족쇄는 채웠을지언정 죽으려고는 안 했던 전북야가 양반이었지. 꼴좋다, 이제 모가지가 날아가게 생겼네.

이미 배원은 궁녀 계집애의 미적거리는 꼬락서니에 마음이 상한 뒤였다. 면사 위로 드러난 눈에 냉기가 스치는가 싶더니 그녀의 입에서 싸늘한 목소리가 흘러나왔다.

"금 공공, 아랫것들이 날이 갈수록 버릇이 없어지는군. 내정 총관이 부르는 소리를 듣고도 저리 뻣뻣하게 서 있다니!"

군주 앞에서 망신을 당한 금 공공이 발을 쿵 구르며 새된 소리로 외쳤다.

"네 이년! 어느 궁 년이 이리 발칙스러운 게야! 당장 경사방[26]에 가서 장 30대를 청하여라!"

곤장을 맞으러 가라고? 듣던 중 반가운 소리올시다.

굽실굽실 절을 한 맹부요는 뒤도 안 돌아보고 걸음을 옮기기 시작했다. 그런데 몇 발자국이나 뗐을까, 배원의 차디찬 목소리가 귀에 꽂혔다.

"잠깐!"

맹부요가 멈춰 섰다. 손톱이 땀 젖은 손바닥을 파고들었다.

배원은 그 이상 아무런 말도 하지 않았다. 정적이 감도는 가운데, 등 뒤에서 느껴지는 눈길은 실체를 지닌 듯했다. 날카로운 도검같이 날아든 눈빛이 변장한 맹부요의 겉가죽을 뚫고 뼛속까지 샅샅이 훑었다.

급기야 맹부요는 등줄기에 식은땀이 배어나기 시작했다.

그 눈빛의 냉한 온도 탓일까, 아니면 늦가을 소슬한 바람 때문일까. 한기가 소리 없이 그녀를 엄습했다. 뱀이 등줄기를 타고 오르는 것 같았다. 그 축축한 감각 속에는 독을 품은 비릿함이 스며 있었다.

홀연 웃음을 지은 배원이 금 공공을 향해 말했다.

"금 총관, 저 아이가 우둔하여 불경을 범하기는 했으나 장을

---

26 敬事房. 환관과 궁녀의 상벌을 주관하는 기구.

칠 일까지는 아닌 듯하군. 신궁까지 싹싹하게 길잡이를 한다면 내 용서하고자 하네. 자네는 가서 일 보게나. 건안궁乾安宮에 계신 폐하께서 잠시 후면 탄신연이 거행되는 연회장으로 향하실 터인데 금 총관이 자리를 비워서야 되겠는가."

"군주께서 참으로 자비로우시니 소인이야 그 뜻을 따를 수밖에요."

금 공공이 알랑거리는 웃음을 끌며 물러가자, 버려진 원림에는 이제 배원과 맹부요만이 남았다.

숨을 훅 들이마신 맹부요가 나긋한 미소를 지으며 뒤로 돌아섰다.

"군주를 뵈옵니다."

소리가 미처 혀끝에서 떨어지기도 전, 뒷짐을 지고 섰던 배원이 발끝을 살짝 드는가 싶더니 구름처럼 그녀의 앞으로 미끄러져 왔다.

군이 현원검파의 비운도飛雲渡 신법을 쓰다니.

맹부요의 가슴이 무겁게 내려앉았다.

그녀의 앞에 선 배원은 비록 웃는 낮이었지만 눈동자 깊숙이에서는 싸늘하기 짝이 없는, 흡사 먹구름 뒤에 숨어 하늘을 꿰뚫을 순간만을 노리는 번개와도 같은 섬광이 번뜩이고 있었다.

고개를 갸웃 튼 배원이 한 글자 한 글자를 빠르고도 예리하게 씹어 뱉었다.

"맹, 부, 요!"

화를 떠넘기다

소매 안에서 손가락을 조용히 비벼 땀을 훔쳐 낸 뒤, 맹부요는 살기충천한 배원의 눈을 마주 보며 씩 웃었다.

"배, 원!"

"역시 너였어!"

맹부요를 머리끝부터 발끝까지 훑어본 배원이 살벌하게 내뱉었다.

"체형이 눈에 익다 했더니……. 맹부요, 살아 있었구나!"

"널 두고 내가 어떻게 먼저 죽어?"

맹부요가 웃었다.

"아직 복수도 못 했는데!"

한 걸음 앞으로 나서던 배원이 그 말을 듣고 멈칫했다. 잠시 머릿속을 짚어 보던 그녀는 곧 코웃음을 쳤다.

"어디서 시치미를 떼. 복수라면 이미 했을 텐데? 이 얼굴, 네가 남긴 걸작이잖아?"

"아니라고 한다면?"

물러나기는커녕 오히려 성큼 앞으로 나선 맹부요가 눈을 들어 배원을 쏘아봤다. 맹부요의 맑고 또렷한 눈빛은 배원의 살기등등한 안광을 앞에 두고도 전혀 밀리는 기색이 없었다.

"그 근사한 상처가 정말 내 작품이었으면 좋았을 것을. 얼마나 통쾌하게 그어 놓은 십자야!"

"너!"

배원은 온몸을 파르르 떨었다. 빠드득 이 가는 소리가 면사 밖까지 흘러 나갔다.

그녀는 타고나길 의심이 많은 성정이었다. 생각할수록 미심쩍었지만, 당황스러우리만치 태연한 맹부요의 태도가 그녀를 혼란스럽게 했다.

이를 악물고 생각에 잠겼던 그녀가 돌연 눈을 번뜩 빛내며 쏘아붙였다.

"아니! 네가 절벽에서 떨어진 이후로 우린 만난 적이 없었어. 그런데 면사 아래에 감춰진 상처가 십자 모양인 건 어떻게 알았지?"

걸렸구나.

속내와 다르게 짐짓 당혹한 표정을 지어 보인 맹부요는 입을 꾹 닫고 뒷걸음질을 쳤다. 배원은 사나운 걸음으로 그녀에게 바짝 접근했다.

"말해! 어떻게 아느냐니까!"

손을 소매 속에 감춘 맹부요가 고개를 비뚜름하게 틀고 배원을 쳐다보다가 툭 내뱉었다.

"어이, 배원. 그렇게 달라붙다가 내가 살초라도 쓰면 어쩌려고 그래?"

급한 마음에 앞뒤 못 가리던 배원은 그제야 상대의 무공이 자신보다 한 수 위였음을 상기해 냈다. 짧은 망설임 끝에 한 걸음 뒤로 물러서면서도 그녀는 콧방귀를 뀌었다.

"다른 곳이었다면 어땠을지 몰라도 여기는 태연 황궁이다. 내가 한마디만 외치면 30보 밖에 있는 어림군이 달려와 널 곤죽으로 만들어 놓을걸. 본인 걱정이나 하시지!"

팔짱을 낀 맹부요가 느긋하게 기둥에 몸을 기댔다.

"그래, 어디 곤죽 한번 만들어 보든가! 아니면 지난번에 시도했던 것처럼 쥐도 새도 모르게 죽여 버려도 괜찮겠네. 그러면 네 평생을 망친 진짜 원수가 누구인지는 영영 모르게 될 텐데, 참 좋으시겠어."

"내 진짜 원수는 너야!"

배원이 번뜩이는 눈으로 맹부요를 훑었다.

"수작 부리지 마, 안 통하니까."

그녀를 비스듬히 흘겨보던 맹부요가 피식 웃으며 몸을 세우더니 손가락을 까딱까딱 접어 보였다.

"솔직히 미심쩍지? 확신이 있었으면 벌써 움직였지, 뭐 하러 여태껏 헛소리나 지껄였겠어? 그날 밤 내 몸 상태가 어땠는지 봤잖아. 절벽에서 운 좋게 목숨은 건졌더라도 곧바로 공력을 회복해 널 습격하기란 불가능했으리라는 것 정도는 너도 바보가 아니니까 알겠지."

배원의 눈이 가늘어졌다. 바로 그 점이 줄곧 마음에 걸리던 참이었다. 하지만 그날 밤 원한을 샀을 만한 짓은 동굴에서 있었던 일뿐이었고, 바로 그 직후에 사달이 나지 않았던가. 맹부요가 아니라고 하기에는 시기가 너무 절묘하게 맞아떨어졌다.

"솔직히 털어놓자면."

배원의 표정에서 그 속내를 낱낱이 읽어 낸 맹부요가 한층 더 무심한 미소를 띠었다.

"그날 밤 날 구해 준 이가 있었어. 너랑은 반대 진영이라던데, 널 노리고 왔다가 난 그냥 눈에 띈 김에 도와준 거지."

"누구야?"

"그걸 내가 왜 알려 줘? 말하고 나면 죽일 거잖아?"

기둥에 기대선 맹부요가 고개를 절레절레 저었다.

"배원, 내가 너처럼 뇌 용량 부족인 줄 알아?"

상대가 무슨 소리를 하는지 알아들을 수는 없었으나 좋은 말이 아니라는 것만은 분명했다. 눈썹을 사납게 치켜세운 배원이 노성을 터뜨렸다.

"일단 너부터 잡고 봐야겠다!"

그러자 맹부요가 어깨를 으쓱하며 손을 펴 보였다.

"좋아, 덤벼! 호위대가 오는 사이에 횡십자 하나쯤은 더 새겨 줄 수 있을 것 같은데, 한번 볼래?"

소리를 내지르려던 배원이 입을 벌린 채로 동작을 멈췄다. 돌연 갈등이 되는 것이었다.

맞은편에 선 맹부요는 보란 듯 자신만만하게 웃고 있었다. 살짝 들린 새끼손가락에 나머지 세 손가락은 반듯하게 펼쳐진 손 모양. 저렇게 괴이한 기수식[27]은 어디에서도 본 적이 없었다.

거기에 맹부요의 태연자약한 태도가 더해지니, 혀끝에서 벌써 몇 바퀴를 맴돌았는지 모를 '여봐라!' 소리가 도저히 입 밖으로 나오질 않았다.

맹부요는 줄곧 웃는 얼굴이었다. 쏟아지는 햇살 아래, 그녀의 웃음은 선기국에서 나는 상등품 설단[28]이 바람에 휘날리는 모습만큼이나 순결한 아리따움을 발하고 있었다. 황궁을 채운 자줏빛 무궁화와 황금색 국화의 짙은 색채 사이로, 샘물처럼 흘러 흘러 퍼져 나간 미소가 지나는 길목마다 찬란한 생기를 불어넣었다.

그 누구도 알지 못했으나, 이 순간 맹부요의 손가락 사이에는 땀방울이 아슬아슬하게 매달려 있었다. 바람 한 자락만 스쳐도 발치로 떨어져 내리고 말 터였다.

설사 흉수는 따로 있다는 거짓말이 먹힌다 한들, 독살스러운 배원이 그녀를 곱게 보내 줄 리 없었다. 한창 배알이 뒤틀려 있을 테니 똑같이 횡십자를 새겨 주겠다며 달려들지도 몰랐다.

---

27 起手式. 무공을 본격적으로 시전하기에 앞서 취하는 첫 동작.

28 雪緞. 비단의 한 종류.

진기가 봉쇄되어 무공을 제대로 쓸 수 없는 맹부요로서는 있는 허세, 없는 허세 다 동원해 상대를 망설이게 만드는 수밖에 없었다.

한시도 맹부요의 얼굴을 떠나지 않던 배원의 눈동자가 문득 흔들렸다. 발끝을 주춤거리던 배원은 결국 한 발자국 뒤로 물러섰다. 이 틈에 당장 줄달음질 치고 싶은 충동을 억누르며, 맹부요는 반석처럼 그 자리를 지키고 있었다.

배원의 눈빛이 오묘하기 이를 데 없는 파구소 장법 기수식에 고정된 채로 불안하게 어른거렸다. 한 걸음, 두 걸음, 그녀는 내처 뒷걸음질을 쳐 두 사람이 서로에게 위협을 가할 수 있는 범위를 벗어났다.

남몰래 안도의 한숨을 내쉰 맹부요가 슬그머니 자세를 바꿨다. 땀에 젖은 옷감이 들러붙은 탓에 등이 근질근질했다.

배원이 그녀를 싸늘하게 쏘아보며 말했다.

"맹세하지, 날 이렇게 만든 자가 누구인지만 알려 주면 이번 생에는 네 털끝 하나 건드리는 일이 없을 거다. 그래도 말 못 하겠다면야 칼을 뽑는 수밖에. 나도 피를 보겠지만 너도 무사하지는 못할걸."

맹부요가 천연덕스레 눈을 깜빡였다.

"진짜?"

"물론."

배원이 꼿꼿하게 턱을 들고 대꾸했다.

"본 군주는 입 밖으로 뱉은 말은 반드시 지킨다."

"그럼 정식으로 맹세해!"

맹부요가 씩 웃었다.

"이 맹세를 어기면 얼굴에 있는 횡십자 상처가 가지를 쳐서 온몸을 주물럭거리며 뒤덮을 거라고, 너만이 아니라 온 집안이 다 주물럭주물럭당할 거라고 읊어."

"감히……."

와락 뒷목을 잡는가 싶던 배원이 이를 악물더니 결국에는 맹부요가 한 말을 그대로 따라 읊었다. 맹부요는 '온 집안이 다 주물럭주물럭당할 거'라는 문장을 들으며 속으로 배꼽을 잡으면서도 숙연한 표정만큼은 잃지 않았다.

"하아, 알려는 주겠는데 어디 가서 나한테 들었다고 하면 절대 안 돼! 그 작자는 그야말로 사람도 아니야. 그런 자한테 밉보이는 건 나도 무섭거든."

"그래서 누군데?"

배원이 잇새로 내뱉은 질문에서 불꽃이 튀었다.

"원씨 성에, 이름은 보."

맹부요가 정색을 하고 대꾸했다.

이 시각, 머나먼 모처에 있던 원보 대인은 까닭 없이 재채기를 터뜨렸다.

"원보?"

이름을 되새기다가 미간을 찌푸린 배원이 작게 중얼거렸다.

"어째 이름이……."

"초야에 파묻혀 지내는 대가에게 이름은 그저 약호일 뿐. 너희 집안과 정적 관계인 운씨 가문에서 청해 온 은둔 고수라고 들었어. 사실 어지간한 사람은 어디 가서 들어 볼 꿈도 못 꿀 이름이지."

맹부요의 입꼬리가 말려 올라갔다.

쯧쯧, 원보 이 녀석아. 그렇게 심보를 곱게 썼어야지! 내가 덤터기를 씌우기는 했다만 어쨌든 사람이 아닌 건 맞잖니. 배원이 저 꼴 나도록 일조한 것도 맞고.

맹부요의 말에 슬슬 넘어가기 시작한 배원이 독기 어린 눈을 치떴다.

"재야의 고수고 뭐고, 이 원수는 기필코 갚고야 말 테다!"

배원이 착잡한 눈으로 맹부요를 쳐다봤다. 아직 얼굴 상태를 알지 못함에도, 연경진은 그녀와 만날 때마다 번번이 정신이 딴 데 가 있는 기색이었다. 덕분에 얼마나 분하고 억울한 기분을 맛봐야 했던가.

하지만 애석하게도 맹부요는 그녀보다 고강한 무공의 소유자였으며, 지금은 연경진까지 근처에 있는 상황이었다. 죽이려면 일격에 끝내야 할 터인데, 그러기에는……

배원이 한창 머리를 굴리고 있을 때, 저 멀리에서 바람이 이는가 싶더니 아주 단단한 음성을 지닌 누군가가 분하다는 듯 내뱉는 소리가 들려왔다.

"맹부요! 도망을 쳐? 진기만 봉인할 게 아니라 아예 다리까지 부러뜨려 놓을 것을!"

일촉즉발

목소리가 날아든 순간, 배원은 안색을 바꿨고 맹부요는 낭패를 외쳤다.

빌어먹을 전북야, 하필이면 이 시점에 나타나서 공들여 쌓은 사기극을 홀라당 말아먹다니!

맹부요는 고민할 것도 없이 줄행랑을 택했다.

그러나 기민함으로는 배원도 밀릴 인물이 아니었다. 전북야의 음성이 귀에 꽂히자마자 살기 어린 눈빛을 화르르 불태운 그녀는 열 손가락의 손톱을 비수처럼 세워 앞을 향해 내질렀다. 손톱은 날카로운 바람 소리를 내며 맹부요의 양쪽 어깨를 노리고 뻗어 갔다.

이와 동시에 배원의 입에서 새된 외침이 터져 나왔다.

"감히 수작을 부려? 호위병!"

그 외침 속에서 배원의 몸이 붉디붉은 회오리바람으로 화했다. 금보요[29]가 눈부신 황금빛 반짝임으로 허공을 수놓으며 길게 찰랑거리는 소리를 냈다. 세찬 바람에 휩쓸려 공중에 흩뿌려졌던 꽃잎이 한 덩어리로 뭉치는가 싶더니 짙은 보라색과 등황색 섞인 가루로 바스러져 바닥으로 내려앉았다.

푸슉!

등 뒤에서 배원이 맹부요의 어깨를 붙잡았다. 그 순간 길고도 뾰족한 손톱 열 개가 맹부요의 어깨에 깊숙이 박혔다. 한순간에 피가 뿜어져 나왔다.

매섭게 눈을 번뜩인 배원은 팔을 구부려 자기 쪽으로 끌어당겼다. 이참에 아예 등까지 뚫어 버릴 기세였다.

그러나 맹부요는 한 마디 비명조차 토하지 않았다. 그녀는 기습적으로 무릎을 꿇으면서 배원의 손톱을 뽑아내고 앞쪽으로 석 자 거리를 미끄러져 나갔다.

배원이 이대로 포기할 리가 없었다. 한 걸음 전진한 그녀가 맹부요의 정수리를 겨냥해 손을 뻗은 순간이었다. 등 뒤에서 벽력 같은 노성이 덮쳐들었다.

"그 손 치우지 못할까!"

흑색과 적색이 뒤섞인 그림자가 맹렬한 기세로 들이닥쳤다. 움직임이 얼마나 빠른지 윤곽을 알아보기조차 힘들 정도였다.

---

29 金步搖. 금제 비녀에 길게 늘어지는 장식을 달아 걸을 때마다 찰랑거리게 만든 장신구.

그림자가 지면에 발을 딛기도 전, 그의 손에서 금빛 섬광이 번쩍하더니 가느다란 검 한 자루가 파공음을 내며 날아들어 배원의 동작을 정확히 막아 냈다.

검에 실린 기운에 밀린 배원은 뒤로 공중제비를 넘어 석 장 밖까지 후퇴하고도 코웃음을 쳤다.

호위병들이 벌 떼처럼 몰려들었다. 검이 뽑히고 화살이 시위에 걸렸다. 시커먼 화살촉이 겨눈 과녁은 전북야였다.

배원이 신경질적으로 소리쳤다.

"황궁에 침입해 암살을 기도한 자다, 잡아들여라!"

그 자리에 꼿꼿이 선 전북야의 흑색 장포가 성난 듯 펄럭였다. 새빨간 화염과도 같은 옷자락이 창공으로 솟구쳐 오를 것처럼 요동치는 가운데, 검집을 빠져나온 칼날인 양 예리한 살기가 단번에 주위를 압도했다.

그러나 이마저도 그의 얼굴에 드러난 분노에 비하면 아무것도 아니었으니.

푸른 하늘 아래 새카만 그의 눈동자는 심해에 가라앉은 오철 烏鐵을 연상시켰다. 불꽃을 담은 그 눈동자가 겁도 없이 설치는 붉은 옷의 배원을 노려봤다.

"감히 덤빌 테냐!"

막강한 진기가 실린 호통에 주변 꽃나무들이 바르르 떨며 이파리를 떨궜다. 제일 앞쪽에 나와 있던 호위병은 팔이 후들거리는 걸 느꼈고, 공력이 얕은 병사들은 손에 힘이 풀리면서 병기를 놓쳐 버리고 말았다.

얼굴색이 급변한 배원은 그제야 전북야를 제대로 살폈다.

차림새만 봐도 꽤 신분이 있는 자.

황제의 탄신일을 맞이해 축하연에 초대된 귀빈들이 많으리라는 사실을 떠올리고 미간을 찌푸린 그녀가 호위대를 향해 멈추라는 손동작을 했다.

배원은 이쯤에서 물러날 생각이었으나 전북야 쪽은 그럴 마음이 손톱만큼도 없었다.

그가 수상한 낌새를 챘던 건 정방 밖에서 한참을 허송세월하고 나서였다. 앞을 가로막는 궁녀를 무시하고 여인용 정방 문을 걸어차 날려 버리자 맹부요인 척 변기통에 앉아 있던 다른 궁녀가 질겁해 튀어 오르는 꼴이 보였다.

그제야 깜빡 속아 넘어간 걸 눈치챈 그는 터지려는 울화통을 꾹꾹 누르며 맹부요를 찾아 나섰다.

궁 안 지리에 익숙하지 않은 데다가 오늘따라 황궁 수비군의 배치 태세가 어째 비상식적인지라 무작정 얼마를 헤맸는지 몰랐다. 그러다가 겨우 맹부요를 발견하고 옳다구나, 했는데 그가 낚아채기도 전에 다른 자가 먼저 그녀를 잡아 죽이겠다고 달려드는 게 아닌가.

왜 이렇게까지 열불이 치받는지 모를 일이었다. 맹부요의 어깨에서 선혈이 솟구친 순간, 전북야는 그 뜨거운 피에 심장을 덴 느낌이었다.

내가 잡아 온 여자한테 감히 나보다 먼저 손을 대?

뾰족하게 생긴 세검을 쥔 전북야가 앞으로 돌진했다. 장소가 장소인지라 위타저[30]를 챙겨 오지 못했다. 하지만 전북야는 손에 익지 않은 무기를 쥐고도 유감없이 살기를 흩뿌렸다.

전북야의 날카로운 세검이 배원의 눈앞으로 쇄도했다. 그가 차갑게 외쳤다.

"구멍 열 개, 고스란히 돌려주마!"

한 박자 늦게 '구멍 열 개'가 맹부요의 어깨에 생긴 상처를 말하고 있음을 알아들은 배원이 냉소했다.

"그까짓 게 뭐? 자신 있으면 어디 돌려줘 보시지!"

전북야가 입꼬리를 비틀어 올렸다.

"기꺼이!"

세검이 금빛 직선을 그으며 쏘아져 나가자 배원의 앞을 가로막고 있던 호위병들이 물길 갈라지듯 양쪽으로 나가떨어졌다.

검광이 '쐐액' 소리를 뿌리며 배원에게 접근했다.

배원은 번쩍하는 섬광과 함께 엄청나게 빠른 무언가가 시야 한가운데로 달려드는 광경을 목도했다. 미처 막을 틈도 없었다.

일순 눈앞이 캄캄해지더니 서늘한 감각이 얼굴을 스쳤다. 반사적으로 뻗은 손바닥이 하늘하늘한 물체를 받아 냈다.

차고도 매끄러운 감촉. 얼굴에 통증은 없었지만, 대신 바람결이 와 닿는 게 느껴졌다.

손가락을 움직여 물체를 만져 본 배원은 몹시 불길한 예감에

---

30 韋陀杵. 전북야가 쓰는 무기의 이름. '저'는 보통 기다란 봉에 철퇴 같은 것이 달린 무기를 칭한다.

휩싸였다. 고개를 숙이자 완벽하게 원형으로 오려진 붉은색 비단 조각이 손바닥 위에 있는 게 눈에 들어왔다. 자신이 쓰고 다니는 면사와 같은 재질이었다.

멍하니 손을 들어 얼굴을 더듬거리던 배원이 눈을 홱 옆으로 돌렸다. 충격에 휩싸인 호위병들의 표정이 그녀에게 알려주고 있었다. 면사에 구멍이 뚫려 상처가 고스란히 드러나고 말았음을.

눈앞이 캄캄해졌다. 배원은 울컥 피를 토할 뻔한 걸 가까스로 참아 냈다.

그간 면사를 쓰고 다니면서 댄 핑계는 두드러기 탓에 햇빛과 바람을 피해야 한다는 것이었다. 추한 몰골을 누구도 볼 수 없게 꼭꼭 감춘 채로, 그녀는 오로지 종월에게 희망을 걸고 있었다.

의성 종월. 천하에 이름을 떨치는 명의.

전설의 의선 곡일질穀—送에게서 신기에 가까운 의술을 전수받은 그는 새파랗게 젊은 나이에도 실로 경이로운 재주를 자랑했다.

오주대륙 전체가 우러러보는 그를 모셔 오는 데는 제아무리 배씨 집안이라도 적지 않은 수고를 들여야 했다. 집안사람들은 종월의 의술이 부디 그녀에게 과거의 미색을 돌려줘 다시금 세상에 얼굴을 드러낼 수 있게 되기를 소원하고 있었다.

그런데 저 막돼먹은 작자 탓에 그간 필사적으로 감춰 온 얼굴이 만천하에 드러나 버리고 만 것이다!

전북야가 구멍 낸 것은 단순히 면사만이 아니라 그녀의 가슴이기도 했다. 채 아물지 못한 흉터가 다시금 무자비하게 꿰뚫렸다. 비통한 노여움이 그녀를 집어삼킬 듯 밀어닥쳤다.

가닥가닥 철사처럼 갈라진 소리가 목구멍을 찢고 나와 주위를 틀어막은 경악을, 질식할 것 같은 정적을 깨부쉈다.

"죽여! 죽여 버려!"

전북야가 검을 비껴들고 웃었다.

"다음 구멍은 그 시끄러운 주둥이에 뚫어 주마!"

"궁수!"

뒤편 호위병들 사이로 몸을 물린 배원이 붉은 소맷자락을 휘두르자 맨 앞줄 병사들이 다다다 달려나가 무릎을 꿇었다. 빽빽한 숲처럼 들어찬 화살이 질서정연하게 전북야의 가슴을 겨눴다.

활시위가 팽팽하게 당겨지며 '끼긱끼긱' 소리를 냈다. 정적속에 울려 퍼지는 그 소음은 흡사 피의 성찬을 앞둔 사신의 웃음소리인 양 소름 끼쳤다.

검을 바닥에 짚고 선 전북야가 고개를 젖히며 가소롭다는 듯웃었다. 궁수 부대의 살벌한 기세 따위는 눈에 들어오지도 않는 모양새였다.

화살이 시위를 떠나기 직전이었다.

"쏴!"

칼날을 들이대다

"멈추어라!"

호통과 함께 저만치서 남자 둘이 빠른 속도로 접근해 왔다. 앞서 당도한 이는 우람한 체격에 금위통령 복장이었고, 뒤이어 온 이는 짙은 눈썹과 수염에 화려한 비단옷을 걸치고 있었다.

뒤에 선 이가 다름 아닌 예비 시아버지, 도위 연렬燕烈임을 알아보고 얼굴에서 핏기가 가신 배원이 허겁지겁 소맷단을 찢어 내 얼굴을 가렸다.

조금 전 호통은 둘 중 먼저 당도한 남자가 내지른 것이었다. 호위대 바로 앞까지 들이닥친 그가 인상을 구기며 소리쳤다.

"당장 무기를 거두지 못할까! 무슨 헛짓들이냐!"

직속 지휘관의 말에 찔끔한 호위병들이 무기를 내려놓자, 그 모양새를 보며 눈썹을 꿈틀한 배원이 천천히 남자를 향해 돌아서서 쏘아붙였다.

"철 통령, 지금 내가 헛짓을 한다는 말이오?"

"당치 않습니다!"

절도 있게 허리를 굽힌 금위부통령 철창막鐵蒼漠이 우렁찬 소리로 말했다.

"군주의 명을 어찌 받잡지 않겠습니까마는, 지금 군주께서 칼을 겨누라 하시는 이는 저나 제 수하들이 감히 상하게 할 수 없는 신분이옵니다. 저희 목숨도 목숨임을 생각하셔서 부디 화를 거두어 주십시오."

"저자가?"

도로 돌아서서 전북야를 흘겨본 배원이 입꼬리를 비뚜름하게 끌어 올렸다.

"저까짓 작자가 무엇이나 된다고."

아직 고개를 숙이고 있는 철창막은 가볍게 미간을 찌푸렸지만, 목소리에 불필요한 감정을 드러내지 않았다.

"군주, 천살국 열왕 전하이십니다. 폐하의 귀빈께 결례를 범하셨습니다."

"감히······."

한 방 제대로 먹은 배원이 성질대로 한바탕 해 대려다 말고 멈칫했다. 강직한 성품의 원칙 주의자인 철창막은 태연 황궁 내에서 으뜸가는 고수였다. 이자와 대립각을 세웠다가는 훗날 입장이 꽤나 난처해질 게 뻔했다.

눈길을 돌리자 마침 연렬도 가까이 와 있는 게 보였다. 시아버지 되실 분 앞에서 추태를 보일 수야 없는 일. 철창막을 매섭게 노려본 배원은 분을 애써 삭이며 연렬에게 다가가 예를 올렸다.

얼굴을 꽁꽁 싸맨 배원을 흘깃 쳐다본 연렬이 이내 눈길을 거두고는 똑바로 선 자세에서 수염을 쓸어내리며 배원의 인사를 받았다.

배원의 신분을 생각하면 무척 부적절한 장면이었다. 하지만 잠시 후 허리를 편 그녀는 평소의 오만한 성격이 무색하게도 불쾌한 기색은커녕 오히려 미소 띤 얼굴이었다.

인사를 자연스럽게 받아들인다는 건 자신을 며느리로 완전히 인정한다는 뜻이 아니겠는가.

연렬이 그녀를 응시하며 온화하게 웃었다.

"군주, 금일은 폐하의 탄신일입니다. 하찮은 일에 주의를 빼앗겨 대사를 그르쳐서야 되겠습니까?"

차분한 말투였으나 그 말을 뱉는 이의 웃는 낯은 어딘지 의미심장했다. 그는 특히 대사라는 두 글자를 유독 힘줘 발음했다.

덜컥 자신의 본래 목적을 상기해 낸 배원이 미간을 좁혔다.

그까짓 맹부요가 뭐라고 정신이 팔려서는. 가만, 그러고 보니 아까부터 맹부요가 찍소리도 없지 아마?

아까 섬돌 아래 수풀로 맹부요가 굴러떨어지는 것 같았는데, 그 뒤로 본 기억이 없었다. 바로 뒤이어 전북야를 상대하고 철창막과 입씨름까지 하느라 그 계집애는 까맣게 잊고 있었던 것이다.

전북야 역시 그제야 맹부요를 떠올렸다. 분하다는 듯 콧방귀를 뀐 그가 바닥에 남아 있는 혈흔을 따라가 수풀 뒤를 살피더니 짙은 눈썹을 꿈틀 치켜세웠다.

수풀 뒤편에는 핏자국만 얼룩덜룩할 뿐, 맹부요의 모습은 어디에도 없었다.

뒤쪽에서 코웃음 치는 소리가 나고, 배원이 바람처럼 날아왔다. 텅 빈 수풀 뒤를 확인하고 얼굴을 일그러뜨린 그녀가 짓씹듯 내뱉었다.

"내빼 봐야 넌 내 손바닥 안이야!"

이때 전북야가 느닷없이 뒤로 돌았다. 그 동작이 어찌나 거칠었던지, 옷소매가 맹렬히 허공을 가르면서 배원의 얼굴을 철썩 후려쳤다.

배원은 무슨 철판에라도 얻어맞은 듯 눈앞이 아찔해지는 체험을 해야만 했다. 그런 그녀를 향해 전북야가 얼음송곳처럼 서슬 퍼런 소리를 내뱉었다.

"경고하는데, 나머지 구멍 아홉 개는 마주칠 때마다 하나씩 받아 낼 줄 알아라! 행여 그 여자의 털끝 하나라도 건드리려거든 네 몸에 구멍 백 개가 뚫릴 각오부터 해야 할 거다. 본 왕은 여인을 죽이지 않지만, 그게 너라면 전례를 깰 수도 있다!"

그가 소맷자락을 떨치며 일갈했다.

"지금은 긴말할 시간이 없다만, 이 빚은 반드시 받아 내겠다!"

얼굴을 부여잡고 고개를 들었던 배원은 미처 한마디 맞받아

쳐 보기도 전에 다시금 날아든 소맷자락에 오른쪽 뺨을 정통으로 얻어맞고 말았다. 그녀가 휘청하는 사이, 전북야의 모습은 그 자리에서 휙 사라져 어느덧 저만치 멀어져 갔다.

"이봐, 어이……. 살살 좀 해! 살살, 쓰흡……. 도대체가 치료를 하겠다는 건지, 사람을 잡겠다는 건지."

투덜거리는 소리가 끊이지 않는 어둠 속, 형형한 눈동자 두 쌍이 안광을 발하고 있었다. 그중 한 쌍은 운도 지지리 없는 맹부요의 것이었다.

조금 전, 섬돌 아래 수풀로 굴러 내린 맹부요가 몸을 일으키려던 때였다. 웬 강철같이 단단한 손이 그녀를 붙잡아 어디론가 끌어 내렸다.

그녀가 떨어진 곳은 어두컴컴한 우물 안이었다. 기겁한 맹부요가 반항할 기미를 보이자 상대방이 재빨리 손으로 그녀의 입을 틀어막고 고개를 가로저었다.

소리 내지 말라는 뜻이었다.

손아귀에 살짝 굳은살이 박인 걸 보니 무공을 익힌 사내였다. 체온이 다소 낮은 손바닥에서는 귀족 남자들에게서나 맡을 수 있을 법한 침향목 향기가 배어났다. 남자는 맹부요에게서 얌전히 있겠다는 눈짓을 받아 내고 나서야 손을 풀었다.

주위를 둘러본 결과, 그녀는 지금 밀실 안에 있었다. 보아하니 모종의 비밀 통로와 연결된 마른 우물을 훗날 어떤 이유에서인지 막아 버린 곳 같았다. 그러면서 위에 꽃나무를 심어 놨는데, 그 꽃나무 사이로 굴러 들어온 자신을 마침 우물 안에 숨어 있던 자가 잡아채 끌어 내린 모양이었다.

상대방에게 적의가 없음을 확인한 맹부요가 안도의 한숨을 내쉬었다. 그 순간 남자가 돌연 그녀를 돌려서 세웠다. 남자는 자신의 옷소매를 몇 갈래로 쫙쫙 찢어 내 맹부요의 어깨에 난 상처를 잡아맸다. 기민한 만큼이나 인정사정없는 동작이었다.

창졸간에 횡액을 당한 맹부요는 죽는다고 소리를 질러 댔다. 하지만 그녀의 비명이 채 잦아들기도 전에 일을 마친 남자는 아무런 말도 없이 그녀에게서 등을 돌렸다.

말랐지만 꼿꼿한 뒷모습이 어둠 속에 한 그루의 나무가 서 있는 듯 고왔다. 드디어 맹부요가 조용해지자 남자가 앞쪽으로 몇 걸음을 걸어갔다. 희미하게 비쳐 든 빛이 그의 윤곽을 조금 더 또렷이 드러냈다.

낭창한 허리와 그에 비해 넓은 어깨, 역삼각형 형태는 갖추었으나 아직 소년티를 벗지 못한 몸이었다. 맹부요는 그 뒷모습을 보며 어슴푸레한 기시감에 휩싸였다.

고개를 들어 주변을 두리번거리던 그녀가 눈썹을 찌푸렸다. 그녀는 예전부터 밀폐된 공간을 좋아하지 않았다. 왜인지는 몰라도 사방이 막혔다 싶으면 일단 도망쳐야 할 것 같은 기분이 들곤 했다.

이때 소년이 뒤를 돌아봤다. 지극히 준수한 용모로, 눈동자는 세월 쌓인 샘물처럼 깊고도 투명했으며, 약간 창백하다 싶은 얼굴색은 아득히 머나먼 궁창의 눈 쌓인 산천을 연상시켰다. 새카맣게 침잠한 눈빛에는 맑은 서늘함이 감돌았다. 그의 눈은 천 길 심연 같은 깊이를 가지고도 별똥별로 수놓인 하늘처럼 빛나고 있었다. 극도로 검고 차가운 저 동공 안에서 한들거리는 별빛은 대체 무엇이란 말인가.

순간 맹부요가 숨을 멈췄다.

저 눈빛……, 본 적이 있었다!

연경진과 헤어진 다음 날, 현원검파 연무장에서 검을 겨뤘던 흑의 소년이었다!

그때 소년이 시전했던 미혼술 '유동'을, 자신의 눈 안에서 폭발을 일으켰던 불티를, 맹부요는 아직 기억하고 있었다.

태연 황궁 비밀 통로에서 그를 다시 보게 될 줄이야.

맹부요를 물끄러미 쳐다보던 소년이 홀연 입을 열었다.

"나한테 목숨을 빚진 대가로 해 줄 일이 있다."

얼음 호수 속에서 살얼음이 서로 부딪치며 나는 소리가 바로 저러할까. 싸늘한, 범접할 수 없는 벽이 느껴지는 음성이었다.

"뭐?"

맹부요가 눈을 부라렸다.

이건 또 무슨 논리야. 목숨 같은 거 누가 구해 달랬나? 전북야가 곁에 있는 이상 애초에 죽을 걱정은 없었고, 재수가 없어서 끌려 들어왔을 뿐인데 갑자기 목숨을 빚진 전개가 된다고?

이런 데 숨어 있는 것으로 보나, 저 심각한 표정으로 보나,

모가지 날아가기 딱 좋은 일이나 시키게 생겼구먼, 바보도 아니고 괜히 총알받이가 될 일 있어?

입을 꾹 다물고 맹부요의 표정을 살피던 소년이 두말없이 칼을 뽑았다. 빛을 받아 번뜩이던 칼날이 다음 순간 이미 맹부요의 목에 바짝 붙어 있었다.

한기가 살갗을 엄습했다. 예리하게 빛나는 검이 잘 갈린 바늘 같은 살기를 뿌리고 있었다. 맹부요는 그걸 똑바로 보느니 차라리 눈을 질끈 감아 버릴까 했다.

"내 사전에 부탁 같은 건 없다. 두 번 말하는 것도 질색이야. 거부한다면 죽이겠다!"

정변 전야(상)

목에 바짝 붙어 번뜩이는 장검을 내려다본 맹부요가 소년의 창백한 얼굴로 눈을 옮기더니 피식 웃었다.

"이보게, 친구. 폭력은 그리 효과적인 해결책이 아니야. 특히 네가 그걸 휘두를 기력이 없을 때는 더욱이."

그녀가 미소를 지으며 칼끝을 가볍게 밀어냈다. 그러자 조금 전까지만 해도 반석처럼 버티고 있던 검이 맥없이 그냥 밀려나는 게 아닌가.

서슬 퍼렇던 검광이 흔들리는 찰나, 소년이 소리 없이 허물어져 내렸다. 맹부요는 일찌감치 예상했던 듯 자연스럽게 팔을 뻗어 그의 몸을 받아 냈다.

"에휴."

그녀의 입에서 한숨이 나왔다.

"이 꼴로 센 척은 왜 해?"

맹부요는 밀실 내부 벽면에 붙은 거울에 희미하게 반사되는 빛에 의지해 소년을 살폈다.

감긴 두 눈 위로 미간에 잡힌 주름이 선명했다. 얼굴색은 투명하리만치 창백했고, 이마에는 송골송골 식은땀이 맺혀 있었다. 고요히 굴러 내린 땀방울이 흑발을 더욱 검게 적신 탓에 눈처럼 하얀 안색이 한층 도드라져 보였다.

고개를 절레절레 내저은 맹부요가 일말의 망설임조차 없이 소년의 앞섶을 찢었다. 아니나 다를까, 가슴팍에 대충 싸매 놓은 상처가 보였다.

그녀가 미간을 찌푸리며 천을 풀어내자 짙은 피비린내가 훅 끼쳐 왔다. 상처 부위는 끔찍하다 싶을 정도로 너덜너덜하게 헤집어져 있었다. 날이 넓은 무기에 당한 것 같은데, 살에 푸르스름한 빛이 도는 게 독까지 묻어 있었던 모양이었다. 옆으로는 불에 그을린 자국을 동반한 찰과상도 보였다.

깊은 부상은 아니었으나 그 자국을 발견한 맹부요는 대번에 눈을 가늘게 떴다.

화승총!

원소후에게서 듣기로 오늘날 오주에서 가장 선진적인 무기인 화승총을 갖춘 부대는 태연 전체를 통틀어 딱 하나로, 태자 제원경齊遠京의 최측근이 관리하고 있었다.

제심의 휘하에 있는 연씨, 배씨 가문에 적의를 가진 걸 보면 소년은 분명 태자 쪽 사람일 터인데, 어째서 화승총 부대가 같은 편을 공격한 걸까?

일단은 의문을 떠올리는 것보다 급한 일이 있었다. 입을 앙다문 맹부요가 소매 안에서 작은 병 하나를 꺼냈다. 영 아깝다는 듯한 눈길을 보내길 잠시, 조심스러운 손길로 병을 기울이자 보라색 환약 한 알이 굴러 나왔다. 그녀는 약을 소년의 입안에 밀어 넣었다.

약이 입 안으로 사라지고 나서도 아까움을 금치 못하던 맹부요가 소년의 뺨을 철썩 때렸다. 명목은 환약을 삼키도록 도와주는 거라지만, 딱 봐도 손에 실린 힘이 과했다.

속이 상하는 걸 어쩌겠는가. 병에서 꺼낸 것은 망할 도사 영감한테서 받은 '구전환혼단'이었다. 영감탱이 허풍으로는 송장도 살려 내고 백골에도 살이 돋게 한다던가.

당대 천하제일이었던 제범천帝梵天의 '무공총武功冢' 안에 있는 보물을 제외하고는 세상에 견줄 물건이 없다고 했었다. 그런 환약을 친구 사이도 아닌 이 녀석에게 먹이려니 속이 쓰려 죽을 맛이었다.

약을 먹인 지 얼마 지나지 않아 소년의 호흡이 안정되기 시작했다. 맥을 짚어 본 결과 완벽한 해독까지는 아니어도 일단 생명에는 지장이 없을 듯했다.

맹부요는 자리를 털고 일어나 출구 찾기에 나섰다. 사방팔방 벽을 두드려 보았다. 이곳 밀실은 '거울관'이라는, 빛의 반사와 굴절을 이용한 진법 구조로 설계되어 있었다.

한참을 두드리던 중, 줄곧 묵직하게 울리던 소리가 갑자기 낭랑하게 바뀌는 부분이 나왔다. 신이 난 맹부요가 벽을 밀어 보려고 하는데 돌연 등 뒤에서 말소리가 날아들었다.

"고슴도치가 되고 싶거든 계속해 보시지."

뒤로 돌아선 맹부요가 반쯤 일어나 앉은 소년을 보며 눈썹을 까딱 치켜세웠다.

"그게 지금 생명의 은인을 대하는 태도야?"

무릎 위에 팔을 걸쳐 놓고 눈을 내리깐 채 체내의 기운을 점검하던 소년이 맹부요의 말에 고개를 들었다.

그윽한 눈동자 안에서 희미하게 빛이 반짝였다. 소년의 눈은 깊고도 아름다웠다. 안개 낀 밤바다 위에서 한들거리는 고깃배의 등불을 보는 듯, 한없이 아득한 느낌을 주는 눈이었다.

그의 이목구비가 그저 빼어난 정도에 그친다면, 그의 눈은 그야말로 기가 막힌 작품의 경지였다. 해 질 무렵 꽃밭에 앉아 강물 위를 떠가는 유등을 지켜보는 이의 마음에나 깃들 법한, 고적함 뒤에 숙명적으로 따르는 평온함. 소년의 눈이 불러일으키는 심상을 굳이 형용하자면 바로 그러하리라.

맹부요는 잠시나마 넋을 놓고 말았다.

저런 눈을 하고서, 유동처럼 정신 나간 기술은 왜 익혔을까?

의문이 해결되지 않았는데 상대의 건조한 대답이 들려왔다.

"상황이 허락했다면 내 검이 아직 그 목덜미를 짓누르고 있었을 거다."

웃음을 터뜨린 맹부요가 고개를 가로젓다 말고 말했다.

"좋아, 들어나 보자. 그래서 내가 해 줄 일이 뭔데?"

"제왕齊王이 잡기단을 데리고 입궁했다. 오늘 저녁 유시,[31] 건안궁에서 열릴 황실 가족연에서 기예를 선보이겠다는 명목으로. 제심의는 그 자리에서 태자를 제거하고 황제에게 양위를 강요할 작정이고, 그의 앞잡이인 연씨 가문과 배씨 가문도 동시에 움직이기 위해 대기 중이지. 연씨 가문에서 타국 사신들의 입궁을 핑계로 황궁 내 근위대의 병력 배치에 이미 손을 써뒀으니 때가 되면 배씨 가문이 경군 5만을 이끌고 들이닥칠 거다. 제심의가 계획을 실행에 옮기기 전에 태자 전하께 이 사실을 알리는 게 바로 우리가 할 일이다."

"그런 고급 정보를 어디서 빼냈어?"

맹부요가 눈을 반짝였다.

"알려 준 사람이 있어."

소년의 입매가 고집스럽게 다물렸다. 더 말해 줄 건 없다는 뜻이었다.

눈을 위로 뜨고 머리를 굴리던 맹부요가 대꾸했다.

"그래!"

그녀는 대수로운 일도 아니라는 듯 의기양양하게 웃었다.

"아아, 배원을 물 먹이는 일이라니 확 당기네. 어차피 너랑 손잡지 않고서는 그 집안이 꽉 틀어쥐고 있는 궁 안에서 빠져나갈 방도도 없고."

소년이 심각해진 기색으로 미간을 좁혔다.

---

31 오후 5시에서 7시 사이.

"신궁에서 가주님을 만나 이 소식을 알리고 태자께 전해 달라 부탁하려던 참이었는데, 의문儀門 앞에서 화승총 부대와 맞닥뜨리고 말았다. 그때까지만 해도 놈들이 태자 전하를 배반한 줄 모르고⋯⋯."

"알았으면 다칠 일도, 이런 데로 숨어들 일도, 날 잡아서 도움을 청할 일도 없었을 거다?"

맹부요가 그를 흘깃 쳐다봤다.

"그럼 넌 운씨 집안이야?"

"운흔雲痕, 운씨 가문의 양자다."

짧은 답이었다.

맹부요의 눈동자가 갈 곳 모르고 흔들렸다. 지금 운씨 집안과 배씨 집안이 서로 못 잡아먹어 안달인 데는 그녀와 원소후가 꾸몄던 계략도 상당 부분 공헌을 했으니 인간적으로 찔리지 않을 도리가 없었다.

그녀는 부랴부랴 화제를 돌렸다.

"제심의도 참 대단하네!"

맹부요가 운흔에게서 건네받은 궁 내 배치도를 손가락으로 툭툭 튕겼다.

"가진 병력도 없는 황자가 무슨 재주로 일을 여기까지 끌고 온 거지?"

"글쎄."

운흔의 눈동자가 생각에 잠겨 들었다.

"배후에서 돕는 자가 있다고 밖에는⋯⋯."

"누가?"

한참 더 생각에 빠져 있던 운흔이 느리고도 무거운 어조로
말했다.

"장손무극."

정변 전야(하)

맹부요가 당혹스럽다는 듯 눈썹을 꿈틀했다.

"다른 나라 태자가 태연국의 일에는 왜?"

"최근 헌원국이 전쟁 준비에 들어갔어. 영토를 넓히겠다는 거지."

운흔이 서늘하게 말했다.

"전북야에게 큰코다친 전력이 있으니 천살국은 감히 노리지 못할 테고, 무극국이 목표가 될 가능성이 크다. 무극국 변경을 기습하려면 반드시 태연이 길을 내줘야만 하는데, 현재 태연의 태자비는 헌원국 공주다. 그러니 장손무극 입장에서는 태자를 갈아 치우고 싶겠지."

"새 태자라고 꼭 무극국을 곱게 놔둔다는 보장이 있나?"

맹부요가 입을 삐죽였다.

"머리 쓰는 게 비상하다고 소문이 자자하더니만 이제 보니 별거 없잖아."

"장손무극을 만만하게 보면 곤란해."

운흔이 고개를 가로저었다.

"정말 그자가 배후라면 숨은 의도가 더 있을 거다."

"뭐 엄청 비범한 인물인 것처럼 말하네."

눈을 반짝이던 맹부요가 툭 질문을 던졌다.

"어떻게 생겼어? 특징이라든지?"

그러나 운흔은 다시 한번 고개를 저었다.

"추한 용모라고는 전해지나 남들 앞에서 본모습을 드러내는 일이 거의 없다더군."

"아."

하고 한마디 흘린 맹부요가 절레절레 고개를 흔들며 일어섰다.

"그만 갈까."

한구석에 살짝 튀어나온 거울이 밖에서 비춰 드는 햇빛을 한 줄기 새하얀 광선으로 모아 맹부요가 찾아냈던 속이 텅 빈 벽체를 향해 쏘았다. 그러자 벽면에 양각된 문양이 어렴풋이 형태를 드러냈다.

그 모습을 보고 다가간 맹부요가 문양을 시계 방향으로 한 바퀴 더듬은 순간! 벽면에서 덜컹거리는 소리가 나더니 숨겨져 있던 문이 천천히 열렸다. 다행히 문안에서 화살이 쏟아져 나오거나 하지는 않았다.

그런데 맹부요가 겨우 한숨을 돌리자마자 시커멓게 번뜩이는 무언가가 눈앞으로 달려들었다. 그녀의 얼굴을 노리고 독사 떼처럼 튀어나온 창 다발이었다.

반사적으로 눕듯이 자세를 낮추려던 맹부요는 뒤에 운흔이 있다는 걸 떠올리고 아차, 했다. 자신이 피해 버리면 적의 공격은 고스란히 그를 향할 터.

망설이는 사이에 창끝은 어느덧 코앞까지 들이닥쳐 있었다. 예리하게 갈라진 공기의 흐름이 눈을 아프게 때렸다.

촤라락!

어떤 사람이 등 뒤에서 미끄러져 나와 맹부요의 앞에 서고는 양팔을 크게 벌려 장창을 모조리 겨드랑이 사이에 끼운 뒤 휘릭 몸을 돌렸다. 회전력을 받은 창이 기세 좋게 휘돌면서 상대의 진영을 휩쓸자 질겁하는 소리가 여럿 터져 나왔다.

운흔이었다.

단 한 번의 움직임으로 매복해 있던 자들을 모조리 때려눕힌 그가 귀신처럼 앞쪽으로 가서 그중 한 명의 목을 잡아 단번에 비틀었다. '까득' 소리가 미처 가시기도 전, 그는 이미 다음 사람의 곁에 서 있었다.

또다시 잡고 비트는 동작의 반복. 소름 끼치는 소리가 쉬지도 않고 울려 듣는 이들의 간담을 서늘하게 했다.

세상에 사람을 저런 식으로 죽이는 자도 있단 말인가.

넋이 나가 있던 마지막 한 명은 자기 차례가 거의 당도해서야 정신을 차리고는.

"꽥!"

하고 줄행랑을 쳤다.

가소롭다는 듯 웃은 운흔이 검을 뽑았다. 검이 그의 손에서 찬란하게 빛났다.

그가 한 손으로 집어 던진 검은 정확히 상대의 목을 꿰뚫었다. 목구멍에서 피를 뿜으면서도 그자는 관성 탓인지 몇 걸음을 더 가고서야 사지를 뒤틀면서 바닥으로 쓰러졌다.

검기를 거둔 운흔이 칼을 짚고 서서 숨을 헐떡였다. 맹부요는 그런 그를 멍하니 바라보고 있었다.

무공은 절정 경지라 할 수 없었으나 기민하고 정교한 살인 기술만큼은 분명 최고봉이었다. 구름이 흐르듯 위치를 옮겨 가며 순식간에 목숨 줄을 끊는 기술. 이쯤이면 예술이라 불러야 했다.

적군 여럿을 쉬지도 않고 해치우는 사이 본인도 기력을 소진한 운흔은 검에 체중을 실은 채 연신 가쁜 숨을 몰아쉬고 있었다. 미세한 액체 방울이 그의 손등으로 추락해 새빨간 얼룩으로 피어났다.

그 적과 백의 시리디시린 대비에 가슴이 철렁한 사람이 있었으니, 바로 맹부요였다. 재빨리 그 곁으로 다가간 그녀가 찌푸린 표정으로 운흔을 살폈다.

"상처가 벌어졌어."

운흔이 자세를 고쳐 잡았다. 창백하던 그의 얼굴에 출처 모를 홍조가 불쑥 드리우더니, 이윽고 내뱉은 목소리마저 묘하게 잠겨 있었다.

"상관없으니까 서두르기나 해!"

운흔이 다급한 이유야 충분히 알 만했다. 이곳에 매복이 있었다는 건 그가 화승총 부대의 공격을 받은 일이 이미 제심의의 귀에까지 들어갔다는 뜻이었다. 그렇다면 궐 안 경계가 한층 더 삼엄해졌을 터, 건안궁까지 가는 길이 평탄할 리 없었다.

"이대로는 목적지까지 못 가."

맹부요가 고개를 가로저었다.

"눈치챘겠지만 난 진기를 봉인당했고, 넌 중상을 입은 상태야. 우리 둘이서 몇 발자국이나 움직일 수 있겠어. 건안궁이면 병력을 겹겹이 둘러쳐 놨을 텐데, 우리가 목숨을 내놓고 쳐들어가느니 태자가 스스로 거기서 나오도록 하는 편이 현명해."

일순 눈을 빛냈던 운흔이 바로 미간을 찌푸렸다.

"탄신연 도중에 태자가 폐하의 곁을 비워 놓고 나온다는 건 있을 수 없는 일이다."

"누군가 반역을 일으킨다면?"

맹부요가 여유롭게 웃었다.

"보통 그런 일은 누가 처리하는 게 관례더라?"

휙 고개를 돌린 운흔이 흔들리는 목소리로 물었다.

"무슨 뜻이지?"

"역적질하자고!"

맹부요가 한 자 한 자 눌러 말했다.

"제심의보다 발 빠르게 역적질을 해서 태자를 궁 밖으로 끌어내는 거야!"

⁂

태연 황조 성덕聖德 18년 9월 23일, 황제의 탄신일을 맞이한 태연 도성에서 별난 형태의 내란이 발발했다. 역사서에서는 이를 '연경의 난'이라 이르나, 오주대륙 사학자들이 사석에서 쓰는 명칭은 '쌍반雙反의 난'이었다.

이 사변을 별나다 하는 이유는 적대 관계인 두 세력이 하룻밤 안에 연달아 반란을 일으켰기 때문이었다. 덕분에 연경 황성은 한날에 난리를 두 차례나 겪어야 했다.

1각³² 전에 황성 대로를 흥건히 적셨던 피가 1각 후에는 다른 이들의 피로 씻겨 나갔으니. 한 황조가 하루 만에 두 번이나 반란을 경험한 것은 역사상 전례가 없는 일이었다.

언뜻 태연 황태자와 제왕 제심의 사이의 황위 다툼으로만 보이는 '쌍반의 난'의 이면에는 사실 한 여인의 그림자가 숨어 있었다. 그녀가 웃으며 내뱉은 말 한마디는 태연 황실 내의 권력 투쟁을 앞당기고 태연 황조의 근간을 뒤흔들어 놨을 뿐만 아니라, 더 나아가서는 오주대륙 정세의 최후 판도를 알게 모르게 바꾸어 놓기까지 했다.

당시의 그녀는 아직 보잘것없는 존재. 7국의 영웅호걸 명단

---

32 시간 단위로 15분에 해당한다.

에 끼는 것 따위는 꿈도 못 꿀 시절이었다.

그러나 난새와 봉황이 태연 땅에서 날개를 펼쳐 일곱 나라를 휩쓸 바람을 일으키는 순간, 훗날 한 시대를 지배할 여인의 웅대한 서사시는 이미 시작되었음이라.

폭풍 전의 고요

밤의 장막이 황성을 무겁게 뒤덮었다. 겹겹이 쌓인 구름의 소용돌이에 가려 달과 별도 빛을 잃었으니, 가을의 청량함과는 거리가 먼 밤이었다.

그 칙칙한 하늘빛을 발판 삼아 태연 황성은 찬란한 화려함을 마음껏 뽐내고 있었다. 궁궐 구석구석에 오색 비단 끈을 매단 등롱이 내걸렸고, 나무그루마다 아리따운 비단이 묶였다. 난만한 국화 화분이 세 걸음에 하나요, 선 자리에서 고개를 들면 진홍색 등불이라, 발그레한 빛에 비친 꽃송이는 그 색채가 아롱아롱하여 황홀하기 이를 데 없었다.

옥띠 같은 다리가 놓인 건안궁 앞 연못에는 푸른 수면의 잔물결 위에 붉은 연등이 한가득 넘실대고 있었다. 수변 정자 꼭대기에는 야명주가 달렸고, 탁자 위에는 온갖 과실이며 산해진

미가 차려졌으니, 그 모두가 오매불망 기다리는 것은 유시에 분향을 마치고 납실 황제 폐하였다.

이 시각 황자들 역시 일찌감치 건안궁 측전侧殿에 모여 폐하의 행차를 기다리고 있었다. 서로 간에 도란도란 담소가 오가는 광경이 무척 화기애애하여 보기가 좋았다.

의자에 비스듬히 등을 기댄 채 포도알을 하나 따서 입에 넣은 제왕 심의가 모래시계에 흘깃 눈길을 던졌다. 이제 막 신시[33]를 넘어선 참이었다.

건안궁에서 멀찍이 떨어진 서쪽 여섯 개 전각은 대전과는 딴판으로 썰렁한 분위기였다. 늙은 황제에게는 비빈이 많지 않았기에 텅 비어 어두컴컴하게 불 꺼진 건물이 심심치 않게 눈에 띄었다.

몇 곳은 날이 날인지라 나름대로 치장을 해 보았다고는 하나, 해묵은 처량함이 어디 그리 쉽게 감추어지는 것이던가. 처마 밑에 내걸린 등롱이 바람결에 비틀거리며 발하는 붉은빛이 어둠을 배경으로 하여 어딘지 애처로워 보였다.

검은 그림자 한 쌍이 신궁을 향해 급한 걸음을 옮기고 있었다. 차림새를 보니 환관과 궁녀였다.

둘은 정신없이 길을 재촉하다가도 근위병이 나타났다 싶으면 주변 구석진 귀퉁이로 재빨리 몸을 숨겼다. 날렵한 움직임 덕에 지금까지는 누구에게도 발각되지 않을 수 있었다.

---

33 오후 3시에서 5시 사이.

선덕전宣德殿 앞에 당도한 두 사람이 걸음을 멈췄다.

연로한 태비[34]의 거처인 선덕전 뒤편이 바로 냉궁인 신궁이었다. 신궁 영항[35]을 지나면 속칭 '사문死門'으로 불리는 황성 서문이 나왔다.

유폐 중에 사망한 비빈이나 죄를 짓고 맞아 죽은 궁중 비복의 시신은 모두 이 문을 통해 밖으로 옮겨졌다. 볕 한 점 없이 음산한 바람만 떠도는 이곳 영항은 본래 찾아오는 이는커녕 지나치는 사람도 거의 없는 장소였건만, 오늘은 상황이 달랐다.

선덕전과 신궁을 가르는 담장 아래에 삐죽삐죽 병기로 이루어진 숲이 돋았고, 그 숲 사이로 갑주가 번뜩이는 빛을 뿌리고 있었다. 좁은 골목길을 쉼 없이 왕복하는 시위대 행렬은 흡사 시커먼 뱀이 꿈틀거리는 듯했다. 그야말로 쥐 새끼 한 마리 파고들지 못할 경계 태세였다.

서로를 마주 본 두 사람은 상대의 눈 안에서 근심을 발견했다. 신궁 담장이 바로 앞이건만, 그 사이에 날개가 돋아도 못 넘어갈 요새가 만들어진 것이다.

환관 차림의 운흔이 속 타는 표정으로 고개를 들어 잔뜩 구름 낀 하늘을 쳐다봤다.

구월이라고는 하나 남쪽 지방에는 아직 여름 기운이 가시기 전이었다. 폭풍우의 도래를 앞둔 시각, 바람마저도 숨 막히게

---

34 太妃. 죽은 선제의 황비에게 내려지는 봉호.
35 永巷. 궁궐 안에 있는 좁고 긴 통로.

무거웠다. 뺨을 때리는 바람을 붙잡아 손으로 꽉 눌러 짜면 물기가 뚝뚝 떨어질 것만 같았다.

황실 가족연까지 남은 시간은 3각.

운흔은 낯빛이 파리해진 채 앞쪽을 뚫어져라 응시하고 있었다. 시위대의 분주한 발걸음이 그의 눈동자 안에서 잠시 휘돌았다. 기억 밑바닥에 잠들어 있던 풍경이 세월을 거슬러, 망각의 강을 건너, 다시금 그에게로 달려들었다.

기억 속의 발걸음은 지금 보는 것과 마찬가지로 어지러웠다. 바삐 움직이는 다리들이 위를 올려다보느라 필사적인 그의 눈앞을 무심히도 지나쳤다.

숨이 넘어갈 듯 헐떡거리던 그가 무엇이라도 잡아 보려 내뻗은 손이 누구의 것인지 모를 신발에 짓밟혔다. 고통에 소스라쳐 고개를 들자 신발은 손등을 더욱 꾸욱 눌러 뭉갰다.

그날 밤 시체 구덩이 곁에서 올빼미가 날았다. 날갯죽지에 스친 나무 꼭대기의 이파리가 파르르 떨며 음산한 신음을 흘렸다.

그는 질척한 땅바닥에 엎어져 있었다. 금속 삽날의 광택이 눈앞에서 번뜩였다. 피에 젖은 진흙이 얼굴로 날아들어 그의 시야를 가렸다.

그리하여 더는 볼 수가 없었다. 그 구덩이 안에 있던…….

운흔의 호흡이 시시각각 가빠졌다.

세월 깊숙이에 도사린 악몽, 이에서 벗어날 날은 언제쯤에나 온단 말인가?

눈 안에서 떠돌던 불티가 폭발을 일으켰다. 허리춤의 검을 힘껏 틀어쥔 그가 막 돌진하려던 때였다. 누군가가 그를 붙잡았다.

고개를 틀어 맹부요를 노려본 그가 차갑게 손을 뿌리쳤다. 그 눈 안의 불티는 여전히 빙빙 돌며 펄떡거리고 있었다. 언제라도 쏘아져 나갈 기세로.

갑자기 저 서슬 퍼런 눈빛은 대체 뭐람.

맹부요는 당황스러웠다. 밑도 끝도 없이 시위들이랑 맞장이라도 뜨고 싶어진 기색이기에 부랴부랴 붙잡은 참이었다.

개죽음을 당하게 생긴 걸 기껏 말려 줬더니 성질은 왜 부려?

지금은 둘이서 티격태격할 때가 아니었다. 입을 실쭉거리던 그녀가 운흔에게 뒤로 돌아서 있으라는 손짓을 했다.

운흔은 순간적으로 의혹의 눈빛을 보냈지만, 확신에 찬 맹부요의 표정에 밀려 결국은 고분고분 돌아섰다.

한 걸음 뒤로 물러선 맹부요가 옆에 있던 꽃나무에서 굵은 가지 하나를 부러뜨려 손에 쥐었다. 공들인 칼질이 쓱싹쓱싹 왔다 갔다 하는 사이 나무토막은 곧 뭉툭한 방망이의 형태를 갖췄다. 마지막으로 손아귀에 감아쥐고 그 느낌까지 확인해 본 후, 그녀는 방망이를 슬그머니 소매 안에 집어넣었다.

밤의 어둠마저도 그녀의 얼굴이 순간 발그레하게 달아오르는 것까지는 감춰 주지 못했다.

굵고 긴 것이 손가락에 오돌토돌하게 쓸리는 감촉이, 거참.

맹부요는 뺨을 홧홧하게 데우는 열기를 느끼며 피식 웃고 말았다.

이게 지금 뭐 하는 거람. 일생 점잖게 살아온 이 몸의 품위가 태연 황궁에서 작살날 줄이야!

❋

신시를 2각 지난 시점.

촛불이 기세 좋게 타오르는 건안궁에서는 제심의가 회좌 제일의 잡기단 '무가반'이 얼마나 재주 좋은 치들인지 열변을 토하고 있었다. 그가 미소 지으며 내민 손을 따라 황태자가 쓱 고개를 가까이 대자 제심의가 소곤소곤 말했다.

"전하, 잡기단 안에 어여쁜 숫처녀가 하나 있는데, 그 나긋나긋한 허리 놀림 하며 비길 데 없는 자태가 아주 녹습니다, 녹아요……."

"오."

감탄의 소리를 뱉은 태자가 조용히 덧붙였다.

"숫처녀라면서 허리 놀림이 나긋한지는 어찌 알고? 혹여……."

서로 눈을 맞춘 형제가 동시에 시원한 웃음을 터뜨렸다.

❋

신시 2각, 건안전 치수방[36].

---

36 値戍房. 당일 궁 내 경비를 맡은 인력이 머무는 공간.

금위부통령 철창막이 순찰을 나가려던 길이었다. 문발을 걷어 올리자마자 직속 상관 연렬이 예고도 없이 불쑥 나타났다.

"나도 같이 감세."

친근한 자세로 나란히 걷던 두 사람 앞에 홀연 길고 가녀린 그림자가 드리웠다.

고개를 든 철 통령의 눈에 들어온 건 바람 속에 사붓하게 웃고 선 배원 군주였다. 철 통령이 재깍 다가가 '우연히 마주친' 군주에게 예를 올리자 배원이 미소 지으며 일으켜 세워 주는 시늉을 했다.

그런데 다음 순간, 상대를 가볍게 부축하던 군주의 손에 검한 자루가 번뜩 모습을 드러냈다. 검은 잠시도 주저하지 않고 곧장 철 통령의 명치를 뚫고 들어갔다.

철 통령이 본능적으로 반격하려던 때였다. 옆에 있던 연렬이 빙긋 웃으며 팔을 뻗었다.

펄럭 날렸던 소맷자락이 내려앉았을 때, 그는 구부정하게 허리를 접은 철 통령을 이미 옆구리에 단단히 끼고 있었다. 피 묻은 철통령의 머리통이 팔 밑에서 분하다는 듯 연신 꿈틀거리는 통에 옆구리가 금세 피 칠갑이 됐다.

연렬은 조금도 흔들림 없는 웃음을 머금은 채로 철통령의 목을 무섭게 비틀었다.

그 즉시 철 통령의 고개가 기괴한 각을 그리며 홱 돌아갔다. 목뼈가 부러지는 소리를 밤의 음산한 어둠이 묻어 주었다.

시신을 땅바닥에 아무렇게나 내던진 뒤, 배원과 연렬은 마주

보며 미소를 교환했다.

⁂

신시 2각, 황성 삼중문.

밤바람이 거친 가운데, 진홍색 궐문 앞쪽으로 창백하게 드리워졌던 달빛이 말발굽 소리에 산산이 부서져 나갔다. 그러나 태연 황성 삼중 궁문에 투창처럼 직립한 근위병들은 엇갈린 그림자를 바닥에 늘어뜨린 채 미동조차 없는 모습이었다.

밤의 적막을 깨고 질풍처럼 달려온 말 위에는 비단옷을 입고 장검을 찬 인물이 타고 있었다. 어마어마한 무리를 끌고 나타난 이들의 정체는 바로 황궁 수비대를 책임지고 있는 연씨 부자였다.

"장녕長寧, 광안廣安, 장신長信, 삼중 궁문의 수비 병력을 긴급히 교체하라는 황명이다!"

병기가 서리 같은 반사광을 발하고 철갑이 서로 부딪치며 쩔그럭대는 소리를 냈다. 세찬 기류가 휘도는 하늘가에 층층이 물고기 비늘처럼 쌓인 구름이 황성 한편을 무겁게 짓눌러 왔다.

높다란 말 위에 앉은 연렬은 차가운 눈으로 병사들의 교대를 기다리고 있었다.

장신문 수비대 대장은 철창막의 심복으로, 그가 머뭇머뭇 철통령의 친필 명령서를 요구했다.

연렬이 비릿하게 웃었다.

"물론 가져왔지!"

그가 손에 들고 있던 누군가의 머리통을 무지막지하게 휘둘러 대장의 머리를 박살 냈다. 으스러진 두개골에서 선혈과 뇌수가 한데 섞여 흘러나와 지면에 파인 문양 위를 꾸물꾸물 기어갔다.

그것은 한 폭의 흉측한 살육도였다.

머리통이 굴러가면서 황성 대로에 남긴 핏자국은 잘 훈련된 근위병의 손에 의해 순식간에 지워졌다.

❀

신시 2각, 도성 근교 경군 본영.

경군통령 방명하方明河가 수하들을 소집해 제왕의 친필 명령서를 낭독했다. 태자가 역모를 꾀하였으니 경군은 속히 입궁하여 황제 폐하를 보위하라는 내용이었다.

부장副將 다섯 중 셋은 명령이 떨어지자마자 부대를 이끌고 군영을 떠났으나, 나머지 둘은 이의를 제기했다. 황명 없이 경거망동은 부적절하다는 상대방의 말을 차분히 경청한 방명하는 역시나 차분히 고개를 끄덕인 후 손을 내저었다. 그러자 긴 창 수십 자루가 소가죽 막사를 뚫고 들어와 부장 두 명을 벌집으로 만들어 놨다.

흩뿌려진 선혈이 장막에 얼기설기 긴 선을 그렸다. 붉은 피는 방명하의 뒤쪽에 있던 태연 지도에도 예외 없이 얼룩을 남겼으니, 정확히 황성 위치였다.

⁂

신시 2각, 연경 모처의 은밀한 별장.

푸른 면사가 덧대어진 창 안쪽에서 알알이 구슬 꿰인 주렴이 희미한 반짝임을 뿌리고 있었다. 그 앞에 선 남자의 훤칠한 뒷모습에서 은은한 기품이 배어났다.

"죽어야 할 자는 서른하나다."

남자가 손가락을 세우며 우아하게 미소 지었다.

"그저 많이 죽인다고 능사가 아니라 필요에 의해 철저히 선별해 죽이는 것이 핵심이지. 가거라."

그의 손바닥에서 모습을 내비쳤던 하얀 표식이 이내 넓은 소맷자락 안으로 사라졌다.

"제심의에게 주는 첫 번째 선물이라고 해 두자꾸나."

남자가 말을 맺는 동시에 실내에 있던 검은 그림자들이 연경 구석구석을 향해 연기처럼 쏘아져 나갔다. 그들이 임할 곳, 그들이 죽일 인물들은 언뜻 하찮아 보일지 모르나, 때가 되면 그 어떤 변수보다도 결정적인 역할을 발휘하게 될 것이다.

그 서른한 명의 부재는 사태 발발 후 훈령 하달을 어렵게 하고 정보 흐름을 차단해 연경 전체를 마비시키는 결과를 낳을 터였다.

금가루가 뿌려진 종이 위에 서른한 명의 이름이 멋들어진 필체로 적혀 있었다.

연경부 부윤府尹, 사병을 소유한 일부 고관대작, 병참과 역참을 관리하는 역승驛丞, 봉화대 파수병, 황성에서 비롯된 각종 훈령과 기별을 외부로 전달하는 문서서 당직 관리…….

이들이 죽어 버리면 연경에서 무슨 일이 터지더라도 지원 요청은 고사하고 서신조차 전할 수 없게 된다.

허리를 굽힌 자세로 명단을 살펴보며 탄복한 눈빛을 드러내던 사내가 그래도 아직 우려스럽다는 듯 말했다.

"태자에게는 금위군이 있습니다. 근래 물밑에서 계속 몸집을 불려 이제 그 수가 정규 편제를 훌쩍 웃도는 8만에 달합니다. 그러니 어찌……."

"이미 늦었다."

남자의 입가에 희미한 웃음기가 떠돌았다.

"제심의의 손에서 살아남아 술시[37] 전에 본영에 당도하지 않는 이상."

침묵이 흘렀다. 누가 봐도 불가능한 일이었다.

"형제끼리 싸움이 붙는 것도 나쁘지는 않을 터. 최근 태연국이 하는 양이 부쩍 건방져졌으니, 정신 차릴 겸 한바탕 피를 뒤집어쓸 때도 되었지."

달빛 아래, 매화가 성기게 핀 병풍을 앞에 두고 남자가 멈춰섰다. 소맷자락을 날린 바람이 머리카락마저 사르르 흐트러뜨

---

37 밤 7시에서 9시 사이.

렸다.

한 떨기 우담화를 닮은 미소를 짓고 있는 남자. 그의 말투에는 천하 가장 높은 곳에서 홀로 아래를 굽어보는 이의 쓸쓸함이 배어 있었다.

"아쉽지마는, 제심의가 그럴 기회를 줄 리는 없음이야. 연경 전체를 뒤진들 그 누구도 이제 와서 판을 뒤집지는 못할 테고, 태자는 예정대로 몰락할 수밖에 없겠지……."

뒷짐을 지고 선 그는 깊고도 아득한 눈을 하고 있었다. 저 멀리, 어둠 너머 이미 정해진 결말을 바라보고 있는 것일까.

미소를 머금은 그가 조금 전 했던 말을 되씹었다.

"아쉽지마는!"

'야매' 원앙

앞과 같은 신시 2각.

선덕전 부도총관 노안勞安이 전각에서 나오다 말고 고개를 쭉 빼고는 저 멀리 화려하게 불을 밝힌 궁들을 내다봤다. 그는 곧 결린 허리를 두드리며 전각 뒤편, 자신의 거처를 향해 비칠비칠 걸음을 옮겼다.

이곳은 궁벽한 서쪽 여섯 개 전각 중 하나에 불과했다. 게다가 냉궁인 신궁과 바짝 붙어 있으니 궁중에서 아무리 성대한 잔치가 벌어진들 그에게는 딴 세상 일인 셈이었다. 일흔이 다된 환관은 합죽한 입을 하고서 뒤뚱거리는 걸음으로 길을 재촉했다.

잠시 후, 으슥한 회랑을 지나던 그가 우뚝 발걸음을 멈췄다.

환관과 궁녀 복장을 한 남녀 한 쌍이 정원의 조그만 돌산 뒤

320

로 숨는 걸 본 탓이었다.

"게 누구냐?"

순찰을 돌던 시위도 문밖에 멈춰 서서 안쪽으로 눈길을 던졌다.

허둥지둥 돌산 뒤에서 나온 남녀는 낯선 얼굴들이었다. 누런 얼굴에 홍조를 띤 궁녀가 손을 쭈뼛쭈뼛 뒤로 숨겼다.

늙은 환관은 그래도 눈치만은 녹슬지 않은지라, 그 손에 들린 원통형의 작은 방망이를 단번에 포착해 냈다. 움찔했던 것도 일순, 그는 금세 상황 파악을 완료했다.

주제도 안 되는 것들이 또 암수 정답게 노닐어 보겠다고 용을 쓰고 있었구나!

처음에는 혀를 차던 그였지만, 자신과 대식[38] 사이인 취환翠環이 떠오르자 웃음이 비실비실 입가를 비집고 나왔다. 그는 손을 휘휘 내저어 남녀를 쫓아 보내고 밖에 있는 병사에게도 아무 일 아니라는 의미의 손짓을 해 보였다.

시위가 방향을 틀어 문 앞을 떠난 후, 썩 물러가라고 한 지가 언제인데 남녀는 고개를 수그린 채 미적거리고만 있었다. 뒷짐 지고 제 갈 길을 가던 노안이 왜 저러나 싶은 생각에 돌아서며 헛기침을 했을 때였다.

"공공, 살려 주시어요!"

궁녀가 돌연 달려들어 우는소리를 했다. 늙은 태감은 가늘게

---

38 對食. 궁녀 혹은 환관끼리 서로 사랑할 때 상대를 가리켜 사용하는 말.

뜬 눈 위로 미간을 좁혔다.

"공공……. 저희는 신궁 궁인이온데……, 돌아갈 방도가 없어져서……."

궁녀가 고개를 들었다. 낯빛이 누렇게 떴을 뿐, 이목구비 하나는 빼어난 아이였다. 눈물을 글썽거리는 눈망울도 애틋하고, 슬피 우는 와중에도 시원스럽게 뻗어 올라간 눈썹 또한 보기 좋지 아니한가.

안타까울 따름이었다. 후궁 자리도 너끈히 오를 미색이건만, 보아하니 낯빛도 저 꼴이고 출신도 미천하여 어디 제대로 나서질 못하는 모양이었다.

저런 인재가 냉궁에 처박혀 환관 따위와 공갈 부부 놀음이나 해 먹고 있다니. 이쯤 되니 측은지심이란 것이 드는지라, 노안의 고개가 맞은편 신궁 방향으로 돌아갔다.

병사들이 한시도 쉬지 않고 왔다 갔다 하는 것이, 검문이 보통 삼엄한 게 아니었다. 저 정도면 간이 졸아붙어 감히 못 돌아갈 만도 했다. 물론 부총관 태감인 자신이라면 도움을 줄 수도 있겠지만, 생전 본 적도 없는 남녀를 위해 위험을 감수해서 얻는 게 무어란 말인가?

소매를 주섬주섬 추스른 늙은 환관이 하늘을 올려다보는 척 침침한 눈을 의뭉스럽게 굴렸다.

운흔과 맹부요가 서로를 마주 봤다. 눈썹을 까딱 치켜세운 맹부요가 턱짓을 하자 운흔이 인상을 쓰며 콧방귀를 뀌었다. 결국 운흔은 등허리를 호되게 한 대 얻어맞고 나서야 품 안에서 작은 꾸러미를 꺼내 맹부요에게 건넸다.

생글생글하게 웃으며 꾸러미를 건네받은 맹부요가 그걸 다시 공손하게 늙은 환관 앞에 내밀었다.

"참으로 노고가 많으십니다. 작은 성의라 생각해 주시어요."

환관이 뻣뻣하게 서서 소매를 회회 내젓자 눈치 빠른 맹부요가 그의 소맷자락 안으로 묵직한 꾸러미를 밀어 넣었다. 기특하다는 눈빛으로 맹부요를 쳐다본 환관이 곧이어 운흔에게로 시선을 옮기며 킬킬거렸다.

"목석같은 녀석이 여복은 있구나!"

맹부요의 손에 들린 방망이를 음흉하게 훑어본 그가 측전에 두 사람을 데려가 각자 쟁반 하나씩을 챙겨 자기 뒤를 따르라 일렀다.

몹시 어두운 표정으로 쟁반을 들어쥐고 걷던 운흔이 흘깃 맹부요를 쳐다보았다. 그녀는 마침 방망이를 품 안에 챙겨 넣는 중이었다. 이를 본 운흔의 얼굴이 속절없이 붉어졌으나 다행히 밤의 어둠이 깊어 다른 이들에게는 들키지 않았다.

머쓱하니 헛기침을 뱉은 맹부요는 하늘을 올려다보며 이 모든 사달은 전북야 탓이라 다시 한번 되뇌었다.

진기만 봉인당하지 않았어도 이런 기구까지 동원할 일이 있었겠는가?

선덕전을 나선 노안 일행이 신궁 방향으로 고작 몇 걸음을 떼기가 무섭게 갑옷 차림의 시위대장이 저벅저벅 다가와 세 사람을 위아래로 뜯어봤다. 아마도 노안과 알고 지내는 사이인지, 시위의 물음에서 웃음기가 배어났다.

"이 늦은 시각에 어디를 가십니까?"

"어디겠나!"

노안이 턱으로 신궁을 가리키며 귀찮다는 기색을 잔뜩 내비쳤다.

"심沈 채녀[39]가 또 시작이지 않겠나. 풍한이 들었으니 겨울옷을 지을 무명을 좀 달라며 사람을 보냈더라고."

"그리 사소한 일에 어찌 노 공공까지 걸음을 하십니까?"

상대방이 매의 눈을 하고 캐물었다.

"어휴, 자네가 몰라서 하는 소리네."

노안이 까치발을 들고 시위의 귓가에 속닥거렸다.

"걱정이 되어서 들여다보러 가는 게야. 자네, 심 채녀가 왜 저렇게 됐는지 모르지? 아이고……. 듣자 하니 흉한 것이 들러붙었다는데……."

노안이 헛기침으로 말을 급히 마무리했다.

그때 좁다랗게 뻗은 영항 저편에서 바람이 휘이 불어와 낙엽을 휩쓸었다. 바싹 마른 이파리가 지면을 스치며 내는 소리는 흡사 한 걸음 한 걸음 거리를 좁혀 오는 여인의 발소리 같았다. 더하여 지면에서 자욱하게 피어오른 안개까지 가세하자, 안 그래도 음침하던 영항 안에 소름 끼치는 귀기마저 감돌았다.

시위대장이 굳은 얼굴로 입술을 움찔거렸다.

---

39 采女. 일정한 지위가 있는 궁녀에게 붙는 명칭.

궁에서 보낸 세월이 얼마인데, 이곳이 파면당한 죄인 아니면 생죽음을 당한 시신만이 드나드는 길목임을 그가 설마 모를까. 모퉁이마다 핏자국이 안 남은 곳이 없고, 빈 구석마다 억울하게 죽은 자들의 원혼이 떠돌고 있다 해도 과언이 아니었다.

칼날에 핏물 마를 날 없는 무인들이야말로 되레 미신에 약한 법. 손을 절레절레 내저은 시위대장이 뒤로 돌아서 부하들에게 길을 터 주라 명령했다.

'철컹' 소리와 함께 병기가 일사불란하게 치워지자 무장한 병사들이 빽빽이 들어찬 골목 안에 좁은 길이 생겨났다.

맹부요와 눈이 마주친 운흔이 냉소했다. 그런데 별생각 없던 맹부요의 시야에 운흔의 앞섶을 적신 피 얼룩이 포착되고야 말았다. 얼룩은 그 순간에도 계속해서 영역을 넓혀 가고 있었다.

맹부요의 표정이 확 굳어졌다. 그녀가 입을 삐죽거리면서 눈치를 주자 운흔이 천연덕스럽게 쟁반을 더 들어 올려 핏자국을 감췄다. 점점 번져 가는 얼룩을 걱정스럽게 쳐다보던 맹부요가 운흔 쪽으로 바짝 붙어 섰다.

이때 시위대장이 팔을 뻗어 어서 지나가라는 시늉을 해 보였다. 웃는 모양새에서 드러나듯 그가 병사들을 완전히 물리지 않은 것은 고의였다. 노안을 의심해서라기보다는, 둘은 기껏해야 고자에 하나는 계집으로 이루어진 일행에게 과연 창칼의 밀림을 통과할 배짱이 있을지 구경 한번 해 보자는 심보였다.

늙은 환관이 다소 창백해진 낯빛으로 꿀꺽 침을 삼켰다. 이미 뱉은 거짓말이 있으니 이제 와서 뺄 수도 없는 상황, 후회막

급이었다.

노안이 난처한 기색을 내비치자 살짝 양심의 가책을 느낀 시위대장이 웃으며 말했다.

"송구합니다만, 피해 드리고 싶어도 길이 좁아 피할 곳이 없으니 어쩌겠습니까. 수하들의 거동이 거칠어 혹여 공공께 무례를 범할까 저어되신다면 저도 함께 가도록 하지요."

대번에 얼굴에 화색을 띤 노안이 연신 그러자 대꾸했다. 이리하여 그의 곁에서는 시위대장이 나란히 함께 걷게 되었다.

맹부요로서는 결코 반가운 일이 아니었다. 운흔의 상처에서 피가 흐르고 있는 상황, 누구 하나라도 그 냄새를 맡았다가는 사달이 날 터였다.

저 창칼의 숲 한가운데에서 공격을 받는다 생각해 보라. 시위들이 무기를 한 번 툭 내지르기만 해도 두 사람은 그 즉시 황천행이었다. 도망은 어림도 없는 소리!

하지만 주사위는 던져진 뒤였다. 물러설 곳 따위는 없었다. 칼산이든 불바다든 기꺼이 넘으리라, 그런 건 소설에나 나오는 대사인 줄 알았더니 자신이 바로 그 칼산을 넘게 될 줄이야.

어둠이 짙었다. 하늘이 거꾸로 뒤집혀 덮인 듯, 숨 막히는 암흑이 만물을 짓누르고 있었다.

앞쪽을 향해 쭉 뻗은 도검의 숲길은 두 사람이 나란히 지나기에도 빡빡한 너비. 횃불 아래 시퍼렇게 날이 선 창칼과 병사들의 싸늘하게 굳은 표정은 비록 정지된 풍경이라 할지라도 그 자체로 오싹한 위협이었다.

이 길에 들어서는 데는 배짱이 필요했다.

이 길을 끝까지 가는 데는 운이 필요했다.

맹부요는 하늘을 보며 숨을 깊게 들이쉰 후, 걸음을 내디뎠다. 분명 병사들이 빈틈없이 들어차 있건만, 주변은 사람 하나 없는 양 적막했다. 오직 횃불만이 홀로 활활 타올라 천지간의 모든 소리를 덮어 감추고 있었다. 이를테면 풀벌레의 울음이라든가, 누군가의 흐느낌, 그리고 액체가 천을 서서히 적셔 들어가는 소리까지도.

한 번이라도 피를 먹었던 무기는 인간에게 본능적인 공포를 불러일으킨다. 긴장감을 풀어 보고자 몇 마디 주절거리려고 입을 열었던 늙은 환관은 목구멍이 무언가 섬뜩한 힘에 찢길 듯 틀어막히는 통에 결국 찍소리조차 내지 못했다.

육중한 살기에 짓눌려 걷는 동안 식은땀이 흐르고 마르기를 반복했다. 묵묵히 걸음을 옮기던 운흔이 쟁반을 가슴 앞으로 조금 더 끌어당겼을 때였다.

홱 고개를 튼 시위대장이 돌연 코를 킁킁거렸다.

"무슨 냄새지?"

❁

때는 바야흐로 신시 3각.

제심의의 잡기단은 이미 건안전 섬돌 아래, 별전에서 대기 중이었다.

연렬은 이제 마지막 궁문의 수비대를 교체한 후, 방명하는 장수들의 지명을 마치고 군대와 함께 본영을 출발하는 길이었다. 암살대의 흑의인들은 현란한 몸놀림으로 연경 구석구석을 누비고 있었다.

넓은 소맷자락을 늘어뜨린 채 비스듬히 침상에 기대 있는, 무척이나 고아하고 멋들어진 남자가 미소 띤 입가를 차 한 모금으로 적시고는 서역 바라국婆羅國에서 온 금시계를 꺼내 시간을 확인했다.

"가 봐야겠군!"

위장

신시, 3각.

신궁 앞, 의심스럽다는 표정으로 코를 쿵쿵대던 시위대장은 희미한 피비린내를 포착해 냈다.

그가 냄새를 맡은 찰나, 퍼뜩 고개를 든 맹부요가 아무도 눈치채지 못하게 반 발자국 앞으로 나서 운흔을 가리고 섰다.

이때 대장이 뒤를 돌아봤다.

"무슨 냄새지?"

그의 눈이 쟁반을 받쳐 들고 고개를 푹 숙인 운흔을 훑었다. 눈빛을 시시각각 얼려 가던 그가 느릿하게 입을 열었다.

"그 쟁반, 내려 보아라."

철컹.

하늘을 향해 들려 있던 병기들이 한꺼번에 내려와 비스듬히 한 지점을 겨누는 소리였다. 그물처럼 얽힌 날붙이들이 가리키는 곳에는 운흔과 맹부요가 있었다. 사방이 죽음과도 같이 음산한 가운데, 바람에서마저 녹슨 쇠 냄새가 풍겼다.

운흔은 서리 맞은 낯빛이었다. 눈동자 안에 수만 가지 상념이 휘몰아치기를 잠시, 그가 천천히 손을 아래로 내렸다.

시위대장은 고공을 선회하며 먹잇감을 찾는 매의 눈빛으로 온 신경을 운흔에게 집중한 채 쟁반 뒤에서 드러날 것을 고대하고 있었다.

맹부요가 자기의 쟁반 아래로 한쪽 손을 늘어뜨렸다. 소맷자락이 출렁하는 동시에 작은 단도가 손아귀로 미끄러져 내려왔다. 손가락이 '휘릭' 움직이는가 싶더니 순식간에 소맷자락을 뚫고 나간 칼날이 그녀의 허벅지 안쪽에 꽂혔다.

피가 울컥 쏟아졌다. 운흔이 쟁반을 내려 앞섶을 적신 핏자국을 드러낸 때과 거의 동시였다.

흡사 강렬한 빛을 앞에 둔 듯, 시위대장의 눈이 위험하게 가늘어졌다.

"저놈……."

잡으란 소리가 나오기 직전, 맹부요가 시위대장의 창끝을 향해 뛰어들었다.

"대인! 대인! 저 피는…… 제 것이어요!"

한껏 수줍은 얼굴을 한 맹부요를 돌아보느라 시위대장은 미처 눈치채지 못했으나, 운흔이 조금 전 소매 안으로 쑥 집어넣은 손에는 이미 강철 침이 들려 있었다. 그것은 죽을 각오를 마친 그의 살기만큼이나 싸늘한 암기였다.

그런데 그 살기를 맹부요가 중간에 댕강 끊어 놓은 것이다.

당황해 고개를 돌린 운흔은 온 천하를 통틀어 낯 두껍기로는 일인자일 게 틀림없는 어느 분이 시위대장의 창끝을 새초롬히 붙잡고서 몹시 부끄럽다는 듯 입술을 달싹이는 광경을 목격했다.

"대인……. 쇤네가……, 쇤네가 죄인입니다. 조금 전 선덕전에서 둘이 은밀한 시간을 보내다가 그만, 달거리가……, 달거리가 덜컥 터지는 바람에…… 저기에 피가……. 부디 곡해하지 말아 주시어요!"

시위대장이 일순 멈칫했다. 외로운 궁녀들이 환관과 대식 관계를 맺어 공갈 부부 노릇을 하는 경우가 심심치 않게 있음이야 그도 아는 사실이었다.

그의 눈길이 아래쪽으로 쓱 내려갔다. 다소 흐트러진 궁녀의 하의에는 말마따나 핏자국이 남아 있었다.

그의 눈길이 늙은 환관, 노안에게로 옮겨 갔다. 아까까지만 해도 질겁을 해 어쩔 줄 모르던 노안은 어느덧 소매로 입을 가리고 키득거리는 중이었다. 고개를 가까이 가져온 노안이 귓가에다 대고 몇 마디 속닥거리자 시위대장은 아주 묘한 표정이 됐다.

연기 쪽으로 빛나는 재능을 타고난 맹부요는 그 즉시 민망한 양 고개를 떨구고 우물쭈물 발끝으로 땅바닥만 비비적거리는 열연을 펼쳤다.

한편, 운흔은 그 광경을 지켜보며 딱딱히 굳었다. 저 부끄러워하는 표정, 치마 주름 사이로 어렴풋이 비치는 혈흔.

그의 눈빛이 소용돌이를 일으켰다가 이내 깊은 바다처럼 가라앉았다. 처음의 경악, 분노, 울분이 서서히 모습을 바꾸어 최후에는 아득한 전율이 되었다.

그 붉은 핏자국은 그의 눈을 시리게 하는 데 그치지 않고 마음까지 시리게 했다. 그 자국은 붉은 파도처럼 밀려와 얼음장 같던 증오를 씻어 내고 무언의 감동으로 화했다.

여기까지 오는 동안 그녀가 감내한 것이 어찌 폭풍우를 앞두고 혈혈단신으로 적진에 뛰어드는 위험뿐이랴. 여인의 가장 귀한 존엄마저 내던지지 않았는가. 후자는 여인에게 있어 목숨보다 중한 가치임에도.

어제까지만 해도 생면부지의 사이였건만, 그를 위해 이렇게까지 희생하다니.

들끓는 감정으로 꽉 찬 가슴을 비우려는 듯, 운흔은 고개 들어 긴 숨을 뱉어 냈다. 하지만 가슴은 오히려 천근만근 무거워질 따름이었다.

묵중하게 가라앉은 그의 눈동자 안에 그 무엇도 범접하거나 꺾지 못할 의지가 자리 잡았다.

한편, 맹부요야 지금 운흔이 얼마나 충격을 받았고 그 충격이 무슨 생각으로 이어졌는지 알 턱이 없었다. 그녀가 아는 건 일단 살고 봐야 한다는 사실뿐이었다.

자유분방한 현대인인 맹부요에게 이 정도 면상 팔림은 목숨

값치고 싼 축이었다. 기껏해야 허벅지 안쪽에 칼자국을 냈을 때 꽤 따끔했다는 게 억울하다면 억울하다랄까.

물론 그 점에 대해서는 따로 결심해 둔 바가 있었다.

여기서 빠져나가면 내 기필코 저 자식한테서 몸보신할 돈을 뜯어내고야 말리라. 황금도 한 꾸러미씩 턱턱 내놓는 걸 보면 보양식값도 분명 통 크게 쏴 주겠지.

운흔이 그 속내를 알았다면 십중팔구 피를 토했을 것이다.

날붙이의 밀림에 거센 밤바람이 불어닥쳤다. 맹부요는 '차마 수치심을 이기지 못하고' 얼굴을 손바닥에 묻은 채 흐느끼는 중이었고, 맹수 같은 눈을 치떴던 시위대장은 눈빛이 차츰차츰 누그러지던 끝에 이제는 기가 찬다는 표정으로 입꼬리를 씰룩거리고 있었다. 맑은 물이 담긴 대야 안에서 핏방울이 녹아 사라지듯, 의심이 스르르 희석되어 가고 있었다.

시위대장이 입을 열었다.

"그렇게 된 일이었군."

웃는 눈으로 운흔을 흘겨보던 대장이 돌연 껄껄거리며 운흔의 가슴팍을 향해 주먹을 날렸다.

"녀석! 쪼끄만 게 배짱 하나는 두둑하구나."

다분히 의도적으로 내공을 실어 내지른 주먹이었다.

바로 옆에 있던 맹부요는 주먹이 뻗어 나가며 일으킨 바람에 귀밑머리가 훅 날리는 걸 느꼈다. 가슴이 철렁 내려앉았다.

상처 부위인데……. 운흔이 무의식적으로 반격이라도 했다가는…….

퍽!

주먹이 운흔의 가슴팍에 꽂히면서 둔탁한 소리를 내자 맹부요의 미간에 깊은 골이 잡혔다.

운흔은 비틀비틀 뒤로 밀려나 엉덩방아를 찧기 직전에 가까스로 옆에 있던 시위의 창신을 붙잡았다. 힘겹게 몸을 바로 세운 그가 새빨개진 얼굴로 말했다.

"부끄러운 꼴을 보이고 말았습니다. 대단한 무공이십니다!"

"이까짓 게 무슨 무공이라고!"

상대의 무력한 모습에 흡족해진 시위대장이 파안대소했다. 마지막 한 가닥 의심마저 깨끗이 날아간 뒤였다.

무릇 무공을 익힌 자라면 불시의 공격을 맞닥뜨렸을 때 반사적으로 방어 또는 반격 동작이 나오기 마련. 하물며 가슴에 상처가 있었다면 저리 멀쩡한 표정이 가당키나 한가?

껄껄거리던 시위대장이 두 남녀를 능글능글 훑어보더니 의뭉스럽게 한 번 웃고는 손을 내저었다.

"가자꾸나!"

'철컹' 소리와 동시에 창칼이 다시금 골목 가장자리로 물러나 하늘 높이 쳐들렸다.

조용히 안도의 한숨을 내쉰 맹부요는 그제야 소매에 숨기고 있던 비수를 손에서 놓았다. 그녀가 운흔을 향해 씩 웃으며 눈짓으로 아래를 보라는 시늉을 했다. 고개를 숙인 운흔의 눈에 들어온 건 소매 밖으로 삐져나와 척 세운 맹부요의 엄지였다.

운흔은 그 손 모양의 의미를 정확히 알지 못했으나 상대가 자신을 칭찬하고 있다는 것만은 어렴풋이 느꼈다. 눈길을 조금 더 옮기자 맹부요의 발자국을 따라 방울방울 이어진 선혈이 바닥으로 번져 가고 있는 게 보였다.

욱신, 낯선 통증이 엄습했다. 언제나 고고하고 강인하던 소년은 소맷자락 안에서 있는 힘껏 주먹을 틀어쥐었다.

이렇게까지 눈물겨운 희생 앞에서 자신이 당한 짧은 고통, 잠깐의 치욕이 대수겠는가? 사소한 것에 묶여서는 큰일을 이룰 수 없는 법. 대장부의 기개가 어찌 여인보다 못할 수 있겠는가?

창칼의 숲을 통과하자 드디어 암청색 신궁 담장이 모습을 드러냈다. 신궁을 노려보는 시위대장의 눈빛에 냉소가 스쳤다.

늙은이, 기껏 더 살아 봐야 한 시진이다. 제왕이 곧 대업을 이룰 터이니 송장치레할 준비나 해 두어라!

한편, 운흔은 신궁 현판을 올려다보고 있었다. 얼음장 같던 그의 표정은 한결 부드러워진 상태였다.

때는 바야흐로 유시 정각[40]이었다.

❀

유시 정각!

황제의 행차를 알리는 소리와 함께 건안궁에서 연회가 시작됐다. 등롱이 넘실대는 수면은 불빛을 반사해 휘황하게 빛났

---

40 정각은 각 시의 한가운데를 가리킨다. 유시 정각은 오후 6시가 된다.

고, 주거니 받거니 잔이 오가는 술자리는 화기애애하기 이를 데 없는 분위기였다.

장중한 군용을 갖추고 본영을 출발한 방명하의 군대는 시커먼 뱀처럼 소리 소문 없이 도성으로 접근해 오고 있었다.

삼중 궁문의 수비 병력 교체는 완료된 시점이었다. 말을 타고 궁성을 돌아보며 의기양양한 미소를 짓던 연렬이 이윽고 곁에 있던 연경진에게 분부했다.

"제일 안쪽 궁문은 아비가, 중간은 배 장군 부녀가 맡을 터이니 너는 가장 바깥쪽인 이곳을 지켜라."

연경진이 허리를 굽히는 걸 보고 돌아선 연렬은 아무래도 마음이 안 놓이는지 몇 걸음 가다 말고 다시 한번 당부했다.

"셋 중 가장 중요한 문이 바로 이곳이다. 절대로 실수가 없도록 해야 할 것이야. 행여 왕야의 대업을 그르치기라도 했다가는 너나 나나 무사하지 못할 터."

"소자 역시 모르는 바가 아니니 심려치 마십시오."

멀어지는 아버지의 뒷모습을 바라보길 잠시, 고개를 든 연경진이 낮게 한숨을 토했다.

이때 앞쪽 어둠을 뚫고 담색 장포를 걸친 남자가 불쑥 모습을 드러냈다. 한눈에 보기에도 범상치 않은 기품을 풍기는 이였다.

연경진이 신분을 확인하려던 찰나, 남자의 옷소매가 스르르 미끄러져 접히면서 그가 손에 들고 있던 청색 옥패 끄트머리가 밖으로 드러났다.

일순 눈을 빛낸 연경진이 병사들에게 궁문을 열라는 수신호를 보냈다.

　연경진은 아스라이 웃으며 곁을 스쳐 지나는 상대에게서 독특하고도 그윽한 향내를 맡았다. 멍하니 그 뒷모습을 쳐다보고 섰던 그는 문득 깨달았다. 상대가 걸어오는 자태에 완전히 홀려 정작 그 얼굴은 보지 못했음을.

　한참 만에야 다시 앞을 보고 서려는데 문득 눈에 띄는 물체가 있었다. 연경진은 땅바닥에서 가느다란 무언가를 주워 올렸다. 손가락 정도 길이나 될까, 물체의 정체는 흰색 털이었다.

　털을 손에 쥔 그의 표정이 아리송해졌다.

황성을 불태우다

유시 정각.

맹부요와 운흔은 신궁 치수방에 도착했다. 우여곡절 끝에 무사히 목적지에 입성한 맹부요는 온유한 인상의 사내를 빤히 뜯어보고 있었다.

온화하다 못해 유약해 보이는 이 사내가 바로 그 긴 세월, 핍박에도 태연 황실에서 굳건히 버티고 있는 운씨 집안의 가주 운치雲馳라니.

맹부요의 대담하고도 정신 나간 계획을 들은 이후로 운치는 내내 고심 중이었다. 오늘 밤 신궁을 소리 소문 없이 포위한 군사들의 존재는 그도 알고 있었다. 하지만 바깥 상황을 면밀하게 파악하기 전에는 함부로 움직이기가 곤란했다.

경솔하게 선수를 쳤다가 무슨 후폭풍에 휘말릴지, 정치판에서 잔뼈가 굵은 그가 설마 예상치 못했겠는가. 침착하기로는 어디 가서 빠지지 않는 운치였지만, 이 순간만큼은 이마에서 식은땀이 흘러내렸다.

그사이 맹부요는 속 편하게 노닥거리는 중이었다. 권하지도 않은 차를 척척 잘만 따라 마시더니 급기야는 다리를 꼬고 앉아 노래까지 흥얼대기 시작했다.

"난 항상 돈이 없어서, 돈이 없어서, 한참을 세도 잔돈 몇 장이 안 돼. 후회도 원망도 없이 괜찮노라 하지만, 실은 나 그리 굳세지 못해……."

〈마음 약해서〉[41]를 개사해서 완창한 맹부요는 이어서 〈웃는 얼굴〉[42]까지 개사해 불러 젖혔다.

"종종 생각해, 지금 너는, 내 곁에서 돈을 세고 있지만. 하지만 나는, 잘 모르겠어, 네 주머니에 얼마가 들었는지. 그래도 난 여전히, 여전히 믿어, 다이아 반지 정도는 사 줄 수 있겠지. 책에서는 돈만 있으면 멀리 헤어져서도 같은 달을 본다고 하지만, 나는 지금 당장 네 재산을 관리하고 싶어. 변치 않을 맹세를 나누는 연극에 대해서도 들어 봤지만, 내가 보고 싶은 건, 네 통장 잔액……."

저 여자가 제정신인가. 운흔과 운치는 아연실색했다.

이제 곧 궁에 피바람이 불진대, 당장 목이 날아갈지도 모르

---

41 〈心太軟〉. 원곡은 '넌 항상 마음 약해서, 마음 약해서'로 시작한다.
42 〈笑臉〉. 원곡은 '종종 생각해, 지금 너는, 내 곁에서 웃고 있지만'으로 시작한다.

는 상황에서 저 괴상망측한 노래 따위가 입 밖으로 나온다고?

이때 인내심이 바닥난 맹부요가 탁자를 쾅 내리쳤다.

"안 할 거예요?"

운치가 착잡하게 웃더니만 머뭇머뭇 운을 뗐다.

"맹 소저, 그……, 그것이……."

차마 '반역'이라는 말을 입에 담을 수 없었던 그가 두루뭉술하게 말했다.

"건안궁에 접근할 수 없다면야 여기서 소란을 일으키는 것도 방법이겠소만, 수중에 인력이 있다 해도 워낙에 큰 안건인지라……."

"옳소!"

찻잔을 단숨에 비운 맹부요가 벌떡 일어섰다.

"판을 벌이려면 크게 벌여야지! 대충 해서야 그쪽 상전께서 어디 뛰쳐나오겠어요?"

그녀가 주변을 둘러보며 씩 웃었다.

"지금은 태연 황궁이지만 여기 원래는 이국夷國의 신궁神宮이었다면서요? 이국이 망하기 전에 비밀 통로와 방을 엄청 많이 파 놨다더니만. 벌써 하나는 봤고, 어디 그럼 하나 더 구경해 봅시다!"

맹부요가 탁자 위에 찻잔을 쿵 내려놓자 자단나무 탁자가 '덜커덩' 하고 살짝 아래로 떨어졌다. 사실은 탁자가 아니라 그 아래 지면이 꺼진 것이었다.

경악에 찬 운치의 눈빛을 받으며, 맹부요가 피식 웃고는 바닥을 걷어찼다. 그러자 '쿠르릉' 하는 울림과 동시에 바닥이 양쪽으로 갈라지면서 숨겨져 있던 문이 드러났다.

"호위병들과 여기 사람들을 전부 비밀 통로로 내보내고 이 냉궁은 불살라 버려요."

명쾌한 지시였다.

"불부터 지르고 나면 뭘 하든 한결 수월해질 테니까."

"지금 궁을 불사르라 했소?"

운치의 눈가가 움찔거렸다.

"그건 구족을 멸할 대역죄요!"

"번번이 두들겨 맞기만 하고 가진 거 다 뺏긴 이유를 이제야 알겠네요."

맹부요가 상대를 꼬나봤다.

"생각만 많지 정작 움직일 줄은 모르잖아요. 세상사라는 게 이기는 놈이 정의인 거 몰라요? 태자가 제왕의 손에 죽고 나면 그쪽 집안은 지은 죄가 없어도 죄인이고, 구족은 그냥 자동으로 멸해지는 거예요. 반대로 제왕이 태자의 손에 끝장나면 궁궐에 불 싸지르고 역적모의한 놈들이야 밖에 있는 연씨 집안의 어림군이 되지, 충신인 그쪽이 엮여 들어갈 턱이 있겠어요?"

운치의 안색이 변하는 사이, 운흔은 이미 밖으로 향하는 중이었다.

"어딜 가는 게냐?"

"불을 놓아야겠습니다."

운흔이 돌아보지도 않고 냉랭하게 말했다.

"여기만이 아니라 바깥에도요!"

"네가……."

"신궁은 냉궁입니다. 이곳만으로는 태자께서 움직이신다는 보장이 없습니다. 밖에 몰려와 있는 자들이 달라붙으면 불길이 잡히는 건 순식간일 테고요."

살얼음이 서로 부딪치며 내는 소리처럼 싸늘하게 경직된 운흔의 음성에서 죽음도 불사하리라는 각오가 배어났다.

"이전 황조의 중신이셨던 부친께서는 이국 황실 최대의 비밀을 손에 쥐고 계시지 않습니까? 황궁 전역에 깔린 비밀 통로의 배치도 말입니다. 왜 내놓지 않으시는 겁니까?"

"선제께서 친히 하사하신 물건이다! 황성이 기울고 황제 폐하가 절체절명의 위기를 맞은 순간이 아니고서야 함부로 내놓을 수 없음이야!"

운치가 운흔의 곁으로 가 멈춰 섰다.

"이 아비는 피의 맹세를 하였다!"

운흔이 아버지를 돌아봤다. 그의 소매 끝이 꿈틀 움직였다.

그 순간을 놓치지 않고 맹부요가 갑자기 끼어들었다.

"맹세 좋아하시네! 정치깨나 하신다는 분이, 정치가들 입에서 나오는 맹세란 게 원래가 다 헛소리에 불과하다는 걸 몰라서 그러시나?"

뒷짐을 진 채 운치의 뒤로 다가간 맹부요가 등 뒤에 숨기고 있던 찻주전자로 느닷없이 운치의 뒤통수를 후려갈겼다.

'콰당' 소리와 함께 운치가 쓰러지고 나자 맹부요가 손을 탁

탁 털며 미소 지었다.

"음, 좋아. 아주 협조적이야."

그 순간 운흔의 눈동자에 스쳐 간 건 분노가 아닌 당황이었다. 조용히 한숨을 내쉰 그가 물었다.

"왜 그랬지?"

입을 삐죽 내민 맹부요가 고개를 절레절레 저었다.

"'충직하고 절개 곧으신' 의부님을 손수 때려눕히고 나서 불효자 겸 대역 죄인 역할까지 혼자서 다 떠맡을 작정이었던 거야? 억울하지도 않아? 그 꼴을 보느니 제삼자가 대신 나서고 말지."

운흔이 묵묵히 있는 동안 맹부요는 운치의 품속을 뒤져 천 조각을 하나 찾아냈다. 천을 펼쳐 본 그녀가 냉소를 흘렸다.

"이게 뭐람, 태연 황궁 지하 비밀 통로 지도 아니야? 이 귀중한 걸 잘도 칠렐레팔렐레 들고 다니셨네? 이래도 네 의부가 진심으로 우리 계획을 반대했던 것 같아?"

운흔은 고개를 돌려 버렸다. 대답하기 싫다 이거였다.

그 꼴을 보고 있자니 얼마나 부아가 치미는지.

본인이 원해서 남을 돕는 것과 호구처럼 잡혀 이용당하는 건 별개의 문제였고, 맹부요는 후자라면 딱 질색이었다. 운치, 저 약아빠진 작자는 애초부터 두 사람과 같은 계획을 세우고 있었던 게 분명했다.

냉큼 가져가라고 지도까지 준비해 놓은 주제에 입으로만 갈등하는 척했던 것이다.

요령이라고는 부릴 줄 모르는 양아들이 '난리를 일으킬 의도로 의부를 겁박해 비밀 지도를 갈취'하도록 만들어야 훗날 추궁을 당하더라도 자기는 쏙 빠지고, 대신 대역무도한 운흔을 범의 아가리에 밀어 넣을 수 있을 테니까.

운흔은 빤히 다 알면서도 혼자서 모든 걸 뒤집어쓰려고 했다. 그러니 보는 사람이 열불 안 나고 배기겠는가.

기분이 더러워서 맹부요는 손에 힘이 더 들어간 참이었다. 도구도 일부러 놋쇠 주전자로 골랐고.

진기를 봉인당했다고 튼튼한 팔뚝까지 어디 가겠는가. 운치는 암만 못해도 뇌진탕 정도는 일으켰을 것이다.

가증스러운 작자, 이 기회에 칠푼이나 돼라!

맹부요는 속으로 악담을 퍼부었다.

⁂

어느덧 유시 정각을 1각 지난 시점.

미소 띤 얼굴의 제왕이 나라 전체에 이름을 날리고 있는 잡기단을 소개했다.

방명하의 군대는 성문 앞에 당도해 진입 허가를 요청하고 있었다.

⁂

"질러, 확 다 불 싸질러!"

맹부요는 신궁을 휘젓고 다니며 호위병들을 부리는 중이었다. 어느 한 방에 문을 걷어차고 들어간 그녀가 이불을 홱 걷어 젖히고는 홀딱 벗고 자던 병사를 끌어냈다.

"팔자 좋게 이걸 덮고 있을 때야? 갖고 나가서 불붙여! 당장 가서 불 안 지르면 궁 밖으로 던져 버린다!"

밖에서는 3천 어림군이 건안궁으로부터 신호가 오기만을 기다리고 있었다.

오늘 밤 사달이 나도 크게 나리라는 건 신궁 호위병들 역시 아는 사실. 당장 자기 목숨이 왔다 갔다 하는 상황이니, 아무리 대역무도한 명령인들 따르지 않을 도리가 없었다. 호위병들은 군소리 없이 달려가서 불쏘시개며 유채 기름, 횃불까지 온갖 준비물을 살뜰히도 챙겨 왔다.

신궁 나인들은 비밀 통로를 통해 탈출하여 서쪽의 여섯 개 전각 중 비어 있는 건물에 몸을 숨겼다. 황제에게 비빈이 별로 없는 탓에 주변에는 텅 비어 방치된 건물이 적지 않았다.

맹부요는 따로 호위병 몇몇을 밖으로 내보내면서 사람 없는 전각에 불을 놓고 알아서 어디 숨어 들어가 있으라 당부했다.

"좋아, 이 정도면 할 수 있는 건 다 한 것 같네."

맹부요가 손을 털며 씩 웃었다.

"태자만 나와 주면 그 뒤는 문제없어. 지리적 우세로만 따져도 도성 안에 있는 8만 금위군이 아무럼 외곽에서 허겁지겁 달려올 경군보다야 유리하겠지. 둘이 한판 붙으면 물 먹는 건 제 심의 쪽일걸."

"태자께서 못 빠져나오실 가능성도 배제할 수 없다."

운흔이 염려하는 기색을 내비치자 맹부요가 고개를 가로저으며 피식 웃었다.

"이 정도까지 해 줬는데도 낌새를 못 챌 만큼 둔하면 그땐 죽어도 싼 거고."

운흔은 말이 없었지만, 싸늘한 그의 눈동자 안에서는 정체 모를 이채가 휘돌고 있었다.

이때 뒤쪽 창문 너머에서 불그스름한 빛이 비쳐 드는가 싶더니 금세 창호지 전체를 붉게 물들였다. 호위병들이 본격적으로 불을 놓기 시작한 것이다.

작심을 하고 저지른 방화는 확실히 달라도 뭔가 달랐다. 화염의 용이 성난 울부짖음을 토하며 순식간에 신궁 전역을 휩쓸었고, 바깥 전각들의 담벼락과 회랑 기둥 사이사이에서도 불길이 미쳐 날뛰었다. 삽시간에 창틀이 우그러지고 기둥이 뒤틀렸다. 하늘을 찌를 듯 치솟은 광염이 황성 위쪽, 검푸르던 하늘의 색을 시뻘겋게 바꿔 놨다.

신궁 밖에 있던 어림군이 기겁해 내지르는 외침이 날아들고, 다급한 명령과 문 부수는 소리가 이어졌다.

운흔부터 잡아채 비밀 통로로 밀어 넣은 맹부요가 뒤이어 밑으로 뛰어내렸다. 어림군이 쳐들어오기 직전, 통로 문을 닫던 그녀가 느닷없이 손가락을 내밀더니 의미 불명의 의기양양한 손짓을 해 보였다. 검지와 중지를 가위처럼 척 벌린 모양이었다.

"성공!"

목하, 살기 폭발 중

유시 정각에서 2각이 지난 시점.

옥체가 미령한 황제 폐하께서는 낮에 그러했듯 잠시 얼굴만 비친 뒤 황자들을 남겨 두고 먼저 연회석을 떴다.

제심의가 손뼉을 두어 번 치자 잡기단이 들어왔다.

제일 앞에 선 여인은 뱀처럼 미끈한 허리선과 납작한 아랫배를 훤히 드러낸 차림이었다. 하체에는 하늘거리는 황금색 바지를 입었으나 상체는 구슬 박힌 진홍색 천으로 가슴만 동여맸으니, 터질 듯 뽀얗게 솟아오른 젖가슴과 날렵하게 빠진 허리의 조화에는 단순한 아름다움을 넘어서 동물적인 본능을 자극하는 무언가가 있었다.

고상한 귀족 여인들만 보던 황자들에게 이러한 날것 그대로의 관능은 실로 신선한 경험이었다. 다들 멍하니 술잔을 내려

놓는 가운데 태자 역시 입꼬리를 끌어 올리며 눈길을 던졌다.

잡기단 전원은 놀라우리만치 몸이 가벼웠다. 공연이 중반에 이르자 단원들을 공중으로 던져 올리는 묘기가 시작됐다. 차례로 날아오른 단원 수십 명이 앞선 동료의 어깨 위로 차곡차곡 착지해 사람 '인' 자 모양의 인간 탑을 만들었다.

그 유연성에 넋이 나간 황자들은 인간 탑이 한 층 한 층 쌓일 때마다 연회장 중앙 상석에 점점 더 가까워지고 있음을 전혀 눈치채지 못했다.

얼마 지나지 않아 탑과 황태자 사이의 거리는 서너 발자국 정도로 줄어들었다.

황태자 본인도 이 사실에 깜깜하기는 마찬가지였다. 제심의가 좋은 걸 보여 주겠다며 품속에서 꺼내 놓은 물건 탓이었다. 물건을 본 태자는 대번에 눈을 빛냈다.

그것은 가로세로 스물한 글자로 짜인 선기도[43]였다.

순방향으로 읽어도, 역방향으로 읽어도, 해당 줄의 첫 글자부터 읽어도, 앞에서부터 한 자씩 밀리며 읽어도, 끝에서부터 한 자씩 밀리며 읽어도, 가로로 읽어도, 대각선으로 읽어도 말이 만들어졌다. 더구나 일반적인 선기도와 달리 그 내용은 시구가 아닌 병법 개요였다.

"무극 태자가 열세 살 때 약혼녀에게 줬다던 예물이 아니냐?

---

43 璇璣圖. 빼곡한 한자로 이루어진 일종의 퍼즐로, 어느 방향으로 읽느냐에 따라 다른 시구가 만들어진다.

심오하기 이를 데 없는 진법과 병법이 서른두 가지나 담겨 있다 했던가. 황궁에 귀히 모셔져 있었을 물건을 어찌 손에 넣은 게야?"

"물론 사본이기는 합니다만."

제심의가 빙긋이 웃었다.

"전하께서 병법에 조예가 깊으시니, 이 아우가 어렵사리 구해 온 것이 아니겠습니까."

"허어, 이런 보물을 다!"

태자가 건네받은 선기도에서 눈을 못 떼는 사이, 쓱 고개를 든 제심의의 눈이 빛났다.

그 즉시 조금 전의 요염한 여인이 몸을 날렸다.

그녀는 제비가 수면을 스치며 숲으로 날아들 듯, 사뿐하게 도움닫기를 몇 번 하여 빙그르르 돌며 탑 꼭대기를 향해 솟구쳤다. 그녀의 주변으로 금빛 찬란한 장신구가 화려한 회오리를 일으켰다.

그런데 팔만 뻗어도 천장이 닿을 듯 아찔하게 쌓아 올려진 인간 탑이 무희가 꼭대기에 발을 딛는 동시에 한쪽으로 기우뚱 넘어가는 게 아닌가!

"어어어!"

질겁한 이들의 외침 속에서, 탑이 홀연 쏠리기를 멈췄다. 듣던 대로 재주 좋은 치들이었다.

폭이 크고도 급격한 움직임이 무리였을 법도 하건만, 바닥 쪽으로 아슬아슬하게 기울었다 뿐이지 인간 탑은 그 와중에도 무너지지 않았다.

꼭대기의 무희는 허리를 뒤로 꺾어 상체를 태자 쪽으로 눕힌 자세였다. 폭포처럼 쏟아져 내린 흑발이 뒤쪽 시위들의 눈길을 교묘히 차단한 상황.

유혹적인 미색이, 선명하게 붉은 입술이 태자의 눈앞에 있었다. 교태로운 웃음이 그에게 살랑살랑 손짓을 보냈다. 어서 팔을 뻗어 꽃을 꺾으라고.

물론 마음만 먹으면 상대를 만질 수 있는 게 태자 혼자만은 아니었다. 요염하게 하느작거리고 있는 그녀의 손가락 역시 언제든 태자의 목울대를 감아쥘 수 있었다.

❋

유시 정각에서 2각이 조금 지났을 무렵.

신궁은 불길을 잡고자 기를 쓰고 안으로 밀려 들어오는 3천 어림군으로 아수라장이었다.

방명하의 군대는 예상 밖의 장애물을 만난 참이었다. 예정대로라면 이미 활짝 열렸어야 할 성문에 정체 모를 무리가 등장한 것이다.

무리 맨 앞에 서서 칙서를 조작했다며 방명하를 비난한 자는 눈처럼 새하얀 의복에 벚꽃 같은 색을 입술에 띠고 있었다.

그자는 군대와 정면으로 충돌하는 대신 문을 열어 주고자 미리 대기 중이던 첩자들을 그 자리에서 모조리 처단해 5만 대군의 발을 성문 앞에 묶어 버렸다.

❀

유시 정각에서 2각이 조금 지났을 시점.

제심의는 태자 쪽으로 몸을 한껏 기울이고 선기도 해석법에 관한 견해를 풀어놓는 중이었다. 상체로 태자의 눈을 가리고 있던 그가 갑자기 무희에게 눈짓을 보냈다.

무희의 손이 쓱 위로 들린 그때!

"보고 올립니다!"

갑자기 끼어든 목소리가 아무것도 모르는 사냥감에게 드리운 살기를 산산이 부서뜨렸다.

"신궁에 불이 났습니다!"

태자의 고개가 들리자 무희가 흠칫 손을 거둬들였다. 그제야 좌중의 눈동자가 밖으로 향했다.

건안궁은 황성 전체가 내려다보일 만큼 지대가 높은 곳. 그곳에서 내려다본 아래쪽에는 무수한 빨간 점들이 춤을 추고 있었다. 점들은 서로 합쳐지면서 그 붉은 세력을 무섭게 넓혀 가는 중이었다.

건안궁에서 가장 멀리 떨어진 신궁은 아예 통째로 화염에 휩싸여 있었고, 덕분에 황궁 서북쪽 하늘은 때아닌 저녁노을에 물든 모습이었다.

이글대는 불꽃이 신궁 주변을 환히 밝힌 가운데, 궁 안으로 개미 떼처럼 밀려 들어가는 인파를 목격한 황자들은 급격히 얼굴을 굳혔다.

야심한 시각, 아무리 불이 났다 한들 저 후미진 곳에 어림군이 벌써 도착했을 수는 없었다. 원래부터 거기 있었던 게 아니고서야!

밤을 틈타 집결한 병력이 의미하는 게 무엇이겠는가?

황가에서 태어나 어려서부터 제왕술을 익히고 권모술수를 놀이 삼아 자란 그들은 거의 본능적으로 한 가지 가능성을 떠올렸다.

황자들의 눈이 태자에게로 모아졌다. 태자의 눈은 무감하게 가라앉아 있었지만, 눈치 좋은 이들은 선기도를 틀어쥔 그의 손마디가 하얗게 불거져 나온 걸 놓치지 않았다.

그 옆에 새파랗게 질려 앉아 있던 제심의의 눈빛이 불안하게 흔들렸다. 그가 입을 열려던 순간, 태자가 선기도를 내팽개치고는 팔로 무희를 후려쳤다.

공중에서 가까스로 자세를 유지하고 있던 무희는 대번에 균형을 잃고 저만치 나가떨어져 울컥 피를 토했다.

"이 상황에 정신 사납게 눈앞에서 걸리적대고 있어!"

소매를 떨치고 일어난 태자가 성큼 걸음을 내디뎠다.

"여봐라! 당장 신궁으로 가겠노라!"

"전하!"

제심의가 벌떡 일어섰다.

"폐하의 탄신일에 자식으로서 연회석을 비움은 나라의 법도

352

를 거스르는 일, 태자께서 그릇된 선례를 남기시게 둘 수는 없
으니 밖에는 제가 가 보겠습니다!"

"셋째야."

태자가 그를 보며 온화하게 웃었다.

"상황이 상황인 만큼 부황께서도 나무라지 않으실 것이다.
그보다 이제 이 자리에서는 네가 최연장자이니 나머지 아우들
과 조카들을 잘 돌보도록 하여라."

말을 마친 태자는 하얗게 질린 제심의에게 대꾸할 틈을 주지
않고 곧장 계단을 내려갔다.

태자가 동궁 호위병들에게 둘러싸여 바람처럼 자리를 뜬 후,
이를 악물고 서 있던 제심의가 정자 밖으로 눈짓을 보내자 연렬
과 방명하에게 말을 전할 수하가 재깍 어둠 속으로 사라졌다.

제심의는 심사가 산란했다. 아무리 궁리해 봐도 답이 나오지
를 않았다.

그토록 촘촘한 그물망을 짰건만, 난데없이 궁에 불길이 일어
태자를 자극하다니, 어떻게?

이때 심복 하나가 다가와 귓속말을 속닥였다. 전언을 들으며
눈을 빛낸 제심의가 돌아서서 좌중을 향해 웃어 보였다.

"잠시 의복을 갈아입고 와야겠으니 편하게들 있거라."

그가 정자 뒤편으로 돌아 나와 바삐 걸음을 옮긴 끝에 도착
한 곳은 건안궁 제일 안쪽 별전이었다. 건물 주위에는 병사들
이 쪽 깔려 잡인의 접근을 단속하고 있었다.

제심의가 총총히 뜰 안으로 들어서자 즉시 등 뒤에서 대문이

달혔다. 이곳은 그만의 비밀스러운 공간, 다른 사람의 출입이 일체 허용되지 않는 장소였다. 주변은 쥐 죽은 듯 고요했다.

방문 앞에 멈춰 선 그가 짐짓 헛기침을 뱉었다. 실내에서는 뒷짐을 진 남자가 벽에 걸린 서화를 감상하는 중이었다.

기침 소리를 들은 남자가 미소를 지으며 돌아섰다. 비록 가면을 썼으나 눈 안에 감도는 광휘만은 미처 감추지 못한 모습이었다.

남자의 눈동자가 달빛을 받아 빛나는 파문이라면, 그 수면 아래에서는 깊이를 재지 못할 심연이 존재감을 발하고 있었다.

마찬가지로 유시 정각에서 2각을 약간 넘긴 시점.

조금 전 제심의가 들어선 별전의 좌측 곁채 안, 멀쩡히 세워져 있던 병풍이 절반쯤 쓱 밀리더니 지면에서 까만 눈망울 한 쌍이 솟아올라 수은 방울 구르듯 데구루루 구르며 주위를 살폈다.

까만 수은이 뱅글뱅글 제자리에서 몇 바퀴를 돌았을까, 곧이어 누군가가 살그머니 지면 위로 올라섰다. 그 수상한 거동의 주인공 뒤쪽으로는 밤과 같은 눈빛을 지닌, 얼굴에 핏기라고는 없는 소년이 바짝 붙어 함께 움직이고 있었다.

"대체 뭐 하는 데래?"

호기심에 찬 맹부요가 새카만 수은 방울 같은 눈동자를 요리조리 굴렸다. 운흔 역시 미간을 좁히며 주위를 둘러봤지만, 답을 주지는 못했다.

　황궁의 비밀 통로는 상당수가 밖에서 들어갈 수는 있으나 안에서 열고 나올 수는 없는 구조였다. 신궁 지하에 존재하는 통로들은 검토 결과, 탈출 노선으로는 모조리 불합격이었다. 지도상에 아무런 설명이 달려 있지 않은 여기, 한 군데만 빼고.

　하여 이 길을 택한 것이었는데 실내 장식을 보니 아무래도 궁궐 중심부로 잘못 기어들어 왔지 싶었다.

　조용히 서 있던 운흔이 맹부요를 향해 '근처에서 사람 말소리가 들린다'는 수신호를 보내고는 어설피 닫힌 창문 틈으로 본채 쪽을 내다봤다.

　마침 등불이 켜지면서 실내에 마주 선 그림자 둘의 윤곽을 드러냈다. 그중 한눈에 눈길을 끄는 것은 품이 넉넉한 장포를 늘어뜨린 자 쪽이었으니, 행동거지 하나하나에 유독 기품이 도는 탓이었다.

　맞은편에 금관을 쓴 인물은 제심의일 테고, 그렇다면 저자는……

　운흔의 입가에 살기 어린 냉소가 비쳤다.

　배후에서 제심의 황위 찬탈 계획에 힘을 실어 준 바로 그자렷다?

　그가 맹부요에게 가까이 가 보자는 손짓을 했다.

재회의 순간

맹부요가 손을 휘휘 내저으며 속삭였다.

"난 발소리가 커서 들켜."

운흔의 눈썹 사이에 주름이 잡혔다. 지척에는 제왕이, 사방에는 병사들이 득시글대는 상황. 생각해 보니 잠시 후에 여길 빠져나갈 일부터가 문제였다.

🪷

맹부요가 등지고 선 본채에서는 한 남자가 차분히 제심의를 응시하고 있었다. 남자의 눈은 비록 온화하나 그 밑바닥을 감히 가늠할 수 없도록 깊었다.

상대가 아무런 말 없이 그저 광휘가 도는 눈빛을 보내는 것만으로도 긴장하고 있던 제심의는 급기야 고개를 숙이고 싶다는 충동에 휩싸였다. 그는 뒤에 있던 심복의 헛기침 소리를 듣고서야 자신이 격에 맞지 않는 행동을 할 뻔했음을 자각했다.

제왕 심의가 한낱 무극국 연락책에게 예를 올리다니?

조금 전의 기묘했던 충동을 곱씹으며, 상대에게 자리를 권한 제심의가 착석에 앞서 대뜸 본론부터 꺼내 놨다.

"실패요. 연회장을 빠져나가고 말았소."

"오?"

상대가 눈썹을 까딱 치켜세웠다.

"그런데도 왕야께서는 여기 앉아 계십니까?"

"음?"

제심의가 움찔했다.

"궁 밖에 방비를 마쳐 두기도 했고, 지금은 부황 곁을 지키는 일이 더 중하다 생각하여…….."

"방비를 마쳤다?"

상대가 미소 지었다. 어떻게 봐도 비웃음이었다.

"세찬 물길이 그러하듯 한 치 앞을 가늠할 수 없는 것이 세상사입니다. 무슨 일에든 변수란 존재하는 법."

"그대가 준 선기도를 그 손으로 직접 건네받았소."

제심의가 미간을 좁혔다.

"무희는 쓰임새를 발휘하지 못했으나 선기도에 묻어 있던 독이 이미 깊숙이 침투했을 터이니…….."

제심의가 도중에 말을 멈췄다. 상대방이 일어선 탓이었다.

남자가 제심의를 향해 가볍게 허리를 굽혔다. 미소 띤 얼굴이 무색하게도 그의 입에서 나온 말은 유함과는 거리가 멀었다.

"선택하십시오. 제가 나간 후 혼자 여기 남아 '떼어 놓은 당상'을 기다리시든지, 아니면 당장 저와 함께 가서 제원경을 붙잡는 겁니다. 전자의 경우 왕야의 시신 정도는 제가 친분을 봐서 수습해 드릴 수도 있겠고, 후자를 택하신다면 둘이 같이 제원경의 시신을 치우게 되겠지요."

제심의가 극히 고귀한 기품으로 빛나는 상대의 눈동자를 응시했다. 완벽한 확신이 담긴 눈. 그 눈빛이 하는 말에 감히 의구심을 품기란 불가능했다.

턱에 힘을 넣던 제심의가 결국에는 자리를 박차고 일어섰다.

"가겠소!"

두 사람이 대문을 나서던 길, 한 걸음 뒤에 걷던 남자가 문득 가슴팍을 지그시 누르더니 좌측 곁채에 눈길을 던졌다. 이때 제심의가 말에 오르다 말고 마지못해 웃는 얼굴로 물었다.

"그러고 보니 성씨가 어찌 되시오?"

"원가입니다."

무심한 답이었다. 한 손으로 말고삐를 잡은 남자가 별전 주위를 에워싸고 있는 병사들을 돌아봤다.

"전하, 이들도 모두 데려가면 어떨는지요. 무력 충돌이 불가피한 상황인 만큼 가급적 주위에 사람을 많이 두심이 좋을 것입니다."

"그리하지!"

제심의의 명령으로 건물 주변에서 경계를 서던 시위 전원이 한 무리로 집결하여 뒤를 따라나섰다.

"연렬의 궁중 어림군이 이 손아귀에 있으니 태자가 신궁에 달려간들 할 수 있는 일은 아무것도 없소. 신궁 외곽에 있는 어림군에게 태자를 발견하거든 즉각 사살하라고 명해 두었지."

"그렇습니까?"

남자가 빙긋이 웃으며 팔을 들어 올리자 비둘기 한 마리가 날카로운 울음소리와 함께 추락해 손바닥에 머리를 처박았다. 그는 비둘기를 손가락으로 가볍게 튕겨 날리고 작게 말린 쪽지만을 손에 남겼다. 그냥 비둘기가 아니라 전갈을 실어 나르는 전서구였다.

그 광경에 일순 창백하게 굳었던 제심의가 이윽고 안도의 한숨을 내쉬며 중얼거렸다.

"무공이 대단하시오. 전서구가 선생의 눈에 띄었기에 망정이지……."

"설마 이 한 마리가 전부이리라 여기십니까?"

남자가 입꼬리를 비스듬히 당겨 올렸다.

"저라면 태자가 정자를 나서는 순간 궁궐 사방에서 날아오른 전서구가 적어도 수십 마리는 되리라는 데 한몫 걸겠습니다. 제가 혼자서 다 잡기에는 무리인 숫자이지요."

"그 무슨?"

"보름의 여유를 두고 궁 안을 전하의 사람들로 더 채운 후 움직이시라, 암살 실패를 대비해 차선책을 준비하시라 말씀드렸건만, 어째서 듣지 않으셨습니까?"

제심의를 비스듬히 쳐다보는 남자의 눈빛에서 경멸이 묻어났다.

"큰일을 하겠다는 분이 이리 참을성이 없어서야."

"감히 뭘 안다고!"

인내심의 한계였다. 제심의의 눈 안에 분노가 스쳤다.

아랫것한테 그래도 예우를 해 준답시고 참고 또 참았건만, 위아래도 모르는 놈이 한도 끝도 없이 기어오르는 것이다!

애써 억누르고 있었던 황족 특유의 위압적 오만함이 결국에는 폭발하고야 말았다.

"협잡꾼 짓거리나 해 먹던 한낱 책사 놈이 무슨 시류를 읽을까! 태의가 넌지시 알리길 부황은 병이 깊어 탄신일을 넘기기 어려우리라 하였다. 부황께서 덜컥 붕어하시면 황위는 그대로 태자의 것이 되거늘, 보름? 더 기다리다가는 모든 게 수포로 돌아간단 말이다!"

남자는 묵묵히 듣고만 있었다. 제심의의 책망이 그에게 불러일으킨 것은 치욕감이 아니라 희미한 연민이었다.

그가 말 위에서 살짝 허리를 굽히며 미소 지었다.

"하면, 원하는 바대로 하시지요."

❀

유시 정각에서 3각이 지났다.

황태자가 동궁 시위대를 이끌고 향한 곳은 불타는 신궁이 아닌 궐 밖으로 통하는 궁문이었다. 전속력으로 질주하던 태자는 궁문에서 얼마 떨어지지 않은 정의전正儀殿 부근에서 돌연 앞을 가로막는 이를 만났으니, 머리를 붕대로 둘둘 싸맨 운치였다.

운치는 태자를 건안궁 별전 아래 비밀 통로로 안내하여 곧장 황궁을 빠져나가도록 도왔다.

지도에 아무런 표시가 없던 건안궁 별전 비밀 통로는 사실상 황궁 밖으로 통하는 유일한 탈출구였다. 병풍을 절반만 밀면 별전 안으로 들어가게 되지만, 끝까지 밀면 다른 길이 열려 궁을 나갈 수 있었던 것이다.

맹부요가 알았다면 이 모든 비극의 원흉인 놋쇠 주전자를 자근자근 씹어 먹겠다, 하고도 남았을 일.

운치는 본래 '겁박에 내몰리는' 과정에서 자연스럽게 비밀을 일러 줄 작정이었다. 그런 인물을 홀라당 기절시켜 버린 결과 멀쩡한 출구를 눈앞에 두고도 그냥 지나치는 사태가 벌어지고 만 것이다.

이 무렵 궁궐 이곳저곳에서 전서구가 날아올랐지만, 황성 담장을 넘는 비둘기들을 기다리고 있던 것은 미리 매복 중이던 흑의인들의 화살이었다.

한편, 성문 밖에서 오도 가도 못하고 속만 태우던 방명하는 '쐐액' 하는 소리를 길게 끌며 솟구쳐 오른 폭죽이 밤하늘을 일곱 빛깔 찬란한 불꽃으로 수놓는 광경을 목격했다.

"제왕이 성공한 것인가?"

얼굴에 화색을 띤 방명하가 팔을 크게 휘둘렀다.

"진격하라!"

❁

벚꽃 같은 입술 색을 한 백의의 남자가 성루 위에서 몸을 틀어 궁성 서북쪽에 일렁이는 불길을 바라봤다. 그의 눈길이 통나무로 성문을 부수기 시작한 방명하의 군대에게로 옮겨 가자, 그의 입에서 한 자락 한숨이 흘러나왔다.

"오늘 밤은 예상을 벗어나는 일투성이군……."

"소주님."

지시를 기다리는 부하를 가만히 바라보고 섰던 종월이 잠시 후 피식 웃음을 뱉었다.

"흙탕물을 일으키고자 왔건만, 보아하니 나까지 나서지 않아도 충분하겠구나. 이쯤에서 접어도 무방하겠다."

그가 성루에서 훌쩍 날아내린 순간, 몇 개째인지 모를 통나무 중 마지막 하나가 결국 육중한 성문을 밀어젖히는 데 성공했다. 문이 천천히 열리는 가운데, 그 앞을 지키던 병사는 새하얀 뒷모습이 나부끼듯 멀어져 가는 모습을 언뜻 보았을 뿐이었다.

❁

건안궁 별채 안, 고개를 삐죽 내밀어 주위를 살핀 운흔이 말했다.

"바깥에 있던 시위들이 철수했다. 지금이라면 나갈 수 있겠어. 나는 태자 전하를 쫓아갈 생각이다. 일단 출궁부터 해 도성 안의 금위군을 소집해야 하니 분명 궁문으로 향하셨을 테지."

"난 여기 남아서 궁녀인 척하고 있을래."

맹부요는 바닥에 벌렁 드러누웠다. 꼼짝도 하기 싫었다.

"안 돼!"

운흔이 그녀를 잡아당겼다.

"제왕은 의심이 많은 인물이고 그 아래 방명하는 천성이 잔학하다. 그들이 뜻을 이룬다면 분명 궐내에서 대대적인 숙청 작업이 벌어질 텐데 진기를 쓰지 못하는 상태로 여기 남는 건 너무 위험하다. 그래도 황궁 시위 중 일부는 아직 태자에게 충성하고 있으니 태자와 함께 움직이는 편이 나아."

"아아."

맹부요가 뭉그적뭉그적 몸을 일으켰다.

지친 기색인 그녀를 보며 뭔가 곰곰이 생각하던 운흔이 갑자기 허리띠를 찢어 냈다. 기다란 천 한쪽을 맹부요의 손목에 느슨하게 묶은 그가 나머지 끄트머리를 자기 손에도 맸다.

"뭐야?"

맹부요가 아연실색했다.

"움직이는 데 방해되지 않겠어?"

"꽉 잡고 다녀라. 지켜 줄 테니까."

간단명료한 대꾸였다.

맹부요는 씩 웃은 뒤 뻔뻔하게 말했다.

"너 죽으면 나까지 덩달아 골로 가는 거네?"

운흔이 아무 소리도 못 하고 있는 사이, 단칼에 허리띠를 끊어 낸 맹부요가 숨을 훅 한 번 들이마시고는 웃었다.

"그럼 가 볼까!"

밤, 유시 정각에서 3각을 넘겼을 무렵.

연렬은 황성 제일 안쪽 궁문 앞을 안절부절못하고 서성이는 중이었다. 황태자가 출궁을 시도할 경우 막아야 하기에 그는 궐 안에서 불길이 이는 걸 뻔히 보면서도 자리를 비울 수가 없었다.

불현듯 어둠을 뚫고 말발굽 소리가 들려왔다. 순간 눈매가 날카로워진 연렬이 수신호를 보내자 즉각 병기를 꺼내 든 어림군이 적을 맞을 태세를 갖췄다.

잠시 후, 어둠 속에서 윤곽을 드러낸 이들은 제왕 심의와 그를 따르는 시위들이었다. 안도의 한숨을 내쉰 연렬이 문을 열라는 뜻으로 병사들을 향해 손을 흔들었다.

고삐를 바짝 틀어쥔 제왕은 어딘지 곤두선 눈빛이었다. 크게 동요 없는 표정과는 달리 고삐를 잡은 손 마디마디가 하얗게 불거져 나온 모습. 타고 온 말마저도 불안한 기색으로 연신 투레질을 쳐 대고 있었다.

반면 곁에 있는 남자의 자태는 여유롭고 고상하기가 한이 없는지라, 연렬조차도 그에게는 한 번 더 눈길을 주게 되었다.

제1궁문이 서서히 열렸다.

저만치서 드리운 등롱 불빛이 지면에 붉은 부채꼴 형태로 펼쳐지던 때였다.

팟!

기척도 없이 어둠을 관통해 날아든 화살이 제심의의 마구에 붙은 연결 고리 하나를 박살 냈다. 소스라친 준마가 길게 울며 뒷발로 일어서자 제심의의 몸이 뒤로 넘어갈 듯 쏠렸다.

제심의는 어떻게든 균형을 잡아 보려 했지만, 어둠에 깃든 한 줄기 섬광인 양 무시무시한 속도로 쏘아져 온 그림자가 어깨로 그를 들이받아 말에서 떨어뜨렸다. 곧이어 검은 그림자가 제심의를 잡아채려던 찰나, 곁에 있던 남자가 손을 까딱 움직이자 제심의의 몸이 한쪽으로 홱 밀려나 그림자의 팔이 닿는 범위를 벗어났다.

검은 그림자가 남자를 돌아봤다. 횃불 아래 드러난, 깊고도 그윽한 눈매. 운흔이었다.

분하다는 듯 콧방귀를 뀌며 말 등으로 뛰어오른 운흔이 돌연 뭔가를 던지듯 팔을 힘껏 내뻗자, 또 다른 그림자가 그 힘을 추진력으로 이용해 제심의의 동행인을 향해 쏘아져 나갔다.

선이 아리따운 두 번째 그림자가 공중을 가로지르던 중, 두건이 풀리면서 머리카락이 쏟아져 내렸다. 주홍색 등롱 불빛을 배경으로 풍성한 흑발을 흩날리는 그녀의 모습은 환상계에 홀연히 모습을 드러낸 신녀 그 자체였다.

다음 순간, 허공에 뜬 그녀가 말 탄 남자의 눈을 향해 팔을 겨눴다. 그녀의 손가락 사이에서는 비수가 선뜩한 빛을 발하고 있었다.

"내려!"

공기 중에 울린 여자의 외침이 그토록 차디찼건만, 말 위에 앉은 이는 고개를 들더니 웃음을 지었다.

한 사람은 공중에서, 다른 한 사람은 마상에서 서로를 마주했다.

그녀의 눈동자는 운무 한 점 드리우지 못한 구중천 달빛처럼 맑았고, 그의 눈동자는 팔황을 거침없이 굽이치는 강과 바다만큼이나 깊었다.

그 달빛이 강과 바다를, 본디 잔잔하였으나 이 순간 소리 없이 요동치고 있는 물 한복판을 비췄다. 온 세상 만물로부터 비롯된 거대한 음률일는지, 묵직하게 시작된 울림이 그의 가슴을 때려 한 번, 또 한 번 그칠 줄 모르는 메아리를 만들어 냈다.

칼날이 도달하기 직전, 그가 문득 입을 열었다. 극히 짧은, 무성의 달싹임이 입술을 스쳐 지났다.

"부요, 잘 지냈소?"

화살에 가슴이 철렁하다

잘, 지냈냐고?

소리 없는 인사가 우레와 같이 가슴속을 뒤흔들어 놨다.

그간 원소후와 다시 만나는 장면을 이래저래 얼마나 그려 봤던가. 언젠가 축제의 현장에서, 어느 귀족이 베푼 연회에서, 아니면 타국에서 만날 수도 있으리라 생각했건만……, 태연 황궁에 변란이 일어난 밤일 거라고는 미처 예상치 못했다.

게다가 재회의 순간, 자신이 반대 진영에 선 그에게 칼끝을 들이대고 있을 줄이야.

그는 날 선 비수를 앞에 두고도 아무렇지 않게 미소 지으며 인사까지 건네 왔다.

맹부요는 말 머리 부근에서 공중제비를 넘다 만 채였다. 칼날은 여전히 번뜩였으나 마음의 날은 속절없이 무뎌지고 있었다. 상대의 입 모양을 읽어 낸 이후로는 더더욱.

이때 원소후의 앞섶이 꿈틀하더니 그 안에서 새하얀 머리통이 쏙 삐져나왔다. 까만 눈망울을 데구루루 굴리던 녀석이 비수를 발견하고는 잽싸게 제 털을 한 가닥 뽑아 막는 자세를 취했다.

자기 궁둥이 털이 전설의 보검이라도 되는 줄 아는 건가?

웃음이 터지려다가 별안간 눈시울이 뜨듯해졌다. 결과적으로 울지도 웃지도 못한 맹부요는 돌진하던 기세만 공연히 흐트러져 휘청 거꾸러지고 말았다.

이런 낭패가. 어찌 됐든 원소후는 지금 제심의를 돕는 입장이니, 맹부요는 계획대로 그의 말을 빼앗았어야 했다. 운흔이 혼자만 빠져나가려 할 턱이 없으니 그녀의 실패로 인해 운흔까지 위험해진 상황이었다.

그대로 추락하는가 싶던 그녀의 등을 어느 따스한 품이 받아 안았다.

그가 입고 있는 비단 장포의 반드러운 결만큼이나, 옷깃 밖으로 드러나 그윽한 향내를 풍기는 살갗 또한 지극히도 매끄러웠다.

뒤에 앉은 그의 가슴팍에 목덜미가 살짝 쓸리는 찰나, 맹부요는 온몸에 화르르 불길이 이는 것 같은 착각에 빠졌다. 그것은 타는 고통이 아니라 포근함과 나른함으로 전신 구석구석을 휘감는 화염이었다.

뜨듯한 온천에 몸을 담근 양, 손가락에서 시작해 발가락 끝까지 기분 좋은 노곤함이 번져 나갔다. 생사의 고비를 참 바삐도 오가느라 고됐던 하룻밤이건만, 이 순간의 부드러운 위로가 그 모든 고초를 사르르 흩어 버렸다.

헤어나지 못할 꿈결, 혹은 사계가 봄날인 헌원국에서 불어오는 바람결, 그도 아니면 아름답기로 태연국 으뜸가는 연못에서 넘실대는 푸른 물결. 남자의 숨결이 바로 그러했다. 그만큼이나 유혹적으로 맹부요를 은은히 에워싸고 있었다.

그의 입술이 가까웠다. 말 등이 덜컥거릴 때마다 그녀의 귓바퀴를 간질이도록. 덥고도 습한 숨이 가만가만 뺨에 와 닿는 감각은 이미 자잘한 입맞춤이나 진배없었다.

맹부요는 옴짝달싹 못 하고 등줄기를 곧추세웠지만, 그녀의 긴장과 무관하게도 몸은 이내 야금야금 녹아내려 비단으로 흐드러졌다가, 안개로 풀어졌다가, 그리움의 실로 하느작하게 짜인 그물이 되어 늘어졌다.

짧다 하면 별똥별이 명멸하는 그 한순간 같고, 길다 하면 천년의 세월 같은 시간이었다. 몽롱한 와중에 그의 웃음기 섞인 음성이 나지막하게 귓가를 찾아들었다.

"내 그대에게 입 맞추고픈 마음은 간절하오만⋯⋯."

사계절 꽃들을 한순간에 모두 피워 낼 웃음이었다.

맹부요는 전율 속에서 생각했다.

목소리에 술법이라도 걸어 뒀나?

조금도 특별할 것 없는 말도 그의 입만 거쳤다 하면 음절 하나하나가 낚싯바늘이라도 된 듯 듣는 사람의 심장을 낚아 들었다 났다 했다.

맹부요가 자기 얼굴을 더듬었다. 아무래도 불타고 있지 싶었다.

잠시 뜸을 들였다가 다시금 그녀의 귓가에 흘러든 목소리에는 희미한 아쉬움이 더해져 있었다.

"애석하게도…… 지금은 상황이 여의치 않군."

말이 끝나자마자 뒷자리가 돌연 허전해졌다. 졸지에 온기의 원천을 잃고 가슴마저 휑하니 비어 버린 맹부요가 뒤를 돌아봤을 때, 느슨한 장포의 남자는 그녀에게 말을 내주고 사뿐히 날아내리는 중이었다.

다음 순간, 흐르는 구름처럼 가볍게 휘돌아 지면을 디딘 남자의 손에는 어느덧 활이 들려 있었다.

주홍의 활시위, 칠흑의 화살깃, 번뜩이는 강철 살촉.

가벼이 미소 지으며 시위에 화살을 거는 남자의 손놀림은 능수능란했다. 그가 팔을 당기자 활이 보름달 형상으로 팽팽히 휘었다. 아연실색한 연렬의 눈동자 안에서, 말에서 떨어진 후 노발대발 쫓아오던 제심의의 경악 속에서, 뒤편에서 까맣게 몰려오는 병사들의 발소리 가운데, 화살이 맹부요를 겨눴다.

지금껏 세상 그 어떤 화살도 이보다 서늘하게 빛나지는 못했으리라.

말 위에 있는 맹부요는 우두커니 바라보고 있었다. 맹금류의 눈처럼 자신을 쏘아보는 화살과 그 시위를 당기고 있는 존귀한 남자를.

불현듯 주위가 적막에 잠겼다. 횃불이 타오르는 소리와 긴장에 억눌린 숨소리만이 선명했다.

불빛 아래에서 뒤를 돌아보고 있는 여인은 침착한 얼굴이었으나, 머나먼 설산 꼭대기의 만년설처럼 투명한 눈동자 안에는 당황, 의문, 전율, 몰이해를 비롯해 이 순간 미처 말로 내뱉지 못한 감정이 무수히 떠돌고 있었다.

그 복잡한 눈빛을 어찌 말로 형용할까. 지켜보던 이들 모두가 쇳덩이로 가슴을 한 대 얻어맞은 기분에 움직이는 것마저 잊고 말았다.

그러나 오직 한 사람, 그녀의 눈길 끄트머리에서 엷게 웃고 있는 남자만은 여전히 흔들림 없이 화살을 겨눈 자세였다. 한계까지 휘어진 활이 삐걱거리는 소리가 언뜻 의미심장한 탄식처럼 들렸다.

그의 팔이 뒤로 더 당겨졌다. 돌이키기에는 너무 늦은 상황이었다!

쐑!

홀연히 천둥이 임하다

화살촉이 공기를 가르는 소리가 이리도 절망적으로 들렸던 적이 있던가. 화살이 육안으로는 포착조차 어려운 속도로 맹부요를 향해 쇄도하던 때였다.

쿵!

최외곽 궁문 밖에서 굉음이 울리는가 싶더니 곧이어 쩌렁쩌렁한 함성이 물밀 듯 밀려들었다. 선두에서 무리를 이끄는 장수는 검은 갑옷에 누런 두건을 착용하고, 미간 없이 이어진 일자 눈썹을 하고 있었으니, 다름 아닌 방명하였다.

표정이 대번에 활짝 핀 제심의가 외쳤다.

"명하, 와 줬군!"

저 멀리서 방명하가 껄껄 웃더니 진기가 실린 목소리로 우렁차게 대답했다.

"전하, 경하드립니다!"

순간 움찔한 제심의가 뭐라 입을 열기도 전, 방명하가 소매를 대뜸 걷어붙이고 씩 웃었다.

"닥치는 대로 쓸어 버리면서 왔습니다!"

삼중 궁문 사이의 간격은 적어도 1리 이상. 상당한 거리임에도 군대의 철갑을 적신 피비린내가, 적의 머리를 짓밟으며 온 군사들이 내뿜는 살기가 이곳까지 생생하게 전해져 왔다.

제왕이 뜻을 이룬 줄로 오해한 방명하의 군대가 성문을 부수고 진격해 오는 동안 목이 잘려 거리를 나뒹군 시신이 얼마며, 도성 안에 인 불길과 울음 섞인 절규가 얼마일지, 이쯤 되면 능히 짐작할 만했다.

방명하는 새 황제 휘하의 일등 공신이라는 단꿈에 젖어 의기양양해 있느라 제왕의 표정 변화를 감지하지 못했고, 제심의의 곁에 선 원소후는 슬며시 웃으며 고개를 내저었다.

이 와중에도 원소후는 앞쪽에서 밀려드는 군사들이 아닌 자신의 화살이 향한 상대, 맹부요를 보고 있었다.

조금 전, 새된 소리를 내며 날아가던 화살은 맹부요에게 닿기 직전 갑자기 방향을 틀었다. 살촉은 급선회하며 우지끈 부러져 나갔고, 남은 화살대가 맹부요를 태운 말을 후려쳤다.

따끔한 맛을 본 준마는 울부짖으며 앞발을 높이 걷어찼다가 전방을 향해 미친 듯이 내달리기 시작했다. 하마터면 내동댕이쳐질 뻔한 맹부요는 이를 악물고 고삐에 매달렸다. 말 등이 얼마나 거칠게 요동치는지 온몸의 뼈마디가 다 덜그럭거리는 것 같았다.

입술을 깨문 맹부요가 어렵사리 고삐를 손목에 감고는 원소후를 돌아봤다. 먹색 비단처럼 펼쳐진 흑발에 얼굴이 반쯤 가려진 가운데, 머리카락 사이로 드러난 그녀의 눈빛은 한없이 복잡하고 미묘했다.

어수선한 인파를 뚫고 길게 이어진 다리처럼 뻗어 나간 그 눈빛이 험준한 요새를 넘고 망천하[44]를 건너 깨달음의 세계에 이르렀다.

앞쪽에서는 철갑의 급류가 밀려오고 뒤쪽에서는 제왕의 시위들이 추격해 오는 상황. 그 중간에 여전히 미소 짓는 원소후가 있었다. 옷자락을 휘날리며 서 있던 그가 눈을 들어 맹부요의 복잡다단한 눈빛을 받아 내더니, 곧 입가를 미세하게 움직였다.

한 가닥의 전음이 맹부요의 귀로 흘러들었다. 눈앞에서 태산이 무너져도 얼굴색 하나 변하지 않을, 원소후 특유의 차분한 어투였다.

— 조심하시오.

맹부요의 가슴이 뭉클해진 그때, 엉덩이 밑이 다시 한번 크게 들썩였다. 조금 전 그 화살이 땅에 맞고 튀어 올라 말의 등을 한 대 더 때린 것이었다. 날카롭게 울부짖은 준마가 맹부요를 태운 채 번개처럼 전방을 향해 쏘아져 나갔다.

---

44 忘川河. 중국 신화 속에서 저승에 흐른다는 강.

맹부요가 거대한 파랑에 휩쓸린 양 속절없이 털럭거리는 동안, 말은 두 번째 궁문과의 거리를 시시각각 좁혀 가고 있었다. 방명하의 난입으로 인해 반쯤 열린 궁문 앞에는 완전 무장한 채 삼엄한 대오를 이룬 시위 수백 명, 그리고 검을 든 배원이 대기 중이었다.

그 광경을 목격한 맹부요는 참담한 심정이었다.

아아, 저길 무슨 수로 뚫고 지나간단 말인가.

힘겹게 고개를 틀어 원소후를 쳐다보면서도, 그녀는 지금 자신의 눈빛에 서린 애처로움을 미처 인지하지 못했다.

원소후가 고개를 들어 그 눈빛을 받아 냈다. 한 번도 약한 모습을 보인 적 없던 그녀가 위기의 순간 보내온 눈빛은 그의 가슴속에 파문을 만들어 내기에 충분했다. 원소후의 눈 안, 웃음기가 가신 자리에 눅진한 애틋함이 차올랐다.

죽음이 두려운 것이 아닐 터······.

뒤쪽에서는 제왕이 말을 좇으라 시위들에게 지시하던 참이었다. 원소후가 담담히 말했다.

"왕야, 태자가 궁문 쪽으로 오지는 않았던 모양이니 여기에 인력을 몰아 둘 게 아니라 궐 안부터 살피시지요."

얼굴이 파리하게 질린 제심의가 쉬이 결단을 내리지 못하자 원소후가 덧붙였다.

"왕야께서 친히 병사들을 이끌고 수색에 나서심이 합당합니다. 이곳은······ 제게 맡기시면 될 일입니다."

제심의가 곁에 선 남자에게 흘깃 눈길을 보냈다. 그리 믿음

직한 자는 아니었지만, 방명하는 챙길 군대가 있고 연씨와 배씨 일가는 궁문을 지켜야 하니 따로 빌릴 손이 없었다.

저자가 혹여 딴마음을 먹은들 이 많은 병력 가운데서 홀로 무슨 풍파를 일으킬 수 있겠는가. 그러마, 대담한 제심의는 당장 궐내 수색에 필요한 인력을 차출해 돌아섰다. 방명하에게는 수하들을 풀어 금위군 본영으로 향하는 길목을 모조리 차단하라는 신호를 보냈다.

"그럼 선생만 믿겠소. 조금 전 그 의심스러운 남녀는 반드시 뒤쫓아 잡아야 하오."

원소후가 싱긋 웃으며 답했다.

"염려 놓으십시오!"

제심의가 자리를 뜬 후, 성루를 올려다보며 미소 짓던 원소후는 곧이어 시위들을 이끌고 '추격'에 나섰다.

앞서 달리는 말 위에서는 운흔이 등을 바짝 낮춘 자세로 전방에서 날아오는 화살을 바쁘게 쳐 내고 있었다. 뒤따라오는 맹부요를 위해서였다.

반쯤 열린 문틈을 통해 저벅저벅 밀어닥치는 군대가 보였다. 거기에 두 번째 궁문을 물샐틈없이 지키고 있는 시위들까지. 운흔은 내심 절망에 가까운 탄식을 뱉었다.

태자가 따로 길을 잡은 줄도 모르고 맹부요를 이리 끌어들인 것이다. 죽는 한이 있더라도 그녀만은 지켜 내야 했다.

앞쪽에서는 배 장군이 질주해 오는 남녀를 주시하고 있었다. 웅장한 황성 통로를 배경으로 다가오는 가냘픈 두 그림자는 보잘것없는 점에 지나지 않았고, 그길 등 뒤에는 손 한 번 까딱하는 것만으로도 그들을 짓이길 천군만마가 있었다.

배 장군과 배원은 가소롭다는 듯 웃었다. 그렇다고 대책 없이 손을 놓고 있는 것은 아니었다.

배 장군의 공격 신호가 떨어졌다!

부웅!

화살의 비. 두 번째 궁문에서 폭발하듯 쏘아 올려진 화살이 하늘을 시커멓게 뒤덮었다. 귀곡성을 길게 끌며 구름층을 꿰뚫은 화살이 통로에 동그마니 선 남녀를 덮친 건 순식간이었다. 새된 울음소리와 함께 말들이 벌집이 되어 쓰러졌다.

기합을 토하며 몸을 날린 운흔이 수면 위로 튀어 오르는 물고기처럼 공중에서 원을 그렸다. 그의 검이 휘황하게 춤을 추자, 맹부요를 보호하는 둥그런 빛의 벽이 만들어졌다.

어검술을 시전하는 사이, 운흔은 휘도는 바람이 되었다. 다만 그 바람은 무엇도 스치거나 휩쓸고자 하지 않았다. 오로지 곁에 있는 한 사람 주위만을 돌며 전방위에서 날아드는 화살을 막아 낼 뿐이었다.

이어진 두 궁문을 지키는 연렬과 배 장군은 모두 무학에 일가견이 있는 인물들이었다. 죽을 각오로 전력투구 중인 소년이 검법의 최고 경지인 '이기어검술'을 구사하고 있음을, 그 강철과도 같이 견고한 검기를 그들은 단번에 꿰뚫어 봤다.

두 사람은 흠칫했으나, 그것도 잠시였다. 얼마 안 가 그들의 입가에 떠오른 것은 냉소였다.

진기로 검을 부리는 건 잠깐 동안만 가능한 일이었다. 저 짓을 오래 끄는 건 자살행위였다. 운이 좋으면야 공력이 크게 퇴보하는 정도로 끝나겠지만, 잘못하면 아예 무공을 잃고 송장 신세가 될 수도 있었다.

연렬의 눈에 비웃음이 스쳤다.

제 무덤을 열심히도 파는군!

냉소를 흘린 그는 곧 무심히 고개를 돌렸다.

이 순간, 운흔의 머릿속을 지배하는 생각은 오직 하나였다.

그녀를 지켜야 한다!

자기 때문에 억울하게 위험에 내몰린 여자였다. 이런 곳에서 화살에 난자당해 죽게 둘 수는 없었다.

비통한 바람의 포효 가운데 어슴푸레한 달빛이 기울고 있었다. 흑색 화살은 날아드는 족족 장애물에 부딪혀 검푸른 하늘로 난사되어 나갔다. 드높이 튕겨 올라 뜬구름을 산산이 조각낸 화살촉은 천공에도 쓰라린 흠집을 냈고, 그 흠집을 통해 무수한 별빛이 쏟아져 내렸다.

별빛 아래, 소년의 얼굴은 백지장처럼 창백했으나 그가 하얀 앞니로 짓이기고 있는 입술은 한 방울의 선혈만큼이나 선명한 색이었다.

검을 휘두르고, 춤을 추고, 허공에서 검술을 부리는 내내…… 소년은 자신이 무얼 하고 있는지도 알지 못했다. 아까까지 시큰대던 팔뚝에서는 이제 아무런 감각이 느껴지지 않았다. 지금 소년의 움직임은 본능에 따른 기계적인 반응, 그 이상도 이하도 아니었다. 그의 정신은 통째로 맹부요에게 가 있었다.

소년이 자신을 돌볼 여유 따위는 없는 그때였다. 불규칙한 궤적을 그리며 날아온 화살 하나가 그가 방출하는 기운에 밀리고 밀리며 방향을 틀던 끝에, 강기의 막을 아슬아슬하게 스쳐 그의 어깨에 꽂혔다. 뼈마디에 박힌 화살은 미세한 흔들림만으로도 지옥 같은 고통을 선사했다.

줄곧 운흔의 기세에 눌려 있던 맹부요가 불현듯 고개를 들었다. 그녀의 안색은 운흔보다도 더 핏기가 없었고, 항상 맑고 굳세던 눈빛에는 영롱한 물기가 반짝이고 있었다. 구름을 뚫고 나온 달이 그 영롱함을 비춰 일순 눈부신 광휘를 피워 냈다.

고개를 숙인 운흔이 지금껏 한 번도 두려움이란 걸 내비치지 않았던 여인의 눈에서 반짝이는 눈물을 발견했다. 미약한 공명이 그의 가슴을 흔든 데 이어 뜨끔한 통증이 찾아들었다. 마치 그곳에도 화살을 맞은 것처럼.

이를 악물고 맹부요를 외면한 운흔이 검을 휘둘러 화살대를 잘라 냈다. 분수처럼 튄 피가 어깨를 새빨갛게 적셨지만, 그는 완전히 무감각한 기색이었다.

맹부요의 주위를 휘도는 바람은 이제 핏빛으로 물들었다. 기민하게 움직이는 담홍색 장막은 그녀를 다치게 할 살기라면 단 한 줄기조차도 안으로 파고드는 걸 용납하지 않았다.

그러나 아무리 젖 먹던 힘까지 다한들 앞에서 날아오는 화살 비를 막아 내는 게 고작. 뒤에서 쫓아오는 추격병까지 감당하기에는 역부족이었다.

눈코 뜰 새 없는 와중에 운흔이 흘깃 후방을 살폈다. 추격병들은 아까 그 남자의 지휘 아래 벌써 바로 뒤까지 따라붙어 있었다. 양측 사이의 거리는 고작 몇 발자국.

한편, 궁문에서는 두 남녀가 점점 거리를 좁혀 오자 궁수 부대가 뒤로 빠지고 대신 비단옷을 입은 병사들이 빠르게 앞줄로 나왔다. 무릎을 접고 앉은 그들의 어깨에는 새카만 장총이 올라가 있었다. 검게 뚫린 총구가 운흔과 맹부요를 정조준했다.

화승총 부대!

운흔의 가슴이 덜컥 내려앉았다. 그는 반사적으로 몸을 던져 맹부요의 앞을 막아섰다. 스스로 방패가 되는 것 말고는 그녀를 지킬 방법이 없었다.

마음에는 비탄이 차오를지언정 맹부요를 바라보는 운흔의 눈은 찬연한 별빛과도 같은 이채를 발하고 있었다.

그런데 바로 그 찰나, 갑자기 시야가 어두컴컴해졌다. 자신이 기력을 다해 혼절하는 줄로만 알고 움찔했던 운흔은 다음 순간 머리 위에서 울리는 쩌렁쩌렁한 외침을 들었다.

저 멀리 하늘 끝에서 폭발한 우레가 번쩍거리는 번갯불과 세찬 폭우를 몰고 삽시간에 머리 위까지 밀어닥친 듯, 무시무시한 기세였다.

고개를 들어 올린 운흔은 성루 꼭대기에서부터 폭풍처럼 내리꽂히는 먹장구름을 목격했다. 뇌성을 연상케 하는 우르릉거림 속에서, 천둥을 압도하는 포효가 천지를 울렸다.

"모조리 잡아 죽여 주마!"

공공연히 가슴을 논하다

"모조리 잡아 죽여 주마!"

천지를 뒤흔드는 포효에 궁문 앞쪽 병사들의 총신이 부르르 진동했다. 곧이어 소리쳤던 사내가 팔을 휘둘러 자갈 한 움큼을 흩뿌렸다.

새카만 번개처럼 '쐐액' 하고 공기를 가르며 쏘아져 나간 자갈은 아연실색한 병사들이 아닌 그들의 총구 안으로 한 치의 오차도 없이 날아들어 총열을 단단히 틀어막았다. 개중에는 돌멩이가 약실까지 틀어박히는 바람에 병사의 어깨 위에서 그대로 폭발해 버린 총들도 있었다. 피와 살점이 한바탕 어지러이 휘몰아쳤다.

정작 자갈을 던진 사내는 화승총 부대 쪽은 돌아보지도 않고 곧장 자세를 낮춰 바닥에서 한 바퀴를 굴렀다. 검은 바람막이

가 지면을 휩쓸고 지나가자 원소후의 뒤에 있던 시위들이 비명을 내지르며 땅바닥을 나뒹굴었다.

이때 원소후가 낮게 깔린 목소리로 외쳤다.

"어인 용건으로 오신 객인가?"

그가 내뻗은 일 장과 사내의 손바닥이 격돌한 순간, 원소후가 상대의 힘을 감당하지 못한 듯 내리 수 걸음을 후퇴하는 모양새가 연출됐다.

사내의 갑작스러운 출현에 아군이 무더기로 죽어 나간 데다가 이제 원소후까지 밀리니 시위들은 잔뜩 얼어붙어 감히 앞으로 나설 엄두를 내지 못했다.

사내가 늦게 대답하며 큰 소리로 웃음을 터뜨렸다.

"살인객이 납시는 데 이유가 필요할까!"

몸을 날려 맹부요의 앞에 내려선 사내가 바둥바둥 일어서려는 그녀를 단번에 제압하고는, 큭큭 웃으며 혈도를 풀어 줬다.

"미안하게 됐다, 여자. 진기는 이제 돌려주마."

두툼한 가슴팍에 걸맞게 무게 있는 음성에서 산야에 우뚝 선 소나무만큼이나 호쾌한 기상이 느껴졌다.

딱 들어도 전북야의 목소리였다.

물론 맹부요는 반강제로 상대의 품에 끌려 들어가기 한참 전부터 알고 있었다. 전북야가 아니면 또 누가 그렇게 패기 쩌는 대사를 툭툭 던지고 다니겠는가.

그때였다. 맹부요는 지금껏 보이지 않는 밧줄에 꽁꽁 묶여 있는 것 같던 몸이 거짓말처럼 가뿐해짐을 느꼈다. 단전에서 익숙한 진기가 용솟음쳐 전신을 빠르게 한 바퀴 돌았다. 가까스로 한시름을 놓게 되자 우선은 격한 기쁨이, 바로 뒤이어서 격한 분노가 끓어올랐다.

몸을 틀어 전북야를 마주 본 그녀는 상대의 콧등에 냅다 주먹을 꽂아 줬다.

설마하니 그녀가 뻔뻔하게 주먹질부터 할 줄 전북야가 상상이나 했을까. 주르륵 흘러내린 코피는 졸지에 그를 경극 배우 뺨치게 화려한 얼굴로 만들어 놨다.

전북야의 꼬락서니에 맹부요가 웃음을 터뜨렸지만, 그 웃음은 오래가지 않았다. 고개를 틀어 피로 반쯤 목욕을 한 운흔과 뒤쪽에 서 있는 원소후를 차례로 눈에 담은 그녀가 금세 표정을 굳혔다.

원소후가 눈빛을 보내며 빙긋 웃었다. 그러더니 뒤로 돌아 맞은편에서 분기탱천해 달려오는 연렬 쪽으로 스르르 쓰러졌다. 조금 전 전북야와의 격돌로 기력 소모가 몹시 컸던 듯했다.

연렬이 마지못해 팔을 뻗은 찰나, 원소후가 갑작스레 미소를 보냈다. 찬란하기가 휘영청 달밤에 별빛이 한들거리는 정경과도 같은 미소였다. 그 한들거림이 연녹색 봄빛 흐드러져 물가 모래사장까지 이어진 몽환경을 그려 냈으니, 몽환경 속에서는 시내의 잔물결이 햇살을 받아 은빛 반짝임을 흩뿌리고 있었다.

눈이 시리도록 황홀한 한들거림이었다.

상대의 미소를 멍하니 응시하던 연렬은 자신의 머릿속까지 한들한들 일렁이기 시작했음을 느꼈다. 어느덧 일렁이는 운무로 풀려 버린 의식이 제 주인을 통째로 집어삼켰다.

연렬의 몸이 기우뚱 허물어졌다.

시위들이 허겁지겁 달려오는 사이 원소후가 쓰러진 연렬 위로 성큼 넘어가며 미소 지었다.

"아아, 유감스럽게도 도위께서 조금 전 그 살인객의 독에 당하신 듯하군."

맹부요와 운흔을 엄호하며 전북야가 전방으로 돌진하던 중, 그의 눈길이 맹부요의 어깨에 닿았다. 격렬한 움직임으로 인해 상처가 벌어져 그녀의 어깨는 온통 검붉은 핏빛이었다.

뒤이어 눈길이 향한 곳은 맹부요의 치마였다. 치맛자락에 점점이 찍힌 핏자국을 본 전북야가 미간을 찌푸렸다. 그의 눈빛에 번뇌가 스쳤다.

곰곰이 뭔가 생각하던 그가 품 안에서 옥으로 된 작은 병을 꺼내더니 다짜고짜 맹부요가 걸친 상의의 어깨 부분을 쫙 잡아뜯었다.

맹부요가 바락 소리를 질렀다.

"뭐 하는 거예요?"

허공에 멈칫 굳은 전북야의 손에서 약병을 발견한 맹부요가 냉큼 물건을 낚아채고는 아까보다 더 표독하게 쏘아붙였다.

"지금이 다친 데나 싸매고 있을 때예요? 일단 사죄의 의미로 알고 받아는 두겠는데."

천살 황실 내에서도 어지간한 황자들은 구경하기 힘든 극상품 금창약을 날름 품에 챙겨 넣는 여자를 보며, 전북야는 무안한 듯 코를 쓱 문질렀다.

질척한 느낌에 자신의 손을 쳐다보니 손가락은 피 칠갑이 되어 있었다. 전북야는 본인의 처지가 어째 비루하다는 생각에 휩싸였다.

하아! 저 여자를 만난 뒤부터는 주변이 돌아가는 꼴도 그렇고, 전북야라는 한 인간의 정체성도 그렇고, 모든 게 난장판이었다.

맹부요의 고개가 자꾸만 뒤쪽으로 향하는 걸 본 전북야가 퉁명스레 물었다.

"뭘 그렇게 힐끔거리지?"

이에 맹부요가 즉답하길.

"신경 끄죠?"

일그러진 입꼬리와 코 주변의 피딱지가 퍽 희극적인 조화를 이룬 가운데, 전북야가 씩씩거렸다.

"돌아볼 거 없다. 그자나 나나, 눈치껏 한 연기였으니까."

맹부요가 대번에 입을 삐죽였다.

"어쩐지, 너무 말도 안 되게 세다 했더니만."

그사이 등을 보이고 돌아선 원소후가 그녀의 눈에 들어왔다. 무슨 뜻인지는 몰라도 그는 뒷짐 진 손을 휘휘 내저어 보이는 중이었다.

맹부요의 가슴이 순간 찡해졌다. 정말이지, 알다가도 모를 남자였다. 흡사 모든 사람의 행동을 미리 계산에 넣어 뒀던 것 같지 않은가.

무섭게 말이야…….

원소후에 관한 생각을 미처 끝맺기도 전, 일행은 두 번째 궁문에 당도했다.

워낙 빠른 그들의 이동 속도에 활은 이미 쓸모없어진 상황. 배 장군의 명령이 떨어지자 시위들이 '철컹' 하고 창칼을 세워 들었다.

배원의 날카로운 웃음소리가 허공에 울려 퍼졌다.

"여기까지 왔으면, 뭐? 대기 중인 시위가 오백이거늘 설마 너희 따위를 못 당할까? 하물며 방 장군의 병력도……."

말하다가 흠칫한 배원이 아버지와 눈빛을 교환했다.

궁문으로 쏟아져 들어오던 방명하의 군이 언제부터인가 오지 않았음을 미처 눈치 못 챘다. 맹부요 일행에게 온통 정신이 팔렸던 탓이었다.

배원이 고개를 홱 틀어 문틈 밖을 내다봤다. 군사들이 우왕좌왕하는 광경이 어렴풋이 시야에 들어온 순간, 최외곽 궁문이 느닷없이 닫혀 버렸다. 결과적으로 그녀는 밖에서 정확히 무슨 일이 벌어지고 있는지까지는 파악하지 못했다.

잠깐 방심한 틈에 전북야가 배 장군을 향해 몸을 날렸다. 그게 유인책인 줄 꿈에도 모르는 배원이 기겁해 아버지 쪽으로 달려오자 전북야가 소맷자락을 휘날리며 재빠르게 방향을 틀었고, 배원은 자진해 전북야의 손아귀로 뛰어든 꼬락서니가 되고 말았다. 배원의 목을 틀어쥔 전북야가 호탕하게 웃음을 터뜨렸다.

"어이, 어떻게 넌 하는 짓이 갈수록 멍청해지는 거냐?"

판단 착오로 딸을 인질 신세로 만들고 만 배 장군이 격분해 구출 명령을 내리려던 때였다. 검은 그림자가 귀신같이 곁을 파고들었다. '쐑' 하고 바람을 가르며 뻗어 온 맹부요의 채찍이었다.

맹부요는 멀찍이 떨어져서 배 장군의 좌우로 방향을 바꿔 가며 쉴 새 없이 채찍을 날렸다. 무수히 날아드는 검은 그림자 사이에서 실초와 허초를 명확히 분간해 내기란 불가능한 일. 무조건 피하고 보는 게 최선이었다.

채찍의 기세에 밀린 배 장군은 맹부요의 의도대로 딸에게서 한 걸음 한 걸음 멀어져 가고 있었다.

일행의 맨 앞쪽에서는 운흔이 장검을 화려하게 휘두르는 중이었다. 시위들이 제아무리 벌 떼처럼 몰려온들 그의 검초를 뚫을 자는 없었다.

진한 눈썹을 칼날처럼 곧추세운 전북야가 몇 리 밖에서도 들릴 목청으로 웃어 젖혔다. 그의 손아귀에 목줄기를 단단히 붙들린 배원은 바닥을 쓸며 질질 끌려 다니는 처지였다.

"너 따위 계집과는 손끝 하나 닿는 것도 사절이었건만, 일진이 더럽구나!"

모멸감에 새파랗게 질리다 못해 거품 물기 직전인 배원이 애타는 눈길로 배 장군을 바라봤다. 그러나 딸을 구해 내려는 배 장군의 시도는 맹부요의 매서운 채찍질에 막혀 번번이 무산되고 말았다.

맹부요가 채찍을 휘두르며 깔깔거렸다.

"문 열어! 귀하신 군주님의 가슴둘레가 납작해지는 꼴 보고 싶지 않으면 시원하게 열어젖혀야 할 거다!"

운흔과 전북야가 대단히 착잡한 표정으로 서로를 마주 봤다.

할 소리가 있고 못 할 소리가 있지, 이건 좀 잔혹하지 않은가. 다른 곳도 아닌 황궁 궁문에서, 병사들이 떼로 몰려 있는 앞에서 아직 시집도 안 간 배 군주를 놓고 저런 이야기를 하면 당사자는 앞으로 어찌 사람 구실을 하라고?

물론 배원이 사람 구실을 할지 말지야 두 남자가 알 바는 아니고, 딱히 그녀를 사람으로 여기지도 않았으나, 맹부요의 언사에 파렴치하다는 평을 내린 것만은 진심이었다.

그런가 하면 궁문 너머까지 전해진 맹부요의 낭랑한 웃음소리를 듣고 우뚝 제자리에 멈춰 미소 지은 이도 있었으니, 뒷짐을 지고 돌아서 있던 원소후였다. 기다란 속눈썹이 안개처럼 드리워 복잡하게 가라앉은 그의 눈빛을 가렸다.

이때 찍찍 소리와 함께 그의 품속에서 고개를 내민 원보 대인이 뒤쪽을 향해 몹시도 같잖다는 눈길을 던졌다. 원소후는 그 모습을 보자마자 원보 대인이 하고 싶은 말이 무엇인지 대번에 알아챘다.

고개를 끄덕여 적극적인 동의를 표한 그가 생각에 잠긴 듯한 투로 중얼거렸다.

"옳은 말이로구나. 실상 본인도 큰 가슴은 아니지……."

궁문에서 기 싸움을 벌이다

두 번째 궁문이 서서히 열렸다. 고수 세 명이 합심해 기선을 제압한 이상 오백에 달하는 시위대로도 그들의 발걸음을 저지하기란 역부족이었다. 이제 맹부요 일행은 마지막 문 하나만을 남겨 두고 있었다.

백 미터가량 되는 청석 통로 끄트머리에서는 최외곽 궁문을 지키는 시위들이 살벌한 대오를 갖추고 대기 중이었다. 다만 군주가 일행의 손에 잡혀 있는 탓에 감히 활을 쏘는 자는 없었다.

화살 비를 면하게 된 것만으로도 아까와는 비교도 안 되게 형편이 피었다. 채찍을 들고 건들건들 전북야의 뒤를 따르는 맹부요는 거의 뭐 팔자 좋게 산책 나온 사람 같은 걸음걸이였다.

실상을 들여다보자면야 맹부요는 본인의 한심한 걸음걸이가 조금도 기껍지 않았다. 허벅지 상처에 앉은 피딱지에 자꾸만

치마가 들러붙는 통에 다리를 벌릴 때마다 쓰라리기는 엄청 쓰라린데 그렇다고 이 판국에 붕대나 감고 앉아 있을 수도 없으니, 아픈 티를 안 내려면 비뚜름한 걸음걸이가 최선이었던 것뿐이었다.

이때 옆에서 걷던 우악스러운 왕야께서 고개를 휙 돌려 그녀의 치마를 훑어봤다. 배원을 틀어잡고 있느라 손이 바쁘지만 않았어도 상의에 이어 치맛단까지 찢어발기고도 남았을 눈치였다.

맹부요는 왕야의 수상쩍은 눈빛을 전혀 감지하지 못한 채 눈을 가늘게 뜨고 전방을 주시하는 중이었다. 그곳에는 창백한 얼굴로 성문을 지키고 선 연경진이 있었다.

연경진이 오로지 자신만을 뚫어져라 쳐다보는 걸 눈치챈 맹부요가 입을 실쭉거렸다. 아무리 역용술로 얼굴을 바꿨어도 타고난 몸매가 몸매인지라 원소후나 연경진처럼 가까운 사람들의 눈은 못 속이는 모양이었다.

"여어, 오랜만!"

맹부요가 손을 흔들었다.

"거기 도련님, 그쪽 집의 '귀하신 견공'을 끌고 왔는데 사례는 어떻게 하시려나?"

연경진의 얼굴에서 핏기가 한층 더 가셨다. 어둠을 배경으로 홀로 서리를 맞은 듯 보이는 그 낯빛에서 과거의 온화하던 모습을 찾기란 불가능한 일이었다.

그가 한참 만에 입을 열었다.

"풀어 줘."

"그래!"

맹부요가 고개를 끄덕였다.

"문 열면."

짧은 침묵 뒤, 연경진이 말했다.

"네가 남겠다면 나머지는 보내 주지. 거부한다면 몰살하라는 명령이 떨어질 거다."

배원의 고개가 그를 향해 팩 돌아갔다. 충격으로 인해 동공마저 커다래진 그녀는 온몸을 부들부들 떨고 있었다. 설마하니 연경진의 입에서 저런 소리가 나올 줄은 예상 못 한 모양이었다.

바람에 휩쓸린 잎새처럼 후들거리던 그녀는 속절없이 땅바닥으로 곤두박질쳐 순식간에 바싹 메말라 버리고 말았다.

맹부요 역시 눈이 휘둥그레졌기는 마찬가지였다. 악다문 잇새로 '쓰읍' 소리가 절로 새어 나왔다.

뛰는 연경진 위에 나는 연경진 있다더니. 지난번에 마주쳤을 때도 눈알 튀어나올 소리로 짖어 대더니만 배원의 앞에서까지 저럴 줄이야.

전북야는 혈압이 머리끝까지 오른 참이었다. 그의 손마디에 힘이 들어가자 배원의 목뼈가 우두둑 비명을 내질렀다. 눈썹을 날카롭게 치켜세운 그가 연경진을 노려보며 말했다.

"애송이, 본 왕이 여자나 희생시켜 목숨을 구걸할 소인으로 보이느냐! 이 여자를 붙들어 두려거든 대신 네놈 명줄을 내놔야 할 것이다!"

그런가 하면 운흔은 아무런 말 없이 한 걸음 앞으로 나서 맹부요의 앞을 막아섰다.

낯빛이 붉으락푸르락하던 연경진이 눈을 옮겨 전북야와 운흔을 천천히 훑었다. 눈 안에 이글거리기 시작한 들불이 특유의 온화하던 분위기에 험상궂은 그을음을 남겼고, 옆에서 요사스럽게 타오르는 횃불까지 덩달아 그의 얼굴에 일그러진 음영을 드리웠다.

잠시 후, 뭔가 결심한 듯한 그가 묵묵히 뒤로 빠지면서 전북야가 있는 방향으로 손날을 내리긋는 시늉을 해 보였다.

이를 본 배원이 울컥 피를 토하자 전북야가 옷소매를 떨치며 성을 냈다.

"토하려거든 그 더러운 피가 본 왕에게 튀지 않게 해라!"

허겁지겁 달려온 배 장군이 노성을 터뜨렸다.

"연경진, 네놈이!"

"장인어른! 최외곽 궁문 수비라는 중차대한 임무를 부여받은 이상 사사로운 감정에 매여 대사를 그르칠 수는 없습니다!"

연경진은 배 장군을 돌아보지 않았다. 턱관절 부근에 어렴풋하게 핏대가 섰고, 그 위쪽으로 잔뜩 충혈된 눈에 붉은빛이 선명했다.

연경진이 자신은 쏙 빼 두고 전북야와 배원 쪽으로만 손짓한 걸 본 맹부요는 팔짱 낀 자세로 피식 헛웃음을 흘렸다.

빽빽하게 늘어선 날붙이가 전북야와 운흔을 겨누는 사이, 연경진이 파리한 얼굴로 맹부요를 불렀다.

"이쪽으로 와!"

맹부요는 들은 체도 안 하고 하늘로 눈길을 던졌다.

연경진이 숨을 훅 들이켰다. 궁문을 지키면서 앞쪽 상황이 심상치 않게 돌아가는 걸 목격한 그였다.

태자가 위기를 모면했으니 오늘 밤 계획이 기대한 성과를 거두기는 틀렸다고 봐야 했다. 두 집안이 함께 꿨던 부귀영화의 꿈 따위는 어차피 물거품으로 화할 것이 분명했다. 이 마당에 배원의 목숨을 굳이 보전하는 게 무슨 의미가 있을까 싶었다.

그 상황에 맹부요가 전북야와 '희희낙락거리는' 모양이 눈에 들어오자 연경진은 질투심이 폭발했고, 순간의 격한 분노가 이 기회에 맹부요라도 붙잡아 둬야겠다는 결심으로 이어진 것이었다. 그녀의 날개를 꺾으면 꺾었지, 그녀가 다른 사내와 세상을 누비며 그 품에서 웃는 모습을 두고 볼 수는 없었다.

연경진이 악다문 잇새로 짓씹듯 내뱉었다.

"이리 와! 아니면 병력이 전멸하는 한이 있더라도 저놈들을 다진 고깃덩이로 만들어 버릴 테니까!"

고개를 틀어 그를 흘긋 쳐다본 맹부요가 무심하게 대꾸했다.

"차라리 다 같이 고깃덩이가 되고 말지. 누구한테 그걸 씹어 먹을 배짱이 있을는지는 몰라도."

담담한 어투임에도 한 자 한 자 또랑또랑 귀에 박히는 목소리.

운흔이 뭐라 형용할 수 없는 눈으로 그녀를 쳐다봤다. 그의 눈동자 안에서 찬란하게 빛나는 불티가 수를 더 늘리는 순간이었다.

그 옆에서 전북야가 고개를 젖히고 껄껄거렸다.

"역시! 훌륭하군! 본 왕의 왕비는 너로 확정이다!"

맹부요는 아연실색했다.

저 인간은 대체 뇌 구조가 어떻게 생겨 먹었길래? 집은 어디인지, 올해 나이는 몇인지, 성격은 어떤지, 취향은 어떻게 되는지, 속옷이랑 신발 치수는 얼마인지, 아빠는 누구고 엄마의 이름은 뭔지, 이 중에 아는 거 하나라도 있어? 생판 모르는 사이에 왕비 소리가 잘도 나온다? 장난해?

고뇌 끝에 맹부요는 역시 장난이 분명하다는 결론에 도달했다.

그녀는 몰랐지만, 이 웃음소리는 이제 막 제1궁문 앞을 떠나려던 원소후의 귀에까지 들어갔다. 말에 오르려다 말고 동작을 멈춘 그가 품 안에 든 원보 대인을 향해 말했다.

"이봐, 누가 내 여자를 뺏어 가려는 모양인데."

원보 대인이 앞발을 열성적으로 휘둘렀다. 무슨 뜻인지야 얼추 알 만했다.

여자를 뺏어? 혹시 맹부요? 얼쑤, 좋구나! 그야 후딱 던져 줘야지! 경사로다! 음하하하!

원소후의 눈썹이 꿈틀하며 일어섰다.

"내 꼴이 우스워질 건 생각 안 하느냐?"

찍찍 대꾸한 원보 대인이 앞가슴을 불룩하니 한껏 내밀고는 본인의 자부심인 특대 뻐드렁니를 드러내 보였다.

그 광경에 원소후의 아리따운 눈썹이 더 가파르게 올라갔다.

별 괴상한 것을 봤다는 듯한 눈을 하고 있던 그가 한참 만에야 입을 열었다.

"미안하지만 너한텐 관심 없다."

"……."

역사에 획을 그을 약조

전북야의 웃음소리가 겹겹으로 된 궁문 사이에 메아리치는 동안 연경진의 낯빛은 잿빛에 가까워지고 있었다. 그는 손바닥을 적신 땀까지 짜낼 기세로 주먹을 힘껏 틀어쥐었다. 이마에서는 툭 불거져 나온 핏대가 꿈틀거렸고, 흰자위에는 그물 같은 실핏줄이 서 있었다. 얼기설기 엮인 그 핏발은 얻지 못할 여인을 억지로 옭아매려는 사내의 흉사한 밧줄이었다.

그러나 맞은편에 선 여인은 꼿꼿하게 하늘만 보고 있었다. 횃불 아래에서 그녀의 턱이 그리는 날카로운 선이야말로 무엇보다 확고한 무시의 표현이었다.

어디 그뿐이랴. 그녀의 뒤쪽에서 입꼬리를 비틀며 냉소하는 전북야도, 싸늘한 눈을 빛내고 있는 운혼도, 누구 하나 연경진에게는 눈길을 주지 않았다.

오직 배원만이 분노와 절망이 혼재된 눈빛으로 정혼자를 쏘아보고 있었다. 바윗돌처럼 꿈쩍 않는 전북야의 팔을 붙잡고 발버둥을 쳐 봤으나 무력한 몸부림은 그녀의 목에서 우두둑거리는 소리를 끌어냈을 뿐이었다.

번뜩이는 병기 사이로 팽팽한 전운이 감도는 상황. 숨 막히는 적막 탓일까, 뼈마디가 뒤틀리는 소리가 유난히도 소름 끼쳤다.

비통함을 넘어서 광기까지 뿜어내는 그녀의 눈빛을 연경진은 철저히 외면했다. 대신 애타게 맹부요만을 응시하고 있던 그가 손아귀에서 힘을 푼 건 꽤 긴 시간이 흐른 뒤였다.

손바닥에 남은 초승달 모양 손톱자국에서 피가 배어났다. 붉디붉은 피는 곧 땀과 만나 담홍색으로 희석됐고, 돌바닥 위로 방울방울 떨어져 스르르 자취를 감췄다.

연경진의 눈이 막다른 골목에 몰린 자 특유의 극단적인 살기로 물들기 시작했다.

잠시 후, 그가 성난 목소리로 일갈했다.

"당장……."

치라는 소리가 이어지기 직전, '쿵' 하는 굉음에 이어 웅웅거리는 진동이 주변을 채웠다. 묵직한 물체와 충돌한 후의 여파인 듯 황동 궁문 전체가 잘게 떨고 있었다.

굉음은 동물의 몸뚱이가 어디 단단한 데 처박힐 때나 날 법한 둔탁한 소리였다. 잠깐 사이에 청석 문턱 위로 핏물이 비치는가 싶더니 새빨간 액체가 뱀처럼 구불구불 기어 안쪽으로 흘러들었다.

다들 반사적으로 고개를 숙여 발치에 번지는 선혈을 내려다 봤다. 피의 양은 많지 않았으나 지켜보는 이들을 오싹하게 만들기에는 충분했다.

무언가 예기치 못한, 피 튀기는 잔혹함을 동반한 일이 벌어지고 있었다. 끔찍한 직감이 모두의 숨구멍을 틀어막았다.

어둠 속에서 빛나던 무수한 눈들이 궁문으로 향했다. 또 한 번의 굉음이 울리더니 귀를 찢는 함성과 칼 부딪치는 소리가 어둠을 뚫고 날아들었다.

피비린내 치솟는 하늘에 담홍색 연무가 흩뿌려지는 가운데, 누군가 쩌렁쩌렁하게 외쳤다.

"죽기 싫으면 비켜라!"

곧바로 또 다른 누군가의 비명이 이어졌다.

"으아악! 금위군이다!"

사람이 내지르는 소리, 말이 울부짖는 소리, 온갖 참혹한 절규가 불길에 실려 함께 타올랐다. 시커멓게 뭉텅이져 솟구쳐 오른 연기가 진득한 피비린내를 묻힌 채로 궁문을 타고 넘어 안쪽에 있던 이들의 후각에 스며들었다.

사람 몸뚱이가 궁문에 처박히는 충격음 사이사이로 뭔가 더 작은 덩어리들이 문을 때리는 소리가 들렸다. 첫 충돌로 떨어져 나간 팔다리가 반동에 의해 다시금 궁문에 빗맞는 소리이리라.

내일이면 궁문에 박힌 황동 징마다 너덜너덜한 살점이 내걸려 있을 것이다. 그 날것의 핏빛이야말로 지난밤 불길과 함께 태연 황성을 휩쓸었던 살육의 역사를 가장 뚜렷이 기록한 증거

물이 되리니.

이 시각, 아비규환의 장인 궁문 밖과 정반대로 궁문 안은 쥐 죽은 듯 고요했다.

연회장을 무사히 벗어난 태자가 기어코 술시 안에 궐 밖 금위군 본영에 당도하였고, 1각 전에 방명하 군이 피로 물들였던 길을 그대로 되밟아 궁으로 돌아온 것이다.

타닥타닥, 말발굽 소리가 적막을 깨뜨렸다. 말 위에서 옷자락을 날리며 나타난 사람은 원소후였다. 이토록 위급한 상황에서도 그는 평소와 다름없이 차분한 얼굴이었다.

그가 크지 않으나 또렷한 목소리로 말했다.

"문을 여시오!"

"제정신입니까?"

연경진이 경악한 표정으로 돌아봤다.

"지금 궁문을 열었다가는 다 죽는단 말입니다!"

입가에 엷은 미소를 머금은 원소후는 턱을 치켜든 채 고삐만 무심히 만지작대는 것이, 아무래도 연경진과는 말을 섞을 생각이 없는 모양새였다.

이때 전북야가 웃음을 터뜨렸다.

"어디 좀 모자란 놈이 아니고서야 당연히 열어야지. 기합이 바짝 들어간 금위군 8만과 느닷없이 허를 찔린 경군 5만을 한 광장에 몰아넣으면 어느 쪽이 묵사발이 될 것 같으냐? 문을 열면 안에 있는 시위들과 화승총 부대도 활용이 가능할 터. 금위군의 진법과 무기들의 상당수는 전장이 복잡한 궐 안으로 옮겨

가는 것만으로도 무력화될 테고 시위들에 비해 황궁 지리에도
어두우니, 그렇게 되면 누가 이길지 아무도 모르는 게 아닌가?"

말을 마친 그가 원소후 쪽을 보며 짙은 눈썹을 까딱했다.

"쓸 만한 자로군. 언젠가 전장에서 만나 박살 내 줄 날을 기
대하지!"

"바라는 바요!"

원소후가 빙긋이 웃으며 팔을 들어 보였다.

두 사람의 눈빛이 격돌하자 공기 중에 날붙이 맞부딪치는 소
리가 울리는 듯했다.

하늘에서도 돌연 구름이 휘몰아쳐 우레를 일으켰다. 뱀처럼
구불거리는 번갯불이 하늘가에 번쩍거리는 동시에 저 멀리서
우르릉거리기 시작한 뇌성이 온 천하를 뒤덮으며 가까워졌다.

절세의 영웅들 사이에 맺어진, 훗날 오주대륙의 판도를 결정
할 약조에 하늘도 응했음이라.

다시 한번 날 선 눈빛을 교환한 후, 두 사람은 서로 반대 방
향으로 돌아서 걸음을 옮겼다.

전북야가 투지에 차 패기만만하게 웃어 젖히는 사이, 원소후
의 품 안에서는 새하얀 털 뭉치가 삐죽 고개를 내밀었다. 뽀르르
어깨 위로 달려 올라가 엉덩이를 한껏 뒤로 뺀 녀석이 감히 주인
에게 까분 천것을 향해 '뽕' 하고 방귀를 날려 주었을 때…….

끼이익, 궁문이 열렸다.

천천히 벌어지는 문틈을 쳐다보며, 맹부요는 본인의 운빨에
경이로움을 느끼는 중이었다. 어리바리하게 길을 잘못 잡고,

제심의를 인질로 붙들어 탈출하려던 계획도 원소후에게 막혀 실패하고, 삼중 궁문 앞에 겹겹이 늘어선 시위들을 보며 절망했던 게 불과 조금 전이건만. 생각지도 못했던 인물이 출현해 금위군까지 가담한 결과, 황궁 방화라는 정신 나간 짓이 정말로 그녀의 목숨을 구해 준 것이다.

전북야가 아직 자기 손아귀에 붙들려 있는 배원을 내려다보며 인상을 썼다.

"성질 같아서는 죽여 버리고 싶어도 힘없는 여자한테 그러기가⋯⋯. 하아, 내 손으로는 도저히 못 하겠다!"

그가 은근히 도움을 기대하고 바라본 곳에는 운흔이 있었으나 상대는 눈이나 부라린 게 고작이요, 매정하게 그를 외면했다. 이로써 부득이한 상황에 놓이고만 전북야가 툴툴거렸다.

"에라이, 어차피 살아도 사는 게 아닐 터이니 이쪽이 더 나을지도."

그가 팔을 번쩍 휘두르자 배원이 낙엽처럼 맥없이 공중에 내던져졌다. 낙엽이 미처 땅바닥에 나뒹굴기 전, 칼집을 나온 전북야의 검이 섬광을 뿌렸다. 날카로운 비명에 뒤이어 배원의 어깨에서 한 자루의 세검처럼 기다란 핏줄기가 분출됐다.

그 핏줄기를 얼굴에 고스란히 뒤집어쓴 사람은 배원이 내동댕이쳐지는 모습을 보고 반사적으로 달려오던 연경진이었다.

배원의 왼쪽 어깨에 난 구멍은 중간에 걸리적거리는 살점 하나 없이 깔끔한 원형을 자랑했으니, 견갑골이 아예 관통당한 결과였다.

"구멍 두 개째!"

전북야가 소리쳤다. 휘날리는 흑발 아래로 서슬 퍼런 눈빛이 매서웠다.

"여덟 개 남았다!"

그가 구멍 열 개를 갚아 주마, 하고 으름장을 놨던 일을 알 리가 없는 맹부요가 양쪽 소매 안으로 손을 배배 꼬아 넣으며 속도 없이 낄낄거렸다.

"어우, 왕야께서도 참. 무슨 그런 음흉한 단어를!"

전 왕야의 표정이 와그작 일그러졌다.

꽁지 빠지게 도망치다

궁문이 열린 직후, 맹부요는.

"어……."

하고 신음 같은 소리를 뱉고 말았다.

10만이 넘는 인원이 한데 뒤엉켜 혼전을 벌이는 광경을 직접 보기란 두 번의 생을 통틀어 오늘이 처음이었다. 역시 상상력에는 한계라는 게 존재하는 법, 현실은 그보다 훨씬 잔혹했다.

제일 먼저 눈에 들어온 건 지평선 저 끝까지 시커멓게 들어차 우글거리는 사람들의 머리통이었다. 그다음은 산봉우리처럼 우뚝 솟은 황궁 그림자와 호수 물인 양 광장에 고인 달빛이 언뜻 시야에 잡히는 듯하였으나, 실상 광장에 솟은 것은 누각의 그림자가 아닌 시체의 산이요, 바닥에 고인 것은 달빛이 아닌 피의 바다였다.

그것은 야수의 거친 몸부림과도 같은 풍경이었다. 서로 죽고 죽이는 이들의 머리 위에서 바람이 사납게 울부짖었다. 그 울부짖음에조차 설핏 피 냄새와 살기가 돌았다.

　붉은 갑주를 걸친 금위군이 검은 갑옷을 입은 경군을 포위 중이었다. 적색과 흑색, 두 마리의 거대한 뱀이 뒤엉켜 휩쓸고 지나간 자리에서는 어김없이 절규가 울리고 살점이 날았으며, 더운 피의 색깔이 하늘을 물들였다.

　세상 물정 모르는 맹부요야 충격을 받았지만, 전쟁터를 누비는 게 일상사인 전북야와 운흔은 주변 풍경에 눈길도 주지 않았다. 그들의 관심사는 오로지 맹부요를 무사히 밖으로 빼내는 것 하나였다.

　사방에서 엉켜드는 팔다리를 걷어 내고, 토막이 나 날아드는 사지를 걷어차고, 거기다 피를 보고 눈이 돌아 달려드는 병사들까지 처치하면서 전진하다 보니 몇 걸음 가기도 전에 온몸이 피 칠갑에, 얼굴에까지 헤진 생살을 덕지덕지 뒤집어쓴 몰골이 됐다.

　그 와중에 맹부요가 궁문 안쪽을 돌아봤다. 말 위에 높이 앉은 원소후는 궁 밖의 난장판도, 자기 뒤로 몰려든 제왕의 어림군도 보고 있지 않았다. 그의 눈길 끝에는 그저 맹부요가 있을 뿐이었다.

　어둠 속에서 그의 담색 장포가 느릿하게 너울거렸다. 구중천 선인의 옷자락처럼, 달빛과 별빛을 싣고서. 전장의 혈풍혈우 가운데서도 그는 언제나처럼 기품 흐르는 자태로 미소 짓고 있었다.

맹부요는 인파에 떠밀려 그에게서 점차 멀어져야만 했으나, 실버들 꽃솝같이 나붓나붓 은근한 그의 눈길은 좀처럼 그녀의 등에서 떨어질 줄을 몰랐다. 등을 덥힌 눈길은 어느덧 가슴마저 홧홧하게 달궈 놓더니 그 자리에 아릿한 통증을 불어넣었다.

맹부요는 입술을 잘근 깨물었다. 속이 상해서였다. 아무리 봉사 정신이 투철해도 그렇지 냉큼 줄행랑을 쳐도 모자랄 판에 아직도 제심의를 돕겠다고 저러고 있다니.

그가 하필 반대 진영에 선 게 불만인 건 아니었다. 정치적인 선택을 감정적으로 받아들이고 싶은 생각은 없었다. 하물며 둘 중에 누가 피해자인지를 굳이 따지자면 그녀 탓에 미리 짜 둔 판이 엎어지고만 원소후가 아니겠는가.

당장 도망치라고 외치고팠다. 그러나 입술을 달싹이던 맹부요는 끝끝내 외침을 밖으로 꺼내 놓지 못했다. 원소후는 자기 생각이 확고한 사람이었다. 고작 말 한마디로 그의 신념을 꺾을 수는 없으리라.

한숨을 뱉은 그녀가 고개를 돌리려던 때였다. 눈처럼 새하얀 털 뭉치가 원소후의 옷섶을 젖히고 나오더니 '잘 가라, 멀리 안 나가마.' 하고 신명 나는 발짓을 해 보였다.

맹부요의 인상이 팍 구겨졌다.

"급살 맞을 쥐 새끼 같으니!"

전북야가 눈을 부릅떴다.

"밑도 끝도 없이 뭔 욕지거리냐?"

"아오, 그쪽은 쥐 새끼급도 안 되거든요?"

전북야는 장작도 안 때는데 부글부글 잘도 끓어오르는 맹부요의 부아가 무척 당혹스러울 따름이었다. 무슨 약을 잘못 먹었기에 말끝마다 쥐 새끼를 못 잡아먹어 안달인지.

누가 됐든 덤벼드는 자에게는 무조건 칼을 박아 넣으며, 세 사람은 혼란한 살육의 현장을 가로질렀다. 사실 일반 병사가 이들을 위협하기에는 무공의 격차가 너무 컸다.

어느덧 광장 가장자리 쪽이었다. 광장 밖 길거리에서도 경군과 금위군의 싸움이 한창이긴 했으나, 일단은 한숨 돌린 맹부요가 막 입을 열려던 찰나였다. 곁에 있던 운흔이 소리 없이 허물어져 내렸다.

"이런, 독이 발작했어요!"

맹부요가 재빨리 팔을 뻗어 그를 지탱했다.

안 그래도 하얗던 소년의 얼굴은 그사이 더 창백해져 이마를 가로지르는 가느다란 혈관마저 들여다보일 지경이었다. 길게 드리운 속눈썹 아래로는 거무스름한 그림자가 져 있었다. 독기가 올라오고 있다는 뜻이었다.

맥부터 잡아 본 맹부요가 소년을 전북야에게 떠밀었다.

"처음부터 성한 몸이 아니었는데 악으로 버티고 있었던 것뿐이에요. 궁문에서 나 때문에 무리하는 바람에 진작 한계가 왔을 거예요. 한시라도 빨리 치료가 필요해요."

"내가 묵는 역관에 좋은 약이 있다. 더 필요한 약재는 사람을 시켜 사 오도록 하면 되고."

운흔을 부축하는 전북야를 보며 고개를 끄덕인 맹부요가 그의 손에 환약을 하나 쥐여 줬다.

"우선 이거부터 먹여요."

운흔에게 약을 먹인 직후 고개를 돌린 전북야가 발견한 것은 냅다 줄행랑을 치는 맹부요의 뒷모습이었다. 도움닫기 몇 번만에 광장 남측 골목으로 사라져 버린 그녀에게 만약 꽁지라는 게 있었다면, 이 순간 분명 홀라당 다 빠졌으리라.

전북야가 격분해 소리쳤다.

"이 간사한……!"

그는 당장에 운흔을 짊어지고 추격에 나섰다.

그런데 이때, 골목 안에서 개싸움 중인 병사들의 곁을 바람처럼 스쳐 지나던 맹부요가 목청껏 외쳤다.

"뒤에 쫓아오는 검은 옷의 첩자를 생포하는 자에게는 장군께서 황금 만 냥을 내린다 하셨다! 죽여서 잡아가면 은 한 냥 차감!"

돈이라면 호랑이 눈썹도 빼 오는 게 사람의 본성이다. 자고이래로 용자는 두둑한 포상금 아래 나는 법.

난투극 와중에 제정신을 놓친 지 오래인 병사들은 그 '장군'이 내 장군인지 네 장군인지는 따져 볼 생각도 못 하고 우르르 골목 어귀로 몰려들었다. 어둠 속에서 은백색 반원을 그으며 빼 들린 검들은 저마다 '첩자 생포'의 꿈에 한껏 부풀어 있었다.

골목 어귀에서 난데없는 장애물을 만난 전북야는 크게 화가 났다. 그의 옷자락이 펄럭 들춰지는 동시에 발차기에 맞은 병사 일고여덟이 한꺼번에 나가떨어졌다. 그들이 붕 떠서 날아가며 토한 피가 우수수 비처럼 쏟아져 내리자, 그 아래에 새카맣게 몰려 있던 자들이 혼비백산해 비켜서서 드디어 길이 뚫렸다.

그러나 꽤 쓸 만한 경공을 가진 맹부요는 이미 까마득하게 멀리 달아난 뒤였다.

골목 어귀에 우두커니 굳어 있던 전북야가 한참 만에 쩌렁쩌렁하게 소리쳤다.

"여자, 도망쳐 봤자다! 하늘 끝까지 쫓아가서라도 내 것으로 만들고야 말 테니!"

떠오를 별빛

맹부요는 병사들의 머리 위를 훌쩍훌쩍 날며 도주 중이었다. 연경 중심부에서 거나하게 싸움판을 벌이던 경군과 금위군의 수가 서서히 줄어들기 시작하는 게 눈에 들어왔다.

그사이 유능한 지휘관이라도 합류했는지, 조금 전까지만 해도 우왕좌왕하던 경군은 이제 체계 잡힌 반격을 가하면서 후퇴하는 모습을 보여 주었다.

맹부요는 지나는 사람 없는 골목을 하나 골라잡아 그 안으로 뛰어들었다. 그런데 골목에서 몇 걸음이나 옮겼을까, 눈앞에 희미한 잔상이 스치더니 미꾸라지처럼 유연한 그림자가 곁을 지나치는 게 느껴졌다.

상대의 움직임은 놀라우리만치 민첩했으나 맹부요는 그 와중에도 오이같이 기다란 회백색 얼굴을 단번에 알아봤다.

다음 순간, 눈길은 그대로 전방에 둔 채 팔만 틀어 상대를 잡아챈 그녀가 씩 웃으며 말했다.

"어딜 내빼시나, 이 배신자."

상대가 식겁해 돌아봤다.

아니나 다를까, 며칠 전 성 북쪽 사당에서 치사하게 혼자만 살겠다고 튀었던 요신이었다. 그런데 어째 표정이 지나치게 불안해 보였다.

그러고 보니 온몸에는 시퍼런 멍 자국에, 학질이라도 걸린 놈처럼 발발 떨기는 또 얼마나 떨어 대는지.

맹부요를 발견하고 놀라서 펄쩍 뛰어오르나 싶던 요신이 금방 반가운 기색을 내비치더니, 이윽고 서럽게 훌쩍거렸다.

"아이고, 조상님……. 도와주세요, 저 좀 살려 주십시오!"

"살려 주면 뭐?"

맹부요가 눈을 흘겼다.

"또 뒤통수치게?"

"그때는 제가 미쳤었나 봅니다요!"

요신이 연신 허리를 굽신거렸다.

"맹 소저, 한 번만 도와주시면 앞으로는 진짜 충성할게요!"

"퉤! 내가 등신이냐? 그 말을 믿게?"

놈을 팽개치고 자리를 뜨려는데, 뭔가 짤랑거리는 소리와 함께 앞쪽에서부터 눈이 시리도록 선명한 색채가 휘몰아쳐 왔다. 바로 뒤이어 수정 구슬 꾸러미가 쏟아지는 양 맑고 또랑또랑한 음성이 날아들었다. 상당히 오만하며, 다소 혈압이 오른 말투였다.

"네놈이 뛰어 봤자 벼룩이지!"

요신을 걷어차 벽 귀퉁이에 처박은 맹부요가 보란 듯이 골목 어귀에 기대섰다. 웃는 듯 마는 듯 한 표정으로 비스듬히 서 있는 그녀 앞에, 무지개 빛무리를 쓴 구름송이 같은 아란주가 모습을 드러냈다.

"어뎄어? 어디 갔냐고, 어디야!"

벽 틈에서 뽑아낸 지푸라기를 질겅질겅 씹으며, 맹부요가 시큰둥하게 대꾸했다.

"아까 그 얼굴 길쭉한 사내? 저 앞에 싸움 난 데 머릿수 모자란다고 병사들이 끌고 가던데."

"진짜야?"

반신반의하는 기색으로 눈을 부라리던 아란주가 문득 고개를 갸웃하며 맹부요를 훑어봤다.

"이봐, 어째 낯이 익다?"

지푸라기를 퉤 뱉은 맹부요가 웃었다.

"그렇겠지! 너희 이웃사촌의 고모의 사촌 오빠의 이모의 언니랑 바람난 사내의 정부의 여동생의 스승이니까."

눈을 부릅뜨고 손가락까지 꼽아 가며 그 복잡한 관계를 정리하는 데 골몰한 것도 잠시, 발끈한 아란주가 눈썹을 칼날처럼 치켜세웠다.

"감히 누굴 갖고 놀아!"

말이 끝나기 무섭게 손날이 맹렬한 기세로 날아들었다.

맹부요가 즉시 손가락 세 개를 삼지창처럼 세워 상대의 손바닥 혈도를 노렸다. 아란주는 부리나케 팔을 뒤로 물렸으나, 그 순간 형태를 바꾼 맹부요의 손이 물 흐르듯 뻗어 나가 파구소 제9식 '신환神幻'을 시전, 아란주의 손목 혈도를 가볍게 짚었다.

피식 웃은 맹부요가 상대를 집어 던졌다. 아란주가 공중에서 360도를 돌아 지면에 다시 안착했을 때, 놀랍게도 그녀는 여전히 팔 하나를 쳐든 채로 꼿꼿한 자세를 유지하고 있었다.

싱글싱글 웃으며 다가간 맹부요가 상대의 코를 톡 건드리며 짐짓 살갑게 말했다.

"꼬마 아가씨, 내 밑에 있는 놈은 구박을 해도 내가 하니까 넌 좀 꺼져 있으렴."

시원스레 웃어 젖힌 데 이어 맹부요가 요신을 불렀다.

"가자!"

요신이 슬그머니 구석에서 기어 나왔다. 존귀한 부풍국 공주님께서 어정쩡한 동상처럼 굳어 있는 모습은 그를 질겁하게 만들기에 충분했다. 그는 허겁지겁 맹부요의 뒤에 따라붙었다.

난리통을 틈타 성을 빠져나오고 나서도 한참을 더 갔을 때, 맹부요가 질문을 던졌다.

"아란주한테는 어쩌다가 찍힌 거야?"

요신의 표정이 착잡하게 굳었다.

"제 특기를 어떻게 알았는지 글쎄 전북야의 속곳을 훔쳐 오라지 뭡니까."

'풉' 하고 터진 맹부요가 배를 부여잡고 한참을 깔깔거리던 끝에 물었다.

"그래서 훔쳤어?"

"송장 칠 일 있어요? 절대 못 한다고 했더니만 잡아 죽이겠다고 저렇게 쫓아오는 거예요."

씩씩거리던 요신이 느닷없이 히죽 웃더니 품 안에서 뭔가를 꺼내 맹부요의 눈앞에다 대고 흔들었다.

"그래도 당하기만 하진 않았죠. 참새가 방앗간을 그냥 지나는 일은 있어도 우리 신장방이 그럴 일은 없다는 거 아닙니까."

지혜와 권위를 상징하는 지팡이가 새겨진 담청색 옥패. '무극'이라는 글자는 햇빛 아래에서 특정 각도로 기울여야만 드러나게 되어 있었다.

무극국 통행패였다.

"하, 이 좋은 걸!"

옥패를 낚아채 무게를 가늠하듯 만지작대던 맹부요가 하늘을 보며 생각에 잠겼다.

어느덧 날이 밝아오고 있었다. 성안에서는 처절한 함성일 병사들의 목소리가 이곳에서는 신음 같은 탄식으로 들렸다.

피비린내를 품고 불어온 바람은 본디 스산하게 가라앉아 있었으나, 소녀의 귀밑머리를 어루만지는 순간만은 한없이 다정다감한 결을 보였다. 미풍에 머리카락이 날아 흩어지자 역용으로도 미처 감추지 못한, 경이로우리만치 완벽한 얼굴의 윤곽이 드러났다. 소녀의 미모가 바람결을 한층 더 녹여 무희의 몸짓처럼 나긋해지게 만들었다.

신이 각별한 애정을 기울여 빚어낸 아름다움. 그러한 아름다움 앞에서는 만물의 마음에 자애로움이 깃들기 마련이었다.

일순 맹부요의 입가에 원소후를 닮은 미소가 스쳤다. 아득하도록 유려하며, 모든 것을 꿰뚫어 보는 양 확신에 찬 미소가.

"아무래도……."

문득 입을 연 그녀가 눈을 동남쪽으로 돌렸다.

"이 난장판이 된 이상 태연에 계속 머물 일은 아니지 싶네. 헌원국도 심란한 상황이고 천살국은 진무대회 때 가면 될 테니, 통행패도 생긴 김에 우리…… 무극국으로 가 볼까!"

✿

태연 황조 성덕 18년 9월 23일. 태자 암살 계획의 실패로 촉발된 '연경의 난'은 태연 도성을 피와 화염의 구렁텅이에 밀어 넣었다.

도성과 황궁을 수호하는 무장 세력인 경군, 어림군, 금위군이 한데 뒤엉켜 혼전을 벌이면서, 벽돌이 반듯이 깔린 어로[45]는 고작 며칠 만에 수만 구의 시신에 파묻혔다. 그들이 쏟은 피는 황성 해자와 호수를 온통 새빨갛게 물들였고, 해자에 빠진 시신이 다 떠오르는 데만도 긴 시일이 걸렸으니…….

연경의 난은 매우 독특한 양상으로 전개된 내란이었다.

---

45 御路. 임금이 다니는 전용 도로를 가리킨다.

방명하 휘하 경군이 궁성을 에워쌌던 초반만 해도 제왕이 승기를 잡는 듯하였으나, 돌연 역습에 나선 태자의 금위군이 경군을 포위, 섬멸하여 삽시간에 전세를 뒤집었다.

그러나 태자가 완승을 거두기 직전, 경군의 지휘 체계가 효율적으로 급변했다. 거기에 돌연 나타난 무공 고수들이 제왕 진영에 합류해 금위군통령을 제거함으로써 상황은 다시 한번 전환점을 맞이했다.

한 치 앞을 내다볼 수 없는 이변의 연속이었다.

의도적인 개입과 의도치 않은 변수가 복합적으로 작용한 결과, 불시의 습격 또는 짧은 조우전쯤에서 갈무리되었어야 할 변란이 지루한 난전으로 탈바꿈했다. 전장이 황궁을 넘어 연경 전역으로 확대되면서 과거의 휘황하던 도성은 비탄의 진구렁으로 전락하고 말았다.

외부로 기별을 전할 통로가 모조리 마비되거나 봉쇄되었기에 주변 지역에 주둔 중이던 부대들이 연경의 상황을 파악하기까지는 상당한 시일이 걸렸다. 덕분에 제심의는 태자와 비등한 싸움을 벌이던 끝에 무사히 북쪽으로 철군할 수 있었다. 태자는 도성 근방을 함부로 비울 수가 없었기 때문에 제심의 추격에 나서지 못했다.

북쪽을 향해 파죽지세로 진격하며 지나는 길목을 속속 점령하던 제심의는 두 달 후, 태연 북부 감주甘州에서 스스로 황위에 올라 상연국上淵國의 성립을 선포하고, 연호를 장안長安이라 했다. 이리하여 검黔, 안安, 황黃, 감, 정定 다섯 개 주가 제심의

416

의 통치하에 들어가 태연은 둘로 분열되었다.

격동의 정세는 오주 7국 지도층의 시선을 모조리 태연으로, 그 피와 화염의 땅으로 집중시켰다.

오랜 세월이 흘러 예리한 역사적 혜안을 가진 이들이 당시 상황의 최대 수혜자로 꼽은 인물은 제심의도, 졸지에 영토 한 귀퉁이를 잃고만 제원경도 아닌, 경탄스럽다고밖에 표현 못 할 수완의 소유자, 무극 태자였다.

그도 그럴 것이 제심의가 차지한 땅은 본래 무극국과 태연국 사이의 접경지대로, 헌원국과도 맞닿은 위치였다. 헌원국이 무극국을 치려면 반드시 지나야 할 길목이건만, 그 땅에 새 주인으로 들어앉은 제심의는 공교롭게도 헌원국 섭정왕과 무척이나 껄끄러운 사이였다. 하늘이 두 쪽 난들 길을 내줄 리가 없었다.

이를 근거로 어떤 이들은 태연국 내전을 모종의 인물이 입김을 행사한 결과로 보기도 했다. 그냥 넘기기에는 석연치 않은 구석이 너무 많다는 것이었다. 그런 이들의 경악과 공포에 찬 시선이 향하는 곳은 백이면 백, 대륙 중앙부였다.

7국의 날 선 눈들이 대륙 중앙의 풍요로운 땅을 주시하는 동안, 그 땅의 태자 장손무극은 세간에 난무하는 온갖 추측 속에서도 적당히 담담하고, 지극히 합리적인 행보를 이어 갔을 뿐이었다.

무극 정녕政寧 15년 동짓달, 무극 태자가 상연국 황제 제심의의 즉위를 축하하는 의미로 통 큰 선물을 내어놓았다.

양국 국경에 걸쳐 있는 탓에 그간 영유권을 두고 논란이 끊이지 않았던 남강南羌 부족 거주지를 상연국 영토로 완전히 인정하겠노라 천명한 것이었다.

제심의는 반색하며 선물을 넙죽 받았으나, 분별 있는 인사들은 이를 두고.

"겁도 없이 장손무극이 주는 걸 받아 챙기다니, 어리석도다!"

하며 지탄했다.

한편, 태연의 늙은 황제는 9월 24일 새벽녘, 태자와 제왕이 내란을 일으켰다는 소식을 전해 듣고 큰 충격을 받아 그 자리에서 절명하고 말았다.

황자와 대신들은 한창 줄서기에 바빴고, 환관과 궁녀들은 값나가는 물건을 훔쳐 도망치느라 바빴던 탓에 황제의 시신은 누구 하나 거들떠보는 이 없이 건안궁에 방치됐다.

조정 대신들이 선제를 떠올린 건 사태 발발로부터 어언 두 달이 흘러 혼란스러운 국면이 어느 정도 정돈되고 난 뒤였다. 시신 수습을 위해 파견된 인원들은 구더기가 들끓는 건안궁 내에서 썩어 문드러진 고깃덩어리를 하나 발견했다.

휑한 구멍밖에 남지 않은 눈으로 하늘을 올려다보며, 황제는 치열이 허옇게 드러나 보이도록 짓물러 터진 입술을 뒤틀어 미소 짓고 있었다. 세상사 탐욕과 다툼, 그리고 그로 인하여 몰락의 길로 접어든 황조의 운명을 조롱하듯이.

후일 누군가는 천하를 한 손에 틀어쥘 모든 준비를 완벽히 마치고도 결국에는 변방 귀퉁이로 내몰려 무극국의 꼭두각시 황제밖에 되지 못한 제왕의 신세에 개탄을 금치 못하였고, 또 누군가는 이를 시운이 따라 주지 않은 탓으로 돌리며 근거를 들어 말하기를.

"그때 났던 불만 봐도 그래. 신궁에 느닷없이 불길이 일어 그 난리가 터지지만 않았어도 태자는 진작 죽은 목숨이었을 터, 연경의 난이 가당키나 했겠나?"

하였다.

황궁을 집어삼킨 불길이야말로 태연의 국운을 결정적으로 뒤흔들어 놓은 주역이었음이라!

태연국을 이분시킨 화재가 한 여인이 즉흥적으로 떠올린 구상이었다는 사실을 아는 사람은 없었으나, 성덕 18년 9월 23일 밤은 그녀의 담대무쌍한 기개가 처음으로 그 찬란한 광휘를 세상에 피워 내 한 나라의 암담한 미래를 비춘 때였다.

당시 맹부요는 자신을 언제 누군가의 발에 짓밟힐지 모르는 나약한 존재로만 여겼다. 하지만 그녀의 한 걸음 한 걸음은 이미 7국 정세의 소용돌이 한가운데를 향하는 중이었다.

7국 역사서는 그녀가 일필휘지로 빈 낱장을 채워 줄 날만을 애타게 기다리고 있었다. 음모, 권력욕, 전쟁, 살육으로 점철될 전설적 일대기를 완성할 사람은 오로지 그녀뿐, 누구도 대신할 수 없었기에.

❁

성덕 18년 겨울, 도주 중이던 맹부요는 이웃 나라 무극국으로 숨어들었다. 그녀가 국경을 넘은 지 얼마 지나지 않아 무극국 태부 일행 역시 본국으로 돌아왔다.

오주대륙 한복판에 찬란한 별이 떠오르기 직전이자 그들과 그녀의 이야기가 막을 올리는 순간이었다.

머나먼 여정은 이제 막 시작되었을 뿐이니.

〈부요황후〉 2권에서 계속